문학의 잔상

문학의 잔상

조상준 지음

KSI 한국학술정보㈜

나는 사람들을 충분히 알지 못하므로 시 속에서 사람을 읽는다. 사람뿐 아니라 시간과 공간 속에서 사물들의 아름다움과 외로운 것들이 모양만 바뀌어 흐느끼고 있기에 시를 읽는다. 시를 읽는 사람이건, 쓰는 사람이건 늘 열린 눈으로 세상을 보아야 하기 때문이다.

이런 심정으로 다가가면 시는 한 시대의 삶과 정신적 궤적을 반영하는 중요한 산물임은 누구도 부인할 수 없을 것이다. 언제나 시는 동시대를 살아가는 사람들을 힘들게 하는 환경이 나타나면 나타날수록 물처럼, 산소처럼, 들끓는 역사 속에서 조용하게 일렁이며 걸어왔다. 그래서 시 속에는 시인의 삶이 살아 있고, 시인의 삶 속에는 시대의 질곡이 고스란히 담겨 있다.

여기서 시는 표면적으로 쓰는 언어와 구별되지 않는다. 다만 그것은 일상적인 언어를 포함한 다양하고 깊은 의미를 지닌다. 그리하여 소통의 투명성보다는 다양하고 중층적인 인간의 정서와 사고를 전달한다.

그리고 한 시대의 시인과 시작품에 대한 연구는 개별적인 차원을 넘어서 시대정신에 대한 이해의 지평을 넓히는 일과 밀접한 관계를 부인할 수 없다. 즉 시와 시인과 그 시대를 회상하면서 희망과 절망,

격정과 슬픔으로 범벅된 몸짓을 이해하고 경험하고자 한다.

작품 분석의 방법은 통·공시적인 조명을 중심으로 잡지와 시인과 시의 특성에 따라 전기적·정신분석학적인 방법 등의 비평방법론의 인접분야까지 동원하였다.

좋은 책들이 산더미처럼 쌓여 있는 지금, 또 한 권의 책을 보태는 일이 너무나도 뻔뻔한 일이지 않을까 하는 다소 복잡한 심경이다. 하지만 역사의 질곡 속에서도 인간의 존엄과 자유를 끝내 포기하지 않는 고귀한 시정신을 찾으려 펜을 들었다. 미흡하고 부족한 부분은 후일 보충하기로 약속한다.

끝으로 이 책의 발간을 지원해 온갖 궂은 일을 해 준 한국학술정보(주)에 가슴 깊은 곳으로부터 감사의 마음을 전한다.

2008년 겨울
조 상 준

목
차

머 리 말 / 5

제1부 작가와 시들의 양상

Ⅰ. 『영대靈臺』의 시 부분 고찰 / *15*

   1. ≪영대≫의 시작품 수록 양상   15

   2. 안서岸曙와 소월素月의 민요시 분석   18

      1) 장르 명명의 차원에서   18

      2) 율격적 측면에서   20

   3. 주요한의 시   26

      1) 사물을 대상화   26

   4. 결론-≪영대≫의 의의와 한계   31

Ⅱ. ≪개벽≫ 후반기에 게재된 시들의 양상 / 33

1. 서 론 33

2. ≪개벽≫ 후반기에 발표된 시들의 양태 34

3. 민요조 서정시의 논의 과정 41

4. 민중의 빈궁한 현실 비판과 고발 48

5. 결 론 56

Ⅲ. 이 상 론李箱論 / 59

1. 서 론 59

2. 기존 연구사 검토 62

3. 이상문학의 모더니티 68

4. 이상문학의 의의 및 한계 78

5. 결 론 87

Ⅳ. 이상李箱의 「오감도烏瞰圖 시제1호」 / 89

1. 서 론 89

2. 작품 분석 91

1) 어휘 분석 92

2) 내용 분석 96

3) 화 자 98

3. 구성원리와 시간성 99

4. 결 론 102

V. 임화林和의 「우리 오빠와 화로火爐」 분석 / 105

1. 작품에 대한 두 가지 극단적 반응:
단편서사시와 변설辨說 105

2. 편지체 형식의 활용 110

3. 상징으로서의 '화로火爐' 112

4. 배역시配役詩로서의 특징 114

5. 결 론 116

VI. 여성화된 자연에 대한 탈식민주의적 고찰 / 119

1. 서 론 119

2. 박목월의 시의 여성화된 자연 124

3. 여성성의 시대적 함의 129

4. 결 론 132

Ⅶ. 남·북한 전쟁시 / *135*

1. 서 론　　　　　　　　　　　　　　　　135
2. 남·북한 전쟁시　　　　　　　　　　　　141
　　1) 전쟁 참여적 시　　　　　　　　　　142
　　2) 전쟁 비판적 시　　　　　　　　　　154
3. 결 론　　　　　　　　　　　　　　　　160

Ⅷ. 강우식의 시세계 / *163*

1. 서 론　　　　　　　　　　　　　　　　163
2. 원시적 충동과 에로티시즘　　　　　　　164
3. 땅과 꽃의 이미지　　　　　　　　　　　170
4. 물과 눈의 이미지　　　　　　　　　　　177
5. 산山과 물水의 이미지　　　　　　　　　182
6. 결 론　　　　　　　　　　　　　　　　189

Ⅸ. 강우식의 『별』 / *191*

• 참고문헌 / *207*

제2부 김광균과 김조규 시의 비교연구

Ⅰ. 서 론 / *217*

   1. 연구목적 및 연구방법   217

   2. 기존 연구사 검토   224

     1) 김광균 연구사   224

     2) 김조규 연구사   234

   3. 한국 시단에서의 모더니즘 수용과 그 영향   244

Ⅱ. 김광균과 김조규의 문학적 양상 / *251*

   1. 김광균의 시적 전개양상   253

   2. 김조규의 시적 전개양상   267

Ⅲ. 시각이미지와 시어 비교 / *291*

   1. 시각이미지   291

     1) 백색의 이미지   293

     2) 청색의 이미지   309

3) 적색의 이미지   321

4) 황색의 이미지   337

2. 시 어   344

1) 일반적 특성   346

2) 항구의 출항과 회항   362

3) 기차와 열차가 갖는 순환과 회귀   375

Ⅳ. 서정의 회화적 전개양상 비교 / 395

1. 도시적 정서의 변용과 형상화   395

2. 이국적 정서의 변용과 형상화   411

Ⅴ. 「외인촌」과 「풍경화」 영향관계 분석 / 435

Ⅵ. 결 론 / 449

• 참고문헌 / 457

제1부

작가와 시들의 양성

I. 『영대靈臺』의 시 부분 고찰

- 김소월 · 김억 · 주요한을 중심으로 -

● 목 차 ●

1. ≪영대≫의 시작품 수록 양상
2. 안서岸曙와 소월素月의 민요시 분석
   1) 장르 명명의 차원에서
   2) 율격적 측면에서
3. 주요한의 시
   1) 사물을 대상화
4. 결 론

1. ≪영대≫의 시작품 수록 양상

수문학 동인지로서 1924년 8월에 창간된 「영대」는 당시로서는 특이하게 평양에서 편집을 한, 이 지역 중심의 문학동인지라 할 수 있다. 그 동인들은 ≪창조≫에서 주축이 되었던 이들이 거의 속해 있었으므로 그 성격을 그대로 계승 반영했다.[1]

≪영대≫의 서지사항을 시 부문을 중심으로 간략하게 살펴보면 다음과 같다. ≪영대≫는 정확히 1924년 8월 5일에 창간되었으며, 그 다음해 1월 1일에 통권5호로 종간된 잡지이다. 그러나 공식적인 출간일은 1월 1일이지만 1월호의 마지막 부분에 적힌 집필진의 글을 보면 12월 중순에 쓴 <편집여록^{編輯餘錄}>의 정황으로 보건대 정월 10일까지는 독자들에게 배달이 되었을 것으로 보이며, 이때까지는 ≪영대≫의 폐간에 대한 구성원 간에 아무런 논의나 결정사항이 없었던 것으로 보인다. 그럼에도 이듬해 2월호를 내지 못하고 폐간을 하게 된 것은 갑작스러운 사건이었다고 볼 수 있을 것이다.

- 이 글은 쓰는 째는 섣달 중순이지만, 여러분아페 나아갈째는 정월 초승이게스며, 근하신년이란 말슴을 드려둡니다.
- 독자의게서, 글이 만히 드러와 잇습니다. 그가운데는 볼만한것도 만히 잇습니다. 이월호부터 차례로 발표할 작명이외다.
- 우리는 이 정월호를 정월 초하룻날 여러분에 손에 드러노케 하려고 애를 씁니다. 그러나 지금(검열을 드리는)이 벌서 십일경에는 드리게 될줄 밋습니다.

윗글로 보건대, ≪영대≫가 비록 5호로 끝나기는 했어도, 그 원인이 원고의 부족이라든가 하는 내용은 아니었던 것으로 보인다. 이 점에 대해서는 역사적인 상황 등에 대한 분석을 통해 실증적인 연구가 이루어져야 할 것이나, 이 글에서는 우선 그 점은 접어두고 ≪영대≫에 실린 시 작품 자체의 성격만을 분석해 보는 데 주력하고자

---

1) 윤병로, 「한국근·현대문학사」, 명문당, 1991. p.104.

한다.

≪영대≫에 시를 게재하고 있는 작가는 김억, 주요한, 김소월 등인데, 이들이 게재한 작품의 목록은 다음과 같다.

	창간호	2호	3호	4호	5호
작품	묵은 일긔책에서(긔다림, 가을마지, 추석, 선언)	녀름저녁에 읖픈 노래(죵달새, 身彌島三角山, 탄실이, 제비, 비, 해도맘이탄, 嘆息, 小曲, 想思엿)실험실에서(자라나는 것, 페놀탈렌, 『요-도연』, 의침던, 금속의 노래)	밧고랑우헤서, (낭인, 생과 사)명사십리(명사십리의 가을, 설은노래, 추억, 나리꼿)	巷傳哀唱명쥬쌀기, 不稱錘杯	늙은처녀의비명, 숫燭불켜는밤, 무신
작가	주요한	김억, 주요한	김소월, 김억	김소월	김억, 김소월

각 호마다의 시에는 큰 제목이 달려 있으나 내부적으로 소제목이 달린 것들을 각각 독립된 작품으로 인정해 본다면, ≪영대≫는 1호에 4편, 2호에 13편, 3호에 6편, 4호에 2편, 5호에 3편 등으로 총 30편의 시를 수록한 셈이다. 그러나 각 호마다의 수록 양상을 살펴보면 2호가 가장 많은 편수를 보이다가 갈수록 점차 감소하는 것으로 나타나고 있다. 이로 볼 때, <편집여록>에서 보이는 '원고가 많았다'는 언급과 달리 적어도 시 부문에서는 실질적으로 원고의 부족이 ≪영대≫가 단명할 수밖에 없었던 하나의 이유가 되지 않았나 하는 가능성을 엿보게 한다.

또한 작품 수록에 있어서 지나치게 주요한・김억・김소월 등 극소수의 작가에 편향되게 의존하고 있었다는 점도 단명의 이유가 될 수 있었을 듯하다. 실제로 2호까지는 주요한이 기고를 하다가 3호부터는 김소월과 김억에만 의존하여 원고가 채워지고 있는 점은 매달 새로운 원고를 공급해야 하는 월간지라는 특성을 감안할 때, 두 작가에게 부담에 되었을 것이다.

끝으로 1900년 출생이었던 주요한, 1902년 출생이었던 김소월, 1896년생이었던 김억의 나이를 보면, ≪영대≫를 창간했던 1924년 당시 이들은 각각 25살, 23살, 29살이었다. 이 점에서 비슷한 연령층의 젊은 작가들이 대거 등장함으로써, 그들 스스로가 폐쇄적 범주에 갇힐 위험을 내포했다는 지적[2]은 타당성을 얻고 있다.

2. 안서岸曙와 소월의 민요시 분석

1) 장르 명명의 차원에서

김억은 1920년대 중반 이후 여러 차례 '조선심朝鮮心'을 역설하며 민요를 바탕으로 새로운 시 창작이 이루어져야 한다는 내용의 주장을 한 바 있다. 이러한 주장에는 주요한 등도 동의를 하고 있다. 주요한 역시 근대시가 지향해야 할 목표로서 '민족적 정조와 사상을 바로 해석하고 표현하는 것'이고 '조선말의 미와 힘을 새로 찾아내고 지어내는 것'을 내세웠던 것이다.[3] 그러나 이러한 내용은 체계적

---

2) 위의 책. p.105.
3) 위의 책. p.75.

인 민요론을 통해 나타난 것이 아니라 단지 몇몇의 산문의 구절을 통해 산견될 뿐이데, 그중 김억이 남긴 글 중 하나를 보면 다음과 같다.

수심가^{愁心歌}로서 우리의 감정을 노래할 수도 업고 ^{六字}백이로써 늦긴 바를 표현할 수가 업으니 우리에게는 우리의 사상과 감정을 표현할 길이 업습니다.[4]

김억은 <수심가>에 대해서도 우리 감정이 절실히 표현될 만한 정감을 충분히 공감하지 못한 듯한 태도를 보이는데, 이 점은 그의 고향인 정주에서 불렸으므로 익숙했을 법한 <북청수심가>에 대해서도 마찬가지였다.[5]

이를 토대로 판단할 때, 민요에 대한 계승의 차원이었든, 혹은 민요의 극복의 차원이었든, 일단 김억이 말하는 '민요'에 바탕한 '민요시 창작'이라는 것은 실제로 역사적 장르의 차원에서 현재 국문학에서 개념화된 민요가 아니라 엄밀히 말하자면 잡가 내지는 유행가요의 차원에서 이루어지고 있었던 것임을 짐작할 수 있다. 물론 김억이 국문학상 역사적 장르의 개념에 충실한 민요에 대해서도 공감을 보인 바는 있었다. 그는 1927년~1928년경 진남포의 어느 주여^{酒與}에서 <용강긴아리>를 감명 깊게 들었다고 고백한 적이 있었다.[6] 그러나 이 기록은 김억이 24년에 창작한 <명사십리> 등의 민요시에는

---

4) 김억, <명사십리 저>, 동아일보, 1925. 9. 14.
5) 위의 논의에 대해서는 박경수, 「민요의 근대시 수용 양상」, 「민족학술자료총서」, 민요, 어문5, 우리마당 터, 2002, 참조.
6) 위의 책.

시기상으로 적용될 수 없는 것이다.

그 개념이 민요에 기반을 두었든 혹 잡가에 기반을 두었든, 김억은 최초로 민요시라는 용어를 만들어낸 사람임에는 분명하다. 김억은 1922년 1월 15일 번역시집 『일허진 진주』의 서문에서 시의 체계를 정리하고 있는데, 이때 민요시에 대한 견해를 피력하고 있다. 그는 시를 서정·서사·극시로 나누고, 이 중 서정시의 영역에 민중시·사상시·미래시·후기인상시·입체시·민요시·자유시·상징시·사실시·이지시 등을 포함시키고 있다. 이 중 민요시는 ^{Chanson, song}으로 표현되어 있으며 전통적인 시형을 따르면서도 '무드' 있는 시를 민요시라고 했다.

그러나 이것은 소박한 장르관에 기반을 둔 설정에 지나지 않는다. 민요는 기층장르로서 시간적·공간적 적층성과 계층적 민중성을 기반으로 하는 것이며, 따라서 집단의 정감을 담아내는 장르이다. 이에 반해 서정시는 순간의 장르이며, 다분히 개인의 정감을 담아내는 장르이다. 출발선부터 다른 두 장르에 대하여 단순히 전통성과 '노래하기'라는 측면이 적당히 조합된 '민요＋시'라는 용어들의 결합을 통해 탄생한 민요시는 실상 '민요적 서정시'내지는 '민요지향의 서정시'로 명명되어야 마땅한 것이었다.

2) 율격적 측면에서

소월이나 김억의 민요시, 더욱 정확히 말해 '민요적 서정시'에 대해서 우리가 공감하는 부분은 크게는 전통적 정서와 율격이라는 두 가지 영역에 대한 부분이다. 특히 소월의 시는 7·5조의 리듬이 확연히 드러나는 시들이 많아 이 점에서 전통 율격의 계승으로 인정되곤 한다. ≪영대≫ 소재 작품 중에서도 그러한 징후는 여실하게 드러나고 있다.

不稱錘枰불칭추평

그대가平壤서 / 울고잇슬째   지금은속속드리 / 생각이나며
나는서울잇섯서 / 노래불넛네   그대그대부르며 / 나는우노라
人生은물과구룸 / 구룸이라고
노래노래부르며 / 탄식하엿네   그대는오늘날에 / 써도는게집
                                                        人生은물과구룸 / 구름일너라
洪陵에넓은동산 / 풀이마르고   쳐다보니가을의 / 느린하로는
故鄕의江두던데 / 쟈개널니니   산건너져기져便 / 해가지누나

1연의 1행을 제외하고는 모든 연과 행에서 외관상 7·5조의 음수율이 나타나고 있으며 전체의 율격 주조는 마치 칼로 잘라낸 듯 음수율에 맞추어 조직되어 있다. 이 때문에 7·5조하면 김소월의 시를 떠올릴 만큼 우리는 김소월의 전통지향 민요사와 7·5조 율격에 오랜 관습적인 동의를 보이고 있다.

하지만 7·5조가 이미 우리의 음조가 아닌 일제의 율조임을 밝히는 움직임 역시 이미 김억이나 김소월과 같은 당대의 민요시 운동의 연원만큼이나 오래되었다. 이 역시 1920년대까지 거슬러 올라가, 주요한, 양주동에게서부터 이미 그러한 인식의 태도를 찾을 수 있기

때문이다.[7] 그러나 이러한 인식이 가장 선명히 논리화되기 시작한 것은 조지훈에게서부터 일 것이다. 한국의 7·5조 율동에 대하여 그는 이렇게 규정하고 있다.

> 칠오조는 전통적 율조가 아니다. 김소월을 비롯하여 민족적 정한을 노래한 우리 신가에 칠오조가 많아서 칠오조는 한국적 율조의 대표처럼 되었지마는 실상 이것은 육당을 통해서 수입된 일본의 육조다.[8]

7·5조를 두고 "한국의 자생적 율조다", 혹은 "일제의 영향을 받은 율조다", 혹은 "찬송가로부터 파생된 율조다"라는 등등 여러 언급이 있지만, 이 문제는 분분한 이론들보다는 텍스트 자체로 돌아가 면밀히 찾아보는 것이 가장 바람직하지 않을까 생각한다.

우선 여타의 동인지들의 상황은 미루어두고, 본 발표문의 대상이 되는 「영대」만을 놓고 본다면, 김소월은 단 한 편의 민요시도 싣고 있지 않다. 그럼에도 위의 작품을 민요시를 논하는 가운데 인용한 것은 우리의 기존 인식에 각인된 7·5조에 가장 부합되기 때문이다. 그러나 ≪영대≫에서 실제로 '민요시'라는 이름을 달고 창작된 것은 김억의 작품들뿐이다.

---

7) 성기옥, 「한국시가율격의 이론」, 새문사, 1999. p.255.
8) 조지훈, 「반세기의 가요문화사」, 「한국문화사서설」, 탐구당, 1964. p.321. 재인용.

明沙十里(民謠詩)	녀름저녁에을픈노래(民謠詩)
金岸曙	김억
明沙十里의 가을	종달새
明沙十里 / 모래밧을 울며도는 / 갈바람은 山 을넘고 / 물을지낸 먼곳바람 / 이람니다.	쓰겁은 / 녀름볏에 새쌜간 / 鳳仙숫이 고개를 / 숙일쌔면 鳥籠의 / 종달새는 쏠스스 / 혼자운다
동무離別 / 나도하고 들을고고 / 山 을지내, 물결쉬는 / 바다짜로 눈물지고 / 왓슴니다.	써돌든 / 몸이길내 하늘이 / 그립소요 네깃이 / 잇길내로 엄마를 / 못니저서 쏠스스 / 설니운다 곱다란 / 실바람이 물우를 / 씨처와선 숫님에 / 입마추는 고향을 / 생각하고 쏠짜짜 / 눈물낸다
동무에고 / 온바람은 모래거처 / 풀밧지내 「斷念하고 / 가오」하며 우리몸을 / 휘듭니다.	

　위의 두 시들은 음수율로는 4·4조와 3·4조를, 음보율로는 4음2
보격에 해당한다. 그러나 4음2보격의 여러 양상인 3·4음절형, 4·3
음절형, 4·4음절형 중 <종달새>는 3·4음절형을 취하고 있다. 음수
율에 입각해 김소월의 전통지향의 민요적 서정시가 7·5조로 변화
하는 단초를 보이려면, 최소한 우리 시 중에 일곱 글자의 형태를 지
니는 부분을 찾는 작업부터 시작해야 할 것이다. 그 선결과제를 보
기 위해서 위의 김억의 작품을 살폈으나 일본 율조인 7·5조로 넘

어가기 위한 4·3·5의 기초적인 형태조차도 찾아보기 힘들다는 것을 알 수 있다. 7글자의 형태를 가지런히 갖추고 있는 김억의 시는 4·3의 형태가 아니라 4·4개지 3·4의 음수율을 지니고 있으며 음보상으로 4음2보격 혹은 3음2보격을 추구하고 있을 뿐이다.

스승에게서 이와 같이 일본 율조의 7·5조 형성의 초기 모습을 찾는 데 실패하였으니 다음으로 제자에게로 넘어가보기로 하겠다.

| 1.<巷傳哀唱명쥬쌀기>

素月

쌀기쌀기 / 명주쌀기
집집이다자란 / 맛쌀아기 | 쌀기쌀기는 / 다늬엿네
내일은열하루 / 싀집갈날

일모창산 / 날져문다
월출동정에 / 달이솟네
오호로 / 배쯰어라
범녀도님싯고 / 써나간길 | 2.<不稱鍾杯>

그대가 / 平壤서 / 울고잇슬쌔
나는서울 / 잇섯서 / 노래불넛네
人生은 / 물과구룸 / 구룸이라고 |
| 노던?에
오는비는
숙낭자의
눈물이라

어얼싀구 / 밤이간다
내일은 / 열하루 / 싀집갈날

흰솟흰솟 / 흰나뷔와
흰니마 / 흰눈물 / 검은머리
흰솟희솟 / 나붓는데
흰니마 / 흰눈물 / 검은머리

뫼에서 / 보면 / 바다이죠코 | 바다에서는 / 뫼가죠코
온듸간듸 / 다죠와도
어듸다 / 내집을 / 지어둘고

잇다고 / 잇는쳑 / 못할일이
업다고 / 부러워 / 안할일이
세상에 / 못난이 / 업는것이
저장난 / 성수에 / 사라보리

죽어간 / 님을 / 님이래라
쏠어진 / 신싹을 / 신이래라
압남산에 / 불탄등걸
닙뛰든 / 자국에 / 좀이드네 | 노래노래 / 부르며 / 탄식하엿네

洪陵에 / 넓은동산 / 풀이마르고
故鄕의 / 江두던데 / 쟈개널니니
지금은 / 속속드리 / 생각이나며
그대그대 / 부르며 / 나는우노라

그대는 / 오늘날에 / 써도는집
人生은 / 물과구룸 / 구름일너라
쳐다보니 / 가을의 / 느린하로는
산건녀 / 져기져便 / 해가지누나 |

위 1의 작품은 민요의 속성인 반복과 병치의 구조를 텍스트상에서도 여실히 보여주고 있다.

율격의 측면에서 살펴보면, 4음2보격에서 시작해 3·3·4음절을 보이는 4음3보격으로까지 역동적으로 변화하고 있다. 이러한 3·3·4음절의 4음3보격은 아리랑 계열의 1921년 일제 총독부 수집 자료에 의하면 우리 민요에서도 찾아볼 수 있는 것이다.

아르렁 아르렁 아라리오
아르렁 어헐사 노다가게
아르렁 고개다 집을짓고
정든임 오기만 기다린다
남산이 고와서 바라를볼까9)

이처럼 역동적인 민요적 율조를 보이는 작품과 달리 2의 작품은 시종일관 층량 3음보격의 율조를 보이고 있다. 표면적으로 음수율에만 맞추려 든다면 이것을 7·5조라고 볼 수도 있겠지만, 내적인 율격현상을 분석해보면 글자 수에 있어서 일제의 7·5조와는 전혀 다른 면이 있음을 발견하게 된다. 후반부의 5글자는 고정되게 나타나지만 전반부의 7글자는 내적으로 3·4조와 4·3조가 불규칙적으로 혼동되어 쓰이는 것이다. 이러한 사실은 김소월의 이 작품이 표면적으로만 7·5조일 뿐 일제의 7·5조와는 근본적으로 율격의 원리가 다르다는 것을 말해준다. 이 작품은 층량 3음보격으로 보는 것이 오히려 음수율의 불규칙한 변화양상을 해명하기에 더욱 타당한 것이다.

속요에서 다양하게 나타나는 층량 3음보격은 바로 김소월의 측량 3음보격으로서의 7·5조가 우리 시가의 전통에 맥이 닿아 있는 것임을 잘 설명해준다 할 것이다.

---

9) 주 7의 책, p.286.

낟ᄀ티 들리고 / 없스니이다(3 · 4 · 5) − − − − 사모곡
아소님하 흔딕녀졋 / 기약이이다(4 · 4 · 5) − − − − 이상곡
어마님 드르신말 엇더ᄒ시니(3 · 4 · 5) − − − − 용비어천가 제90장 2절

아ᄃ닔긔 喪服 니피ᅀᆞᄫ니(4 · 2 · 5) − − − − 용비어천가 제25장 2절
얄리얄리 얄라셩 열라리얄라(4 · 3 · 5) − − − − 청산별곡
괴시란딕 우러곰 좃니노이다(4 · 3 · 5) − − − − 서경별곡

이와 같은 ≪영대≫ 수록 작품들을 통해서 볼 때, 김억의 민요시
는 물론이며, 김소월의 7 · 5조는 모두 우리의 전통적 기층 시가장르
의 율격에 기반을 두어 그것을 근대화한 작업이었다고 볼 수 있다.
특히 ≪영대≫에 와서는 다양한 율격적 변형을 통해 그러한 작업들
이 한층 완숙해졌다고 볼 수 있을 것이다.

3. 주요한의 시

1) 사물을 대상화

「실험실에서」

<자라나는 것>

자라나는, 자라나는 결정례

삽시간에, 나무와 가치
가지가 나고, 적은 가지가 나,
선명한 묘각, 생명보다 더 선명한,
자라나는, 자라나는,
시험관 속의 결정례!

농후한 용액이
온도가 나림을 따라
광물례의
화학 합성물의,
아름다움을 자랑하는,
자라나는, 자라나는, 결정례!

정미롭고, 규모잇게,
자라나는 결정례!
그 아름다움에
과학은 노래가 된다.

<페놀탈렌>

쓰거운 「페놀」과 순결한 「탈렌」이
나흔 따님, 「페놀탈렌」!
피빗의 붉은 사랑은 감초앗것만
남달리 열렬한 가성가리를 그려
변함업는 붉은 가슴 쓸컷만
방울 방울 써러지는 가성액에
파문을 지으며 가슴의 한곳이 놀쒸것만

찬바람가치 휩싸는 희륜산의 싀긔에
애철업시 스러지는 그 붉음.

아 「페놀탈렌」에게는 산과 가셩
사람의 짜님께는 사랑과 버림이

<「요-도연」의 침면>

모든 아름다운 침면줌에도
「요-도연」의 침면이 가쟝
실험실의 석양 놀에
홍그러이 가라안는 금빗 비늘,
모든 아름다운 침면줌에도
「요-도연」의 침면이 가쟝.

희고 부드러운 「염산은」 보다도
시내바닥 모래보다 더고흔 「린산막네시엄」 보다도,
향긔나는 유긔 침면 보다도,
명주실가튼 「타-ㄹ」산 보다도,
모든 아름다운 침면줌에도
「요-도연」의 침면이 가쟝.

부자ㅅ집 색시가튼 「류화카드미엄」 도
신비덕인 「코발트」 도, 진한 「크로-ㅁ」 도
빅길데업는 금빗 비늘.
아, 미의 비밀을 직히고잇는
모든 아름다운 침면중에도

「요-도연」의 침면이 가장

<금속의 노래>

여긔는 넷날의 「루르키」의 민인과는 쟝터
각색 금속이 색슬 자랑하는 실험실이 올시다
먼저는 날카롭과 열렬을 자랑삼는 경금속,
「가리」와 「소-다」 석유병속에 가치 지내며
언제나 맑은 증류수에 춤출날을 쑴쮭니다.
여러분, 참으로 생명도 싣는 사랑을 구하시거던,
가성가리의 쯔거운 키쓰를 마다 맙시오.

다음에는 소복닙은 「알미니엄」, 「칼시엄」, 「막네시엄」.
연하고 겸손한 마음성이지만,
「막네시엄」은 불에 사로면 별가치 빗나고
그러나 「알미니엄」 가치 왼세상살님을 가볍게하는
얌전하고 일잘하는 색시는 또 업슬것입니다.
또 그다음에는 화려치못한 「아연」, 속된 「철」, 취미가 놉지못한 「동」.
그러나 현하에 만코만흔 부엌 며누리가튼
그네의 은공을 나저서는 안될것이 올시다.
신비한 푸른색가진 「백동」, 그와 한쌍인 붉은 「코발트」
가장 옷잘차리기는 누른치마의 「카드미엄」, 동황색의 「크로-ㅁ」.
「수은」은 녀승가치 세상을 버린이
그러나 승홍과 주토의 붉은빗이 「수은」 재로 온것도 닛지 못할것의
하나입니다.
무거운 「연」 젊은 「라듸움」 이 쳔만세긔를 늙어서 된 「연」
례법잇고 깨끗한 「은」 참말 「테되」, 흰빗의 아름다움을 몸소 가로

키는 「은」

「은」은 더 사랑스럽습니다.

각색 금속이 색슬 자랑하는 실험실이 올시다.

<1924. 8. 3.>

페놀프탈레인, 요오드화아연, 타르산 염산, 인산마그네슘, 소다, 알루미늄 칼슘, 마그네슘, 백동, 코발트, 수은, 카드뮴, 라듐, 크롬 등의 화학물질·금속이 이 시의 소재이다. 화자가 배제된 채 청자인 '여러분'만을 설정하고 '보여주기'의 방법을 주로 사용한 이 시는 앞선 김억의 장르 분류에 따른다면 '사실시' 정도로 편입될 수 있을 듯하다. 그러나 좀 더 살펴보면 단순히 사물화된 시라고만 볼 수도 없는 점이 존재한다. 이 시 속의 '염화카드뮴, 알루미늄, 수은 등은 각각 부잣집 색시, 얌전하고 일 잘하는 색시, 세상을 버린 이' 등으로 비유되는 것이다. 내포화자는 이 시에 등장하는 사물들을 단순히 보여주기만 하는 것이 아니라 새로 등장하는 사물들의 속성을 근대화된 사회의 변모된 모습과 연관시키고 있다.

이성에 의해 발견된 물질들의 향연이라고 할 수 있는 실험실 속 풍경, 내포화자가 보여주는 실험실은 단순한 실험의 공간이 아니라 인간이성의 경연장이며 그 속에서 생겨난 각색금속들은 근대적 문물의 유입을 통해 달라져가는 세상에 대한 경이감을 나타낸다. 이 실험실 속의 모든 물질들에는 한 가지 공통점이 있다. 모든 것이 질서화된 법칙의 지배를 받고 있다는 점이다.

그러나 이 물질들 사이에 존재하는 질서는 전통사회에서와 같이 이데올로기가 권력화해 생성된 질서가 아니다. 그것은 이성의 힘인 것이다. 경이롭고 규모 있는 결정체와 모든 침전 중에 가장 아름다운 침전, 날카로운 금속성, 이러한 것들은 이미 전근대적 사고방식 속에서는 인식되기 어려운 물질이다. 더욱이 이러한 물질들을 제시한 표현 방식마저도 완전한 자유시의 형식을 취하고 있다.

어느 한 부분도 질서화된 율격의 지배를 받지 않으면서 그 소재 상으로는 가장 질서화된 과학적 이성의 산물을 언급하고 있는 이 시에는 이미 전통 속에 담지 된 형식적 규율에서 벗어난 자유로움이 엿보이며, 아울러 이 시대 시인들의 감수성의 한 면모를 찾아보게 된다.

4. 결론 – ≪영대≫의 의의와 한계

≪영대≫는 1920년대 동인지의 최종단계에 도달한 형태라고 해도 과언이 아닌 순문예잡지이다. 그만큼 당시 작가들이 20년대의 상황에서 도달할 수 있는 최고의 수준을 보여주는 작품들을 선보인 동인지이어야 하겠으나, 실상은 많은 문제를 안고 있는 동인지이기도 하였다.

전체적으로 ≪영대≫가 이미 동인지로서의 성격이 상당부분 희석 외어 문인단체의 기관지 성격을 띠거나 특정 구심점이 없는 순문예 지 정도의 성격을 보여준다는 비판과 함께, 기성호된 작가, 시인들의 노련함을 보여주기는 하지만 새로움이나 열정, 전문성에 대한 치열한 자의식 등은 결여되어 있는 잡지라는 평가가 내려지기도 하는 상황이다.[10] 시 부문에서도 이러한 상황이 특별히 다를 것은 없다고 판단된다. 특별히 시 부문에서는 주요한이나 김억과 같은 기성 거물시인이 주축이 되었다는 점에서는 당시로서 어느 정도의 구심점을 지녔다고 말할 수 있을 것이다. 때문에 ≪영대≫는 적어도 시 부문에 있어서 '무색무취'의 이합집산 동인지라는 오명을 벗을 수는 있어 보인다.

그러나 민요시를 강조하고 직접 창작을 하면서도 체계적이고 분석적인 민요시론 한 편도 나온 것이 없다는 점에서는 최초의 민요시론 주창자들이 모인 단체로서 어느 정도 치열함이 희석되었다는 평가에 동의할 수밖에 없다.

---

10) 김춘식, 「1920년대 동인지문학의 미적 근대성」, 동국대학교 국어국문학과 박사논문, 2002. p.169.

Ⅱ. ≪개벽≫ 후반기에 게재된 시들의 양상

- 민요조 서정시와 현실 비판과 고발시를 중심으로 -

● 목 차 ●

1. 서 론
2. ≪개벽≫ 후반기에 발표된 시들의 양태
3. 민요조 서정시의 논의 과정
4. 민중의 빈궁한 현실 비판과 고발
5. 결 론

1. 서 론

종합지인 ≪개벽≫은 천도교의 전문지임에도 불구하고 1920년대 근대문학 발전에 지대한 공헌을 하였다는 사실은 여러 사람에 의해서 증명되고 있으면서도 최근에야 비로소 연구가 활발하게 전개되고 있다. 그것은 천도교리를 전파하는 종교 전문지라는 차원을 떠나서 당시 어려운 시대상황임에도 잡지로서 판매부분에서 성공하였다는 사실과 문예부분에 신경을 써서 문예부장이라는 직책을 두어 책을 편집하였다는 사실 등에서 인지할 수 있는 일이다.

그러나 당시 문단이라는 단체적 분위기조차 형성되지 않은 상태에서 시 형식의 정립을 위한 황석우와 토론에 현철 문예부장이 직접 참여하였다든가 등 아직은 정리가 되지 않은 초기의 어려운 상황을 잘 견디어 낸 사실은 대견하다고 할 수 있다. 일제의 억압 속에서도 검열을 통해 158개 이상의 전문 압수나 전문 삭제 및 부분 삭제와 판매 중단[11]을 이겨내고 무려 6여 년의 세월(1920. 6. 25~1926. 8)과 72호라는 수치는 잡지로서 대단한 성과가 아닐 수 없다.

≪개벽≫에 소설과 비평 글을 발표한 사람을 포함하여 시詩만을 발표한 사람만도 30여 명이 넘고 특히 그중에서도 40여 편의 시를 발표한 사람은 김억과 김소월 그리고 김형원이고 다음으로 이상화가 후반기에 26편을 발표하고 그 다음은 주요한과 조명희가 따르고 있다.

이 글에서는 김억과 김소월을 하나의 그룹으로 하여 민조조 서정시 형태를 알아보고, 김형원과 조명희를 또 하나의 그룹으로 하여 빈궁한 현실의 모습을 강도 높게 비판하며 고발정신이 강한 시로 대별하여 살펴보고자 한다.

2. ≪개벽≫ 후반기에 발표된 시들의 양태

최수일은 ≪개벽≫ 각 호별로 각 장르별 수량을 조사하여 발표하

---

11) 최수일, 「1920년대 문학과 ≪개벽≫의 위상」, 성균관대학교 대학원 박사논문, 2002, p.17.

고 있다. 그런데 그가 조사한 것들 중 후반기 31호부터 72호에 게재된 시의 수량을 비교하여 보면 많은 수가 틀리고 있다는 것을 발견한다. 물론 그는 문학적 접근도 잡지의 성격과 소설과 논설을 중심으로 전개하였지 시는 거의 언급을 하고 있지 않다. 그것은 아마도 ≪장미촌≫을 비롯한 ≪백조≫ 등 다른 시 전문 동인지가 있어서 그렇게 했는지는 모르나 ≪개벽≫을 통하여 발표된 시들 중 문제작이라고 하는 것이 없었기 때문일 것이다. 그래도 문제작이라면 김소월의 「진달래꽃」(25호 1922. 7.)을 비롯하여 「삭주귀성朔州龜城」, 「산」, 「가는 길」(40호 1923. 10.)과 기타 시들과 그의 「시혼」(59호 1925. 5.)과 이상화의 「빼앗긴 들에도 봄은 오는가?」(70호 1926. 6.) 등이 있을 정도이다.

그런데 시의 형식에서 한 편의 시로 보는 기준에 차이가 있다고 하더라도 그 수가 너무 많이 틀리고 있다.[12] 그래서 시의 형식을 조사할 필요가 있다고 판단된다.

≪개벽≫에 발표된 시 중 각 제목 다음에 글을 쓴 정상적인 시를 임시로 제1형식으로 보는데 대부분 작가들이 선호하고 있는 일반적

---

12) 최수일 위의 논문 p.72을 보면, 전반기는 조사를 하지 않아서 알 수가 없고 후반기를 보면 31호에서 시가 4편으로 게재되어 있으나 실제로는 8편이다. 회월 박영희의 시 「승녀僧女」과 「기원祈願」으로 2편, 안서 김억의 시가 「흰눈」, 「배」, 「냇물」, 「갈매기」으 4편, 춘성 노자영의 「未知의 나라에」의 1편, 변영로의 「설상소요雪上逍遙」의 1편으로 모두 8편이다. 특히 그가 시는 모두 각개로 포함하였다고 하였는데 너무 차이가 난다. 그래서 후반기 시만 총집계를 하여 보면 93개로 보고 있으나 실제로 165개로 조사되었다. 특히 안서의 시 4편과 이광수 1편과 조명희 1편의 미확인을 빼고도 이 정도로 차이가 난다. 이것은 시의 형식과 시편의 분류에 문제가 있다고 보거나 아니면 조사가 잘못된 것이다.

인 시형으로 김소월 등이 있다. 다음은 큰 제목에 작은 제목의 시를 제2형식으로 김안서나 김형원이 주로 즐기는 형식이며 김기진이나 주요한도 선택하였던 시형이다. 큰 제목에도 시를 쓰고 작은 제목에도 시를 쓴 것을 제3형식으로 가끔 변칙적으로 사용한 형태이다. 시와 산문을 섞어서 쓴 글을 제4형식으로 박영희가 사용한 형식이다, 완전한 산문형식의 시를 제5형식이라고 정한다. 이처럼 5가지의 유형으로 분류되어 있어서 작품수를 파악하는 데 많은 혼돈을 가져온다.

이처럼 형식의 형태가 여러 가지라는 것은 두 가지의 의미가 있다고 본다. 자유시라는 새로 형식으로 틀을 만들기 위한 모험심의 발로이며 창작의 개별성을 부각하기 위한 방법으로 차용한 것이라고 생각된다. 다음은 아직도 시의 형식에 대한 정립된 틀이 없다 보니 제멋대로 시를 창작하고 있다는 미숙의 단계임을 노정하는 경우이다.

이와 같이 판단하는 근거로는 아직까지도 시라는 형식이 제대로 자리를 잡지 못한 것을 황석우가 「희생화와 「신시^{新詩}」을 읽고」에서 '신체시의 시형^{詩形}은 비록 서시형^{西詩形}을 모방^{模倣}'13)에서처럼 처음으로 서양의 형식을 차용하는 과정에 있다는 것으로 추론할 수가 있다. 그런 글을 접한 현철은 같은 ≪개벽≫ 6호에서 「비평을 알고 비평을 하라」를 통해서 "시형^{詩形}과 시상^{詩想}이 다르다."14)고 주장하고 있는 논쟁에서도 드러나듯 '신체시'의 형식에 대한 논쟁이 벌어졌다는 것은 아무튼 어떤 이유이든 간에 형식에 차이가 있다는 점이며 앞으로 새로 전개될 미래 시 형식의 측면에서 본다면 참으로 좋은 시도임에는 틀림없다고 본다.

---

13) ≪개벽≫ 6호(1920. 12), p.91.
14) 위의 책, p.104.

한편 과연 시로 할 수 있는가 하는 것은 발표한 글이 시라고 판단하는 것인지 여부는 ≪개벽≫에 시의 개별적 발표의 여부가 중요한 기준이 될 것이다. 이처럼 시의 기준은 유시욱이 조사한 「1920년대 한국시 연구」[15]의 부록을 참고로 한다. 물론 유시욱도 주요한의 「옛날의 거리」가 두 번이나 반복하여 다른 줄에 기재가 되었고 김창술의 시 「대행도」와 「이 밤이 새어지다」가 김형원의 것으로 잘못 기재되어 있다. 또 몇 사람은 누락도 되었지만 그래도 수집한 노력은 인정하여야 한다.

이와 같은 시 형식의 분류가 고정적인 것은 아니라는 점에서, 아직도 시의 형식에 대한 변화의 기대가 많이 남아 있다는 것이 된다. 현 상태의 시 형식에서 제목이 있고 시가 쓰여 있으면 큰 제목이든 소제목이든 소품이든 시와 산문의 혼합형태의 시이거든 산문시도 한 편의 시로 보면 통일이 될 것이다.

다음은 ≪개벽≫에 시 게재의 현황을 보면 31호에서 46호까지는 꾸준히 시가 등재되어 거의 100여 편이 되나 50호의 시 1편을 제외하고 47호에서 52호까지 물론이고 60, 62, 63, 66, 71호까지 10개 호에 한 편의 시도 게재하지 않고 그 외의 호는 몇 편씩 안 되어 60호까지 1 / 3인 30여 편이고 61호부터 72호까지도 불규칙하게 게재되어 40여 편도 안 된다. 후반기 시의 합이 약 165편이라면 후반기 전체 32호에서 한 호당 평균 약 5편이 된다. 이것은 그만큼 시의 게재가 불평등하게 되어 있다는 것을 암시한다. 그래서 이러한 불균형의 시 게재는 별로 환영을 받지 못했다는 사실과 지면배정에서도 어려

---

15) 유시욱 『1920년대 한국시 연구』 이화문화출판사, 1995에서 「부록 1920년대 한국시목록 연표」을 참조하였음.

웠다는 점이 되고 19호(1922. 1. 1.)부터 문예면을 독립하였다는 사실에서도 증명하듯 전문적으로 문예를 담당한 문예부장의 역할과도 관련이 있을 것이라고 본다.

초대 문예부장인 현철이 1922년 10월에 사임을 하고 박영희가 편집에 관여한 것은 1924년이고 정식으로 문예부장에 임명된 것은 1925년 1월16)이다. 1924년 1월호가 43호이고 1925년 1월은 55호이다. 이것은 박영희와 관련성에 의미를 부여할 필요성이 있다. 또한 시기적으로 신경향파 문학을 주지시키고 백조파 시인들의 감상적 낭만주의에서 사회현실을 주시하는 고발성 시 분위기로 바꾸게 되는 시기이기도 하기 때문일 것이다.

박영희는 백조파 동인으로 「환영幻影의 황금탑黃金塔」, 「미소微小의 허화시虛華詩」 등을 ≪백조≫에 게재할 정도로 유미주의시인으로서 '예술을 위한 예술의 입장'을 고수하면서 프랑스 상징주의 시에 심취하고 또 예술의 자율성을 인정하지 않는 마르크스 레닌주의자로 변하기도 하였다.

이처럼 회월이 마르크스주의 사상에 전염되면서 사상의 전환을 기한다. 휘문의숙徽文義塾 출신인 박종화와 홍사용과 배재학당 출신인 나도향과 함께 참석한 박영희 등이 주축이 되어 발행한≪백조≫(1922~1923에 발간된 3호의 단명한 동인지)17) 동인이 무너지고 1923년 후반기에 '파스큐라(PASKYULA)' 동인18)으로 전환을 하여 인생관과

---

16) 최수일, 위의 책 p.16.
17) 윤병로, 한국현대소설의 탐구 한국학술정보(주) 2003, pp.42-43.
18) 박영희, 김기진, 김복진, 안석영, 이익상, 김형원, 연학년의 구성원으로 하여 이들의 이름 머리글자 영문 이니셜의 집합체인 단체이다. 윤병로, 『한국근 현대문학사』 명문당, 2000, p.173.

문학적 경향이 완전히 바뀌게 된다. 이처럼 박영희가 완전히 좌경화된 이유로는 프로문학의 씨를 뿌리기 위해 귀국한 김기진의 자극이 그 직접적 동기가 되었을 것이고 3·1운동 이후 급진적 투쟁방법으로 부각되는 마르크스주의 사상을 필요로 하는 사회분위기가 그 간접적 원인이 되었을 것이다.[19]

박영희에게 지대한 영향을 미친 팔봉 김기진은 일본에 유학을 하여 예술지상주의, 유미주의, 데카당스 등에서 빠져나와 1922~1923년 사이에 일본에서 급속하게 전개되는 사회주의 사상을 전파시킨 대표적인 저술가 아소우 히사시麻生久와 친교하면서 감화를 받고 또한 투르게네프와 바르뷔스주의에 깊게 빠지게 된다.[20] 팔봉은 1923년 여름에 귀국하여 프로문학운동을 벌이기로 하고 일차적으로 ≪백조≫에 가담하여 동인지를 프로문학활동에 이용하기 위하여 토론을 하다가 ≪백조≫가 해산되자 ≪개벽≫으로 옮기게 되었다는 사실에서도 알 수 있다. ≪개벽≫으로 옮기고 첫 수필작품인 「Promeneade Sentimental」 37호(1923. 7.)에서 "고국을 찾아 왔으나 고국의 모습이 보이지 않는다. 러시아를 그리워하고 있다. 혁명에 성공한 나라이기 때문이다. 현대문학은 유물사관 위에 섰다. 시인은 최대다수의 영혼과 자기의 영혼과 융화시킬 수 있어야 한다." 등 그의 수필은 그 세대의 공통된 관심사의 방향이 어디에 있는가를 거론하고 있다. 이처럼 그간의 일을 박영희는 「백조-화려했던 시대」[21]에서 "급격急激한 예술사상藝

---

19) 김시태, 「박영희의 문학비평 연구」, 한양대학교 한국학연구소, 『한국학논집』, 1985, pp.281-284 참조.
20) 윤병로, 한국근현대문학사, p.173.
21) ≪조선일보≫ 1933년 9월 15일.

術思想상 변화와 현실의 새로운 정당한 인식이 시작"되어서 ≪백조≫ 동인들과 여러 번 토론을 하였으나 동인들은 별로 관심을 두지 않고 반대를 하지 않았으나 내면으로 증오심이 생겨 김기진과 함께 ≪개벽≫지로 옮겼고 신경향파 문학이라는 매개적 단계가 시작되었다고 술회를 하고 있는 것만 보아도 그들이 ≪개벽≫에 가게 된 동기가 잘 드러나고 있다.

한편 김기진은 「나와 카프시대」(≪서울신문≫ 1955. 10. 5.)라는 글에서 "일본에서 사회주의 영향을 받았고 유일한 친구인 박영희에게 서신으로 사상의 전환" 알렸다고 하는 것처럼 동경과 서울에서 서신을 통한 사상적 공유의 교류는 회월이가 예술지상주의에서 사회주의로 변하는 데 기여하였다는 것을 알 수가 있다. 지금까지 조사한 바와 같이 그들의 목적은 사회주의 사상의 전파와 신경향파 문학의 정착을 위하여 계급문제를 계속 거론하는 등 사상의 전달을 위해 최선을 다하는 모습에서 볼 수 있다. 시보다는 소설과 비평에 전념을 하는 모습은 그들의 작품에서도 자연 밝혀지고 있다.

최수일은 그의 논문에서 '사회주의 전면화의 내적조건과 핵심인물'을 통해서 철저한 사상전개양상을 보여주고 있다고 지적을 한다.[22]

한편 독자들의 문예에 대한 호기심을 자극하고 신인발굴에 기여를 하기 위해서 현상모집[23]을 하였는데 소설과 희곡만 모집을 할 정도로 시는 푸대접을 받고 있다. 1925년 1월(55호)에 대대적으로 '신춘 독자 문예 대모집'을 하였는데 이번에는 소설, 희곡, 시, 소품 등 네 가지 종류로 詩가 들어간 것이다. 다음 달 56호에 4명의 시인들만이

---

22) 최수일, 위의 논문, pp.109－122 참조
23) ≪개벽≫ 45호 1924년 3월, p.111 참조

등단을 한다. 박영희는 「독자문예를 발표를 하면서」를 통해서 "다소간多少間이라도 개성個性의 사색思索에 고민苦悶이나 또한 창작적이지創作的 理智나 감정感情에 무슨 광명光明이 없다고 하면서도 김창술 씨의 「대행도」, 상무想無 씨의 「조선혼아」, 정래동 씨의 「눈오는 아침」, 김영수 씨의 「넷 환경으로부터」"를 선정한 이유를 들고 다른 시들은 '계급문학 시비론'24) 때문에 실지 못함을 알리고 있다. 사회주의 본국인 러시아 문학과 또한 외국문학을 번역소개하거나 6주년 기념으로 71호에 '해외문단특집'25)을 내기도 하는 등 문예와 관련된 다방면으로도 활동을 하고 있다는 것이 감지된다.

3. 민요조 서정시의 논의 과정

먼저 김억이 어떻게 하여 ≪개벽≫지와 관련이 있었는지 그것을 밝히는 것이 매우 중요한 일이 될 것이다. 아마도 그것은 김소월이 스승의 영향으로 많은 시를 발표할 기회를 얻었다는 것을 의미하기

---

24) 1925년 2월 56호 특집을 마련한 것으로 프로 측의 기획으로 프로 측의 논자로는 김기진, 박영희, 김형원, 박종화 4인과 반대 측의 논자는 염상섭, 나도향, 이광수, 김동인 4인으로 프로 측은 계급문학의 당위성을 옹호하는 쪽으로 반대 측은 예술 본연의 자세의 중요성을 피력하고 있다. 우리의 관심을 끄는 박종화는 「인생생활에 필연적 발생의 계급문학」이란 제목으로 문학에도 확실히 계급이 있다고 주장하였고 김형원은 「계급을 위함이냐 문예를 위함이냐」 사람은 계급이 없으나 그들의 생활을 표현하는 문학에는 계급이라는 것이 존재하지만 전 인류의 생존을 위하여 싸우겠다고 주장한다.
25) 1926년 7월호에 「최근 해외문학걸작」 부록이 실려 있음.

때문이다. 안서 김억이 ≪개벽≫ 문예편성에 대한 영향력의 범위와도 관련성이 있어서이다. ≪개벽≫은 처음부터 문학과 관련이 있는 일반 개론적 내용을 담은 「소설개요^{小說槪要}」나 「玄堂 독폐^{獨吠}」 등을 통하여 일반 독자들의 문학적 지식을 계몽하는 것을 목적으로 여기고 있다. 그것 같은 맥락에서 위의 현철의 기획기자가 끝나자 김억의 「근대문예」도 12호부터 21호까지 총 8회를 연재한 것도 상당한 의미가 있음을 이해할 필요가 있다. 근대문예의 출발인 문예부흥에서부터 고전주의, 낭만주의, 자연주의, 신낭만주의 등 다양한 문예사조를 개괄적으로 해석한 글이다. 물론 처음 글보다 더 전문적인 위치로 올리고 해석의 난이도도 높아졌지만 동인지처럼 전문독자를 상대로 한 것이 아님은 물론이지만 어휘나 문체가 평이하여 이해를 하는 데 무리가 없다는 점이다. 이와 같은 난이도 조금씩의 상승효과는 문학교육이라는 목표 아래 대중을 흡입하는 편집진의 치밀한 대중 독자의 확보 전략임을 보여준 것이라고 할 수 있다.26) 이와 같은 김억의 8개월간 「근대문예」 집필은 문예담당자들과 가까워질 수 있는 기회가 생겼다고 볼 수 있고 편집에 영향력을 발휘할 수가 있었을 것이다.

김소월이 「개벽」에 시를 발표한 것은 문예면이 독립되어 지면이 많아진 19호(1921. 1.)에 「엄마야 누나야」, 「금잔디」 등을 포함해서 9편을 발표하고 20호에도 5편, 22호에 3편, 24호에 4편, 25호에 2편, 26호에 11편, 29호에 2편, 32호 2편, 35호에 5편, 40호에 3편, 55호에 2편 등 전반기(1~30호)에 36편과 후반기(31호~72호)에 12편 총 48편을 게재하고 있다.

---

26) 최수일, 위의 논문, p.135.

한편 김억도 24호에 1편, 25호에 8편, 29호에 1편, 30호에 1편, 31호에 4편, 33호에 5편, 35호에 4편, 37호에 2편, 41호에 2편, 44호에 5편, 45호에 3편으로 전반기 15편과 후반기 25편으로 총 40편을 게재하고 있다.

이처럼 시의 전체에 대하면 두 사람의 시 88편은 전체의 255편(전반기 90편과 후반기 165편)의 1/3 정도에 해당할 정도로 많은 분량이다.

김억과 김소월의 나이는 7살이나 차이가 났지만 김억은 김소월의 스승 역할을 하였으며 그의 번역시의 영향을 받은 사람은 누구보다도 김소월일 것이며 김억이 번역한 외국 시인들의 시풍이나 김억의 번역 문체나 어법 등에서 큰 영향을 입는 듯하다.[27] 그러면서도 시풍의 영향이 그대로 김소월에게 나타나는 것은 1920년대 시문학 중 가장 활발하게 시 운동이 전개된 '민요시'라 할 수 있다. 김소월은 ≪개벽≫25호(1922. 7.)에 「진달래꽃」을 발표하면서 '민요시'라는 부재를 붙이게 되어 ≪개벽≫은 김소월에게는 특별한 의미가 있다고 본다. 월탄은 31호 「문단의 일년을 추억하야」에서 「진달래꽃」을 평하면서 기교와 조율의 흐름과 정서를 인정하고 그와 같은 관찰을 가지고 서정시를 넘어서 더욱 힘 있는 고뇌의 시를 쓰라고 부탁까지 한다. 이처럼 사용하기 시작한 '민요시'라는 용어는 김억이 다른 몇몇 시인들을 논의하면서 1923년에는 보편화가 되었다. 한편 '민요조 서정시'의 형식적인 측면에 치중하는 연구가 많았으며 내용이나 정신사적 측면은 피상적이었으며 그 결과 민요조 서정시의 본질 파악

---

27) 오하근, 「김소월 시에 끼친 김억의 영향」, 『국어문학』 31집, 1996, p.370.

을 민요의 계승적인 성격에 두고 전통적인 시 형식에서 발전적으로 계승한 것으로 결론을 내리고 있다.

> 소월군素月君의 시詩 — 중략 — 「사욕절思欲絶」(35호 1923.5)의 5편시는 잃어진 꿈을 찾아 돌며 하소연하는 서정적抒情的 정서와 곱은 리듬이 조화된 기교技巧와 함께 얄밉게도 싸아진 곱은 시입니다. 나는 시혼 그자신이 내부적內部的 깊이를 가지지 못한 것이 유감입니다. — 중략 — 「삭주귀성朔州龜城」(40호 1923.10)의 삼편시三篇詩는 군의 민요시인民謠詩人의 지위地位를 올리는 동시에 군은 민요시에 특출한 재능이 있음을 긍정시킵니다. 물로 사흘 배 사흘 / 먼 삼천리三千里 / 더더구나 거러넘은 먼 삼천리三千里 / 삭주귀성은 산을 넘은 육천리六千里요. // 물마저 함빡히 젖은 제비도 / 가다가 비에 걸녀 오노랍니다. / 저녁에는 놉픈 산山 / 밤에는 놉픈 산山 // (삭주귀성의 일절), 또「가는 길」의 한 절節을 보면 압강江물 뒷강江물 / 흐르는 물은 / 어서 따라오라고 따라가쟈고 / 흘녀도 년다라 흐릅듸다려. // 우리의 재래 민요조民謠調 그것을 가지고 엇더케도 아랏답게 길이로 싸고 가로 역거, 곱은 조화調和를 보여두엇습닛가! 나는 작자作者에게 민요시民謠詩의 길잡기를 간절히 바래는 바입니다.[28]

위의 예문에서 김억이 언급하고 있는 '민요시'의 개념은 전통적 민요조에 기반을 둔 곱고도 서러운 정조를 아리땁게 짜고 엮어서 만든 고운 조화를 이룬 시라는 것이다. 여기서 민요조와 더불어 서정시라는 특징을 공유하는 것으로 함께 묶어서 '민요조 서정시'라는 명칭을 사용하였다고 윤여탁은 주장을 하고 있다. 그와 함께 김억이 사용한 '민요시'도 같은 개념으로 위의 글에서 소월의 시를 예를 들

---

28) 김억, 「시단의 일년」, ≪개벽≫ 42호(1923. 12), p.43.

어 '민요조 서정시'의 본질을 설명하고 있다. 이와 같은 경우 말고 김억도 자신의 역시집 『잃어버린 진주』(영문관 1924)의 서문에서 시의 종류로 '민요시'로 설정한 바가 있고 「여름저녁에 은 노래」(『영대』 2호 1924. 9.) 등 9편과 「명사십리」(『영대』3호 1924. 10.) 등 4편에서 '민요시'라는 용어를 사용하고 있다는 것이다.

또한 김기진도 ≪개벽≫57~58호(1925. 3-4) 「현시단의 시」에서 "김억의 시는 단순한 서술과 영탄을 일관하고 있으며 김소월은 시인의 본령이 민요조 서정 소곡小曲이며 「산」에서 '산새도 오리나무 / 우에서 운다 / 산새는 왜 우노, 시매 산山골 / 령嶺넘어 갈나고 그래서 울지. //' 조선 재래의 민요조 리듬과 그 부드러운 시골정서이며 '그렵다 / 말을 할까 / 하니 그리워 // 그냥 갈까 / 그래도 / 다시 더 한번 //' 여기도 민요조리듬과 부드러운 시골정조이며 작가의 태도는 단순히 '리리시즘'이며 민요조 서정시인이다. 홍사용은 민요시의 운동으로 출발하였고 시상, 표현수법, 리듬 등 모든 것이 전원적이고 향토색이 풍부하며 전통적인 재료를 즐겨 사용하며 단점은 속정적俗情的인 데 있다. 주요한의 시는 비유譬喩, 관능묘사, 관념서술도 없고 곱드린 정서情緖의 서술만 있는 정적靜的인 정서의 시인이며 가벼운 '리리시즘'이다." 등을 거론하여 '민요시인' 또는 '민요적 시인'이라고 부르고 있다. 또한 김동환도 「동정녀」(≪조선문단≫ 18호 1927. 1.) 등 6편의 시를 민요, 동요라는 부제로 발표하여 민요의 중요성을 강조하기도 한다. 김소월은 자신이 '민요조 서정시인'이라고 인식되기에는 본인의 노력도 있지만 김억의 힘이 지대하다고 보아야 한다. 김소월을 그렇게 만든 김억에 대해서 좀 더 고찰할 필요가 있다.

김억은 많은 서구시를 번역하여 발표는 물론 프랑스 상징주의 시와 시론을 근대시문학사 초기에 소개를 하는 등 근대 시단에 충실한 전신자의 역할을 수행하였고 민요조 서정시의 창작과 시론 전개에 주도적인 역할을 한다. 그는 1920년대에 상징주의 그늘에 벗어나서 최초의 창작시론인 「시형의 음률과 호흡29)」에서 조선에 적합한 시형의 탐구라는 사명감을 수행하는 과정의 여정을 보여주고 있다. 위의 글에서 조선의 말에 잘 맞는 시형을 살피고 어떤 음률이 잘 표현되는지 찾아야 한다면서 조선의 시문은 각자 개인의 주관에 맡겨 시인 자신의 호흡呼吸과 고동鼓動에 근거하여 시인의 정신과 심령의 산물인 음률이 절대적 가치를 지닌 시를 지어야 한다는 것이다. 이처럼 '호흡은 시의 음률을 형성'하는 것이라고 하여 자유시에 비슷한 견지를 유지하여 오고 황석우의 자유시론과 연결되고 근대시의 자유시형 발전에 크게 기여30)하는 외에도 후기 '격조시'라는 정형시를 연구하기도 한다. 이러한 김억의 시형 탐구는 김소월이나 홍사용의 시 비평을 통하여 민요 또는 민요조 서정시가 우리 민족에 맞는 시라는 견해에 이르게 된다. 김억은 ≪개벽≫42호(1923. 12.)의 「시단의 일년」을 통해서 "시라는 것은 서정시를 뜻합니다. 제1의 시가는 시혼의 황홀恍惚이 시인 자신의 맘에 있어 시인 자신만이 느낄 수 있고 표현은 할 수 없는 심금心琴의 시가라고 할 만한 것"이라고 강조하고 있다. 또한 박종화의 논쟁에서 주장하고 있는 조선의 고유한 미와 힘과 사상을 위하여 조선적 표현을 추구해야 하고 '말을 만들기'를 통

---

29) ≪태서문예신보≫(1919. 1. 13.)에 게재한 김억의 창작시론이며 근대문학사상 최초의 창작시론이다. 이것보다 먼저 이광수는 「문학文學은 하何오」(≪매일신보≫ 1916. 11. 10.)가 있다.
30) 한계전, 『한국현대시론 연구』, 일지사, 1983 참조.

하여 사상과 문자와의 조화, 사상과 리듬과의 조화와 전체의 무드를 허물지 않는 시가 되어야 한다[31]고 주장한다. 그러면서 김억은 자신이 추구하는 민요조 서정시와 민요에 대한 생각은 자신의 '민요시집'인 『금모래』를 발간하면서 더욱 확고해진다. 결국 김억은 산문시에서 상징주의 시(자유시)로, 또 민요조 서정시(정형시)를 거쳐 '격조시'에 이르는 시형의 편력과정이 조선시형의 추구로 간주할 정도로 별다른 성과는 얻지 못하고 만 것이다. 이처럼 그가 너무 어떤 정형성을 추구하다 보니 별다른 성과도 얻지 못하고 또한 시작과 시론을 전개하면서도 김소월처럼 발전하지 못하고 만다. 그러나 소월은 시론이라는 개념을 안서가 발표한 것들에서 잘 받아들여[32] 나름대로 자신의 시세계를 이끌고 있다. "시혼은 본래가 영혼 그것인 동시에 자체의 변환은 절대로 없는 것이며 같은 사람의 시혼에서 창조되어 나오는 시작에 우열이 있으나 그것은 시혼 자체가 아니라 음영陰影의 변환變換"라고 자신의 유일한 시론[33]에서 주장하고 있다. 조선 전통의 민요시인이 되고자 한 김억은 그의 제자인 소월에게서 민요조 서정시의 정수를 보았지만 자신은 발전적인 민요조 서정시를 시도하지 못하고 마는 불운을 겪고 만다.[34]

---

31) 김억, 「무책임한 비평」, ≪개벽≫ 32호(1923. 2.)
32) 김억, 「시단 산책」, ≪개벽≫ 46호(1925. 5.)에서 "위치 잡은 시가가 많은 오해와 꾸지람을 세상의 여러 계급에서 듣는다고 말하고 『금성』의 권두언 시 격인 「기몽記夢」은 서정抒情의 시혼詩魂이 자리를 못 잡고 변역시는 창작무드로 의역하여 시혼과 정조를 옮기는 것이 옳다."고 주장한다.
33) ≪개벽≫ 59호(1925. 5.)
34) 윤여탁, 「1920년대 민요조 서정시 연구」, 한국어교육학회, 『국어교육』 53집, 1985, pp.251-259 참조.

4. 민중의 빈궁한 현실 비판과 고발

　김억과 김소월이 민족적 현실보다는 개인의 정서를 노래하였다면 석송 김형원과 포석 조명희는 사회현실에 눈을 돌려 빈궁한 노동 계급자의 입장에서 노래를 하였다고 본다.

　≪개벽≫에 발표한 석송 김형원의 시를 조사하여 보면 그는 가장 많은 시를 발표한 사람 중 하나이다. ≪개벽≫에 발표한 그의 시를 보면 6호에 1편, 8호에 1편, 9호에 1편, 11호에 1편, 12호에 6편,18호에 3편, 19호에 1편, 20호에 1편, 21호에 5편, 22호에 2편, 23호에 4편, 25호에 1편, 26호에 10편, 28호에 1편, 29호에 4편, 30호에 9편,32호에 4편, 33호에 1편, 34호에 3편, 35호에 4편, 37호에 4편, 41호에 3편, 43호에 1편, 44호에 1편, 46호에 2편, 53호에 1편으로 전반기에 51편이고 후반기에는 24편으로 총 75편이다. 이와 같은 작품 수는 가장 많이 발표한 시인임을 증명하고도 남는다. 당연히 그의 시 분석은 타당한 것이 될 것이다. 한편 조명희는 46호에 2편, 58호에 2편, 61호에 2편으로 전부 후반기만 6편이다. 그럼에도 포석을 선택한 것은 김기진과 박영희가 비평과 소설에 관심을 가지고 신경향파 문학을 소개하고 계급문학의 선도에 정신을 집중시키고 있으나 시에는 발표한 것이 별로 많지 않기 때문이고35) 또 다른 뜻은 근대 시사에서 미발표된 시43편 중 37편를 시집 『봄잔듸밧 위에』를 출간하여 등단한 최초의 시인이라는 점이다. 더욱이 사회주의 사실주의

---

35) 김기진은 38호(1923. 8.)에 3편 46호에 1편을 발표하여 총 4편이고 박영희는 31호(1923. 1.)에 2편이 전부이다.

의 영향을 받아 소설 『낙동강』을 발표하여 혁명투사의 길로 들어섰고
일경에게 신변위험을 느껴 1928년에 소련 연해주로 망명하여 조국의
참상을 고발한 저항시 「짓밟힌 고려」를 발표하는 등 재소한인문학건
설에 초석을 놓게 된 사람36)으로서 ≪개벽≫에 희곡, 소설, 수필 등
각 2편을 발표하고 포석의 시집 작품(2편은 포함)을 제외하고 유일하
게 시가 4편을 발표한 것이기 때문에 관심을 가지는 것이다.

월탄은 ≪개벽≫31호(1923. 1.) 「문단의 일년을 추억하야」에서 석
송의 시(25호 「산가山家에 우거寓居하야」)를 평하기를, 시조라고 혹평
을 하고 있다. 그러나 「수인囚人의 생활生活」(26호)은 시상이나 리듬은
잘된 시라고 하였지만 표현에는 실패를 하였다고 하면서 이유로는
"포서補舒의 지리멸열支離滅裂과 랄극剌戟의 미온微溫과 혼탁混濁이 시상詩想
과 선율旋律을 무색無色하게" 하였다는 것이다. 이와 같은 석송의 시는
42호 안서 「시단의 일년」에서도 언급하고 있는데 32호의 「생장生長의
균등均等」외 3편과 35호의 최근 4章 중 「샛검은 사람」과 「완성完成의
희열喜悅」의 시를 평하고 있는데 시혼의 깊이가 깊지 않으나 솔직하
고 순실한 분위기를 일관되게 시를 쓰는 유일한 시인이라고 말한다.

한편 「석송 김형원 연구」를 한 송영묵은 그의 특이한 생애를 설
명하면서 100편37)의 시와 가사, 수필, 번역 등을 발표했다고 하였다.
석송은 1925년 그가 직접 주재하여 발간한 『생장』에 시 6편을 발표

---

36) 김재홍, 「재소 한인문학의 선구자」, 한국논단, 『한국논단』 11집, 1990, p.139.
37) 『석송 김형원 시집』에 p.16, 『폐허이후』에서 p.3, 『생장』지에서 p.6, 『조
   선지광』에서 p.3, 『학지광』에 p.1, 『조선시인선집』(1926)에 1편으로 105
   편으로 원래 104편에서 1편이 많다. 이것은 개벽지의 시 게재수가 2편
   이 틀리다. 송영묵, 「석송 김형원 연구」, 계명대학교 한국학연구소, 『한
   국학논집』, 14집, 1987, p.107 참조.

했다. 이를 제외하고 ≪개벽≫에 대부분의 작품을 발표했다는 추정이 가능한데 ≪개벽≫이 그의 작가생활에서 상당한 비중을 차지한 잡지임을 알 수 있다. 신문사의 부장과 편집국장을 1949년에 공보처 차장을 역임하고 6·25동란 때 납북을 당한 나이가 51세이다. 그가 단체의 힘을 이용하기 위한 조치로 '파스콜라'에는 가담하였으나 카프에 가담하지 않았다는 것은 문자를 통한 울분과 사상을 천명하는 지식인의 고민을 엿보게 하는 대목이다. 비록 일제의 탄압에 놓여 있는 어두운 현실에서도 민주주의 신념을 버리지 않았다는 것은 석송이 미국의 휘트먼의 영향을 받은 탓이라고 생각한다. 그러면서도 현실에 대한 관심을 가진 한 사람이다. 김기진은 문학의 사회주의화를 주장하지만 그의 시작품에서 한국 현실의 민족적 반항의식은 미미하다. 물론 석송도 민족적 반향의식은 박약하나 현실을 보는 시선은 날카롭다. 그렇다고 현실 자체를 수용하는 데 있어서 부정적이고 비판적이지만 현실을 고발하거나 반항하려는 의지는 매우 미약하고 자포자기하려는 경향도 엿보이고 또한 미래를 지향하려는 요구가 충만함을 보이려는 노력도 보인다. 이러한 경향은 28호 「수인의 생활」에서 "오, 나는 수인囚人이다. 자유를 일허버린 / 나는 아모것도 실타. 아모것도 실타"에서 갈망하는 참된 자유는 반영되고 있지만 "그리고 내일 아츰이 다시 업기를 / 해의 불이 영영 꺼지기를"의 自暴自棄는 현실의 대한 투쟁이 아니라 좌절감에서 오는 절망이며 자유상실을 극복하려는 의지는 없고 모든 것의 종말 오기를 기대하는 인간의 나약성을 드러내고 있다. 46호(1924. 4.) 「이생 저 생 이 몸」에서 "이생 저생이 모다 헛되오니 / 이몸을 어찌나 하오릿가 / 이생을 타고 난 이 몸이니 / 그래도 이생과 싸우랴 합니다."에서처럼 이시는 시적 감각이나 표현이 형편없고 수사의 기법도 포기한 상태이다. 여기서 석송은 현실에서 싸우려는 것은 자신의 삶의 권리를 박탈한 일제가 아니라 이생에 태어났으니 이생과 싸우겠다는 것이다. 이러한 생각은 적극적인 삶의 자세라기보다는 소박한 경지에 머무는 것으로 현실의 모순의 인식과 그에 부합한 행동양식에 대하여 과격성을 피하고 온건한 입장을 취하는 것과 같다. 미래에 대한 소망은 53호(1924. 11.)「아 지금은 새벽 네시」에서 "장래의 닭은 새날을 선언하고 / 어대선지 간난이의 우름소리가 들닌다. // 아, 새날! 새 사람! / 새생명의 춤터가 열니랴하는, / 아, 거룩한 새벽 녜시!"에서 닭이 새날을 선언한다는 것은 새벽을 알리는 신호이고 새날에 우리에게 희망을 안겨다 주는 것은 갓난아이이다. 새날에는 새사람이 등장하여 앞날을 밝게 해 주는 소망을 피력하고 있는 것이며 새로운 희망을 줄 수 있는 것은 새로운 생명이라는 것으로 나타나고 있다. 또한 평등사상을 말하고 있다. 32호「늘압흔몸 늘앞흔 마음」에서 현실에 받는 고통을 버리고 고통을 받지 않는 나라로 가고 싶다는 소극적인 삶의 의지를 드러내면서 주어진 상황을 개선하려는 의지가 없고「저주 받은 생활」에서 "그러나 친구여. 나는 / 불규칙한 기계적 생활보다도. / 그안에 잠자는 규칙있는 생활 …… / 독아니에든영혼 ─ 판에 박힌 육체를 / 아! 나는 저주한다. 불샬으려한다."처럼 일제의 감시당하는 자신을 독안에 갇힌 영혼으로 보고 그 안에 든 영혼을 저주한다고 하여 현실의 감시를 당하는 것을 대신 나를 저주한다고 화살을 자기에게 돌리면서 그런 환경을 만든 외연인 일제를 은연중에 비판하고 있다.

37호「다다미우의서」의 큰 제목 아래 4편의 시를 발표하였는데 첫 번째 시가 「불순한 피」이다. 석송은 이미 작심을 한 것 같다. '다다미우의서'라는 것은 일제의 지배를 말하고 있다. 일제와 일제에 아부하는 친일파와 앞잡이를 거짓 선각자로 보고 그런 분류에 속하는 자신을 포함한 모든 사람들에게 질타를 하고 있는 것이다. 이 시의 제목인 '불순한 피'는 '일제에 의하여 오염된 정신적 자세'라고 볼 수 있다. 그러니 이런 피를 간직하고는 올바른 정신적 자세 확립이 어렵고 좋은 열매를 맺을 수 없고 민족적 자각을 바라볼 수가 없다. 이처럼 미래지향적인 의지는 민주주의 바탕을 두고 민중들의 고단함을 시로 표현하는 민중시를 쓰려고 하는 의도는 시단에 획기적인 동기를 부여하였으나 사상과 시적표현에서 조화를 이루지 못하여 시적 성취도에 기대에 충족시키지 못하는 결과를 가져오고 만다.

이와 같은 결과에도 불구하고 석송의 시에는 제도와 인습에 대한 강한 혐오감을 가지는 또 다른 특징도 있다. 일제의 감시 속에서도 사람을 구속하고 부자연스럽게 만드는 것은 또 다른 제도와 인습에 기인한다고 보는 시각이다. 21호(1922. 3.) 「숨쉬는 목내이^{木乃伊}」의 "「현대」라는 옷을 입고 / 「제도」라는 약을 발라 / 「생활」이라는 관에 너흔 / 목내이를 나는 본다. // 그리고 나는 / 나 자신이 이미 숨쉬는 목내이를 / 아! 나는 조상한다!"에서 제도에 대한 반발로 자신을 제도에 얽매인 미라에 비유하고 있다. 현대에 살면서도 제도와 생활의 관에 구속당하고 있음을 아주 못마땅하게 생각하고 있다. 여기서 일제에 대한 평명적인 정치적 항거가 아니고 그보다 한 차원 높은 근원적인 자유에 대한 갈망을 추구하고 있다는 것이다. 12호 「무산자의 절규」의 "그러나 나는 다만 / 「인간」이란 재산만을 / 진실한 의미의 「인간」을 … / 요구한다. 절규한다!"에서 진실한 의미의 인간과 인간의 권리를 요구하고 있다. 일제에 의해 유린당한 인간의 권리를 강하게 주장하고 있다는 것은 석송의 강점이기도 하다. 왜냐하면 당시 대부분의 시인들이 감상적 낭만주의에 탐닉하고 있을 때에 현실을 직시하면서 민중 편에 서서 아무런 정치적 의도가 없었다는 것은 그의 행적에서도 증명이 된다. 만약 카프에 참여하여 민중의 아픔을 노래한다는 것은 일제의 강압과 감시를 노골화하는 계기도 만들고 순수한 의미의 민족의 아픔이 가슴에 다가오는 것을 맛보지 못하고 마는 결과를 초래하였을 것이다. 이런 작가의 마음은 휘트먼이 주장하는 대중 속의 개인, 대중과 함께 하는 개인과 부합된 것으로 생활하는 현실의 인간이며 현실과 유린된 추상적인 인간이 아닌 사회 속의 인간과 통하는 경지일 것이다. 그래서 석송은 대중과 숨 쉬면서 현실의 생활 주변에서 소재를 이끌어 내고 35호 「샛검은 사람」의 "새검은 너의 전신全身은 / 현실現實을 정복征服하는 무량無量의 력力!"에서 무산자의 힘을 칭송하고 있으나 이데올로기가 가미되었다는 흔적은 찾아볼 수 없고 순수한 의미에서 노동자의 역량力量을 찬양하고 있다.

　이처럼 석송은 일제의 식민지 농지 수탈 정책으로 국민생활은 더욱 빈궁에 빠져 들어감을 인식하고 1920년대 빈궁문제를 시로 써서 적극 발표한 대표적인 시인의 하나[38]라는 사실에서 알 수 있듯이 무산자와 도시 공장 노동자와 같은 빈민층을 등장시키고 그들에게 깊은 애정을 보낸 것이다. 이런 빈민층의 애정은 신경향파와 제휴하게 된 계기를 제공하였고 궁극적으로는 가난의 문제를 해결하려는 데 반사회적 행

---

38) 한계전, 위의 논문, p.34.

위를 하지 않고 오히려 평등주의의 이념을 추구한다는 것이다.

한편 김형원이 현실의 빈궁문제에 초점을 맞추었다면 조명희가 카프의 맹원으로 프로문학의 선구자로 발전하게 된 조짐은 그의 시집 「봄잔듸밧 위에」 서문에서 드러나고 있다. 조선시가 나갈 방향에 대하여 "서양의 노래만 옮기려 하지 말고 우리는 먼저 산비탈 길도 타들며 지게 목발 두드리어 노래하는 樵童에 향하여 들어라. 하늘의 빛은 맑으니 그윽하고 얇은 해 가만히 쪼이는 봄에 그 햇빛의 상한 마음을 저 혼자 아는 듯이 가는 바람이 스칠 때 마다 이리저리 나부끼는 실버들 가지를 보라. 조선혼의 울음소리를 거기서 들을 수 있다."라고 주장하고 있다. 여기서 지적하듯 남의 것인 서구형식을 닮으려 하지 말고 우리 고유의 노래를 개발하여야 한다고 강조하고 있다. 우리 자연에 가득 찬 조선혼의 울림소리를 시에 담아야 한다는 것인데 그 조선혼의 울림소리는 지게목발을 두드리는 나무꾼의 노래나 버들가지 바람소리 속에서 들을 수 있다는 것이다. 여기서 조선혼은 개인의 혼이라기보다는 민족의 혼 혹은 민중 다수의 혼을 의미하고 있다. 다시 말하면 개인의 영혼이 아니라 보편적인 영혼을 의미하며 울음소리도 개인의 슬픔을 뜻하기보다는 민족 다수의 애상과 사회적 비애감을 의미한다.

한편 포석의 시를 3단계 초, 중, 후기로 나눌 수 있는데 초기는 이국땅에서 느끼는 고독감과 방향의 감정을 노래한 것들이고 중기는 귀국하여 고향에서 쓴 최근작으로 11편이다. 이때는 타고르의 시 「기탄잘리」에 귀국하던 해 겨울 내내 암송할 정도로 심취하였고 그 영향으로 자신의 시가 변모되었음을 본인의 회고담에서 밝히기도 하다.

≪개벽≫46호 「봄잔듸 밧위에」도 그때 쓴 시이며 어머니가 등장

한다. 물론 어머니의 이미지는 그의 시세계를 이해하는 데 중요한 의미를 가진다. 동시에 귀국 후에 쓴 시들을 이해하는 데 중요하며 후기 시세계의 신비를 푸는 열쇠로 볼 수도 있다. 그래서 어머니의 이미지는 종교의 의미와 모성애적 의미, 우주적 의미, 대지적 의미, 천상적 의미 그리고 생명에 근원적 의미가 포함되어 있다.[39] 시의 마지막 3연을 보면 "밋칠듯한 마음을 견디지 못하여 / 「엄마! 엄마!」 소리를 내엿더니 / 땅이 「우에!」하고 하날이 「우에!」하음에 / 어나것 이 나의 어머니인지 알 수 없어라"이다. 땅과 하늘이라는 표현으로 미루어 보면 어머니가 지상과 천상의 의미를 띠고 있다. 이처럼 어머니는 복합적인 의미를 함유하고 있다는 것을 알 수가 있다. 이 시처럼 중기 시의 특징은 타고르의 영향으로 인하여 자연시의 경향도 신비적이고 경건하며 밝은 분위기로 흐르는가 하면 인간에 대한 실망과 배신감을 노래한 것도 있다. 58호 「「어움의 검」에게」의 큰 제목에 2편의 소제목 「바치는 서곡」의 "이 세상을 압푼 침묵으로만 장거주조서"와 「온 저자ㅅ사이ㅁ이」의 "다만 침묵을 가지고 오는 벗님만이, / 어서 나를 차저오소서"와 61호 「바둑이는 거짓이 업나니」의 "그러나 인간은 이어함인지 / 미운이를볼때 웃으며 손잡고 / 귀여운 이를 뽈때 짐짓 빼나니, / 바둑아 너는 왜 / 이몹슬인간을 배반치 안느뇨"에서 발견할 수 있는 것처럼 인간에 대한 실망과 배신감을 노래하고 있다, 그러나 이 몇 편의 시에서 알 수 있듯이 신비적인 분위기의 시보다는 삶의 괴로움에 방황하고 슬퍼하는 고독한 영혼을 노래한 시와 인간에 대한 혐오감과 배신감을 노래한 시와 현실비판

---

39) 민병기, 「포석 조명희 연구」, 사림어문학회, 『사림어문연구』 6집, 1989, p.19.

의식이 두드러진 시들이 훨씬 많다. 이것은 그의 시가 삶의 과정을 노래하고 있다는 것을 반증하기도 하지만 그의 삶의 방법을 투쟁적 인식하에 두고 나서 그런 시각에서 현실을 비판하고 부정하는 시들이 많다. 결국 현실인식이 강하게 드러나는 생활시인이며 1920년대 초 비현실적, 몽환적 시가 주류를 이루었던 시대에 현실을 비판하고 반영시킨 참여성이 높은 시를 썼다는 점이다. 당시 시단의 흐름과 다르게 현실적 생활 감정과 비판정신을 작품 속에 깔고 있다는 시사적 의미도 있지만 시 분위기는 망명을 기점으로 변화하고 있다.

5. 결 론

≪개벽≫에 게재된 시를 전후반기로 분류하여 후반기만의 시를 분석한다는 것은 정말 무모할 정도로 의미가 없다는 사실을 계속 견지하면서 이 글을 썼다.

그나마 김소월의 많은 시를 게재하게 한 김억의 노력과 김소월의 시사적 위치는 충분한 보상을 하고 남을 정도로 의미가 있는 일이라고 믿는다.

≪개벽≫이 지향하고 있는 독자들의 문학적 계몽의 일환으로 시도한 평범한 문학개론성의 평론들은 편집인들의 치밀한 판매 전략이라고 하여도 어려운 여건에서도 성공을 거두었다는 사실은 상당히 고무적인 사건이다. 게다가 신경향파 문학을 소개하고 무산계급과 사회주의를 소개한 글들은 많은 문학발전에 기여한 부분들이다. 제국

주의 사상과 식민지하의 빈궁한 국민들의 생활은 자본주의의 모순으로 부각되면서 반대로 그런 부조리와 모순을 해결하는 방법의 하나로 시도된 사회주의 발아 과정은 정말 연구할 만한 가치가 있는 일이다. 특히 박영희의 문예부장의 취임과 관련해서 일본에서 사회주의 이론을 공부한 김기진이라는 필진확보는 사회주의 발아에 많은 역할을 하게 되고 평론과 소설을 써서 노동자들과 무산계급자들의 투쟁을 고취하는 데 치중하여 시의 게재가 정말 빈약하였다는 것은 어쩌면 당연한 잡지의 특성일 것이다. 그런 중에서 회월과 팔봉, 안서와 소월, 석송과 포석의 묶음은 의미 있는 일이 될 것이다.

Ⅲ. 이 상 론

– 모더니즘적 관점을 중심으로 –

● 목 차 ●

1. 서 론
2. 기존 연구사 검토
3. 이상문학의 모더니티
4. 이상문학의 의의 및 한계
5. 결 론

1. 서 론

스물일곱 나이로 요절한 천재작가 이상, '한국 현대시 최고의 실험적 모더니스트이자 한국 시사 최고의 아방가르드 시인'이라는 평가를 받는 이상은 어두운 식민지 시대에 돌출한 모던 보이다. 그의 등장 자체가 한국 현대문학사상 최고의 스캔들이다. 알쏭달쏭한 아라비아 숫자와 기하학 기호의 난무, 건축과 의학 전문용어, 주문과도 같은 해독 불가능할 듯한 구문으로 이루어진 시들. 자의식 과잉의 인물, 퇴폐적 소재 차용, 악질적인 띄어쓰기의 거부, 위트와 패러독스로 점철된 국한문 혼용의 소설들. 그의 모더니즘 문학과 비일상적 기행들은 이 스캔들의 원소를 이룬다.[40]

이상은 1931년 7월에서 10월에 걸쳐 ≪조선과 건축≫에 「이상한 가역반응」 외 5편과 일어로 된 『오감도』 8편, 그리고 「3차각 설계도」 등을 통해 우리 문학사상 최초로 이성과 의지를 무시한 자동기술법, 숫자와 기하학 기호의 삽입, 난해한 한자와 일어의 사용, 띄어쓰기의 무시 등을 감행한 시들을 선보여 기성문인들에게 당혹감을 안겨준 바 있다.

시대를 훨씬 앞지른 '첨단'에 도전한 정신분열적 언어의 파행에 독자들은 거부감을 나타낸다. 당대 사람들의 의식과 정서로는 수용 불가능했던, 그리하여 당대 사람들에게 모독당한 시 『오감도』는 구태의 한국문학과는 차별화된 새로운 모더니즘 문학의 진경을 펼쳐 보인 '앞서간 문학'으로, 한국 현대문학사에서 불멸의 자리에 각인되며, 후학들에게 지대한 영향을 준다. 뒷날 시인 이승훈은 이상에게서 '반리얼리즘적 태도, 실존의 현기, 추상성, 자아에 대한 회의'를 배웠다고 고백한다.

『오감도』 제1호에 나오는 '13인의 아해'에 대해 이상문학 연구자들은 온갖 해석을 내놓는다. '최후의 만찬에 합석한 기독 이하 13인', '위기에 당면한 인류', '해체된 자아의 분신', '이상 자신의 기호', '인간 역사의 한계성', '일제하의 13도', '언어도단의 세계', '시인의 공포가 아해의 불안으로 투사' 등 그 어떤 해석도 시대에 대한

---

40) 김종년 편, 『이상전집』1, 가람기획, 2004, p.18.

반동 지향의 자의식에서 솟구쳐 나온 '13인의 아해'의 상징성을 다 풀어내지 못한다. 21세기의 문턱에 이른 현재까지도 이상은 온전히 이해되지 않은 아방가르드이며, '첨단'이다.

1910년대 중반 스위스·독일·프랑스에서 일체의 전통과 기성가 치를 부정·파괴하고자 한 다다이즘, 이어서 1920년대 중반 프로이 트의 정신분석학을 바탕으로 브르통에 의해 시도된 기성윤리와 역사 및 현실통념을 거부하고 주관적 내면세계를 심리적으로 분석하는 기 법을 차용한 초현실주의이다. 이 두 가지는 일본에서조차 불온시된 탓으로 우리나라에 좀처럼 뿌리를 내리지 못하다가 1930년에 들어 건축기사 출신의 한 젊은이에 의해 본격적으로 시도된 것이다. 이상 문학은 현대인의 절망과 불안심리를 형상화한 것으로 높이 평가되고 찬사도 받지만, 기존 언어체계와 질서에 익숙했던 일부 문인과 일반 독자에게는 문학에 대한 커다란 모독처럼 여겨진 것이 사실이다.

이 글은 모더니즘에 관한 논의와 함께 이상문학41)에 대한 기존의 연구 성과를 토대로 그의 문학에 나타난 모더니즘적 실험이 갖는 공헌 과 한계, 그의 내적 독백, 자의식적 소설이 동시대 사조와 구별되는 점, 미학주의자로서의 시대의식과 자신이 살았던 시대의 아픔을 표출 한 방식 등에 대해 주요 작품을 중심으로 살펴보고자 함을 목적으로 한다.

---

41) 이상의 시와 소설, 산문과 편지글과 단상들을 모두 합해 '이상문학'으 로 통칭한다.

2. 기존 연구사 검토

이상은 전후세대가 만날 수 있었던 가장 이상적인 戰後문학의 우상으로서 조급하다시피 확인되었다. 아마도 그것은 1950년대 戰後세대에게, 그가 경험한 이제까지의 非同化性에 대한 보복으로서 뜨거운 同化性을 폭발시킬 만한 영향력을 제공했기 때문일지도 모른다

(이상평전李箱評傳).

이상은 1930년에 첫 작품 「12월 12일」을 발표한 이래 1937년 4월 사망하기까지 7년여 동안 시 100여 편과 소설 16편, 기타 수필, 평론, 잡문 50여 편가량, 도합 180여 편가량의 작품을 남겼다. 다른 작가들에 비해 결코 많은 것이 아니지만 과도하리만큼 연구자들의 관심이 집중되어 왔다. 이는 그의 문학이 우리 근대문학에 끼친 영향 내지 문학사적 의미가 큼을 반증해 주고, 우리 근대문학의 자장에 한 구심적 역할을 하고 있기 때문이다. 당대뿐만 아니라 전후 시기부터 특별히 조명받기 시작한 그의 문학에 대한 연구는 짧은 서평을 포함하여 800편을 훨씬 웃돌 만큼 지금도 끊이지 않고 계속되고 있다. 이제까지 이상문학은 전기적 접근,[42] 심리적 접근,[43] 형식적 접

---

42) 고은, 『이상평전』, 민음사, 1974, 김윤식, 『이상연구』, 문학사상사, 1987, 류광우, 「이상 문학 텍스트의 구현방식과 의미 연구」, 충남대 박사학위 논문, 1993. 2.

43) 조현현, 「근대정신의 해체」, 《문예》, 1949. 11, 이어령, 「나르시스의 학살-이상의 시와 그 난해성」, 『신세계』, 1956. 10, 고석규, 「시인의 역설」, 《문학예술》, 1957. 4~7, 정귀영, 「이상 문학의 초의식 심리학」, 《현대문학》, 1973. 7~9, 김종은, 「이상의 이상理想과 이상異常」, 《문학사상》, 1974. 7, 김승희, 「이상시 연구-말하는 주체와 기호성의 의미

근,44) 미학적 접근,45) 철학적 접근,46) 등 다양한 측면에서 논의되어 왔다. 이러한 접근방법은 독립적으로 취해진 것보다는 서로 혼용되어 복합적으로 취해진 것들이 많다. 그리고 이상 연구의 대부분이 부분적으로는 심리적 접근방법을 수용하고 있다. 이상문학은 작가 이상의 기이한 행동과 특수한 가정적 환경, 그리고 문학에 드러난 복잡한 양상들이 심리적 접근을 추동했다.47) 입양과 성적인 기행, 결핵 등은 그의 개인적 억압이나 무의식 세계의 분석을 가능하게 해

작용을 중심으로」, 서강대 박사학위논문, 1992. 8.
44) 김중하, 「'날개'의 패턴 분석」, 『한국 현대소설 작품론』, 문장사, 1981, 김정은, 「'오감도'의 시적 구조-이상 시의 기호문체적 연구서설」, 서강대 석사학위논문, 1981. 8, 이승훈, 「이상시연구-자아의 시적 변용」, 연세대 박사학위논문, 1983. 8, 이영자, 「'오감도'의 구조와 상징 연구」, 명지대 박사학위논문, 1986. 8.
45) 최재서, 「리얼리즘의 확대와 심화-'천변풍경'과 '날개'에 관하여」, ≪조선일보≫, 1936. 11. 31~12. 7, 서준섭, 「1930년대 한국 모더니즘 문학 연구」, 서울대 박사학위논문, 1988. 8, 이복숙, 「이상시의 모더니티 연구-단절성과 추상성을 중심으로」, 경희대 박사학위논문, 1988. 2, 한상규, 「1930년대 모더니즘 문학에 나타난 미적 자의식에 관한 연구」, 서울대 석사학위논문, 1989. 2, 나병철, 「1930년대 후반 도시소설 연구」, 연세대 박사학위논문, 1990. 2, 최혜실, 「한국 모더니즘 소설 연구」, 서울대 박사학위논문, 1991. 2, 김용직, 「극렬 시학의 세계-이상론」, 『한국현대시사』, 한국문연, 1996, 김주현, 「'종생기'와 복화술」, ≪외국문학≫, 1994. 9.
46) 정명환, 「부정과 생성」, 『한국인과 문학사상』, 일조각, 1968, 이재선, 「이상 문학의 시간의식」, 『한국현대소설사』, 홍성사, 1979, 정덕준, 「한국 근대소설의 시간구조에 관한 연구」, 고려대 박사학위논문, 1984. 8, 명형대, 「1930년대 한국 모더니즘 소설의 공간구조 연구」, 부산대 박사학위논문, 1991. 2, 최혜실, 「한국모더니즘소설연구」, 민지사, 1992, 김윤식, 「유클리트 기하학과 광속의 범주」, ≪문학사상≫, 1991. 9, 황도경, 「이상의 소설 공간 연구」, 이대 박사학위논문, 1993. 8.
47) 김주현, 『이상 소설연구』, 소명출판사, 1999, pp.14-15.

주었다. 이상문학의 형식적 접근은 작품의 구조뿐만 아니라 나아가 문체, 담론구조의 연구에까지 미치고 있고, 미학적 연구는 모더니티, 미적 자의식, 상호텍스트성 등 다양하게 펼쳐지고 있다. 이 밖에도 이상문학을 통해 시간의식, 공간의식, 근대성 등 철학적 접근이라고 할 만한 연구들도 눈에 띈다.

이상 연구를 시기적으로 정리해 보면 당시의 시대사조에도 많은 영향을 입었는데, 1950년대 후반의 실존주의와 1970년대의 형식주의, 1990년대의 해체주의 등이 그러하다. 이처럼 이상 연구는 문학 연구의 실험의 장이라 할 만치 다양한 관점과 시각에서 끊임없이 지속되어 온 중요하고 매력적인 관심사였다. 그리하여 임종국의 「이상론」 이후 그에 대한 연구는 폭발적으로 증가했고 풍성한 결과를 이룩했으나, 이러한 양적 증가의 이면에는 허점 또한 노정되어 있다.

이상의 작품에 대한 비평은 1930년대의 김기림으로부터 시작되었으나, 그의 작품에 대한 평가와 연구가 체계적으로 이루어진 것은 1937년 그가 죽고 난 이후부터이다. 해방 이전에 그의 작품에 대한 논의는 그 시대의 대표적인 비평가인 최재서에 의해 이루어졌다. 그는 「고故 이상李箱예술」이라는 추도문에서 그의 작품을 두고 난해하고 주관적이며 전통적인 문학 형식을 파괴하는 실험정신을 지니고 있다고 말했다. 당시의 몇몇 평론가들은 그의 작품을 두고 '단순한 지적 유희거나 불순한 인기책'이라고 비판했지만, 그는 그것을 실험정신에 바탕을 둔 '고도로 발달된 지적 생활에서 솟아나는 필지必至의 소산'이라고 말하며, 그의 죽음으로 인해 그의 예술이 미완성으로 끝나게 된 것을 안타깝게 생각했다. 그후 1930년대에 조선 청년들은 과거의 낡은 서정의 세계에 안주하기를 거부해야만 하는 지적인 딜레마 때문에 그것이 난해하다는 이유만으로 그의 시를 환영했다고 말했다. 그의 작품의 핵심적 의미는 전체적인 것에 있지 않고 지엽적인 부분의 완성된 표현에 있으며, 그의 문학이 통합적이지 못하고 파편적인 것이 된 것은 통일된 주체성을 상실한 '근대정신의 해체'를 난해한 수사학을 통해서 반영한 것이라고 했다.

문학사 속에서 그의 문학적 가치가 올바르게 평가받아 신화적인 존재로 부각된 것은 1955년 이어령에 의해서 가능했다. 그는 이상문학을 금지된 지식의 열매를 따 먹고 낙원에서 추방당한 비극적인 인간의 초상을 순수한 의식으로 표백한 예술이라고 평가하고, 난해하다고만 외면했던 『오감도』와 『날개』를 비롯하여 대부분의 작품구조를 유려하고 서정적인 문장으로 투명하게 분석해서 그 속에 담겨 있는 숨은 의미를 명쾌하게 파헤치고 있다.

그러나 1960년대에 들어와서는 당시 영향력이 있는 평론가이자 외국문학자인 정명환에 의해 혹평을 당하게 된다. 그는 프랑스 작가들의 실존적인 삶에 대한 열린 시각과 이상의 닫힌 시각을 비교하면서 그의 문학을 두고 부정만 있고 생성의 모럴이 없는 건강하지 못한 문학, 지적이라기보다는 자학적인 센티멘탈로 가득 차 있다고까지 말했다. 이상문학을 비하시키려는 것이 아니라, 프랑스 문학이 제시하고 있는 열린 방향으로 우리 문학을 건강하게 유도하기 위함일 것이다. 이어령과 정명환의 이상문학에 대한 상반된 시각은 변증법적인 결과를 가져와서 작품 속에 숨겨진 진실을 분석하는 결과를 가져왔다.

김현은 실존주의적인 서구문학을 배경으로 이상문학을 이해하려고 하고 있으나, 정명환과는 달리 긍정적인 태도를 보이고 있다. 그는 이상의 문학을 벽 속에 갇혀 있는 고독한 실존주의적인 인물이 여러 타자와의 만남의 방식을 통해서 자유로운 세계로 탈출하고자 하는 욕망과 좌절에 대한 표백된 의식의 기록으로 보고, 그것의 발전 과정의 편력을 탁월한 논리로써 분석해 냈다.

1970년대에 와서 이재선은 이상의 문학세계를 '비구상의 영역', 즉 그로테스크한 왜곡된 상태의 불안과 공포, 의식체계와 그 형태의 파괴, 숫자의 뒤틀림과 유희, 그리고 자기 분열과 자의식의 과잉 등으로 일관된 비합리적인 세계로 파악하고 있다. 그의 문학의 특징은 그가 전통의 시학이 완전히 파괴된 채, 주관적인 인칭 시점에 의해 와해된 내면적인 자아의 세계를 잠행하는 모습을 나타내 보인다고 본다. 권태로운 상태의 법칙과 탈출적인 의미로 파악하고 있는 초월적인 정지된 시간문제에 초점을 두고 이상문학에 나타난 특수한 시간의식 내지는 시간론을 살핀 후, 그것이 그의 소설의 의미를 밝히는 데 어떠한 역할을 하는가를 치밀하게 점검하고 있다. 그 결과 『날개』의 경우, 이상의 시간의식은 '유폐된 잃어버린 신화의 신화에로의 비상', 『지주회시』에서는 '창밖의 시간(공간적 시간)'과 '창 내부의 시간(심리적이고 개인적인 시간)'의 불균형을, 그리고 『실화』에서는 현재와 과거 시간의 병렬성과 동시성을 밝히고 있다. 『날개』에서 이상이 보인 노력이 결코 닫힌 세계로만 향한 것이 아니고, 열린 세계로 탈출하고자 하는 인간적인 욕망을 보이고 있다는 사실을 시간적이고 공간적인 차원에서 기하학적으로 밝힌 것이다.

뒤를 이어 이태동은 인간의 의식을 이중적인 구조, 즉 순수자아와 비순수자아, 본질적인 것과 일상적인 것으로 보고, 『날개』에서 이상의 관심은 그가 의식한 순수한 자아인 내면적 현실을 현상적인 자연

요소로써 이루어진 감옥으로부터 영원히 해방시키려는 데 있다는 것을 지적하고 있다. 또한 모순된 인간조건과 자아의 갈등을 표출하는 반어적이고 부정적인 태도는 인간조건과 비순수자아가 일으키는 역학작용에 대한 분노의 간접적인 표현이라고 보고 있다.

오생근은 이상의 작품에서 '언어화된 의식의 표상으로' 나타난 동물 이미지를 통해서 자신을 자조하면서도 우월감을 나타내는 '자아분열' 의식을 나타낸 반면, 타자를 자연주의적인 덫과 그물로 보고 그것을 경멸하고 조종한다고 분석하고 있다. 다양한 동물 이미지를 제한적으로 분석하고 있지만, 그것을 통해서 그의 현실과 이상 및 꿈을 구조적으로 밝혀내는 성과를 보이고 있다.

김승희는 후기 구조주의적인 이론을 원용해서 전통파괴적인 이상 문학의 위트와 아이러니, 모순어법, 그리고 수학자 김용운이 지적한 뫼비우스의 띠 세계를 형성하고 있는 숫자들의 시적 표현, 그리고 거울 이미지 등에 관한 상징적 의미를 풀어내려는 노력을 보이고 있지만 방법론이 작품 분석에 완전히 침윤되지 못했다는 아쉬움을 보이고 있다.

최혜실은 이상이 건축기사였다는 점을 착안해서 그의 문학에서 건축학의 필수적인 개념인 대칭 및 균형의 개념을 통해 그의 난해한 시 『오감도』를 분석했고, '남-여 대칭 모티브'는 물론 그의 소설 가운데 나타난 패러디 등에서도 건축학에서 발견할 수 있는 대칭관계가 있다는 것을 발견해 냈다.

김윤식은 전기적인 시각에서 이상의 비극적인 종말과 당시의 시대적인 상황, 그리고 그가 개척한 모더니즘의 맥이 한국문학사 속에서 어떻게 이어지고 있는가를 남다른 수사학적인 이미지와 '대가적인 직관'으로 밝히고 있다.

지금까지 살펴본 바와 같이 이상의 비극적인 죽음 이후 그의 문학이 비록 미완성으로 끝나긴 했지만, 문학사적으로 중요한 의미를 가지고 있음에 틀림이 없다. 앞으로도 그의 문학의 정전문제를 두고 우리 문학계에서는 적지 않은 논란이 계속될 것이다. 그러나 그의 문학적인 가치를 얼마나 올바르게 평가할 수 있는가 하는 것은 난해한 그의 문학이 지닌 의미를 얼마나 정확하고 설득력 있게 풀어냈는가에 달려 있다고 하겠다.

3. 이상문학의 모더니티

모더니즘은 주지하듯이 제1차 세계대전 이후의 예술 전반에 나타난 감각이나 형식, 양식의 특징들을 총칭하는 용어로서 표현주의, 미래주의, 다다이즘, 초현실주의, 입체주의, 주지주의 등을 한데 묶거나 하나나 둘 이상이 복합된 것을 지칭하기도 한다.

"불확실성의 원리의 결과로 일어난 예술이며, 마르크스, 프로이트, 다윈에 의해서 변화되고, 재해석된 세계를 반영하고 있다. 또한 제1차 세계대전으로 인한 문명과 이성의 파괴, 자본주의와 산업화의 가속화에 따른 산물이다. 모더니즘은 무의미와 부조리의 실존적 상황의 예술이며, 기술의 문학이다. 그것은 공동의 실재^{reality}와 인과성에 대한 인습적인 개념의 파괴에서 오는 예술이다. 인물 성격의 전체성에 대한 전통적인 개념을 파괴하는 예술이고, 현실을 주관화하고, 언어에 대한 공공의 개념을 거부함으로써 일어나는 언어적 혼란에 따른 예술이다."[48)

한국 현대문학 연구에서 모더니즘에 관한 논의는 여러 측면에서 진행되었는데, 크게 세 가지 측면으로 연구 성과를 대별할 수 있다.

첫째, 모더니즘 소설 연구의 초기 단계로 서구 모더니즘의 특성을 기준으로 한국 모더니즘 소설을 분석한 경우이다. 주로 서구 모더니즘과 한국 모더니즘 또는 일본 모더니즘의 영향관계를 주로 언급한 이 연구들은 초기 연구의 단계인 극히 협의적인 모더니즘 소설의 의미 파악에 치중하고 있다. 또한 당시 시대상황과 문단배경, 그리고 정치적 영향관계에 중점을 두어 작품의 내적인 측면보다 외적인 부분을 평가의 기준으로 삼고 있다는 점에서 온당한 평가가 되기에는 미흡한 양상을 보이지만 모더니즘 소설 연구의 초석을 마련한 점에서 의의가 있다.[49)

---

48) M. Bradbury and J. Mcfarlane eds, 『Modernism』, Penguin Books, 1976 참조.
49) 주요 연구 실적은 다음과 같다.
　　김용직, 「모더니즘의 시도와 실패」, 서울대 교양과정부 논분집 6, 1974.
　　김우종, 『한국 현대 소설의 이해 』, 이우출판사, 1976.
　　김은전, 「30년대 모더니즘 시운동에 대한 비교 문학적 연구(상)」, 국어 교육31, 1977.
　　문덕수, 『한국 모더니즘 시 연구』, 시문학사, 1981.
　　박인기, 「한국 현대시의 모더니즘 수용 연구」, 서울대 대학원, 1987.
　　염무웅, 『한국 근대 문학사론』, 임영택 최원식 편, 한길사, 1982.
　　오세영, 「한국 모더니즘 시의 전개와 그 특질」, 『20세기 한국 시 연구』, 새문사, 1989.
　　이재선, 『한국 현대 소설사』, 홍성사, 1979.
　　이창배, 「현대 영미시가 한국의 현대시에 미친 영향」, 동국대 대학원, 1974. 8.
　　장사선, 『한국 현대 문학사』, ≪현대문학≫, 1989.

둘째, 주로 1930년대 모더니즘 소설 작가들의 작품에 연구를 집중하면서 연구의 방법을 다양화시킨 경우이다. 주로 도시화와 관련된 도시소설의 특성으로 작품들을 분석한 경우와 개별 작가의 작품을 공간이론을 중심으로 공간구조를 분석한 경우, 그리고 기호학적 방법을 토대로 개별 작가의 작품의 심층 의미를 분석한 경우 등이 대표적이다.

가장 최근의 주목할 만한 모더니즘 소설의 연구 경향은 '근대성'과 '산책자 모티브' 등을 응용하여 그 연구의 지평을 확대시킨 연구라 할 수 있다.[50] 주로 모더니즘 소설이 '근대'에 기반을 둔 문학임을 전제하고 근대화의 양상과 근대성의 조응에 초점을 둔 이들 연구

정한모, 「순수문학과 모더니즘」, 『현대시론』, 보성문화사, 1982.
천이두, 『한국 현대 소설론』, 형설출판사, 1983.
한계전, 「모더니즘 시론의 수용」, 『한국 현대 시론 연구』, 일지사, 1983.
50) 강상희, 「1930년대 모더니즘 소설론 연구」, 『관악어문연구』18, 서울대 국문학과, 1993. 12.
권성우, 「1930년대 한국 모더니즘 소설 연구」, 서울대 대학원 석사학위논문, 1989.
김유중, 「1930년대 후반기 한국모더니즘 문학의 세계관 연구」, 서울대 박사학위논문, 1994.
김윤식, 『한국문학의 근대성과 이데올로기 비판』, 서울대 출판부, 1987.
남흥숙, 「1930년대 소설과 모더니즘」, 『모더니즘 연구』, 자유세계, 1993.
박숙자, 「1930년대 모더니즘 소설 연구」, 서강대 대학원 석사학위논문, 1996.
서준섭, 「모더니즘과 1930년대의 서울」, 『한국학보』, 1986, 겨울.
서준섭, 「1930년대 한국 모더니즘 문학 연구」, 서울대 대학원, 1988.
조영복, 『한국모더니즘 문학의 근대성과 일상성』, 다운샘, 1997.
최혜실, 『한국 모더니즘 소설 연구』, 민지사, 1992.
한상규, 「1930년대 모더니즘문학에 나타난 미적 자의식에 관한 연구」, 서울대 대학원, 1989.

들은 자본주의적 근대화로 인한 식민지사회에 관심을 기울인다. 또한 당대의 모더니즘 작가들이 근대를 바라보는 시각에 논의의 초점을 두고 있다. 이들의 연구들은 모더니즘의 인식적 변화와 특성에 접근하고 있어 모더니즘 연구를 일층 진척시켰다고 할 수 있다.

그러나 이러한 연구 성과들은 1930년대에만 논의를 집중시킨 결과 모더니즘 소설의 통시적 접근에는 미치지 못한 점, 제한된 작가와 작품의 분석에만 치중하고 있는 점, 그리고 보들레르와 산책자 모티브 등 특정 개념에 집중하고 있는 점 등은 한계로 지적될 수 있다.

만인의 신도, 자신만의 신도 갖지 못한 채 시대의 아픔을 몸과 마음으로 고스란히 겪어야 했던 비극적 시인 이상의 삶과 예술은 그 자체가 남의 손에 의해 이루어지던 근대화의 일그러진 얼굴이요, 식민시대의 모순이었다. 그림, 시, 산문에 대한 열정과 뛰어난 두뇌의 소유자가 선각자로서의 자의식까지 갖추었으나 시대는 그런 한 지성인의 의지를 받아들일 수 없는 식민지 상황이었다. 한일합방 해에 태어나 소년시절에 3·1운동을 겪고 각성을 할 나이에 군국주의의 극심한 통제 속에 놓였던 그는 바로 앞 시대의 느슨한 문화정책에 대한 피해자이기도 했다. 카프문학의 대두와 그에 따른 검거는 저항문학이 설 자리를 빼앗아 갔다. 순수문학만이 살아남던 시대에 이광수의 계몽주의적 사실주의나 김동인의 자연주의문학을 그대로 답습하지 않고 다른 나라에 눈을 돌리고 그들과 어깨를 나란히 해 보려던 각성이 그의 실험을 낳게 한다. 자신의 실험시(『오감도』)가 독자의 항의로 연재를 중단했을 때, 그는 남들은 저만큼 가는데 왜 우리는 언제까지나 그대로 머물 것이냐고 섭섭해했고, 동생 옥희에게 보낸 편지에서는 올림픽을 보며 우리도 남에게 뒤지지 않아야 한다고 썼으며 마지막에 병든 몸으로 일본 땅을 밟을 때도 뭔가 더 배워 보려 했다.

그러나 그의 이런 소망은 내재적으로 외적으로 언제나 좌절을 동반했다. 일본관리 밑에서 기술직을 지낸 그의 백부는 아들이 없었고 유난히 조카를 사랑하여 양자로 삼았으며 이런 '집 없는 느낌'은 가장 소중한 유아기 시절을 점령해 버림으로써 '원초적 상흔'으로 깊숙이 자리잡는다. 엄연히 자신을 낳아 준 어머니와 아버지를 두고 남의 집에서 살아야 한다는 것은 제 나라를 잃고 남의 나라 주권 밑에 살아야 하는 것과 다를 게 없었다. 적빈, 돈을 벌지 못해 장자로서의 책임을 다하지 못하는 데서 오는 무능감, 데리고 들어온 아들 때문에 이상을 미워해야 했던 작은어머니에 대한 반감, 그리고 이 모든 것보다 어머니의 사랑을 받지 못하고 자란 애정결핍은 그에게 공포와 불안의 근원이 된다. 그의 전 생애를 지배하는 여성에 대한 불신과 어떤 여성도 제대로 사랑하지 못했던 불우한 일생은 유아기에 어머니의 사랑을 박탈당했기 때문이라고도 보인다. 그가 추구했던 문학조차 기댈 곳 없는 불안과 허무주의에 바탕을 둔 것이어서 그가 가야 했던 모더니즘이라는 행로는 주어진 운명이었을지도 모른다.

이상이 당시에 영향을 받은 서구 모더니즘은 그것이 동경을 통해서 들어왔든 파리, 베를린, 런던을 통해 들어왔든 모더니즘 초기의 격렬한 실험에 해당된다. 그는 이상적인 낭만주의에서 객관적인 사실주의, 그리고 주관적인 인상파에 이르는 계보를 정확히 꿰뚫어 보면서 그가 살고 있는 시대의 주지적이고 실험적인 인상파에 깊은 이해에 도달한다. 대상을 몇 개의 기둥과 구로 이해한 인상파의 기법은 수학과 건축에 뛰어난 그가 그림과 문학을 할 수 있었던 근거가 되고 기하학적인 시, 숫자 시를 낳게 한다.

그러나 이상을 둘러싼 개인적이고 역사적인 상황은 이렇게 한편으로는 모더니즘에 맞는 불안과 공포의 집 없는 느낌이었고, 다른 한편으로는 자율과 전통에 기반을 둔 모더니즘의 완성에는 불리한 식민지 상황이었다. 그에게 압도적인 사상은 누군가에게 늘 조종당하고 있다는 느낌이었고, 주어진 운명에서 아무리 발버둥 쳐도 벗어날 수 없다는 의식은 첫 작품 『12월 12일』에서부터 끝 작품 『종생기』에 이르기까지 밑바탕에 흐른다.

이상문학의 정신적 자장과 의식의 본체 및 표현법으로서의 수사학, 더 나아가 1930년대 서울(경성)이라는 공간의 근대적 체험으로부터 형성된 의식의 생리 및 미(학)적 자의식의 언어감각이 이상의 소설에서 어떻게 나타나고, 작품이라는 내적 형식 안에 수용되어 포석된 것인지에 대한 탐색으로서의 분석과 해석이 필요하다. 삶에 대한 공포와 전율, 자살에 대한 강박관념 혹은 위트와 만용과 역설의 가면으로 치장된 이상문학의 뒤엉킨 실타래를 가지런히 풀면서 의식의 밑바닥에 가라앉은 삶과 죽음에 대한 태도와 정신을 끌어올릴 수 있을 때 이상문학의 사상과 글쓰기의 정신, 그리고 수사법의 본의가 보다 섬세하게 밝혀질 수 있을 것이다. 이상문학 전체를 큰 덩어리로 상정하지 않고 개별 작품 위주로만 분석함으로써, 그의 문학이 창조해 내는 기법과 정신의 포즈가 어떤 계기와 과정을 통해서 우리 근대문학 희유의 '방법정신'을 보여주었는가에 대해서는 여전히 만족할 만한 논의가 이루어지지 못한 실정이다.

의미를 중층적으로 기묘하게 형성해 놓음으로써 독자들을 당혹게

하는 시들은 물론, 산문의 특성상 숫자나 그림, 의미의 반복이나 전복이 그렇게 긴요하지 않은 소설조차 띄어쓰기의 무시, 비문법적인 문자의 혼란스런 연결(『휴업과 사정』, 『지도의 암실』), 에피그램과 한자의 파자놀이, 기만술 등의 책략으로 의미의 함정을 구축하려는 작가의 기도(『종생기』)는 때로 곤혹스러워, 낯선 어법의 중첩된 괄호를 벗겨내고 그 의미의 비밀을 캐낼 어떤 주문 같은 방법론이 절실히 요청된다. 즉 이상문학 분석에 안성맞춤인 방법론과 해석 시각의 필요성에 대한 적극적 기도가 그 하나의 방법일 수 있다. 아울러 이상문학에 내장된 수사의 패에 한층 독한 수사로 맞서는 강공술 또한 접근법의 한 가지일 것이다.[51]

　이상문학을 읽다 보면 과격한 방법적 실험은 물론, 근대 도시문명의 현상에 대한 경험이 주인공의 감각 통로 안에서 교묘하게 짜여 있는 양상을 발견하게 된다. 이러한 항목들이 기법의 실험이라는 태도와 어울려 이상문학을 매우 낯설거나 기이한 형식으로 이끌고 있다. 분출하는 근대 도시문명의 현상과 그것을 수용하고 내면화하는 정신은 물론, 그 분비물에 대한 징후적 이미지들을 알레고리화하고 있다는 점에서 이상시와 소설의 주제와 함의는 우리 근대문학의 모더니즘적 전범을 압축해서 보여주는 조감도라고 말할 수 있다. 여기에 이상소설의 난해성이 있다.

　이상문학의 성격을 미학적인 관점이나 문예사조의 시각에서 이해할 때 전제해 두어야 할 문제가 있다. 다다나 초현실주의 미학의 계보에서 이상문학을 이해할 것인지, 아니면 영미 주지주의 계열이나

---

51) 김성수, 『이상 소설의 해석』, 태학사, 1999, pp.27～28

박래 사조인 일본의 신심리주의 계열로 볼 것인지에 대한 것이 그것이다. 이상문학이 그런 경향과 전혀 무관하다고는 할 수 없지만, 그 실험적 성격은 많은 부분 '자생적' 성격이 두드러진다. 1920년대 일본의 초현실주의 시 운동으로부터 1920년대 한국 다다이즘문학이 적지 않은 영향을 받았고, 이상의 초기 시들 또한 그런 경향과 무관하다고 하기는 어렵다. 이상 자신이 근대문명의 조감도를 드리는 건축을 전공했고, 거기에 수학이나 물리학의 개념과 이론을 뒤섞어 시를 만들어 냈으며, 성심리를 주조로 하는 프로이트적 세계의 시적 이미지화에 상당한 관심을 갖고 있었다는 사실은 일반적으로 말하는 '쉬르적' 경향의 일단을 보여주는 증거이기는 하다. 그러나 이성에 의한 어떤 통제나 감독도 받지 않고, 심미적이며 논리적인 일체의 관심을 떠나 이루어지는 초현실주의는 지성의 붕괴, 즉 무의식, 꿈, 광기 등 이성의 언어로는 근본적으로 풀리지 않는 난해함 자체에서 어떤 의미를 찾으려는 미적 유파라고 말할 때 이상문학의 거처는 부분적으로 그와 유사한 경향을 보여주고 있음에도 불구하고 이들 초현실주의의 미학과는 많이 구별되는 성격을 가지고 있다.

이상문학의 다양한 형식 실험들은 겉으로 보기엔 다다나 초현실주의 문학과 유사한 면을 취하고 있다. 그러나 선명한 회화성과 현대적 이미지의 건축시학적 특징, 더 나아가 소설의 주제가 우리 문학에선 매우 이른 시기에 근대적 시스템에 의해 관리되는 도시 군중의 내면화된 이미지들을 구체적으로 포착해 냈다는 점에서 넓은 의미의 모더니즘 영역에 속하는 것으로 그의 문학적 성격을 이해하는 것이 좋을 듯하다. 왜냐하면 그의 문학에서 자주 등장하는 여러 형태적 실험들, 띄어쓰기 체계의 무시(『지도의 암실』, 『휴업과 사정』, 『지주회시』 기타의 시들), 겹층화된 서술구조(『종생기』) 등은 실상 급격하게 소용돌이치며 변화하는 도시 현상의 인식과 그것의 내면화 사이에서 벌어지는 일들을 드러내기 위한 방법적 탐색의 결과들이었기 때문이다. 이 점을 생각한다면 이상의 시와 소설을 더 폭넓게 모더니즘의 사고체계로부터 파생된 문학으로 수용하는 것이 그의 문학을 이해하는 데 훨씬 유용하다고 본다.

더구나 일본을 통해 유입된 초현실주의 문학이라는 것도, 브르통이나 아라공의 주요 작품을 통해서 소개되고 수용되었다기보다는 미술을 통해서 소개됨으로써 사상이나 문학 쪽보다는 시각예술적 비중이 훨씬 우세했다는 점, 초현실주의에 내포된 혁명적·정치적 요소가 빠져나간 채 다분히 예술지상주의의 댄디즘 형태로 유입됨으로써 '모던적' 유행 현상 정도로 인식될 수밖에 없었다는 점 또한 이상문학의 미학과 문예사조의 관점에서는 아울러 고려되어야 할 사항이다. 넓은 의미에서 모더니즘이 아방가르드 운동이나 영미 계통의 주지주의를 폭넓게 포함하고 있다는 점에서 모더니즘과 초현실주의를 나누어 생각하는 일은 무의미할 수 있다. 그러나 그 발생의 사회역사적 조건이나 문화적 상황을 고려할 때 근대화 과정에서 비롯된 이중적 경험, 즉 발전에 대한 기대와 인간적 상실감이 보편적으로 두드러지면서 모더니즘이 발생하게 되었다는 점을 생각할 필요가 있다. 아울러 근대사회의 변화속도와 그 변화 속에 내맡겨진 삶의 조건들에 대한 반성은 모더니즘을 탄생시킨 근대적 감수성의 두 가지 원천이 된다.52) 유진 런이 구분하고 있는 모더니즘 일반에 나타나는

---

52) 최유찬, 『문예사조의 이해』, 실천문학사, 1995, pp.311-312.

미학적 형태와 그 사회적 전망에 대한 네 가지 범주, 즉 미학적 자의식 또는 자기반영성, 동시성, 병치 또는 몽타주 기법, 패러독스와 모호성, 불합리성, 예술의 비인간화와 통합적인 주체 또는 개성의 붕괴 등을 고려하면, 이상문학은 다다나 초현실주의의 실험적 결과라는 맥락에서 이해하는 것보다 근대 도시의 현상에 대한 미학적 반응이라는 방향에서 들여다볼 때 작품의 의미가 훨씬 풍요로워질 수 있다. 이상의 시와 소설에 두루 나타나는 수학 공식이나 물리학 정리들, 또는 띄어쓰기 무시를 비롯한 일련의 한자 파자놀이, 다국어에 의한 의미 중첩 방식 등도 따지고 보면 다다나 초현실주의적 사고로부터 유래한다기보다는 자본주의 도시의 일상에 미만한 근대적 현상을 견디는 내면화의 미학적 방법의 다름 아니라는 점에서 그러하다. 이상의 문학이 '비밀 만들기'나 '의미의 함정 파놓기' 혹은 '언어유희'와 같은 지적 조작과 장치를 기본 창작방법론으로 삼고 있긴 하지만, 세심한 관심으로 들여다보면 온전한 의미를 얻어 낼 가능성이 높다. 뒤엉킨 의미를 복원해 내거나 해석해 내는 일 사이에 문학적 긴장감을 조성해 주는 내용적 함의를 이상의 시나 소설들이 내장하고 있다.

이상문학은 모국어인 한글문법과 표현법을 다방면으로 공격하여 비문법적 의미맥락을 확산해 내는 일종의 언어실험을 시에서만 아니라 소설에서도 감행하고 있어 낯설게 느껴진다. 따라서 다국어에 의한 의미 감추기 방식 혹은 의미의 다중적 괄호 치기를 통해 양파껍질 같은 은폐를 스스로 도모하는 이상소설의 그런 장치들을 우리가 읽을 수 있어야만 그의 소설이 좀 더 온전하게 밝혀지고 확정될 수 있다.

다른 한편, 이상의 시와 소설과 산문 등은 안팎으로 의미가 교직되어 있다. 그렇기 때문에 각 작품 사이에 서로 걸쳐 있는 의미망을 겹쳐 읽는 방법으로 이상의 작품을 읽는다면 아직까지 의견이 분분한 『오감도』의 제목이나 '13인의 아해', 그리고 『날개』의 '인공의 날개', 또는 『지주회시』의 제목과 관련된 이견들을 좁힐 수 있는 실마리를 찾아낼 수 있을 것이다. 이상문학 안에서 그의 작품들 사이에 겹치고 포개진 의미의 단층을 잘라서 분석할 때 여러 난해한 표현들이 제대로 해석될 수 있을 것이다. 소설을 분석하고 해석해 가면서도 이상의 시와 산문들을 함께 보아야 하는 이유는 바로 여기에 있다.

4. 이상문학의 의의 및 한계

임종 시에 그는 레몬을 달라 하여 그 냄새를 맡아 가며 죽어갔다. 이것은 확실히 불우한 도형수徒刑囚의 사치한 마지막 의지에서였다. 인생을 아름다운 베일 밖에서 내다보고 있는 순박한 어느 소녀의 죽음과도 방불한 그의 최후에선 평시에 풍기고 있던 처절한 아이러니도 시니크도 찾아볼 수 없었다. '남들이 생각하는 상箱은 나와는 다른 존재이다. 나는 그러한 상의 세계에서 도망쳐 나오고 싶은 것이다.'라는 그의 서한문의 비장한 고백과도 같이, 숨 막히는 역사의식과 현대의식의 원체元體인 선악과의 냄새가 아니라 사실은 레몬에서 풍기는 향내에 취해 보고 싶었던 것이다. 그러나 불행히도 그가 평생을 두고 맡아 온 냄새는 의식이라는 선악과의 냄새였을 뿐이며, 끝내 화려한 레몬의 홍수 같은 향기란 마음에 간직한 영원한 동경이었다. 죽음에 이르러 레몬의 냄새를 맡았다는 것은 끝내 완수하지 못한 그 의욕의 조그만 모형적 실험을 의미할 뿐이다.[53]

감수성 예민한 20대 초반의 청년 이상이, 자신을 둘러싼 현실의 저편 총독부의 사무실과 공사장을 오가며 구상하고 창작한 『12월 12일』은 그 자신의 청춘기에 솟아나는 죽음과 허무의 두터운 허물을 벗는 자서의 기록이다. 빈틈없이 차가운 현실과 그로부터 생성된 허무로부터 온전한 삶의 복구를 시도해 보지만 불행한 운명의 소용돌이에서 결코 헤어날 수 없었던 한 인물의 고달픈 여정과 방랑, 그리고 그 자신을 포함한 주변 인물들의 죽음은 그대로 이상의 실제 삶과 문학으로 형상화된다. 그런 의미에서 시와 소설과 수필과 여러 단상으로 구성된 그의 문학은 삶의 질료이자 형식이었으며 방법론이었다. 연재 4회 '서문'의 '글쓰기'에 대한 선언적 에피그램은 이후 이상문학의 수사학과 방법정신으로서의 여러 기법을 설명해 줄 수 있는 근거가 된다. 이 '서문'에서 읽을 수 있었듯이, 여러 차례에 걸쳐 찾아온 '자살충동'과, 그것을 견디는 심리 기제로 '펜은 나의 최후의 칼'을 스스로의 부적으로 삼겠다는 비장한 고백과 선언이 그것이었다.

나조차도 그것을 잊으려 하는 것이니 자살은 몇 번이나 나를 찾아왔다. 그러나 나는 죽을 수 없었다. (……) 그만큼 이번에 나를 찾아온 자상은 나에게 있어 본질적이요, 치명적이었기 때문이다. (……) 그

53) 이어령, 「이상론 — 순수의식의 뇌성과 그 파벽」, 『문리대학보』6, 서울대 문리대학생회, 1955. 9.

가운데에도 이 「죽을 수도 없는 실망」은 가장 큰 좌표에 있을 것이다. (……) 나는 지금 희망한다. 그것은 살겠다는 희망도 죽겠다는 희망도 아무것도 아니다. 다만 이 무서운 기록을 다 써서 마치기 전에는 나의 그 최후에 내가 차지할 행운은 찾아와 주지 말았으면 하는 것이다. 무서운 기록이다. 펜은 나의 최후의 칼이다.

                                              – 1930. 4. 26. 어의주통공사장^{於義州通工事場} –

                                                            (이李)54)

만 스무 살 푸른 청춘의 뚜렷한 이 명제는 이후 이상문학의 정신을 형성하면서 시와 소설과 산문의 주제로 복제된다. 『김유정』, 『실화』, 『종생기』로 이어지며 발화되는 자살과 죽음에 관한 진술들은 상념의 차원을 훨씬 웃돌며 정신의 소용돌이를 이루게 되는데, 이 만용의 포즈는 『12월 12일』을 기원으로 삼고 있다. 이상문학에서 『12월 12일』이 그 서사적 구성력과 통일성의 결함에도 불구하고 '처녀작' 이상의 의미를 갖고 있는 이유는 자살의 유혹과 죽음의 두려움을 작가가 어떤 형태로든 극복할 수 있는 장치를 마련할 수 있었다는 데에 있다. 이 작품을 통해서 우리는 '결핵'과 '양자체험'이라는 이상의 육체적 절망감 혹은 정신적 외상에 대한 것보다는 감수성 예민한 10대 후반, 20대 초반의 '청년 이상'이 삶과 문학과 예술에 대한 어떤 절망감과 자의식의 과잉으로 인해 남모르게 자살을 심각할 정도로 고려하고 있었던 정신의 흔적을 선명하게 읽을 수 있다.

    잘 알려진 어떠한 이상의 전기적 행적이나 개인사보다도 『12월 12일』의 연재 4회와 1회 '서문' 그리고 작품 후반부의 죽음과 그것

---

54) 『조선』, 1930. 5, p.115.

을 바라보며 정제하지 않고 격정적으로 토로하는 무서운 허무 정신은 신의 존재 유무를 증명하고 대결하는 사상의 절정에 달한 느낌을 갖게 한다. 따라서 『12월 12일』은 우리 근대문학 최초로 인간의 존재론적 문제를 제기하고 있는 작품이라는 점에서 의의를 찾을 수 있다. 이상문학은 그 출발부터 일종의 '무신론' 사상을 바탕으로 삶에 대한 근본적 허무감과 부조리 의식을 정신적 원점으로 삼고 있었던 것으로 파악된다. 이렇게 이해할 때 그의 시에 등장하는 '모조기독模造基督'은 기존의 논의처럼 가족의 한 대상을 지칭한다는 좁은 해석을 넘어서 근대문명의 정신 현상에 대한 사고의 일단을 보여주는 의미로 이해할 수 있게 된다.

절뚝거리는 육체와 훼손된 정신의 비극적 운명으로부터 정상과 화해의 균형점을 찾아 떠나는 '글쓰기'의 여정, 그것은 우리들 인간의 일생이 그러한 것처럼 죽음에 당당히 버티고 맞서기 위한 작가 정신과 인과관계를 이루게 된다. '펜은 나의 칼'이라는 명제는 이후 일문시日文詩들은 물론 『지도의 암실』, 『지주회시』, 『날개』를 거쳐 『동해』와 『종생기』에 이르는 과정에서 여러 포즈들, 즉 에피그램, 언어유희, 한자파자漢字破子 등으로 그 표현의 의장을 달리하며 나타나는 이상문학의 모체가 된다. 당대 이상 자신에 의해서도 일체의 언급이 없었던 첫 작품 『12월 12일』은 이후 이상문학의 방법정신을 정초하고 있는 이정표로 삼을 수 있을 정도로 여러 특징적 징후들의 원형을 보여준다는 점에서 이상문학의 기원적 성격을 보유하고 있는 작품으로 평가할 수 있을 것이다.

작품의 결말 부분에 집중된 신의 존재 유무나 삶을 대하는 허무적 세계관의 문제를 고려할 때 작가는 이 소설을 씀으로써 자신의 자살충동에 대한 에너지를 약화시킬 수 있었으며, 삶을 향한 대리보충을 얻을 수 있었던 것이다. 이 소설을 씀으로써 허무와 죽음의 심연으로부터 벗어나 자신의 운명의 한 좌표를 찾아낼 수 있었던 것이다. 『12월 12일』은 이 점을 극적으로 보여주는 작품이다. 이 과정에서 작가는 적어도 두 가지를 얻고 한 가지 길로 나아갈 수 있었다. 그 두 가지란 자신이 죽음을 향한 존재라는 점과, 현실의 삶은 적빈의 경제적 결핍이든 타인을 향한 설명할 길 없는 질투와 오해의 과정이든 인간은 일생 동안 근심과 걱정에 시달리지 않을 수 없는 고통의 존재라는 인식 그것이다.

> 불행한 운명 가운데서 난 사람은 끝끝내 불행한 운명 가운데서 울어야만 한다. 그 가운데에 약간의 변화쯤 있다 하더라도 속지 말라. 그것은 다만 그 「불행한 운명」의 굴곡에 지나지 않는 것이다.[55]

자살에 대신하여 삶의 고통으로부터의 해방을 위해 선택한 것은 예술 행위로서의 '문학'이라는 힘이었다. 자살에 대한 이상의 그칠 줄 모르는 상념과 '종생기'는 결국 문학이었기 때문이다. 이상은 『날개』에서 비록 주인공의 허무적 행위를 통해 보여주고 있기는 하지만, 아달린 '여섯 알'을 먹고 산속 벤치에서 단 하루의 낮과 밤 동안만 가사상태에 빠져 있었다. 자살에 대해서 생각으로 끝까지는 가보았지만 행동의 시작은 없는 이상의 이 포즈는 죽음에 대한 공포와 맞물리면서 이상문학의 한 정신을 형성한다. 자살을 생각하고 있으면서도 실행하지 못하는 데서 오는 공포와 전율을 이상문학 이해의

---

55) 『조선』, 1930. 2, pp.107-108.

한 기둥으로 삼고 싶었던 것도 이 때문이다. 『12월 12일』은 이상의 작품 가운데 죽음과 신의 존재 유무의 문제를 본격적으로 거론하고 형사오하한 소설로, 이상문학 특유의 방법정신이라고 말할 수 있는 희화적 태도와 역설적 포즈가 본격적으로 형성되기 이전의 내면의식이 가성 아닌 육성으로 흐르고 있는 작품이다. 아울러 이 소설은 우리 근대문학사에서 보기 드물게 허무의식과 자살의 문제를 가장 심각하게 거론한 최초의 작품이라고 평가할 수 있다.[56]

『지도의 암실』은 『휴업과 사정』과 함께, 문학과 삶에 대한 가지런한 매무새를 갖추기 이전인 1931~1932년의 심리적 정황이 여과 없이 뒤엉켜 내적 독백에 가까운 형식으로 반영된 작품이다. 이 소설에서 작가는 어느 정도 완성되어 가는 우리 근대문장의 '언문일치' 흐름을 반역함으로써 낯설고 자의적인 문장 실험을 하고 있는데, 특히 글자나 언어에 대한 의식은 '미적 자의식'이나 '자기반영성'을 주조로 삼는 모더니즘 문학의 제작적이며 인공적인 의식과 궤를 같이 하고 있다는 점에서 소설 내용과 서술의 난해함에도 불구하고 주목할 만한 작품이다.

    암뿌으르에봉투를 씌워서그감소된빛은 어디로갔는가에대하여도 그는한번도생각하여본일은없이 그는 이러한준비와장소에대하여 관대하니라 생각하여본일도없다면 그는속히잠들지아니할까 누구라도생각지는아마않는다인류가아직만들지 아니한글자가 그 자리에서이랬다 저랬다하니무슨암시이냐가무슨까닭에 한 번 읽어지나가면 도무소용인글자의고정된기술방법을채용하는 흡족지않은버릇을쓰기를버리지않을까를그

---

56) 김성수, 『이상 소설의 해석』, 태학사, 1999, p.308.

는생각한다 글자를 저것처럼가지고그하나만이 이랬다저랬다하면 또생
각하는 것은 사람하나생각둘말글자 셋넷다섯 또다섯 또또다섯또또또
다섯그는결국에시간이라는것의무서운힘을 믿지아니할수는없다한번지 나
가는 것이 하나도쓸데없는것을알면서도하나를버리는 묵은짓을그도역
시거절치 않는지그는그에게 물어보고싶지않다[57]

　또한 이 작품에는 근대 도시의 시간성에 대한 산책자로서의 생리
적 반응과 관념적 대응 양상이 독특한 어법으로 표현되고 있다. 단
순하고 따분한 내면 의식의 독백으로 흐르고 있는 『지도의 암실』은
소설의 이야기보다는 이상문학의 언어감각이나 표현법의 진수를 담
고 있다는 점에서 주목할 수 있는 작품이다. 감옥 같은 자신의 방과
도시의 낮밤을 거닐며 '외출-귀가'를 반복하는 산책자 주인공이 아
내의 매춘과 화폐(돈)에 대해 내면의 거울로 되비춰 보며 비판하고
자조하는 근대의 거리와 군중과 백화점의 초상화, 그것은 실낙원과
도 같은 최저낙원의 '조감도'일 것이며 '오감도'의 다름 아니다. 우
상숭배와 화폐물신, 무기물에 집착된 페티시즘(물신화)의 심리가 혼
용된 『날개』의 주인공은 그런 의미에서 근대의 나르시시스트이자 마
조히스트였다. 주인공이 시인으로, 연구자로, 산책자로 햇빛이 들지
않는 지하실 같은 방과 '회탁灰濁'의 거리를 낮과 밤으로 왕래하다가
결국은 물신적 공간인 백화점 옥상에서 날지도 못한 채 다시 지상의
거리로 내려올 수밖에 없었다는 점, 그리하여 미완의 귀가로 부유할
수밖에 없었던 『날개』의 마지막 장면에서 예술가 주인공의 초상을
발견한다.

---

57) 『조선』(통권 173호), 1932. 3, pp.105-106.

나는 불현듯이 겨드랑이가 가렵다. 아하, 그것은 내 인공의 날개가 돋았던 자국이다. 오늘은 없는 이 날개, 머리 속에서는 희망과 야심의 말소된 페이지가 딕셔내리 넘어가듯 번뜩였다.

나는 걷던 걸음을 멈추고 그리고 어디 한 번 이렇게 외쳐 보고 싶었다. 날개야 다시 돋아라.58)

『종생기』는 두 가지 면에서 이채로운 작품이다. 하나는, '遺書'라는 경건한 문서를 문학의 형식과 주제로 끌어들여 활용하고 있다는 점이다. 다른 하나는, 그것을 진지한 성찰의 대상이나 고백이 양식으로 발화하지 않고 유희적 책략과 포즈로 당대와 미래의 독자들을 끊임없이 현혹하고자 한다는 점이다. 이상 자신이 '삶'을 속이듯이 소비하고 있었다는 전기적 사실을 고려하면 이런 형식적 계략과 장치들이 전혀 낯설지 않은 것일 수도 있다. 『12월 12일』에서 그랬듯이, 『종생기』에서도 이상은 '산호편'의 화두를 작품 안과 밖에서 조절하며 자신의 예술론을 썼던 것이며, 육체를 시간의 뒤끝이 아니라 현재 안에 '碑銘'으로 다잡아두려는 의식, 그것이 무기체에의 영속적 욕망인 페티시즘으로 나타났던 것이다. 자신의 육신을 시신으로 만들고 묘비명을 세워 굽어보고 弔喪하는 것이야말로 페티시즘의 절정이라고 할 수 있다. 그의 삶과 생활이 문학이자 글쓰기였듯이, '묘비명'은 '산호수'이자 '산호편'의 환유였다.

죽는 한이 있더라도 이 산호珊瑚 채찍일랑 꽉 쥐고 죽으리라. 네 폐포弊袍 파립破笠 위에 퇴색退色한 망해 위에 봉황鳳凰이 와 앉으리라.

---

58) 김용직, 『이상』, 벽호출판사, 1998, p.41.

나는 내 『종생기^{終生記}』가 천하^{天下} 눈있는 선비들의 肝膽을 서늘하게
해 기를 애틋이 바라는 一念 아래 이만큼 인색한 내 맵씨의 절약법^節
^{約法}을 피력^{披瀝}하여 보인다.[59]

생명을 영원히 안주케 하는 것은 석고상이나 동상으로 만드는 것,
이것은 이상의 말대로 '박제화'하는 것이다. 시간을 유예시켜 현재에
붙잡아 두는 것, 그것이 문학일 수 있기 때문이다. 이상문학을 구성
하는 색깔의 인식체계는 공포스러운 초록의 자연(『권태』), 회색빛이
감도는 어지러운 도시의 거리와, 최면제 아달린의 약기운으로 본 노
란 환각의 세상(『날개』), 그리고 『12월 12일』과 『종생기』의 죽음에
대한 사변으로 채색된 검은 색깔 등이다. 『날개』의 주인공이 약을
먹고 본 세상의 색깔은 노란색이었으나 이 마지막 색깔은 아직 보이
지 않는 색깔이기도 한데, 그는 그런 색깔을 누구보다도 얼핏 먼저
본 자일지도 모른다. 회색에 회색을 덧칠해도 색깔이 변하지 않는
관념적 색채가 아니라, 노란 환각의 세계가 그가 욕망하는 세상의
색깔이었을 수도 있다. 그가 보고자 한 곳이란 동경도, 런던도, 뉴욕
도 아니었다. 아직 오지 않은 세상, 이상이 낮과 밤으로 떠돌며 찾
고자 했던 거리와 방의 본모습이었을 것이다. 이렇게 볼 때, 이상의
시선에 포착된 1930년대 도시 경성에 대한 그림은 초록의 '조감도'
에서 회탁과 황색의 '오감도'를 거쳐 삶과 죽음의 어두운 이면을 투
시력으로 꿰뚫는 '투시도'라는 세 개의 지도로 구상화시킬 수 있다.
색깔과 그림으로 연결되는 인식의 큰 밑그림을 우리는 이제 이상의
전 문학을 규율하는 한 가지 잣대로 삼을 수 있을 것이다.

---

59) 김용직, 『이상』, 벽호출판사, 1998, p.43.

5. 결 론

지금까지 우리 현대문학사에서 텍스트 확정 문제나 텍스트에 대한 정밀 해석의 미완성 등이 가장 문제적인 상태로 남아 있는 이상문학에 대해 기존 연구의 성과를 토대로 이상소설에 나타난 그의 모더니즘적 실험이 갖는 공헌과 한계, 그의 내적 독백, 자의식적 소설이 동시대 사실주의와 구별되는 점, 미학주의자로서의 시대의식과 자신이 살았던 시대의 아픔을 표출한 방식 등을 주요 작품을 중심으로 살펴보았다.

미학적 형태와 그 사회적 전망에 대한 네 가지 범주, 즉 미학적 자의식 또는 자기반영성, 동시성, 병치 또는 몽타주 기법, 패러독스와 모호성, 불합리성, 예술의 비인간화와 통합적인 주체 또는 개성의 붕괴 등을 고려할 때, 이상문학은 다다나 초현실주의의 실험적 결과라기보다 근대 도시의 현상에 대한 미학적 반응이라는 방향에서 들여다볼 때 작품의 의미가 훨씬 풍요로워질 수 있다. 그의 시와 소설에 두루 나타나는 수학 공식이나 물리학 정리들, 또는 띄어쓰기 무시를 비롯한 일련의 한자 파자놀이, 다국어에 의한 의미 중첩 방식 등은 자본주의 도시의 일상에 미만한 근대적 현상을 견디는 내면화의 미학적 방법이다. 이상의 문학이 '비밀 만들기'나 '의미의 함정 파놓기' 혹은 '언어유희'와 같은 지적 조작과 장치를 기본 창작방법론으로 삼고 있긴 하지만, 뒤엉킨 의미를 복원해 내거나 해석해 내는 일 사이에 문학적 긴장감을 조성해 주는 내용적 함의를 이상의 시나 소설들이 내장하고 있다.

한 시대를 치열하게 살았던 작가의 삶과 문학은 그가 존재했던 당대는 물론 현재의 문맥에서도 보충되면서 해석되어야 한다. 이상의 문학에는 해답이 없다. 그의 문학이 유별난 것은 인간의 존재와 예술에 대해 어떤 해답을 제시하고자 한 것이 아니라 본질적인 질문을 던지고 있다는 점이다. 이상의 문학을 통해 다시 한 번 인간과 예술에 대해 더욱 치열하고도 진지한 질문을 던지는 것이 이상문학의 의미를 온전히 간직할 수 있는 길이 될 수 있을지도 모른다. 이상의 시와 소설과 산문 등은 안팎으로 의미가 교직되어 있기 때문에 각 작품 사이에 서로 걸쳐 있는 의미망을 겹쳐 읽는 방법으로 작품을 읽는다면 아직까지도 분분한 이견들을 좁힐 수 있는 실마리를 찾아낼 수 있을 것이다. 이상문학 안에서 그의 작품들 사이에 겹치고 포개진 의미의 단층을 잘라서 분석할 때 여러 난해한 표현들이 제대로 해석될 수 있을 것이다. 작품 단위의 단절된 분석에 치중한 나머지 의미의 내적 연관성과 통합적 해석의 고리를 부각시키지 못하는 문제가 여전히 남아 있는 과제라고 여겨져 훗날을 기약하고자 한다.

Ⅳ. 이상의 「오감도 시제1호」

- 오세영의 텍스트를 중심으로 -

● 목 차 ●

1. 서 론
2. 작품 분석
    1) 어휘 분석
    2) 내용 분석
    3) 화자
3. 구성원리와 시간성
4. 결 론

1. 서 론

「오감도 시제1호」은 1931년 8월 ≪조선과 건축≫에 「오감도^{烏瞰圖}」로 실렸으나, 시 제15호까지 1934년 7월 24일부터 8월 8일에 걸쳐 ≪조선중앙일보≫에 발표된 연작시이다. 지금까지 70여 년의 시간이 지나는 사이 이상에 대한 비평과 논의가 있어 왔고, 「오감도 시제1호」에 대한 해석들을 보면 대다수 '십삼인^{十三人}의 아해^{兒孩}'라는 수수께끼 같은 구절의 풀이에 중점을 두어 왔다.[60]

'조鳥감도'가 '오鳥감도'로 바뀌게 된 데는 많은 설들이 있지만, 보통명사에 '오감도'라는 말이 없으므로 이는 이상이 '조감도'라는 단어를 변형시켜 만든 조어임을 알 수 있다. 이때 '오감도鳥瞰圖'라는 제목은 글자 그대로 '까마귀가 하늘에서 내려다 본 것(풍경화 혹은 지도)을 뜻한다고 할 때, 검은 까마귀는 불길한 징조(죽음)로서 먹구름의 상징으로 대치될 수 있다. 다시 말하여 이 제목은 먹구름(암운)이 가득 찬 시대적인 상황'을 상징한 것이라 하겠다. 인간의 근본적인 어떤 한계 상황을 말하고 있음을 느낄 수 있다.

　오세영은 프로이드의 견해를 들어 '불안'은 그 대상이 분명하지 않은 상태에서 생기는 감정이고, '공포'는 그 대상이 분명할 때 생기는 감정이라고 정의한 후「오감도 시제1호」를 불안의 개념으로 분석하고자 하였다. 이 시에서 언급된 '무서움'은 엄밀한 개념의 '무서

---

　* 성균관대 대학원 박사 1기.
60) 이제까지 나온 것으로는 '예수의 최후의 만찬에 참석한 13인의 제자'
　　(임종국), '위기에 당면한 인류'(한희석), '해체된 기아의 분신'(김교신),
　　'무수한 사람들'(양희석), '이상 자신의 기호'(고은), '별의 상징'(김우종)
　　과 '당시의 조선 13도의 지칭'(서정주), '불길한 공포'(이영일), '모든 의
　　미의 부정'(윤재근), '다형성 도착'(정귀영), '인간 역사의 한계'(이어령),
　　'인간의 존재적 수명'(이재철), '불안의식'(이규동), '인류 집단의 수적
　　대유'(문덕수), '시인의 파편적 감정과 영상'(조연현), '피해 망상'(정윤
　　익), '홍수가 주는 불길한 인간'(정태용), '병든 거리를 곡예사처럼 행진
　　하고 혹은 여행하는 인간의 현장'(김영수), '불안 의식'(김종은), '일제하
　　의 조선 13'(김종길), '언어도단의 세계'(김영규), '숫자적 이미지'(이어
　　령), '우연의 산물'(구연식), '시인의 공포가 아해의 불안으로 투사'(엄국
　　현) '1과 3이라는 각각의 의미를 남과여의 성적 특징으로 단정'(김대
　　규), 이 밖에도 서구의 불길한 숫자로서의 상징 등 구구한 견해가 있다.
　　이어령은 처음 '역사의 한계성'으로 읽었으나, 뒤에는 단순한 '숫자적
　　이미지'로 본다. 김윤식,『이상문학전집』, 문학사상사, p.349.

움'이 아니라 '불안'이라 지적하고 있다. 즉 대상이 명확하지 않은 까닭에 비록 시인이 그것을 '무서움'으로 표현했다 하더라도 오히려 '불안'에 가까운 감정이라는 것이다.[61)

『오감도』 중에서 「오감도 시제1호」를 가지고, 오세영의 텍스트를 중심으로 서술하되 필자의 견해와 함께 작품을 살펴보려 한다.

2. 작품 분석

詩第一號

十三人의兒孩가道路로疾走하오.
(길은막달은골목이適當하오.)

第一의兒孩가무섭다고그리오.
第二의兒孩도무섭다고그리오.
第三의兒孩도무섭다고그리오.
第四의兒孩도무섭다고그리오.
第五의兒孩도무섭다고그리오.
第六의兒孩도무섭다고그리오.
第七의兒孩도무섭다고그리오.
第八의兒孩도무섭다고그리오.
第九의兒孩도무섭다고그리오.
第十의兒孩도무섭다고그리오.

---

61) 오세영, 『한국현대시 분석적 읽기』, 고려대학교출판부, 2004, p.195.

第十一의兒孩도무섭다고그리오.
第十二의兒孩도무섭다고그리오.
第十三의兒孩도무섭다고그리오.
十三人의兒孩는무서운兒孩와무서워하는兒孩와그러케뿐이모혓소.
(다른事情은업는것이차라리나앗소)

그中에一人의兒孩가무서운兒孩라도좃소.
그中에二人의兒孩가무서운兒孩라도좃소.
그中에二人의兒孩가무서워하는兒孩라도좃소.
그中에一人의兒孩가무서워하는兒孩라도좃소.

(길은뚫린골목이라도適當하오.)
十三人의兒孩가道路로疾走하지아니하여도좃소.

1) 어휘 분석

오세영은 「오감도 시제1호」의 작품배경에 대한 논의로 시작한다. 시대적으로는 '현대'를, 공간적으로는 '도시'를 말하고 있다. 이것을 나름대로 증명하기 위하여 '도로'라는 단어를 근대에 들어 특히, 도시의 길을 뜻하는 단어라 하고, '골목'은 문맥상 시골의 골목이 아니라 도시의 골목일 때 자연스럽다고 말한다. 더불어 '질주하다'의 어휘를 가지고, 통상적으로 말이나 소처럼 생물을 표현할 때는 '달린다' 하고, 자동차와 같은 무생물 혹은 기계는 '질주한다'고 표현함을 상기시키며 이 어휘는 도시성·문명성·현대성·물질성과 같은 의미소들이 함축되어 있음을 표현하고 있다.

또한 개성이 없고 고유명사가 없다는 예를 들어 '익명성'으로, 숫자는 가장 추상적이고, 논리적이고, 지시적이라는 점을 들어 '숫자의 의도적 사용'을 말하며 현대물질문명의 토대가 된다고 그리고 있다.[62]

이와 함께 필자는 「오감도 시제1호」에 '질주'의 어휘는 불안의식에서부터 야기되는, 달아나고 싶은 초월에 대한 암시라고 느꼈다.[63] 벗어나고 싶든지, 탈출하고 싶다든지, 심지어 일상에서의 외출성에는 다소간 경중이 따르겠지만 억압된 곳에서부터의 탈피, 해방과 자유를 누리고 싶은 심리적 욕구가 작용한다.

오세영의 아이(아해)는 기본적으로 세 가지 상징성을 갖는다. 하나는 생명력이고, 다른 하나는 순수성이며, 또 다른 하나는 미래를 상징한다.[64] 이 어린아이가 달려가고 있는 그 길이 막혀 있다. 이러한 상황에 처한 삶은 절망적인 상황으로 묘사해 보여주고 있는 것이다. 이것은 어떤 특정한 아이의 집단이 아니라 보편적인 우리의 현대적 삶 그 자체이다. 그러므로 현대인이 처한 절망적 상황과 그것에서 연

---

62) 오세영은 「한국현대시의 두 세계-이상과 김소월의 이미지 비교」, 『문학비평의 방법과 실제』, 이선영 편, pp.385-414)에서 노드롭 프라이의 이미지 패턴에 따라 이상의 시어에 대한 통계를 낸 바 있다. 그는 여기서 이상시의 특성을 부정적 세계관, 인간의 존재 문제 또는 내면 탐구, 의식 분열적 명상적 사고, 현대문명과의 관계 인식으로 본다. 오세영, 『한국현대시 분석적 읽기』, 185면. 나는 지금까지 『오감도』가 현대도시의 삶에 대하여 쓰인 것임을 밝혔는데 …… 그것은 이상이 추구한 모더니즘이 바로 현대 도시문명을 반영한 문학사조이기 때문이다.

63) 이와는 조금 다른 경우이지만 가령 미지의 세계로 가보고 싶은 인간의 욕망이 달나라로 가는 유인 로켓을 발명하게 했다는 것은 상식적인 얘기지만 …… 이 로켓 또한 지상으로부터 초월하고자 하는 인간 욕구를 나타내는 상징물이다.

64) 오세영, 앞의 책, 2004, p.185.

유된 무서움(비극성)이라고 말할 수 있을 것이다. 이 때문에 아이는 생명성과 순수성 그리고 미래성이 막힌 골목에서 더 이상 질주하지 못하고, 소외되며, 자폐되고, 물화되어 감을 알 수 있다. 이 원인은 외부나 타인에게만 있는 것이 아니라 자신의 내부에도 있는 까닭이다.

兒孩를 보면 '아해'는 '아이'라는 낱말이 환기하는 일상적 습관성을 낯설게 만들려는 의도라고 보았다. 이상의 문학 전반에 걸쳐 '아해'라는 명칭은 무수히 반복되며, 그 의미 또한 사고의 틀에서 벗어나지 못한 점을 감안하면, '아해'라는 어휘의 의미는 공통의 대상을 통칭하며 명기하는 것으로 파악된다. 13이라는 숫자와 결부하여 생각한다고 하더라도, 사회적 충돌이 일어나는 현실에 처한 모든 사회 구성원은 이상의 시선에서 볼 때, 불안을 가지고 하루하루를 살아가는 것으로 느꼈다.65)

오세영이 텍스트에서 보여주고자 하는 것은 화자에게 있어서 겉으로 드러난 현대인의 삶은 '어떤 절박한 상황을 내몰리는' 것처럼 보인다. 그러나 이것은 어디까지나 현상에 대한 막연한 느낌이었고, 본질에 대한 명확한 인식이 아직은 확립되어 있지 않다.

이것은 과거의 시간에서 미래로 달려가려는 노력이다. 불안 속에 질주하는 현재의 절망적인 몸부림이기도 하다. 비록 이 질주가 좌우 모두가 막혀 버린 것을 아는 데서 시작하였다 하더라도, 유전 혹은 경험된 시간으로 인한 불안 때문에 미래를 버릴 수는 없었던 것이다. 왜냐하면 그에게는 막다른 골목을 벗어나는 유일한 선택이었다.

오세영은 무서운 아이를 한 명 내지 두 명으로 국한시킨다는 것

---

65) 이승훈, 『이상 시 전집』, 문학사상사, 1989, p.238.

은 옳지 않다고 말하고 있다. 그 이유로 시행의 진술어법에서 가능한 해석이다. '……아해라도 좋소'에서 '좋다'는 단어는 단정적 언사가 아니다. 이는 한두 명만이 무서운 아이가 아니라 모든 아이들이 무서운 아이인데 한 명 혹은 두 명만을 임의적으로 지칭한 것이라고 말할 수 있다. 무서운 아이는 분명 13명 모두일 수 있기 때문이다.

오세영은 앞에서 '도로'의 설명을 현대 도시문명을 나타낸 것으로만 서술하였는데, '도로'의 이미지는 두 가지 면에서 시간성을 내포하고 있다. 하나는 막다른 골목으로서의 닫힌 '과거 지향에의 방향'과 다른 하나는 '뚫린 골목'이라는 열린 '미래 지향에의 방향성'이 동시에 가능하다고 하는 표현에 의해서이다. '(길은막다른골목이적당하오.)', '(길은뚫린골목이적당하오.)'가 역설적으로 가능한 것은 오로지 자아 내면의식의 구조물로서 존재하는 과거와 미래라는 시간성에 의해서임을 간과해서는 안 된다. 다시 말하여, 오세영이 놓치고 있는 이 시의 구조에서 중심을 이루는 것은 공간구조보다는, '도로'로 표상되는 자아 내면의 시간구조인 것이다.

그리고 '도로로 질주하오'는 길의 기본적 의도는 이동의 결로 또는 방향의 제시로 나타난다고 볼 수 있다. 그로 인한 불안과 절망이 암시되어 있다. 미숙했던 정신은 높은 이상적 정신으로 시간은 쭉쭉 뻗어가며, 사회적 적응에 있어서 그 시간의 기준점에 모호성을 가지고 있는 시대적 상황에 의하여 육체적·정신적 혼돈이 가중되어 개개인에게 압박되어 있음을 상기하는 것이다.

따라서 이상적인 자의식이 현실적인 자의식 앞에서 절망되는 과정에서 존재하는 시간에 대한 불안[66]인 것이다.

2) 내용 분석

모두 5연으로 이루어진 이 시는 그 구성으로 보아 기(1연), 승(2·3연), 전(4연), 결(5연), 네 부분으로 나누어 볼 수 있다.

제1연의 '13인의 아해'는 출구 없는, '막다른 골목'으로 '질주'해야만 하는 아해의, 극도의 불안감을 비유해서 대치한 것이라 할 수 있겠다. 배경은 단지 진행과 속도감을 느끼게 하는 '도로'뿐이다.

제2연에서는 1연에서 보이는, 질주하게 된 원인의 반복 증상을 보인다. 단순히 무서워하는 것의 반복이 아니라 무서워하며 골목을 질주하는 행위에의 반복이다. 그래서 2연의 구문은 '1연의 아해가 도로를 무섭다고 질주하오 / 제2연의 아해도 도로를 무섭다고 질주하오'의 반복이겠으나 '도로'와 '질주'가 생략된 것이라고 볼 수 있다. 이때의 13인의 아해까지는 수직 반복의 형태를 띤다. 다시 말하면 초등학교 1학년부터 중학교·대학교에 다니는 젊은이들까지 수직단계대로 '모두가 무서워하며 달리는 아이들'에 대한 구성이 '무서운 아해'와 '무서워하는 아해'로 나뉜 것이다.

또한 이 시 속에서의 아해들은 서로가 확연한 구분이 되지 않는다. 한 아해가 스스로 무서운 아해라고 자각되었을 때 여타의 아해들은 무서워하는 아해가 되고, 다른 아해가 스스로를 무서워하는 아

---

66) 프로이드, 김성태 역, 『정신분석입문』, 삼성출판사, 1999, p.275. "불안은 상태에 관계되어 있고 대상을 무시한 말이며, 이와 달리 공포란 말은 대상에 관심이 집중되고 있는 것이며, 놀라움은 특수한 뜻, 즉 불안한 준비가 없이 위험이 예상외로 나타날 때 일어나는 상태에 특수하게 관계되었을 때 쓰이는 말."

해가 되었을 때 다른 아해들은 무서운 아해가 된다.

제3연에서의 '무서운 아해 / 무서워하는 아해'는 심리적 측면에서 서로가 서로를 불신하는 증세를 보임으로, 모든 아해가 무서운 세상을 암시하고 있다.

'무서운아해와무서워하는아해와그렇게뿐이모였소'에서 아이를 무섭게 만드는 존재는 보이지 않는다. 즉 무섭게 만드는 대상이 있어서 무서운 것이 아니라 내적 자아의 분열이 가져오는 삶과 죽음의 대립에서 오는 불안이다. 13인의 아해 가운데 몇몇이 무서운 아해이며, 몇몇이 무서워하는 아해인가가 중요한 것이 아니라, 무서움과 무서워함과의 관계뿐이다. 13인의 아해는 모두가 무서운 아해일 수 있으며, 모두가 무서워하는 아해일 수 있음을 유추적으로 해석하면 둘은 동일시된다. 더 나아가서는 인간이 인간을 무서워하는 불신과 공포의 세상을 의미한다.

제4연에서는 '무서워하는 아해'가 3연에서처럼 숫자에 의한 수직 반복 형태를 띠지 않고, 다시 수평 반복 형태를 이룬다.

제5연은 제1연과는 완전히 대립된 내용구조를 보이고 있다. '질주함－질주하지 아니하여도 좋음', '막다른 골목－뚫린 골목'의 대립이 그것이다. 그러면서도 여기에는 아이러니한 시적 기교성이 확충된다. 결국 막다른 골목이든 뚫린 골목이든 어떤 상황에 있어도 불안이나 불신 등은 벗어날 수 없다는 것을 이 시는 말하고 있다.

3) 화 자

　오세영은 이 시에서 하나의 괴이한 풍경을 묘사해 보여주고 있으며. 그것은 공중 높이 까마귀의 눈을 통하여 본 어떤 도시의 한 모습이라고 말한다. 그렇다면 처음과 끝의 대립된 상황, 즉 현대인의 삶의 본질을 인식하지 못했을 때와 인식했을 때 각각 보여준 화자의 상반된 진술은 무슨 의미를 지니고 있는 것일까. 이것은 현상에 대한 인지와 현대인의 삶의 본질을 모르고 단지 드러난 현상, 즉 '어떤 절박한 상황으로서의 내몰린 삶'을 비유적으로 설명하고 있다. 또한 현대인의 삶이 상호 무서워하거나 무서움의 대상으로 되어 있다는 것을 강조한 것이다.

　「오감도 시제1호」의 경우 화자가 서술하는 대상, 곧 주어는 '13인의 아해'이다. 화자가 이 서술 대상에 대해서 어떠하다고 서술하고 있는지, 왜 공포에 떨면서 질주하는가에 대하여서는 알 길이 없다. 질주하는 길이 막다른 골목이기 때문에 그들이 공포에 떤다고 할 수도 있겠지만, 화자는 13인의 아해가 '도로로질주하오'라고 서술하면서 뒤에 가서는 '도로로질주하지아니하여도좋소'라고 서술한다.

　따라서 아해들의 공포에는 뚜렷한 이유가 없다. 뚜렷한 공포가 없는 공포는 공포라기보다는 불안에 가깝다. 그러므로 도로를 질주하는 13인의 아해는 결국 불안을 앓고 있는 셈이며, 반어적 태도를 보여주는 것이다. 반어적 태도란 세계에 대한 종합적 인식과 관계된다. 그것은 세계의 밝은 면과 어두운 면, 사물의 외면과 내면을 동시에 보려는 노력의 산물이다. 일반적 사물이라고 하는 것은 '13인의 아해'가 어떤 특수성, 그러니까 비유에 말하자면 고유명사가 아니라 보통명사에 해당되고, 그런 점에서 그것은 특수한 삶의 속성들이 추상화된 사물이라고 하겠다. 다시 말하면, 그것은 시간적으로나 공간적으로나 어떤 특수성도 상실한 실체인 것이다. 그러나 이이러니하게 이 시에는 그러한 구체성이 나타나지 않는다.

아무튼 표제를 염두에 둘 때, 이 시에서 화자는 시가 보여주는 경험의 세계에는 참여하지 않는다. 참여하지 않을 뿐만 아니라, 시적 상황에 대해 어떤 행동이나 반응도 나타내지 않는다. 그는 오직 시적 경험의 세계에 대해서 자신의 의견을 진술하고 있을 뿐이다. 이렇게 시적 경험의 세계에 직접 참여하지 않고, 그 세계에 대하여 일정한 거리를 두고 자신의 의견을 진술하고 있다.[67]

'오감도'는 화자의 시점과 관련되어, '조감도'가 아니라 '오감도'라는 표기에 유의할 때, 그것은 화자의 자기풍자라는 상징적 의미를 나타낼 수 있다. 이는 까마귀의 상징적 의미를 어떻게 해석할 것인가에 따라 그것은 물론 다양한 의미를 거느릴 수 있다.

3. 구성원리와 시간성

구성원리는 시간적 측면과 공간적 측면으로 나눌 수 있는데, 시간적 측면에서는 연대기적 측면과 반연대기적 특성이다. 이 시에서는 반연대기적 특성이 드러난다. 대체로 주어를 먼저 제시하고 서술어

---

67) 김윤식, 『이상문학전집』, 문학사상사, 1995, p.322.

를 제시하는 형식, 혹은 그 역의 형식으로 구성되거나, 서론－본론－결론의 형식으로 구성된다.[68] 이 시는 주어를 제시하고 다음 그 주어에 대한 서술어를 제시하는 형식이나 서론－본론－결론의 형식이라기보다는 대체로 대립적 구성과 분석적 구성, 곧 일종의 열거법으로 되어 있다. 그러나 이 시에 나타나는 열거법은 반복과 반주의 형식으로 나타난다.[69]

공간적 측면에서 이 시의 구성은 도로를 질주하는 13인의 아해에서 유추되듯이 수평의 차원에서 일종의 매스게임 같은 기하학적 공간으로 나타난다.[70] 이를 화자의 시점에서 본다면, 화자는 높은 곳에서 13인의 아해를 조감하기 때문에 13인의 아해가 자신의 시야에 차례차례 지나가는 그러한 형식으로 본다기보다는, 13인의 아해를 차례로 질주하는 모습을 동시에 본다고 함이 옳을 것 같다.[71]

「오감도 시제1호」의 난해한 원인이 그가 사용한 용어나 단어에 있지 않다. 이 작품 속에 사용된 용어들은 우리가 이해하지 못할 단어는 없다. '1부터 13', '아해', '도로', '질주', '골목', '길', '무섭다', '사정', '적당'과 같이 쉽고 평이한 내용의 문장이다. 그럼에도 불구하고 이 작품이 난해하게 다가오는 것은, 사용된 문장의 각 구절에 있는 것이 아니라 누구든지 알 수 있는 용어와 문장이 조직된 전체적인 의미가 어려워서일 것이다. 「오감도 시제1호」을 비롯한 이상의 작품은 형이상학적 인식론에 의하여 자아를 연구함으로써, 이상 자

---

68) 「시에 있어서의 시간2」『문학과 시간』, 이우출판사, 1983, pp.251－254 참조.
69) 김윤식, 앞의 책, p.347.
70) 이어령, 『이상시전집』, 갑인출판사, 1978, p.17.
71) 김윤식, 앞의 책, p.334.

신이 스스로의 절망과 허무의식을 극복하고자 한 노력의 소산이었다. 그 결과 그의 시는 난해해졌다고 필자는 생각한다.

이 작품에 대한 이제까지의 논의들은 앞에서도 언급했지만, '13'이란 글자에만 중점적으로 의미를 부여하려고 한 데서 갖가지 오류를 범했던 것이라고 말한 바 있다.

'13'이 일제 치하 우리나라의 13도를 상징한다든지, 최후의 만찬에 참석한 예수를 13인으로 의미할 수 있다. 그러나 그것만으로는 이 시의 전체적인 구조와의 관계를 정확히 조명할 수 없다. 그것은 논리적인 타당성이 없는 극히 주관적인 추론에 불과하기 때문이다. 그보다 필자는 차라리 13은 이상의 다른 시 '선에 관한 자각·2'와 '선에 관한 자각·5' 등에서 이미 유인된 '1+3'(과거+미래)의 시간 구조로 보는 것이 더 타당성이 있다고 할 수 있다.

이상은 먼저 시간구조로서의 '1+3'을 상정했고, 여기서 '13'이란 숫자가 파생되어 나올 수 있었으며, 따라서 이 '13인의 아해'는 시간이란 도로를 질주하면서(삶을 영위하면서) '죽음'(까마귀) 때문에 부정을 느끼는 자아의 여러 편들에 불과한 것이다.[72]

오세영과 다르게 필자는 '무서운 아해'와 '무서워하는 아해'는 두 개의 자아의 모습이며, 13인의 아이들 중 무서운 아이가 1인 또는 2인이거나, 반대로 무서워하는 아이가 1인 또는 2인일 수도 있음은 분열된 채 상호 배반하는 자아의 다른 모습에 지나지 않는다고 본다.

1연에서 13인의 아이가 도로로 질주한다고 해 놓고, 그 길은 막다른 골목이 적당하다는 반면, 마지막 연에서는 이와 정반대로 표현한 것도

---

72) 정귀영은 13인의 아해를 원시적 자아의 분신화로 보았다.

자아의식 속에 내재하여 들끓는 시간의 여러 파편의 모순된 형상화이다. 이는 바로 1930년대 당시의 우리의 시대 정황을 상징할 수도 있다. 적어도 「오감도 제1호」을 두고 볼 때 이상의 시세계란, 직접적이든, 간접적이든 그것이 생산된 시대 및 사회와 무관할 수 없다.

그리고 무엇보다도 중요한 것은 이 작품의 시간구조가 파편적이라는 점이다. 제2연에서 4연까지의 수에 따른 반복적 나열은 이것을 보여주는 이미지이다. 자아가 단순히 온갖 체험의 요소들로 이루어진 분열된 파편의 모임(제1의 아해~제13의 아해)으로 인식될 때, 곧 자아의식 속에 어떤 동일성을 발견할 수 없을 때, 필연적으로 불안감이 뒤따른다. 이 시의 기본 정서가 '불안'과 '무서움'인 것도 이 때문이다. 그것이 단순한 개인 간의 상호불신이 아니라, 어떤 무서운 자의 아래에 놓인 자들 간의 상호배반에서 나오는 불신이라고 본다.

또한 이 작품의 정황이 처음부터 끝까지 공간적인 것이지 시간적인 것이 아니라고 보고 있는 연구가들은, '아해들이 질주하는' 속도와 '도로'의 방향성 및 진행성과 같은 시간적 특성을 전혀 발견하지 못한 듯싶다.

4. 결 론

새로운 시형태를 취하는 경향의 이 작품은 제목에서부터 독자를 혼란에 빠지게 한다. 연재시 신문 조판 과정에서의 실수였는지는 모르겠으나, 이상의 전반적 문학의 기법을 보면 능히 제목부터 의도적으로 국어사전에도 없는 이러한 단어를 시의 표제로 삼았을 성싶다.

이제까지 필자는 이상의 대표시 「오감도 제1호」를 오세영의 텍스트를 옹호하기도, 비판하기도 하면서, 작품 분석에 있어 시간의 양상으로 형상화되어 있음을 부족하게나마 전개해 보았다.

오세영의 텍스트처럼 서로를 무서운 존재로, 무서워하는 존재로 무한질주를 하고 있는 도시의 모습으로 볼 수 있다. 하지만 숫자가 지닌 이미지와 현대문명의 오감도를 만들어 내는 숫자의 나열성이 몰화된 상품의 기호만은 아니라고 말하고 싶다. 그리고 까마귀와 조응관계를 이룬 '13'이란 숫자는 상호간의 단절된 불길과 불안한 이미지 등에서 과거의 회기도, 미래의 전진에도 갈등하며, 시간 속에 서성이고 있다.

「오감도 제1호」의 '13'이란 숫자는 '과거+미래', 곧 '1+3'이라는 수의 결합의 변이에 불과하다. 1부터 13까지의 아이들은 분열된 자아의식, 곧 시간 양상의 모습이며, '도로(또는 골목)'는 속도감, 진행성, 방향성이 표상하는 '시간성'의 상징이다. 결국 이 시에 나오는 '13인의 아해들'은 자아의식 속에서 인식되는 과거와 미래의 시간구조 및 그 의식의 파편들을 상징한다고 볼 수 있다.

마지막으로 우리 앞에 놓인 과제는 이상이 문학활동을 전개했던 당시에는 아직 서양의 실존주의 철학이 성립되지 못했다.

「오감도 제1호」에 나타난 실존적 시간 인식으로서의 자각은 서구적 실존주의에 있다기보다는 차라리 동양적 사상에 있을 수 있음도 충분히 추측할 수 있는 것이다. 이런 점으로 미루어 「오감도 제1호」은 서구적 현대문학 정신의 특성인 불안과 회의와 절망에 의존한 것이 아니라 한국인 이상의 한국문학사적 가능성이라는 새로운 지평이

열릴 수 있다 하겠으며, 앞으로 이 점을 유의하여 보다 깊고도 광범하게 연구할 필요가 있음을 말한다.

아울러 시는 정답을 감추어 놓은 퀴즈가 아니다. 침을 놓듯이 시 전체의 신경망神經網 그리고 상호 유기적인 상관성에서 시적 언어의 혈을 찾는 작업이다. 각각의 독자가 삶에서 나름대로 해석할 수 있도록 이제는 놓아주는 작업도 필요하리라 생각된다.

V. 임화林和의 「우리 오빠와 화로火爐」 분석

● 목 차 ●

1. 작품에 대한 두 가지 극단적 반응:
   단편서사시와 변설
2. 편지체 형식의 활용
3. 상징으로서의 '화로'
4. 배역시로서의 특징
5. 결 론

1. 작품에 대한 두 가지 극단적 반응:
단편서사시와 변설辨說

임화의 대표적 작품인 「우리 오빠와 화로」(조선지광, 292)에 대한 평가는 독자에 따라 극단의 양상을 보여 왔다. 발표 당시 카프운동 1세대에 속하는 김기진金基鎭에 의해서는 '단편서사시'라 명명되면서 극찬된 반면, 박용철朴龍喆과 같은 순수시론자에 의하면 시에 미달하는 변설辨說에 불과한 것으로 치부되었다. 1988년 월·납북 문인들에 대한 해금 조치 이후, 카프문학에 대한 문학 연구가 활발해지면서 이루어진 평가들 역시 양극단의 양상을 동일하게 반복하여 보여주었다.

이 작품에 대해 긍정적 평가를 내린 김기진은 "전체로 현실, 분위기, 감정의 파악이 객관적, 구체적으로 되었고 그리고 그것은 한 개의 통일된 정서를 전파하는 동시에 감격으로 가득한 한 개의 생생한 소설적 사건을 안전眼前에 전개하고 있다. 이것은 우리들의 시가 어찌하여서 단편서사시의 형식으로 접근하지 아니하면 안 되겠다는 나의 여상如上의 이론을 증거하는 실례가 될 것이다."[73])라는 견해를 피력하였다.

이에 비해 이 작품을 시로서의 형식적 결함을 문제 삼는 비판적 입장은 박용철로부터 시작되어 대체로 다음과 같이 이 작품을 평가한다. 우선 이 작품은 시가 지녀야 할 말씨의 탄력감이라든가 가락을 자아내는 일에 아주 비기능적이다. 뿐만 아니라 그 구조에도 난점이 있다. 이 작품의 화로란 등장인물 가운데 하나인 막내동생 영남永男이가 사온 것이다. 그것이 깨어졌다고 함으로써 임화林和는 한 가족이 처한 비참한 상황을 심상으로 제시하려고 꾀한 것 같다. 그러나 여기서는 요구되는 기법이 그것을 밑받침하지 못했다. 그리하여 깨어진 화로는 공연한 군더더기라는 느낌을 줄 뿐이다.[74]) 한마디로 말해서 이 시는 서정시의 요건에 미달하는 일종의 변설에 불과하다는 평가이다. 이처럼 시의 형식적 완결미를 제1의 기준으로 삼을 경우 이 작품은 많은 결함을 지닌 것으로 평가절하되기도 한다.

---

73) 김기진, 「단편서사시의 길로」, 조선문예 창간호, 1929. 5.
74) 김용직, 『임화문학연구』, 세계사, 1991, p.39.

하지만 김남천의 회고[75])에 의하면, 이 작품을 비롯하여 임화의 단편서사시[76])들은 당대 많은 독자들로부터 긍정적 반응을 얻을 수 있었다. 이 시가 양극단의 반응을 자아냈음을 염두에 두되, 이 글에서는 특히 그 긍정적 반응에 주목하기로 한다. 즉 이 작품의 형식과 구조가 지니는 특징을 객관적으로 분석함으로써 그러한 특징과 당대의 긍정적 반응 사이의 연관관계를 논의해 보고자 한다. 작품 전문은 다음과 같다.

> 사랑하는 우리 오빠 어저께 그렇게 위하시던 오빠의 거북 무늬 질화로가 깨어졌어요
> 언제나 오빠가 우리들의 '피오닐(ПИОИЕР)' 조그만 기수라 부르는 영남이가
> 지구에 해가 비친 하루의 모든 시간을 담배의 독기 속에다
> 어린 몸을 잠그고 사온 그 거북 무늬 화로가 깨어졌어요
>
> 그리하여 지금은 화젓가락만이 불쌍한 영남이하구 저하구처럼
> 똑 우리 사랑하는 오빠를 잃은 남매와 같이 외롭게 벽에 가 나란히 걸렸어요
> 오빠…
> 저는요 저는요 잘 알었어요

---

75) 김남천, 「임화에 관하여」, ≪조선일보≫, 1933. 7, 22 – 25.
76) 여기서 '단편서사시'라는 용어에 대해서는 아직 비평적 합의가 성립되어 있지 않다. 그러나 이 글에서는 김기진의 의견에 따라 임화의 이 시가 단편서사시라는 가정하에 논의를 계속하기로 한다. 참고로, 이와는 달리 오세영은 이 시를 '단편서사시'라기보다는 차라리 '단편 담시' 내지 '단편 서술시'라 부를 것을 제안한다. – 오세영, 『한국현대시 분석적 읽기』, 고려대출판부, 1998, p.158.

왜 ……그 날 오빠가 우리 두 동생을 떠나 그리로 들어가실 그 날 밤에

연거푸 말는 궐련을 세 개씩이나 피우시고 계셨는지

저는요 잘 알았어요 오빠

언제나 철없는 제가 오빠가 공장에서 돌아와서 고단한 저녁을 잡수실 때 오빠 몸에서 신문지 냄새가 난다고 하면

오빠는 파란 얼굴에 피곤한 웃음을 웃으시며

…… 네 몸에선 누에 똥내가 나지 않니 …… 하시던 세상에 위대하고 용감한 우리 오빠가 왜 그 날만

말 한 마디 없이 담배 연기로 방 속을 메워 버리시는 우리 우리 용감한 오빠의 마음을 저는 잘 알았어요.

천정을 향하여 기어올라가던 외줄기 담배 연기 속에서…… 오빠의 강철 가슴 속에 박힌 위대한 결정과 성스러운 각오를 저는 분명히 보았어요

그리하여 제가 영남이의 버선 하나도 채 못 기웠을 동안에

문지방을 때리는 쇳소리 마루를 밟는 거치른 구두 소리와 함께 …… 가 버리지 않으셨어요.

그러면서도 사랑하는 우리 위대한 오빠는 불쌍한 저의 남매의 근심을 담배 연기에 싸두고 가지 않으셨어요

오빠 …… 그래서 저도 영남이도

오빠와 또 가장 위대한 용감한 오빠 친구들의 이야기가 세상을 뒤집을 때

저는 제사기를 떠나서 백 장에 일 전짜리 봉통(封筒)에 손톱을 뚫어트리고

영남이도 담배 냄새 구렁을 내쫓겨 봉통 꽁무니를 뭅니다

지금 …… 만국 지도 같은 누더기 밑에서 코를 고을고 있습니다

오빠 …… 그러나 염려는 마세요

저는 용감한 이 나라 청년인 우리 오빠와 핏줄을 같이 한 계집애이고

영남이도 오빠도 늘 칭찬하던 쇠 같은 거북 무늬 화로를 사온 오빠의 동생이 아니에요

그리고 참 오빠 아까 그 젊은 나머지 오빠의 친구들이 왔다갔습니다

눈물 나는 우리 오빠 동무의 소식을 전해 주고 갔어요

사랑스런 용감한 청년들이었습니다

세상에 가장 위대한 청년들이었습니다

화로는 깨어져도 화젓갈은 기(旗)ㅅ대처럼 남지 않았어요

우리 오빠는 가셨어도 귀여운 '피오닐' 영남이가 있고

그리고 모든 어린 '피오닐'의 따뜻한 누이 품 제 가슴이 아직도 더웁니다

그리고 오빠……

저뿐이 사랑하는 오빠를 잃고 영남이뿐이 굳센 형님을 보낸 것이겠습니까

싫지도 않고 외롭지도 않습니다

세상에 고마운 청년 오빠의 무수한 위대한 친구가 있고 오빠와 형님을 잃을 수 없는 계집 아이와 동생

저희들의 귀한 동무가 있습니다.

그리하여 이 다음 일은 지금 섭섭한 분한 사건을 안고 있는 우리 동무 손에서 싸워질 것입니다.

오빠 오늘 밤을 새어 이만 장을 붙이면 사흘 뒤엔 새 솜옷이 오빠의 떨리는 몸에 입혀질 것입니다

이렇게 세상의 누이 동생과 아우는 건강히 오늘 날마다를 싸움에서

보냅니다

영남이는 여태 잡니다 밤이 늦었어요
  — 누이 동생
  —「우리 오빠와 火爐」(≪朝鮮之光≫, 29.2)

2. 편지체 형식의 활용

대략 8연 42행으로 구성된 이 작품에서 제일 먼저 주목하여 살펴볼 만한 점은 이 시에 적극적으로 활용된 편지 형식이다.[77] 이 작품의 말미에 발신자 '누이동생'이 표시된 점에서도 이 작품이 편지 형식을 취하고 있음이 단적으로 드러난다. 편지는 말이 아니라 문자로 이루어진 양식 중 대화의 성격이 가장 강하게 나타난다. 따라서 편지는 말에 의한 직접적 대화의 한계를 극복하거나 보충하려는 의도로 사용되기도 한다. 이런 편지 형식은 발신자와 수신자 간의 강한 연대감을 전제하는 동시에 강화시켜 주는 데 긍정적인 기능을 한다. 임화의 단편서사시에서는 이런 편지 형식이 자주 활용되었는데 이 작품에서도 그것이 나타난다. 이를 통해 이 형식은 독자와 시인 간에도 매우 친근하면서도 구체적인 연대감을 형성시켜 주는 기능을 했다고 볼 수 있다. 한마디로, 시라는 인상을 주기보다는 친근한 사람으로부터 온 편지를 읽는다는 느낌을 줌으로써 독자에게 쉽게 읽

---

77) 정효구, 「임화의 단편서사시에 나타난 방법적 특성」, 김은전 외 편저, 『한국현대시인론—그 비평적 재조명』, 시와시학사, 1995.

히고 감동을 줄 수 있는 형식적 장치로 기능했다고 볼 수 있다.

이러한 편지 형식이 활용된 이유는 여러 가지가 있겠으나 1920년대의 우리 문단에서 이 편지 양식이 하나의 문학 양식으로 중요하게 대접받았다는 점과, 시뿐만 아니라 특히 소설에서도 편지 형식의 도입이 여러 작가에 의하여 빈번히 활용되었다는 점에서 찾을 수 있다. 이광수의 「사랑에 주렸든 이들」, 나도향의 「별을 안거든 우지나 말걸」, 염상섭의 「제야」 등이 대표적으로 편지 형식을 활용한 예에 해당할 것이며 현진건의 「B사감과 러브레터」 역시 대중에게 잘 알려진 대표적인 작품에 속한다.

이처럼 1920년대의 우리 문단에서 편지 형식은 그 자체로 하나의 문학적 위상을 갖기도 하였지만, 다른 문학 장르에도 중요한 기능을 하면서 도입되었던 것이다. 이렇게 볼 때, 임화가 주로 1920년대에 발표한 단편서사시에 이러한 편지 형식을 도입한 것은 임화 개인만의 문제라기보다는 그 당시의 문학적 흐름과도 깊은 관련을 갖고 있는 것으로 볼 수 있다. 한마디로 임화는 독자와의 공감을 얻기 위해 이 작품에 편지 형식을 적극적으로 도입했던 것이라 볼 수 있다.

이러한 편지 형식을 도입함으로써 얻을 수 있는 긍정적 효과에 대해 생각해 보면 첫째, 발신자와 수신자 사이의 구체적인 대화관계가 성립된다는 점이다. 이러한 구체적인 대화관계는 작품 내적으로는 발신자와 수신자, 작품 외적으로는 시인과 독자들 간의 강한 연대감을 자연스럽게 형성시키면서 구체적인 대화의 상황을 마련해 준다는 점이다.

둘째, 편지 형식이 가지고 있는 비밀스러움의 효과이다. 글의 양식 중에서 가장 비밀스러운 양식 중의 하나가 편지일 것이다. 편지가 지니는 이러한 비밀스러움, 사적인 세계를 엿볼 수 있는 기회를 제공함으로써 이 시는 일종의 호기심을 충족시켰다고 할 수 있다. 달리 말해 이 작품은 살아 있는 대화의 현장을 엿보는 시점을 마련해 줌으로써 마치 TV 드라마 한 장면을 보는 듯한 환영幻影을 심어준다. '엿보는 즐거움'은 극예술은 물론 소설에서도 독자들을 끌어들이는 효과적인 장치로 활용된다고 여겨진다는 점을 고려하면 임화의 이러한 형식 선택은 매우 탁월한 선택이었다고 볼 수 있다.

3. 상징으로서의 '화로火爐'

  이 작품에 대해 형식적 결함을 지적하는 평자들은 시로서의 간결성, 압축성의 부재를 제일의 결함으로 지적한다. 이것은 시의 장르적 특징을 규범적으로 적용한 사례에 해당한다. 그러나 이 작품은 일반적인 서정시와는 다른 형식적 특징을 지니고 있는바, 이는 앞서의 편지체 형식을 도입한 결과 빚어진 것이라 할 수 있다. 즉 이 작품은 일반적인 서정시의 장르적 특징을 그대로 작품 평가에 적용해서는 곤란한 측면을 내포한다. 하지만 그럼에도 불구하고 이 작품 역시 시로서의 장르적 특징을 완전히 활용하지 않았다고 할 수는 없다. 가장 주목되는 특징 중 하나가 바로 이 시에 등장하는 상징으로서의 '화로'이다.[78]
  이 작품은 통상 노동사상에 기초한 계급의식과 투쟁의식, 저항정

---

78) 김재홍, 「낭만파 프로시인, 임화」, 『카프시인비평』, 서울대출판부, 1990, p.161.

신을 형상화한 것으로 논해진다. 이런 관점에서 보면 이 작품은 특정한 이념에 종속된 것으로 볼 수 있다. 하지만 한 걸음 더 나아가서 이 시는 민족의식을 강조한다는 점에서 주목을 끈다. 바로 '화로'가 그 상징이다. 거북무늬 질화는 삶의 둥지를 표상하는 동시에 그 안에 불씨를 간직한다는 점에서 주권 또는 국가라는 틀의 한 상징이 될 수 있다. 민족적 주권 또는 조국의식의 표상이 바로 거북무늬 화로와 그 속에 담긴 불씨인 것이다. 이 시에 담긴 불과 피의 이미지들이 바로 이러한 민족적 생명력 또는 민족의식의 표상이 된다고 할 수 있기 때문이다. 그래서 이 화로를 오빠는 그토록 칭찬하면서 아꼈던 것이다.

이 점에서 거북무늬 화로가 깨어진다는 것은 당대 민족 현실에 대한 날카로운 상징이 된다. 그것은 공적인 차원에서 민족적 주권 또는 국권상실을 의미한다. 그러기에 화로가 깨어진 사실이 부모를 잃고 노동으로 살아가는 이 세 남매에게 그토록 큰 충격과 아픔으로 다가오는 것이다. 아울러 개인적인 차원에서는 가정적인 생활질서의 파탄 또는 생존권의 박탈을 의미한다. 그런 점에서 화로가 깨어진다 하는 것은 부모를 잃은 고아의식과도 연결된다. 시 속의 화자가 자신과 동생을 '깨어진 화로 옆에 불쌍히 놓인 화젓가락'에 비유한 것은 바로 이런 의식을 형상화한 것이라 할 수 있다.

그렇지만 다른 한편 화젓가락이 그대로 남아 있다는 것은 중요한 상징성을 지닌다. '화로는 깨어져도 화젓갈은 기(旗)ㅅ대처럼 남지 않았어요'라는 구절은 바로 우리가 비록 국권을 상실했다고 하더라도 민족은 그대로 살아남아 있다는 사실을 의미한다. 달리 말해 불굴의 민족혼을 상징하는 것이다. 아울러 '오빠 …… 그러나 염려는 마세요 / 저는 용감한 이 나라 청년인 우리 오빠와 핏줄을 같이 한 계집애이고 / 영남이도 오빠도 늘 칭찬하던 쇠 같은 거북 무늬 화로를 사온 오빠의 동생이 아니에요'라는 구절에서 볼 수 있듯이 혈연의 의미를 강조하는 것은 민족 해방에 대한 강력한 의지와 투쟁의 의지를 새롭게 불사르려는 것을 상징한다고 볼 수 있다.

이런 점을 종합하면 '화로'라는 상징의 도입을 통해 이 작품은 민족의 현실을 효과적으로 암시하고 있을 뿐만 아니라, 민족의식이라는 강력한 공감 의식을 자극함으로써 독자들에게 민족적 연대감 및 해방에 대한 의지를 고취하는 데 효과적인 기능을 하고 있다고 볼 수 있다.

4. 배역시配役詩로서의 특징

마지막으로 이 작품에서 주목할 점은 시의 화자로서 '나' 대신 '누이'가 등장한다는 사실이다. 대부분의 서정시에서 화자는 서정적 자아, 즉 시인과 동일시될 수 있는 존재가 등장한다. 이에 비해 이 작품에서는 소설 속의 인물과 같은 존재가 화자로서 등장한다. 이러한 특징을 지니고 있기 때문에 이 시는 배역시配役詩에 속한다. '배역시Rollengedichte'란 시인 자신의 목소리가 아닌 어느 특정한 인물의 입을 통해 표현하는 시를 말한다.[79] 대체로 서정시는 자아의 독립적인 표현이라고 규정되어 왔다. 그런 점에서 배역시는 순수한 서정시가 아니라고 여겨졌다. 그러나 이러한 개념은 낭만주의 이후에나 보편화

---

79) W. Kayser(김윤섭 옮김), 『언어예술작품론』, 예림기획, 1948(1999), p.286.

된 것으로서, 근대 이전의 서정시에서는 배역시를 더욱 빈번히 발견할 수 있다. 따라서 순수 서정시를 시인 자신에 의한 주관적 정서의 발화로 한정하는 관념은 극히 최근의 일이자, 매우 제한된 시관詩觀이란 사실을 상기할 필요가 있다.

「우리 오빠와 화로火爐」에서처럼, 임화가 배역시를 선택한 원인은 무엇보다도 자신은 노동자가 아니지만, 노동자를 위한 문학을 써야 한다는 도덕적 당위에서 비롯했다고 볼 수 있다. 그는 사회적 모순에 의해 억압받는 노동자들의 실상을 형상화함으로써 그와 같은 문제에 대한 사회적 자각을 촉구하기 위해 이러한 시를 쓴 것이다. 그런데, 그는 다른 카프 시인들처럼 생경한 이념을 직접적으로 진술하는 형태의 시를 쓰지 않고, 노동자의 목소리를 빌려서 쓰고 있다.

그것은 자신이 사실상 노동자가 아니라는 계급적 한계를 솔직하게 인정하면서도, 노동자들의 입장에 서야 하는 상황을 극복하기 위해서는 배역시가 효과적임을 인식했기 때문일 것이다.[80] 지식인으로서 프로시를 쓸 경우 시적 자아가 아무런 매개 장치 없이 단도직입적으로 노동자가 된다는 것은 진실한 태도로 보이지 않을 수 있다. 그가 노동자인 시적 화자를 설정한 것은 이러한 문학적 진실성의 문제와도 연관된다 하겠다.

이러한 이유로 해서 선택된 배역시 형식에서 특히 중요한 것은 '누이'의 상징성과 어조이다. 첫째로 누이의 어조는 매우 친근한 일

---

80) 임화가 배역시를 쓰게 된 까닭으로는 대체로 「유랑」, 「혼가」 등의 영화에 출연한 바 있는 배우 출신이라는 개인적 경험과 그 자신이 노동자가 아니면서 소명감으로 프로문학을 해야 한다는 의식 때문으로 해석되기도 한다. 최두석, 「임화의 시세계」, 『사회비평』 제2권, 나남출판, 1989, p.294.

상적 어조임에도 불구하고 그 내용은 비장하다. 이러한 친근한 어조와 비장한 내용은 일반 대중에게 매우 설득력이 있었다고 할 수 있다. 누이처럼 힘이 없으면서도 현실을 이겨내기 위해서는 비장한 의지를 다져야 하는 현실적 상황에 당대의 민족 대부분이 처해 있다는 사실은 이러한 형식의 공감성을 높이고 있다.

또한 '누이'는 일제강점하의 어둠 속에서 꺼져 가는 민족혼을 지키는 '정녀貞女'의 의미[81]를 부여한다. 어린 누이는 민족혼을 지키는 하나의 정녀로서 의미를 지니는 동시에 한용운의 시의 화자에서처럼 일제라는 지배적 폭력에 대응하는 저항과 극복의지의 한 상징성이 되고 있다. 이러한 여성을 화자로 등장시킨 배역시를 선택함으로써 임화의 이 시는 당대의 독자들인 우리 민족에게 상당한 호소력을 던졌다고 볼 수 있다.

결국 이 작품은 여성화자가 불러일으키는 호소력과 하소연의 서간체가 불러일으키는 애틋함의 정서, 그리고 거북무늬 질화로가 지닌 상징성 등이 복합적으로 작용하면서, 배역시라는 다소 낯선 서정시의 형식을 도입했음에도 불구하고 오히려 이러한 형식은 더욱 효과적으로 독자들의 공감을 샀다고 볼 수 있다.

5. 결 론

이러한 형식적 특징들은 이 작품이 어떤 이유로 당대의 독자들에

---

81) 김윤식, 「한국시의 여성적 편향」, 『근대한국문학연구』, 일지사, 1973.

게 공감을 샀는지를 해명해 준다. 일반적인 시의 압축미, 간결성, 간접성의 어법을 지니고 있지 않다는 점에서는 결함을 보이지만 이것은 일반적인 시의 형식을 규범으로 인정하여 기계적으로 적용할 때에 이루어지는 평가이다.

그에 비해, 이 시가 지니는 고유하고 독자적인 형식과 구조를 인정하고 당대의 문학적 맥락 그것이 지닌 의미를 이해한다면, 즉 그러한 형식과 구조가 당대의 현실을 반영하고 독자 대중의 공감을 얻는 데 효과적이었다는 사실을 고려한다면, 이 시가 지니는 독특한 특성에 대해 긍정적인 의미를 부여할 수 있다. 더욱이 이 시에 등장한 '누이'의 상징성, '화로'의 상징성을 생각해 보면 이 시가 당대의 민족의 혼을 자극하고 일제에 대한 저항의 의지를 북돋는 데 효과적이었다는 점을 충분히 긍정할 수 있다.

Ⅵ. 여성화된 자연에 대한 탈식민주의적 고찰

- 청록파의 자연관에 비추어 -

● 목 차 ●

1. 서 론
2. 박목월 시의 여성화된 자연
3. 여성성 의 시대적 함의
4. 결 론

1. 서 론

'청록파'라는 명칭은 1946년 발간된 박목월, 조지훈, 박두진의 공동사화집 『청록집』에서 유래한다. ≪문장文章≫지의 정지용의 추천으로 등단한 이들은 1941년 ≪문장文章≫지가 일제의 강압에 의해 폐간되어 발표되지 못했던 시들을 해방 후 엮어 사화집을 발간하였다.[82]

---

82) 구체적으로 이 시집에 실린 작품 제목을 들어보면 다음과 같다.
박목월 편임, 윤사월閏四月, 삼월, 청노루, 갑사댕기, 나그네, 달무리, 박꽃, 길처럼, 가을 어스름, 연륜年輪, 귀밑 사마귀, 춘일(春日), 산이 날 에

박목월의 시 「청노루」에서 발상을 얻은 것으로 추측되는[83] '청록집'이라는 표제는 이들 시의 공통적인 특징을 대변하고 있다. 이 시집에 실린 시들은 자연을 제재로 한 순수시의 성격을 가지고 있다.

그러나 사화집을 발간하면서 이들은 어떠한 유파적, 정치적 성향을 내걸지는 않았다. 이들은 청년문학가협회에 공동으로 참여했으나, 공통의 문학이념이나 시작원리詩作原理를 공식적으로 표명한 일이 없다. 이들 간의 창작상의 영향관계 역시 분명하지 않다.[84] 그리하여 청록파 시인간의 시적 지향과 형상화 방법에 있어서 차이를 연구하는 것이 청록파 연구의 한 축을 이루고 있기도 하다.

그러나 청록파는 대체로 하나의 문학유파로 '전통적', '민족적'이라는 수식을 달고 해방기 시단에 있어서 그 의의를 인정받고 있다. 문학사에 있어서 청록파는 "전통탐구와 자연에 대한 감수성을 통해 한국 서정시를 새로운 지평을 개척함으로써 민족문학의 맥을 계승"[85]했다는 점에 집중되어 논의되고 있다. 청록파 시에 나타나는 자연이나 향토성, 전통적인 시작방법이 일제 말기의 암흑 속에서 우

워싸고, 산그늘
　조지훈 편
　　봉황수鳳凰愁, 고풍의상, 무고舞鼓, 낙화, 피리를 불면, 고사(古寺), 완화삼玩花衫, 율객律客, 산방山房, 파초우芭蕉雨, 승무
　박두진 편
　　향현香峴, 묘지송墓地頌, 도봉, 별, 흐니 장미와 백합꽃을 흔들며, 연륜, 숲, 푸른 하늘 아래, 설악부雪岳賦, 푸른 숲에서, 어서 너는 오너라, 장미의 노래.

83) 김용직, 「해방기 시단의 청록파」, 『외국문학』, 열음사, 1989 봄, p.188.
84) 심선옥, 「청록파의 문학사적 의의와 박목월 초기시 연구」, 『반교어문학회지』, 반교어문학회, 1995, p.257.
85) 오세영, 『20세기 한국 시 연구』, 새문사, 1989, p.251.

리 민족의 언어와 정서를 보존하고 모더니즘과 경향파문학과 별도의 순수문학의 맥을 이어 왔다는 것이다.[86]

이러한 문학사적인 자리매김에 큰 역할을 한 이는 김동리이다. 1948년 김동리는 「자연의 발견」이라는 글에서 이 세 시인을 삼가시인三家詩人이라 일컬어 공통적인 특징과 문학사적 의의를 논하였다. 김동리는 청록집이 문학사적으로 새로이 자연을 발견한 것에 큰 의의를 두고 있다.

김동리는 시문학파의 정적靜的, 보수적 경향과 모더니즘의 영혼이 거세된 기계주의의 극복은 유치환, 서정주, 오장환에 의해 이루어졌다고 보고 있다. 그리고 생명파는 중세적 신앙이나 실증적 문명이 이미 인간과 유리된 사실을 인정하고 나서도 생에 대한 구경적 의욕을 포기하지 않았다고 평가하고 있다. 그리고 "기교보다는 정신을, 기계보다는 영혼을 시에서 찾아야 한다."는 생명파의 명제의 뒤를 이은 이들이 바로 이 삼가시인이라는 것이다.

그리고 이들의 구경적 의욕은 세기적 심연을 통과하기 위한 다른 성격의 새로운 신 ,즉 자연을 발견케 하였다고 보고 있다. 이들의 자연의 발견은 세기적 심연에 직면하여 "절체절명의 궁경에서 불러진 신의 이름"이었다고 그 의의를 역설하고 있다. 그리고 구체적으로 자연의 발견을 박목월의 향토성, 조지훈의 선감각, 박두진의 기독교적 자연귀의로 정리하였다.[87]

물론 청록파와 전대前代 유파의 영향관계에 있어서는 다른 의견들

---

86) 심선옥, 위의 글, p.257 참조.
87) 김동리, 「자연의 발견-三家詩人論」, 『예술조선』3, 1948, 4 「자연의 발견」, 『김동리 전집 7』, 민음사, 1997, pp.46-49 참조.

이 있으나[88] 청록파를 자연의 발견을 통해 전통적 순수시의 맥을 잇고 있는 유파로 보는 것은 김동리 이후 정립된 의견으로 보인다.

그러나 문학사적 맥락에 있어서 청록파 연구에 있어서 무엇보다 큰 난제는 『청록집』의 창작 시기와 발간 시기의 간극을 어떻게 볼 것인가로 파악된다. 이러한 간극은 곧 청록파에 대한 문학사적 평가와도 직결되는 문제이다. 청록파에 대한 평가는 『청록집』을 어느 시대의 산물로 파악하느냐에 따라 그 평가가 상반되는 경향이 있다. 즉 『청록집』을 해방기가 아닌 일제 말기의 산물로 보았을 때, 청록파가 보이고 있는 자연관과 순수성에 대한 함의가 달라지게 되는 것이다. 청록파의 자연은 당대의 현실에 비추어 볼 때 낭만적인 허위의 세계[89]인가, 혹은 민족의 생명을 지켜내기 위해 선택된 생명의 원천인가[90]의, 두 가지 상반된 평가를 받고 있다.

해방기에 발간되고 당대 문단에서 주목받은 『청록집』의 작품들이 쓰인 시기에 대해서는 분명한 실증적 고찰이 있어야겠으나, 총 39편의 시들 중 1939년의 추천작들도 포함되어 있고 1941년 《문장》의 폐간과 함께 침묵을 강요당한 시기에, "쓴 시들은 정서淨書해서 항아리 속에 감추었던"[91] 것들이라는 언급을 고려해 본다면 실질적인 창

---

88) 대체적으로 청록파의 정신사적 전 단계는 주로 시문학파와 관련되어 논의된다. 시문학파와 청록파 사이에 중요한 역할을 해 온 문장파의 영향관계를 주목한 글로는 다음 글들이 있다.
   최승호, 『한국 현대시와 동양적 생명사상』, 다운샘, 1995.
   김용직, 『한국현대시사 2』, 한국문연, 1996.
89) 심선옥 앞의 글, pp.267-268.
90) 최승호, 청록집에 나타난 생명시학과 근대성 비판, 21세기 문학의 유기론적 대안, 새미, 2000, pp.142-143.
91) 김준오, 「한국 시에 있어서의 전통성문제」, 《심상》, 1980. 10, p.22에

작은 일제 말기에 이루어진 것이라고 보아도 무방할 것 같다.

물론 해방기에 그 의의를 인정받은 작품들이고, 청록파가 문단에 있어서 유파적 의미를 가지게 된 것은 해방 이후이다. 그러나 뚜렷한 문학적 기치를 내건 바가 없었음에도 불구하고 평단에 의해 유파로서 의의가 도출되고 있는 것에는 해방 후의 특수한 문단상황이 작용했음은 부인할 수가 없을 것이다. 해방이 되자 남한의 문단은 조선문학가동맹과 조선청년문학가협회라는 두 단체를 중심으로 각자의 이념적 입장에 근거한 민족문학의 건설을 시도했다. 조선청년문학가협회의 대표 논객이었던 김동리는 조선문학가동맹의 경향문학에 맞서 순수문학을 조선문학의 종통과 주류를 이어받은 민족정신의 구현의 문학으로 내세우는 작업을 했던 것이다. 이 과정에서 청록파는 그 문학사적 의미가 재구성되었던 것이다.[92] 이런 사정을 고려해 볼 때 청록파의 자연관과 그 시대적 함의에 대해서는 재고의 여지가 많은 것으로 생각된다.

예술적 양식으로서의 문학에 있어서 자연은 있는 그대로의 자연이 아니라 인간에 의해 주관화되고 의도된 것이라 볼 때,[93] 어느 시대의 어떠한 '자연'인가는 청록파의 자연관을 바라봄에 있어서 무시할 수 없는 중요한 요소라고 판단된다.

본고는 우선 『청록집』의 시들 중 특히 박목월의 시가 보여주고 있는 자연이 '여성성'을 내포하고 있는 것에 주목한다. 여기서 여성성이란 생물학적으로 주어진 특성에 기반을 둔 것이라기보다는 문화

서 재인용.
92) 심선옥, 앞의 글, pp.260−261.
93) 진순애, 『현대시의 자연과 모더니티』, 새미, 2003, p.5.

적, 사회적으로 규정지어진 어떠한 성격의 집합을 말한다.

그리고 시문학사에 있어서 이러한 청록파의 자연관이 전통적인 것이라 인식되는 것에 대한 맥락을 살펴볼 것이다. 서구적인 것에 대응하는 전통적인 것으로서의 자연관이 형성되는 것에 또 다른 시대적 함의가 있음을 밝히려 한다.

2. 박목월의 시의 여성화된 자연

『청록집』에 담긴 여러 작품들의 특색을 김용직은 세 가지로 집약시킨 바 있다. 그에 따르면 이 시집에 담긴 여러 작품들은 외래적이기보다는 토속적이며 도시형이라기보다는 전원형이며 인공보다는 자연취향을 더 강하게 드러낸다는 것이다.[94]

가시적으로 이것은 별 이견 없이 받아들여질 수 있는 특징으로 보인다. 이 세 가지 특색이 특히 강하게 드러나는 것은 박목월의 시에서이다. 조지훈의 경우는 이외에도 불교적 모티브들과 전통적인 모티브들이 드러나며 박두진의 자연은, 기독교적 세계관을 기반으로 한 구원의 이미지를 담고 있다.[95]

---

94) "예컨대 박목월의 「윤사월」, 「청노루」, 「나그네」의 무대가 되고 있는 것은 깊은 산속, 사슴이 노니는 골짜기거나, 강나루를 건너 밀밭이 무대배경이 된 고장이다. 그런가 하면 조지훈이 제재로 삼은 것은 서구 문명, 근대문화와는 거리를 가지는 절간이 아니면, 낙화의 붉은 빛깔이 창호지를 밝히는 산방이다." 김용직, 앞의 글, p.185.

95) 이남호, 「박목월, 조지훈, 박두진과 청록집」, 박목월 외, 『청록집』, 열린책들, 2004, pp.94 — 97.

그러나 '토속적', '전원형', '자연취향'이라는 가시적인 소재 외에 이러한 소재가 가지고 있는 본질적 성격에 대한 본격적 분석은 다소 합의되지 않고 산만한 양상을 보여주고 있다. 동양적인 선사상, 동양적 자연관 등 다소 포괄적이고 추상적인 범위 안에서 청록집의 자연은 다루어져 왔다.

박목월의 시에는 소위 '한국적, 토속적, 동양적'이라고 말해지는 서정적 풍광이 정제된 언어를 통해 드러난다. 「윤사월」에서는 외딴집이 있는 산중의 풍광이, 「삼월」에는 아지랑이 피는 봉우리와 냇물에 목을 축이는 노루가 있는 서경이 드러나고 있다. 「나그네」에는 저녁때 길을 가는 나그네가 있는 풍광이 그려지고 있다. 표제인 『청록집』과도 연관 있는 시 「청노루」의 전문은 다음과 같다.

청 노 루

머언 산 청운사靑雲寺
낡은 기와집

산은 자하산紫霞山
봄눈 녹으면

느릅나무
속잎 피어가는 열두 굽이를

청노루
맑은 눈에

도는
구름96)

  박목월의 여타의 시들이 보여주는 자연의 양상을 전형적으로 보여
주고 있는 이 시에서 그려진 자연의 일차적 특징은 일단 그것이 비
현실적으로 신비화되어 있는 공간이라는 것이다. 주지하듯 '청운사'
와 '자하산'은 실재하지 않는 공간이다. 그리고 그곳에서 살고 있는
'청노루' 역시 실재하지 않는 동물이다. 이렇게 실재하지 않는 공간
과 자연물은 한자 특유의 표의성이 가져다주는 이미지의 확장적 효
과로 한 점의 신비로운 그림을 보는 것과 같은 풍경을 연출하고 있
다. 푸른 구름과 보라색 놀이 있는 산중 풍경은 극도로 절제되어 있
는 시어에 의해 그 청명함을 더한다. 그러나 이것은 실재하는 자연
이 아니라 맑고 신비로운 이미지가 부여된 가상적 자연임은 두말할
나위 없다.
  이러한 가상적 자연이 가지고 있는 성질은 매우 부드럽고 정적靜的
이며 깨끗하다. 그리고 이러한 자연의 이미지는 계절적으로 봄과 여
성의 이미지와 연관되어 표출되고 있다. 비단 「청노루」뿐만 아니라
『청록집』의 박목월의 시에는 봄을 계절적 배경으로 하거나 표제로
하고 있는 시가 많다.97) 또한 그러한 자연 중에 존재하는 자연물은
여성적인 성질을 띠고 있다. 「삼월」에서 흐르는 냇물에 목을 축이고
가는 노루는 '암노루'로 설정되어 있으며 「윤사월」의 산지기 외딴집

---

96) 박목월 외, 『청록집』, 열린책들, 2004, p.16.
97) 시적 배경을 봄으로 설정하고 있는 시는 다음과 같다. 「윤사월」, 「삼월」,
    「청노루」, 「귀밑 사마귀」, 「춘일」.

에서 꾀꼬리 소리를 듣고 있는 이는 '눈먼 처녀'이다. 「갑사댕기」에서 안개 핀 강가, 밤 비둘기 소리를 들으면서 시적 자아가 연상하는 것은 갑사댕기 남끝동을 차린 '머언 처녀'들이다. 「박꽃」에서 썩은 초가 지붕에 피어 있는 박꽃은 '박꽃 아가씨'로 의인화되어 있다.

이러한 자연의 여성화는 비단 박목월뿐만 아니라 조지훈의 시에서도 드러난다. 특기할 만한 것은 조지훈의 경우 자연의 성질뿐만 아니라 전통적인 모티브들 역시 여성화되어 처리되고 있다는 것이다. 「고풍의상」과 「무고」, 「승무」과 같은 전통적인 모티브들은 단아하고 우아한 여성적인 정조, 감성과 어울리고 있다.

이러한 여성화된 자연은 ― '여성성'이라는 용어가 흔히 수동적, 감성적, 부드러움, 원시성의 의미를 내포하고 있지만 기실 그것이 허구적이고 사회적으로 만들어진 것인 것처럼 ― 아름답고 우아하지만 실재하지 않는 허구적인 이상향으로서의 면모를 보인다. 즉 있는 그대로의 자연이 아니라 재구성된 것이다.

조지훈과 박목월의 시에 등장하는 '술 익는 마을'은 따라서 현실적이고 토속적인 구체적 마을이 아니라 이상적인 정취가 집약되어 있는 어떠한 가상적 공간인 것이다.

문제는 이러한 이상향이 어떠한 정신의 이상이 투영된 곳인가 하는 것이다. 이것에 대해 논자들은 박목월의 시가 보여주는 동양화적 특징에 주목하고 그것에서 전통적인 요소를 찾으려 하는 것이 일반적이다.[98] 그러나 박목월 시의 자연관이 동양화의 그것과 비슷하다는 것에 대해 김우창은 날카로운 지적을 하고 있다.

---

98) 이형기, 「박목월론―초기 시를 중심으로」, 『시와 언어』, 문학과 지성사, 1987, p.119.

박목월은 주관적인 시인이다. 그의 자연은 일견 객관적인 것 같지만, 사실은 감정에 채색되어 있는 주관적 세계다. 여기에 우리는 정지용의 단단한 명증성이나 전통적인 동양예술의 엄격한 통제를 발견하지 못한다. (중략) 그의 시에 있어서의 선의 고요는 여성적인 부드러움에 대한 갈구와 별로 구분되지 않는다. 다시 말하여 그의 고요는 정은의 상태보다는 삼정적 만족의 상태를 의미한다. (중략) 결론적으로 말하여 그의 시의 풍경은 자연과 인간의 진정한 혼융의 소산이 아니라, 주관적인 욕구에 의하여 꾸며낸 자기만족의 풍경이다.[99]

김우창은 박목월의 시가 보여주는 감정주의, 주관성에 주목한다. 박목월의 시가 동양예술에서 흔히 보는 묵화의 여백이라든지 어떤 종류의 고요의 느낌을 불러일으키는 것은 사실이다. 그러나 그의 자연은 감정에 채색되어 있는 주관적 세계로, 전통적인 동양예술의 엄격한 통제가 발견되지 않는다는 것이다. 박목월의 시가 보여주는 것은 고요가 아니라 부드러움이며, 선의 고요는 여성적인 부드러움에 대한 갈구와 별로 구분되지 않는다. 그의 고요는 정은靜隱의 세계보다는 감정적 만족의 상태를 의미한다.[100]

이것은 박목월의 자연의 과잉된 미화, 여성화를 지적하는 것으로 보인다. 선禪이나 노장老莊의 자연 역시 어느 정도까지 상상된 자연이다. 그러나 강한 정신적 수련의 전통은 그것이 단순히 감정의, 자기 취약성이 투영이 되는 것을 방지해 준다. 이에 대하여 박목월의 자연은 훨씬 더 상상된 자연이라 할 수 있다.[101]

---

99) 김우창, 「한국시의 형이상」, 『궁핍한 시대의 시인』, 민음사, 1977, p.55.
100) 김우창, 같은 글, pp.54-60 참조.
101) 같은 글, p.55.

비유하여 표현하자면, 목월의 시에 드러나는 자연은 엄격한 선적 정신에 기반을 둔 전통적 동양화라기보다는 동양적으로 표현된 근대적 채색화에 가깝다고 말할 수 있겠다.

한국 시단에서 전통적인 것으로 인식되는 박목월 시에 드러난 자연관이 인공적으로 아름답게 채색된 여성적 자연이라는 것은 부정할 수 없을 듯하다.

3. 여성성의 시대적 함의

이 지점에서 우리의 자연이 여성적인 이미지로 채색되어 있는 것에 대한 시대적 함의를 풀어내는 작업이 요구된다.

이것은 그 자체로 보편적 가치를 내재하고 있는 것처럼 가장해 온 문학이나 예술, 미라는 개념이 식민주의적 담론의 변동 속에서 인공적으로 날조된 것이라는 것을 폭로하는 포스트 콜로니얼적 시각[102])에 의해 설명될 수 있는 부분이 많은 것으로 보인다.

『청록집』의 여성화된 자연관은 우리 문학, 문화에서 낯설지 않은 것이다. 특히 식민지시대에 화단畵壇에서 강조되어 오던 향토적, 조선적인 자연은 어김없이 여성화되어 있다. 사이드가 『오리엔탈리즘』에서 발견했던, 서구적 주체의 동양적 타자의 재구성에 있어서 여성성의 역할을 생각해 본다면 이는 놀랍지 않은 일이다.

사이드에 의하면 동양에 대한 서양의 담론은 궁극적으로 동양의

---

102) 고모리 요이치, 송태욱 역, 『포스트 콜로니얼』, 삼인, 2002, p.11.

영토와 민족을 지배하려는 의지에 의해 결정된다. 그리고 서양이 동양을 구성하는 데 있어 여성성은 그 근거를 제공했다.

오리엔탈리즘은 동양을 열등한 타자로 담론화함으로써 동양에 대한 서양의 헤게모니를 확립하는 기능을 수행한다. 즉 오리엔탈리즘은 서양의 자기 이미지를 우월한 문명으로 강화하는 일종의 책략이다. 오리엔탈리즘은 정형화된 이분법적 재현 체계를 통해 동양과 서양의 정체성을 구분하고 본질화하며, 유럽과 아시아의 차이를 고착시킨다. 그 결과 동양은 침묵, 관능 여성, 독재, 비이성, 후진 등으로 재현되고 서양은 남성, 민주, 이성, 도덕, 역동 진보 등으로 재현된다. 물론 이 정형화된 구도에서 동양이 언제나 부정적으로만 매개되는 것은 아니다. 사이드는 서양이 동양을 탈속, 장수, 불변의 세계로 미화하는 경우도 더러 있다고 지적한다. 하지만 사이드는 이러한 긍정적 속성이 이에 항응하는 부정적 속성만큼이나 과대포장되고 왜곡되었으며 이는 무엇보다도 서양이 타자에게 스스로를 투영한 결과일 뿐이라고 주장한다.[103]

이러한 서양과 동양, 주체와 타자의 관계는 우리에게 있어서는 일제와의 관계로 치환될 수 있다. 일제 강점기 한국의 미는 신비화되고 비현실적이며 여성적, 수동적이고 정적인 것으로 다루어져 왔다. 이것은 비단 일본의 담론의 장뿐만 아니라 한국의 담론 안에서도 마찬가지였다.

식민지 현실에 대한 핍진한 묘사나 일제에 대한 저항의식을 표현할 수 없었던 당시의 상황 속에서 관념적인 산수화를 통해 자연미를

---

103) 버트 무어-길버트, 이경원 역, 『탈식민주의! 저항에서 유희로』, 한길사, 2001, pp.116-121 참조.

재현하거나 초가집과 들판, 농부와 같은 향토적 풍경을 그려내는 것이 마치 가장 전통적이고 민족적인 정서를 표현하는 것으로 오해하고 있었던 것이다.104)

그러나 해방 이후에도 이러한 자연관이 우리에게 일종의 '전통적인 것'으로 인식되는 것은 피식민지인의 식민적 담론의 내면화에 의한 것이라 보인다. 전통이란 실재하는 것이라기보다는 담론에 의해 재구성되고 새로이 발굴되는 것이라는 것을 염두에 둘 때 해방기의 담론에서 청록파의 자연관을 전통적인 자연관과 연관시키는 것은 식민지적 무의식105)을 벗어나지 못한 담론으로 여겨진다.

이항대립주의적 구도 속에서 서양과 동양을 대비시키는 학문적 담론이 그것을 배우고 익힌 사람들에 의해 수없이 반복되고 결국에는 그들 자신에 의해 재생산되어 굉장히 강고한 이원론적 틀을 형성106)하듯이 해방기의 전통 담론도 이러한 한계에서 벗어나지 못하고 있는 것이다.

이것은 어떤 지역이 옛 종주국에 의한 식민지 지배로부터 독립했다고 해서 식민지 시대의 온갖 부정적인 유산이나 유제가 불식되는 일이 없을뿐더러 식민주의가 끝난 것도 아니라107)는 의미에서의 후기 식민지post colonial 상태의 연장으로 보인다.

즉 청록파의 문학사적 입지에 있어서 문제는, 그것이 해방 전에

---

104) 심선옥, 앞의 글, p.270.
105) 고모리 요이치는 식민지인이 가해자의 질서를 모방하려는 것을 식민지적 무의식이라 말한다. 고모리 요이치, 송태욱 역, 『포스트 콜로니얼』, 삼인, 2002.
106) 고모라 요이치, 같은 책, p.12.
107) 같은 책, p.10.

쓰인 일제말의 작품이냐 아니면 해방기의 민족적 전망을 담지한 작품이냐가 아니라 청록파를 통해 비치는 우리 문학의 전통성 담론의 한계인 것이다.

동양이 서양과는 다르다는 것에 바탕을 두고 동양학이나 한국문학을 연구하는 관념은 여전히 큰 영향력을 행사하고 있다. 동양학이 동양에서 의미 있는 학문이 되기 위해서는 동양학이라는 학문 영역이 현재 어떠한 이데올로기적 작용을 하고 있는지, 서구의 전통적 동양학에 도전하는 새로운 학문 영역으로서의 동양학이 어떻게 가능한지를 먼저 생각해야 한다는 언급[108]은 향후 우리문학의 전통성 및 정체성 연구의 방법론적 단초를 제공해 주는 것이라 생각된다.

4. 결 론

청록파의 전통성을 강조하는 논자들이 말하는 동양적인 정신과 자연관과의 관계를 재고해 보는 것에 본고의 의도가 있었다. 이것은 오늘날 우리 시에 있어서 전통성 담론에 있어서 등장하는 '자연', '향토성' 등의 기준이 갖는 시대적 함의에 대해서도 재고해 보고자 하는 의욕에서 출발한 작업이었다.

박목월의 자연관이 내포하고 있는 여성성을 전통적인 것으로 여기는 해방기 문단의 담론은 여전히 주체와 타자를 구분하여 주체의 시각으로 타자를 재구성하는 식민적 시각을 내포하고 있음을 말하려 했

---

108) 같은 책, p.15.

다. 그리고 이것은 일종의 식민지적 무의식에 해당하는 것이라 하겠다. 이러한 작업은 민족문학으로서의 우리 시가 그 전통성을 어떻게 구성해 내야 하는지, 우리에게 주어져 있는 과제와 무관하지 않다.

민족의 형성에서 과거의 복원은 이중적인 의미를 갖는다. 첫째는 제국주의와 같은 외부의 위협에 대해 그 해당 민족의 정체성을 확인하고 존재의의를 주장하는 것이다. 둘째는 그렇게 복원된 전통 문화가 대부분의 경우 지배 계층이 중심이 되는 문화이고 또 그들의 가치를 옹호하기 때문에 그 해당 민족 집단에서 주변부에 위치하는 집단의 정체성을 오히려 억압하고 주류 지배 집단의 정체성에 함몰시키는 작용을 한다는 것이다.[109]

과거의 복원은 이러한 복잡한 이중성을 인식하는 바탕 위에서 이루어져야 할 것이다.

---

109) 고부응, 『초민족 시대의 민족정체성』, 문학과 지성사, 2002, pp.187－188.

Ⅶ. 남·북한 전쟁시

● 목 차 ●

1. 서 론
2. 남·북한 전쟁시
 1) 전쟁 참여적 시   2) 전쟁 비판적 시
   (1) 찬가   (1) 남한의 전쟁 비판시
   (2) 격시   (2) 북한의 전쟁 비판시
   (3) 결의시
   (4) 전투상황시
3. 결 론

1. 서 론

　해방 직후 남북한의 제반 정치적 상황은 대단히 혼란스러운 것이었다. 미·소 군정기라는 어휘의 내포적 의미는 민족의 자율성이 거세되었다는 것을 뜻하는 것이기도 했다. 그러한 면에서 해방 후의 정치적 상황은 해방이라는 단어의 사전적 의미를 무색하게 했던 것이다.

1950년대 한국사회를 지배한 정신사적 주조는 자유민주주의와 반공주의로 간주될 수 있다. 일제 강점기 말기에 정신사의 주조가 민족주의와 사회주의로 양분되어 있었다. 이 변화는 해방 직후 격렬한 좌우대립을 거치고 남북에 들어선 체제가 각기 자유주의와 공산주의라는 상이한 이념을 표방하였기 때문에 나타난 결과이기도 하지만 결정적인 계기는 6·25 전쟁에 의해 주어진다. 이념대립의 소산이자 남북 분단의 고착화에 결정적 계기가 된 6·25 전쟁은 민족통일이 한국 현대사의 중요 해결과제임을 확인시켜 준 사건이다.

한국전쟁이 우리 사회에 미친 영향은 실로 엄청난 것이었다. 전쟁의 영향은 남북 공히 정치, 경제, 군사, 문화 등 사회 전반에 걸친 심대한 것이었으며, 전쟁은 우리 사회 구성원의 생활과 의식, 행동에도 쉽게 지워지지 않을 영향을 미쳤다.

먼저 전쟁의 개념과 정의를 살펴보면 시대와 관점에 따라 다르지만, 한 나라의 존망과 생사의 문제·전쟁을 하고자 하는 자의 의지에 의하여 출발한다는 점이다. 이러한 당위성에도 불구하고 전쟁의 영향권에 놓여 있는 전쟁문학에 대한 본격적인 연구는 분단문제와 정치적 갈등 등으로 미비한 실정이다.

전쟁문학에 대한 대략적인 개념은 전쟁이 소재·제재·주제가 되고 이를 고발하며 진단하는 문학 등으로 규정[110]하고 있다. 『한국문학대사전』(문원각)에서는 전쟁문학의 보편적 성격에 대해 전쟁이라

---

110) 백철, 「전쟁문학의 개념과 그 양상: 주로 제명題名과 내용內容을 더듬어」, 『세대世代』 13 1964. 6. pp.253-254-위와 같이 규정할 경우 그와는 다른 독자적인 길을 걸어온 작품을 포함시킬 것인가의 문제가 있고, 전쟁문학의 보편적 성격과의 조응문제도 대두될 수 있다.

는 현대적 병을 고발하고 진단하는 문학, 전쟁을 소재로 해서 진정한 인간상과 참다운 진실을 부각하는 문학으로 보고 있다. 하지만 어느 한 가지로 정의하기 어렵다. 범벅하게나마 여러 견해의 공통점을 들어 전쟁문학을 정의한다면 전쟁문학은 말 그대로 전쟁과 관련된 문학이라 할 수 있다. 이때의 전쟁은 작품의 소재 차원에서 문학과 관련된다고 보는 것이 일반적이다. 소재 이 외의 것은 전쟁에 대한 이해관계에 따라 여러 가지 비평적 의미를 지니기 때문이다.[111]

일찍이 고은은 1950년대를 가리켜 '역사가 인간을 버리고, 예술자체가 인간을 버린 유기의 시대'라고 비유한 바 있다. 역사와 인간, 문화 예술 등 삶의 모든 것이 전쟁으로 인하여 참담한 상황 속에 놓여 있던 1950년대 전쟁의 사회 풍경을 시인은 이처럼 표현한 것이다. 그러나 이 비유는 어떤 의미에서 1950년대 공간에서만 국한되지 않는다. 왜냐하면 전후시기부터 오늘날에 이르는 우리의 삶은 전쟁으로 인한 충격의 편차는 있을지언정, 한순간도 한국전쟁의 자장에서 벗어날 수 없었기 때문이다.[112]

한국전쟁은 '민족적 동질성보다는 이데올로기적 동질성'을 우선시한 냉전 시대의 비극적 산물이다. 이러한 한국전쟁의 기원적 성격은 오랜 기간 동안 남북한의 대립과 반목을 가져왔으며 지금까지도 한민족의 불행의 핵심 원인으로 작용한다. 그러나 다행히도 근자에 들어 사회 일각에서는 획일적인 이데올로기에 기반을 둔 대결 정신을 지양하고 민족적 동질성과 남북 공동체 의식을 확인하는 작업들이

---

111) 임도한, 「실존과 당위 사이 ― 한국전쟁기 장편 전쟁시의 일면」, 『문학마당』 2003, 가을호, p.15.
112) 이성천, 「전쟁체험과 시적 대응 방식」, 『문학마당』 2003, 가을호, p.31.

다각적의로 시도되고 있다.

남·북한의 갈등이 적극적으로 반영된 전쟁시에 나타난 공통점과 차이점을 분단문학의 대립상을 지양·극복하는 통합의 원리로 찾는데 중요한 참조점을 두고, 남·북한 전쟁시에 나타난 담론을 모든 시대별로 다루지 않고, 전쟁 시기를 중심으로 창작된 작품의 면모를 살펴보고자 한다.

한국전쟁문학에 대한 본격적인 연구는 약 10여 편이 있다.[113] 그 가운데 전쟁시 나름의 의의를 긍정적으로 인정하는 견해는 문학사 정리 작업과 함께 등장한다. 전쟁시를 당대 문단의 필연적 소산으로 보며 그 문단사적 의의를 인정하기도 하고,[114] 현대시의 발전 과정에서 1930년 모더니즘과 1950년대 전후 모더니즘을 이어 주는 연결 고리로서 평가하기도 한다.[115]

임긍재[116]는 이른바 "무기로서의 문학론"을 내세움으로써 북한문

---

113) 신익호, 「전쟁문학소고」, 『3사논문집』 8 1978.
　　　이동근, 「한국전쟁 시의 주제양상」, 『3사논문집』 20 1985.
　　　최진송, 「종군시의 의미와 분단극복」, 『동의어문논집』 1988. 4.
　　　이기윤, 「1950년대 한국소설의 전쟁체험 연구」, 인하대 박사논문 1989. 2.
　　　박태일, 「1950년대 한국전쟁시 연구」, 『경남어문연구』 5 1992.
　　　오세영, 「한국전쟁문학론 연구」, 『서울대인문논총』 28 1992.
　　　임도한, 「한국전쟁기 전쟁시 연구」, 서울대 석사논문 1994.
　　　이지엽, 『한국 전후시 연구』 태학사, 1997.
　　　신영덕, 「한국전쟁기 시인들의 종군활동 연구」, 『국어국문학』 122 1998. 12.
　　　홍용희, 「한국전쟁기, 남북한의 시적 대응 비교 고찰」, 경희대 『인문학
　　　　　　연구』 2 1998. 12.
　　　한정호, 「경인전쟁기 시의 가족 체험」, 『지역문학연구』 6 2000. 10.
114) 정한모, 「광복 30년의 한국시 개관」, 『심상』 1975. 8, pp.45－46.
115) 김광직, 『한국현대문학사』 일지사, 1976.
116) 임긍재, 「전시하의 한국문학의 책무」, 『전선문학』 1952. 4.

학의 도구적 문학론과 거의 유사한 논리를 전개했다.[117]

김재홍은 일련의 연구에서, 전쟁체험을 문학적으로 형상화하려는 노력을 통해 한국 현대시의 응전력應戰力**이 성장하였다는 견해를 제시하였다.**[118]

오세영은 전쟁문학의 본질이 휴머니티에 대한 탐구여야 하지만 '독전督戰 전쟁시戰爭詩' 역시 인간사와 함께하는 문학으로서 인정해야 함을 강조하면서 전쟁시의 장르적 성격과 주제를 선전 선동시, 전쟁 기록시, 전쟁 서정시로 규정하였다.[119]

박태일은 전쟁에 참여한 작품에 담긴 '공식적 목소리' 이른바 '적극적인 참여작품' 속에 전쟁 체험의 진실성이 담겨 있음을 강조하면서 그 진실한 목소리를 찾아내는 연구자의 노력이 필요함을 주장한다.[120]

이지엽은 실증적 작업의 성실성이 돋보이는 연구[121]에서 남북한 작품을 비교한 끝에 남한의 작품은 전쟁현장의 긴박한 상황을 전투 상황 중심으로 잘 구현되고, 북한의 작품은 전쟁현장에서 만나는 비극적 사실을 구체적으로 표현한다고 분석한다.

한정호는 기존의 전쟁시 연구가 전투현장을 다룬 작품에 치우친 점을 비판하면서 전란이 가족 체험에 끼친 영향을 중심으로 한 새로운 견해를 제시하여 전쟁시 연구의 폭을 확장하였다.[122]

---

117) 전쟁기 문인들의 전쟁문학론에 대한 더 자세한 내용은 신영덕의 『한국전쟁과 종군작가』 국학자료원, 2002, pp.19-27 부분을 참고할 것.
118) 김재홍, 「6·25와 한국문학」, 『시와 진실』 이우, 1984.
119) 오세영, 『한국문학』 13 1992. 12, p.58.
120) 박태일, 「1950년대 한국전쟁시 연구」, 『경남어문논집』 5 1992, p.41.
121) 이지엽, 『한국전후시 연구』 태학사, 1997.
122) 한정호, 「경인전쟁기 시의 가족체험」, 『지역문학연구』 6 2000. 10.

남한의 전쟁시는 전쟁기를 중심으로 출판된 단행본 시집의 작품을 대상으로 하였고, 북한의 전쟁시는 현재 접할 수 있는 작품들을 반영하였다.

북한의 문학 연구는 전쟁기 문예노선과 동일한 기준 아래 기술된 『조선문학 통사(하)』(사회과학원 문학연구소 편, 1959)에서 시의 경우 대중적 영웅주의의 발현에 유념한 것이 특징이며, 전선에 관한 쩨마,[123] 후방의 쩨마, 수령송가, 국제 친선의 쩨마, 미제만행 규탄 쩨마를 다룬 것 등으로 작품을 주제에 따라 분류한다.[124]

임헌영은[125] 남·북한의 전쟁과 진보적 경향의 시를 다루면서 특히 민병균의 『분노의 서』와 강승한의 『항쟁의 려수』 등의 장편시에서 드러난 서정성에 주목하여 북한 시를 살피고 있다.

김명수는 작품의 선동성이 사상적 명백성과 목적 지향성을 더욱 선명히 함으로써 작품의 전투적 기능을 제고하였음을 전쟁기 시의 특징으로 평가한 바 있다.[126]

엄호석은 전쟁에 적극적으로 기여한 작품이 보이는 목적성을 한계로 지적하면서도 전쟁이란 특수한 상황이 문학에 풍부한 소재를 제공한 의의도 있음을 강조한다.[127]

류만의 『현대 조선 시문학 연구: 해방후편』(사회과학출판사, 1988)

---

123) '테마'와 같은 말이다.
124) 임도한, 앞의 책, p.16.
125) 우대식, 『해방기 북한 시문학론』 푸른사상, 2005, p.19 재인용.
126) 김명수, 「시대의 정신의 날개-시문학」, 『해방 후 우리 문학』 조선 작가동맹출판사, 1958, p.176 참조.
127) 엄호석, 「조국해방전쟁과 우리문학」, 『해방 후 10년간의 조선문학』 조선작가동맹출판사, 1955, pp.307-308 참조.

은 전쟁시의 형식적 특성을 규명하고자 하였고, 전쟁시가 일정한 사상을 담기 위한 문학작품으로서의 한 가능성을 보인 점을 문학사적 의의로 주장하였다.

김일성 사후에 출판된 『조선문학사 11 – 해방 후편(조국해방전쟁시기)』(사회과학출판사, 1994)에서는 전쟁기에 창작되었으나 발표되지 않았던 김정일의 두 작품 「조국의 품」(1952)과 「축복의 노래」(1953)를 전쟁시의 대표작[128]으로 설명하고 있다.

2. 남·북한 전쟁시

해방 직후 우리 민족 앞에는 새로운 민족국가의 건설을 둘러싸고 두 개의 가능성이 동시에 놓여 있었다. 그 하나는 자주와 매판 자본가의 계급 이해를 관철시키는 쪽이었고, 다른 하나는 노동자·농민을 중심으로 한 민중적 민족국가의 건설이었다.[129] 이 시기 한국사회에 만연한 부정부패, 식민지 반봉건성과 관료매판적 종속성 및 체제 간의 이념적 이데올로기의 경직성 등의 혼란으로 싸울 수밖에 없는 극단으로 치닫고 있던 상황이었다.

그리하여 1950년대 한국 현대시는 전쟁의 강한 영향력 안으로 빨

---

128) 김정일의 두 작품이 처음 소개된 시기가 1960년대이다. 실제창작 시기는 전쟁기였다고 설명하지만 이 작품을 한국전쟁기에 창작된 것으로 인정할지의 여부는 보다 확실한 정보를 확인할 때까지 유보할 수밖에 없다고 생각한다.

129) 한국현대문학 연구회, 『1950년대 남북한 문학』 평민사, 1991, p.37.

려 들어가게 된다. 이에 따라 이 시기에는 전쟁의 참혹함을 형상화하거나 인간성 상실에 대한 허무의식 혹은 반공사상의 고취를 주제로 한 전쟁시들이 발견된다.

남한에서 전쟁기에 간행된 시집으로 '문총구국대'가 1950년 10월에 간행한 『전선시첩戰線詩帖1』을 시작으로 약 110여 권이 있다. 이 외에도 '전선문학' 등과 같은 종군작가단의 기관지와 ≪신천지≫ 등과 같은 문예지 그리고 ≪연합신문≫ 등 각종 매체를 통하여 발표된 작품들이 있다.

북한 전쟁기는 전쟁기간 중 문화전선사에서 간행한 월간지 ≪문학예술≫과 여러 북한 문학사에 소개된 작품을 포함한 250여 편을 확인했다. 당대 작품을 담은 개인시집으로는 임화의 『너 어느 곳에 있느냐』(문화전선사, 1951) 등 9권을 확인하였다. 모음집으로 『해방후 서정시 선집』(문예출판사, 1979)과 『조선문학사 작품선집 2』(학우서방, 1982) 등이 있다.

1) 전쟁 참여적 시

전쟁 참여시는 전쟁 수행에 적극 참여하는 내용을 담은 것으로서 남·북한 모두 활발히 창작되었다. 적에 대한 비판과 아군에 대한 독려를 주 내용으로 하며 여러 가지 심리전적 의도가 나타난다.

남한의 경우 '군의 전투의욕을 고취하고 감화 혹은 계도를 통하여 국민을 전쟁에 총동원하려는 의도로 창작'[130]된 선전 선동시가 대표

---

130) 오세영, 앞의 책, 1992. 12, p.60.

적이다. 당의 지침에 따라 이루어진 북한의 작품은 대부분이 전쟁 참여시이다.

(1) 찬가

고대영웅을 찬양하는 서사시에서 출발한 것이지만 현대의 찬가는 일반인을 주인공으로 하며 전쟁시에서는 하급 군인이나 민간인·노약자 등이 주인공으로 등장한다.

남한의 작품으로는 모윤숙의 「군국은 죽어서 말한다」와 유치환의 「아름다운 군병」 등[131])이 있다.

> 나는 죽었노라 스물 다섯 젊은 나이에 / 대한민국의 아들로 숨을 마치었노라 / 질식하는 구름과 원수가 / 나러오는 조국의 산맥을 지키다가 / 드디어 드디어 숨지었노라 / (중략) / 물러감은 비겁하다 / 항복보다 노예보다 비겁하다.
>
> — 모윤숙의 「군국은 죽어서 말한다」 일부[132] —

> 원수를 물리치고 / 바람처럼 난데없이 밀어 든 고을 / (중략) / 보라 / 군데군데 모닥불 火光을 에워 / 비록 풍모는 오히려 원수에게도 자랑 높은 軍兵이여 / 조국祖國의 의지意志여 /
>
> — 유치환의 「아름다운 군병」 일부[133] —

전쟁시의 증언적 태도를 취하고 있는 「군국은 죽어서 말한다」는

---

131) 김종문의 「그대는 영원한 다비드」 등이 이에 속한다.
132) 모윤숙, 『풍랑風浪』(문성당 4).
133) 유치환, 『적병과 더불어』 행문사, 9.

친일문학의 의혹을 완전히 떨칠 수 없는 부분이 있지만 그래도 널리 알려진 작품이다. 이 작품의 화자는 전사한 군인이다. 생명을 잃고서도 감정을 노골적으로 드러내지 않으며 자신의 죽음이 동포의 영화를 이끄는 숭고한 희생임을 이야기하고 있다. 「아름다운 군병」은 남한 작가로는 드물게 부대를 따라 종군활동에 임했던 유치환의 작품이다. 주인공을 평범한 사병으로 설정한 만큼 정감어린 어투로 차분하게 진술함으로써 찬양의 대상이 허구적인 영웅으로 빠지는 것을 막는 듯 보이나 선동 선전 내지는 전쟁 독려의 뜻을 담고 있다.

북한의 찬가 작품으로는 김학연의 「독로강 기슭에서」와 박세영의 「나팔수」 등134)이 있다.

> 심장에 불을 안은 / 청년들이여! / 모든 사람들이여 / 몸을 폭탄 삼아 / 미국 놈의 불아가리 터뜨리고 / 진격의 길 / 승리의 길을 / 피로써 열어 놓은 / 영웅 조선의 영을 / 우리 함께 노래하자 / 대하로 향하는 독로강 / (중략) / 꺼질 줄 모르는 / 그의 영원한 심장의 고동 소리 / 오늘도 우리의 가슴에 들려온다
>
> — 김학연의 「독로강 기슭에서」 일부135) —

> 어떻게 잊을 것이냐 / 나팔을 문채 쓰러진 / 나 어린 나팔수 너를 // 너는 비록 승리의 나팔을 못다 분 원한이 / 하늘에 사무치리라 / 줄기찼던 너의 돌격나팔이 / 바로 승리의 나팔로 / 세상에 떨치지 않

---

134) 동승태의 「호랑이 사수」, 정문향의 「다시 한번 그는 바라보았다」, 박석정의 「오늘 전선에서 영웅이 오다」, 김북원의 「우리의 최고 사령관」 등이 속한다.
135) 이지엽, 앞의 책 태학사, 1997, p.264.

았더냐 / 지금은 어느 전선에서도 / 적을 무찔러나갈 때마다 / 복수에
불타는 내 마음은 / 정녕 너의 웨침소리를 듣는다
— 박세영의 「나팔수」 일부136) —

김학연의 「독로강 기슭에서」는 친구 김옥근의 장렬한 죽음을 칭송
한 것으로서 적에 대한 반감과 친구의 희생에 대한 아쉬움이 강하게
드러난다. 돈호법과 영탄법을 자주 사용하여 선동적 의도를 표출하
였는데 화자가 쉽게 노출되고, 감정이 노골적이자 적에 대한 비판과
죽음에 대한 안타까움이 죽은 이에 대한 칭송으로 이어진다. 노골적
인 구호성 시어로 이어진 점은 전쟁 참여시의 특징이자 북한 전쟁시
의 대표적 한계다.

「나팔수」는 예외적으로 서정성을 확보한 작품이다. 종결어미를 세
련되게 다듬어 자연스런 호흡에 따라 율동감이 있다. 주인공을 나이
어린 소년 나팔수로 선정한 것은 대중적 영웅주의를 구현하려는 시
도인 듯 감정의 직접적 진술이 자제되었다.

북한의 찬가는 시적 화자의 감격과 다짐의 내용에 공감할 것을 유
도하거나 서정의 분위기를 먼저 묘사한 다음 그에 대비되는 장렬한
죽음을 제시함으로써 희생에 대한 안타까움과 숭고함을 강조한다.

(2) 격시檄詩

전쟁의 당위성과 정의로움을 말하여 아군의 전투의욕을 고취시키
고자 창작된 작품이다. 전쟁의 성격이 자주 등장한다는 점에서 이념

---

136) 이지엽, 위의 책 태학사, 1997, p.262.

대립에 자주 이용되었다. 남한의 경우 조지훈의 「이기고 돌아와라」, 박두진의 「싸우며 나가리」 등137)이 있다.

　　우리는 이긴다 / 일찍이 불의不義와 악惡이 망亡하지 않은 역사歷史를 본적이 있느냐 / 늬들 뒤에는 혈육血肉을 같이 나눈 우리들이 있고 / (중략) / 이기고 돌아오라 이기고 돌아오라 / 우리들 가슴을 벌리고 기다린다 / 하늘이 보내시는 너 구국救國의 천사天使들을

　　　　　　　　　　　　　　　- 조지훈의 「이기고 돌아오라」 일부138) -

　　남한의 작품에서도 찬가에 비해 작가의 역량에 따른 차이가 두드러지지 않는다. 승리의 당위성과 상대방에 대한 공격성을 드러내는 부분에서는 은유적 표현에 대한 의식이 거의 무시되기도 하였다. 남한 작품에서 제시된 전쟁 명분은 구체적인 정치적 정황이 아니라 평화와 자유를 수호해야 한다는 식의 추상적인 성격과 내용을 지니고 있어서 '조국해방전쟁'과 같은 구체적 정황을 내세운 북한의 작품과 구분된다. 북한의 경우 백인준의 「얼굴을 붉히라 아메리카여」 등139)이 있다.

　　「몇 명이나 죽였느냐? / 열 딸라는 받겠지」 저주가 있으라! / 백악관의 식인종들에게 / 원한에 사무쳐 죽은 / 모든 조선의 부부와 애인

---

137) 노천명의 「북으로 북으로」, 「조국은 피를 흘린다」, 정진업의 「어머니의 노래」 등이 속한다.
138) 조지훈, 『풀잎단장』 창조사, 11.
139) 조기천의 「눈길」, 안룡만의 「포화소리 드높은 7백리 락동강에」, 김상오의 「증오의 불길로써」 등이 속한다.

의 저주가 / 놈들의 밤 꿈을 온 일생 괴롭히라 / 살려보내지부터 말라 그놈을! / 저주가 잇으라! / 아메리카「문명」에……

                                  - 백인준의 「얼굴을 붉히라 아메리카여」 일부[140] -

「얼굴을 붉히라 아메리카여」는 북한의 문학사에서 이른바 미국비판사로 분류되는 작품 중 대표적인 것이다. 전체 220행이 넘는 긴 내용이 미국의 비인간적인 처신에 대한 조소와 욕설로 채워졌다. 휴머니즘의 결핍, 정치에 종속된 문학의 모습을 미군보다 더 미국적인 사상을 처음부터 막아 보고자 한 사례로 손꼽을 수 있다. 은유적 표현보다는 메시지 전달에 주력하였기에 미적 의식이 두드러지지 않는다. 화자가 의도하는 바를 은근히 드러내려는 의식은 그다지 강하지 않은 것이 특징적이다.

(3) 결의시

결의시는 화자가 자기 스스로 어떤 행위를 다짐하는 시로서 자기고백적 언어가 주종을 이루며 어떤 불리한 상황도 戰勝의 결의로 승화되는 반전이 자주 등장한다. 남한의 경우 이용상의 「전쟁으로 가는 길」과 이용순의 「재회」 등[141]이 있다.

북으로 북으로 달리는 나 - / 사랑보다 더 한 것 / 또 어데있기에 / 깜박이는 별빛을 바라보면서 / 낯서른 땅을 / 북 역으로 가는고…… //

---

140) 조선문학예술총동맹 편, 『해방후 서정시선집』 1979, p.538.
141) 김영삼의 「의족을 짚고」, 이영순의 「M1 라이플」, 송재홍의 「기어코 가야만 하겠노라」 등이 속한다.

(중략) // 「사랑」과 「조국」을 / 미친 듯 고함치며 / 뜨거운 숨결이어
– / 전쟁으로 가는 길

– 이용상의 「전쟁으로 가는 길」 일부142) –

「전쟁으로 가는 길」은 사랑하는 이와 헤어져서 전선으로 향하는
병사의 심정고백이다. 기교보다 솔직한 어조로 내적 갈등을 드러냈
지만 단조로운 진술이 아쉬운 점이다. 이용상의 작품은 시인이 현역
군인이었기에 전장의 구체적 정황을 많은 소재로 삼았다. 「나는 북
한인을 사랑할 수 있습니다」에서 "「나는 북한인을 사랑할 수 있습니
다 다만 공산주의를 미워할 따름」이라고 / 쓰러진 적의 시체를 묻고
십자가 세워……"처럼 적의 시체를 찾아 묻어 주는 인도주의적 행위
를 그림으로써 탈이데올로기적 아량을 내세우고, 화자가 자신의 의
지를 설명함이 엿보인다. 북한의 시로는 정문향의 「병사의 어머니」,
「편지」와 김조규143)의 「이 사람들 속에서」 등144)이 있다.

– 「아무리 늙어도 이 손으로 / 그 놈들을 멸망케 하고야 말려오」/
병사는 사양없이 / 덮어주는 이불을 여미며 / 불빛이 서리는 뜨거운
눈시울을 감았다 // (중략) // –그렇다 …… / 나의 어머니여 …… / 반
드시 갚으리다 당신의 념원을

– 정문향의 「병사의 어머니」 일부145) –

---

142) 이용상, 『아름다운 생명』 시문학사, 10.
143) 북한군 775부대를 따라 낙동강, 영천지구 전선에 종군함.
144) 차덕화의 「수령」, 안룡만의 「수령님의 이름과 함께」, 김영철의 「당과
조국을 위해서」, 조기천의 「조선은 싸운다」 등이 속한다.
145) 정문향, 『승리의 길에서』 조선작가동맹출판사, 1955.

애국의 뜨거운 가슴들이 / 얽히고 모이고 / 구름이 되고 / 불덩이가 되고, / 우뢰가 되고, 번개가 되고 …… // 원쑤를 쳐부수는데 스스로 몸이 지뢰가 되는 이 젊은이들 속에서 / 내 어찌 비겁하랴 / 우리 어찌 승리하지 않으랴

　　　　　　　　　　　　　- 김조규의 「이 사람들 속에서」 일부146) -

울어라! 120미 / 물을 내뿜어라! / 사랑하는 내 따바리야 / 자빠지는 미국놈들의 / 주검을 차버리며 / 목포, 부산, 제주로 내딛자!

　　　　　　　　　　　　　- 김조규의 「이 사람들 속에서」 일부147) -

　개인의 다짐이 언급되는 심정적인 부분에서는 여러 가지 소재가 등장한다. 위 작품을 보면 아들을 생각하면서 인민군을 지원해 주는 남한의 어머니, 전쟁영웅 그리고 모든 점에서 인민을 인도해 주는 수령 등에 대하여 시적 화자와 청자의 신뢰를 결의하는 내용이다. 작품 안에서 스스로 묻고 답하는 내용이 자주 등장하는 것은 이러한 작품을 통해 추구하는 강한 선동의지를 짐작할 수 있는 부분이다. 아울러 「병사의 어머니」는 단란하고 행복했던 가족이 파괴되어 상심한 어머니의 심정이 잘 드러난다. 당의 지침을 따른다면 이 어머니는 자신의 비극적 체험을 숭고한 아름다움으로 승화시키는 목소리를 냈을 것이다. 화자는 한쪽의 병사이지만 이 작품의 어머니는 모두의 어머니일 수 있도록 폭넓은 공감을 얻고자 노력한 작품이다.

　김조규의 「이 사람들 속에서」는 안용만의 「나의따발총」148)의 일부

---

146) 연변대학 조선언어문학연구소 편, 『김조규 시선집』, p.205.
147) 연변대학 조선언어문학연구소 편, 위의 책, p.206.
148) 안용만, 『새날의 찬가』 조선문학예술총동맹출판사, 1964.

분, 즉 "바라보면 저 해안선 / 눈앞에 다가서는 / 우리나라 남쪽 끝 수평선이여 / 나의 따바리! 가자! / 대구, 진주를 거쳐 / 려수, 목포, 부산으로 / 아니 제주도 끝까지 / 가자 나의 따바리"[149]과 조기천의 「불타는 거리에서」[150]의 "불속에서 재속에서 / 황홀한 새로운 거리들이 / 흰빛 고층 건물을 받들고 / 푸른 하늘에 솟아오르리─ / 오늘은 공습싸이렌에 / 어린애들이 바서지듯 운다만 / 래일이면 평화의 기적이 / 이 땅의 부강을 노래하리! / (중략) / 부산 마산을 향하여 / 남으로 남으로 나아가는 / 인민군 전사들의 끓는 심장을 거쳐 / 이 글을 쓴다."라고 맺고 있다. 시 속에 드러나는 통일의식 역시 제주도의 끝까지 무력으로 물리쳐 이겨야 한다는 임전필승의 투쟁의식에 연장선상으로 이해될 수 있다. 다른 한편으로는 미제 침략자의 파괴 행위에도 불구하고 그 파괴된 빈자리에서 평화와 부강의 사회주의 조국이 건설될 미래에 대한 강한 기대와 확신을 노래하고 있다.

(4) 전투상황시

전쟁의 부당한 것은 인간이 서로의 생명을 빼앗기 때문일 것이다. 한 인간이 목숨을 잃는다는 것은 세상 전부를 잃는 것과 같다. 세상 전부를 보상해 줄 수 없듯이 한 생명을 보상해 줄 수는 없다. 전투 현장에서 산 자와 죽은 자의 경계가 흐려지고 생명을 잃는 장면을 일상적으로 접하게 되고 그러한 부조리를 진행하는 엄청난 폭력을 접한 군인들 중 상당수가 정신적 공황상태에 빠져 헤어나지 못하거

---

149) 조선문학예술총동맹 편, 앞의 책, pp.450─451.
150) 이지엽, 앞의 책 태학사, 1997, p.256.

나 벗어나더라도 심각한 후유증에 시달리곤 한다는 점을 통해 전쟁의 폐해를 짐작해 볼 수 있다.

전쟁시 중에서 전투상황 자체를 그리는 데 주력한 작품이 있다. 이는 전투현장의 체험이 문학작품에 직접적으로 구현된 경우로서 전쟁시 특유의 영역을 이룬다. 남한의 작품으로는 이영순의 『연희고지』와 북한의 경우 김람인의 『강철청년부대』 등151)이 흥미롭게 대비된다.

우리 둘은 볼새도 없이 / 우리 둘의 머리 위를 뛰어 넘어서 / 二, 三메터 - 전방前方의 / 금시까지 적병敵兵이 있다가 물러간 전장속으로 쏜살같이 뛰어든다 / 그럴적마다 몇 개의 유流 / 그 작은 성벽에 콱콱 박히며 / 뽀얀 먼지를 연기처럼 피우므로 / 머리끝 하나 들먹 할수도 없다 / 292고지로부터 내갈기는 / 적 기관포 …… / 바윗돌을 탁탁 깨뜨리고 / 소나무를 툭툭 동강내면서 / 무시무시한 죽음의 폭풍을 일으킨다

— 이영순의 『연희고지』 일부152) —

영웅 리구하동무는 / 비발치는 총탄에도 아랑곳없이 / 만세높이 부르며 앞장 서 나아갔다 / 가평 뒤산 425고지를 점령하고 / 1천의 적을 쓸어 눕혔다 // (중략) // 우세한 적을 상대로 / 부대는 싸우고 또 싸웠다 / 낮에는 기동방어 / 밤에는 재빠른 기습 // 밤에 빼앗은 적의 탄약이 / 다음날 원쑤와 싸우는 밑천 / 총탄이 떨어지면 자주 육박전으로 / 해질 때까지 낮싸움 견지했다 // (중략) // 어린 것의 복수를 위해 / 부모들의 원쑤를 갚기 위해 / 애국자들의 뒤를 이어 / 사람들은 총을 들었다

— 김람인의 『강철청년부대』 일부153) —

151) 김북원의 「락동강」과 김영철의 「당과 조국을 위하여」 등이 속한다.
152) 이영순, 『연희고지』 정민문화사, 1951.

위 시들은 모두 실제 전투에 참가하여 적을 향해 총을 쏘고 수류 탄을 던졌던 시인들의 작품이다. 총탄과 포탄이 교차하고 부대가 이 동하는 상황 등을 묘사한 부분에서 삼인칭 시점이 보여서 전투현장 과 화자의 거리감이 느껴지기도 하지만 마치 집체극을 공연하듯 전 투상황을 생생하게 구현하는 효과를 낸다.

전쟁문학의 의의 중 가장 큰 것은 전쟁이라는 흔하지 않은 역사적 상황을 문학 속에 반영함으로써 체험의 폭을 넓힌 것이라 하겠다.

이영순은 1951년 6·25 참전 체험을 바탕으로 한 장시집『연희고 지延禧高地』154)를 발표하면서 시작詩作에 전념하였다. 그의 초기작품은 전쟁의 체험을 소재로 인간의 자유추구와 반공민족주의적 경향을 띠 었으나, 후기에는 주로 모더니즘 계열의 작품을 발표하였다.

이영순은 인천상륙에 이은 서울 탈환작전에 참여하였다가 지금의 연세대학교 자리인 연희고지 전투에서 부상을 당하였는데 이 작품은 자신이 부상당했던 전투상황을 바탕으로 창작한 것이다.155)

『연희고지』는 삶과 죽음의 경계를 넘나드는 개인을 사실적으로 그 린다. 여기에는 전쟁에서 얻게 되는 허무주의나 패배의식 등 전쟁의 존재 의미와 질문을 전혀 찾아볼 수 없다. 적군은 단지 적군일 뿐이 며, 하나의 가치조차 부여할 수 없는 증오의 대상일 뿐이다. 오직 죽느냐 사느냐의 문제인 것이다. 이영순은 승전에 대한 강한 의지를 표출하여 남한에서는 드물게 전쟁 현장시를 보여주고 있다는 점에서

---

153) 김람인,『강철청년부대』금성출판사, 1989.
154) 그 외의 시집으로『지령指令』,『제3의 혼돈渾沌』이 있다.
155) 시인의 두 동생도 군인이었는데 둘째 이기순은 1950년 9월 서울탈환 작전 중 개미고지에서, 막내 이상순은 1951년 12월 양구 단장에서 전 사하였다. 임도한,『문학마당』2003, 가을.

그 문학사적 의의가 있다 하겠다.

김람인의『강철청년부대』는 시인이 1950년 7월부터 1951년 3월까지 인민군 제25연대와 함께 종군하면서 그 체험을 기록한 종군서사시이다. 이 시에 묘사된 북한의 영웅은, 전공을 과시하려는 의도가 개입하여 영웅전기의 주인공처럼 그려지고 있다. 생과 사의 갈림길에서 북한의 영웅이 보여준 행동은 '빗발치는 총탄에도 아랑곳없이 만세소리 부르며 앞장서 나아'가는 것이다. 이는 당의 전쟁수행 명분을 충실히 반영한 작품이다. 그리고 억울하게 희생된 가족의 원수를 갚아야 한다는 점에서 청자의 공감을 유발한다. 앞서 인용한『연희고지』의 부분과 거의 차이가 없다. 하지만 가족사적인 비극을 강조하는 것은 우리 민족의 가족주의적 정서와도 깊은 관련이 있을 것이다. 이 전쟁이 미 제국주의로부터 조국을 해방시킨다는 명분을 토로하는 내용이다.

이영순의『연희고지』와『지령』, 김람인의『강철청년부대』세 작품을 전투체험의 형상화, 생사의 갈림길에 선 전투원의 심정, 전쟁수행의 정당성 이상 세 가지를 중심으로 비교하면서 남북한 전쟁시의 성격을 고찰한 연구가 있다.

전체적인 북한 전쟁시의 문학은 영웅적 조선 인민의 끓어오르는 심장의 목소리로서 인민들의 사랑과 증오, 기쁨과 슬픔에 대하여 노래하고 적을 증오하며, 조국을 무한히 사랑하는 영웅적 정신을 표현하였다. 인민들의 영웅적 투쟁 속에서 강한 애국적인 전투적 호소성으로 충만하였으며 승리의 노래로 노래되었다[156]고 보고 있다.

---

156) 사회과학원 연구소,『조선문학통사』1988, pp.376-380 참조.

2) 전쟁 비판적 시

전쟁은 적대적 대립의 상태에서 참혹한 파괴와 죽임을 목적으로 한다. 아울러 전쟁은 대상이 '적'이라는 조건만 충족된다면 이 파괴와 죽임의 행위는 그 정당성을 보장받는다. 따라서 전쟁 현장에는 오직 '전쟁 승리'라는 목표로 각인된 인간의 본연성을 상실한 '기계적'인 인간만이 존재한다. 전장은 인간의 '일상적인 가치 기준이 일단 정지되고 죽음이 공적으로 승인되는' 예외적 공간인 것이다. 그러나 이처럼 죽임과 폭력을 일삼는 전쟁의 본질적 성격을 진지하게 폭로하는 전쟁 비판시는, 전쟁의 갖가지 폐해를 비판하는 작품을 말한다. 많은 시인들이 전쟁 참여시보다는 전쟁 비판시 창작에 더 주력했다.

(1) 남한의 전쟁 비판시

전쟁을 현대문명의 소산으로 보고 현대문명에 대한 비판의 목소리를 세운 작품도 활발하게 창작되었는데 신석정의 「여백」, 김상화의 「전설」 등[157]이 있다.

> 항상 현란한 태양이 굽어보는 곳에는 혈압이 높은 척추동물들이 모여서 살아왔다 / (중략) / 아예 이 허망한 진단서에서 / 너의 청순과 애정과 빛나는 / 설계와 드높이 찬양할 죄와 벌의 기록일랑 찾지말라! //

---

157) 유치환의 「기의 의미」, 「들꽃과 같이」, 김난작의 「목숨」, 노천명의 「누가 알아주는 투사냐」, 김영삼의 「우리들의 무덤은 없다」, 서정주의 「무등을 보며」 등이 속한다.

이렇게 비좁은 지군데로 / 저 너그러운 태양이 포기한 지역이 있어 / 그 어둔 풍토에서 마련되는 풍속을 / 도시 역사는 기록하지 않는 / 여백이 있는 것이다

— 신석정의 「여백」 일부158) —

「여백」의 '척추동물', '허망한 진단서', '역사', '여백'과 같은 시어들은 시인이 마련한 문맥구조 속에서 원래의 의미와 동떨어지지 않으면서도 시인의 의도를 잘 구현하고, 너그러움을 상실한 현대인들이 스스로 초래한 전쟁의 희생물이 되는 현상을 비판한다.

전쟁이 초래한 사회의 각종 부조리와 세파에 편승하는 인간상 또한 예외 없이 작품에 반영되었으며, 정진업의 「사투리」와, 이용상의 「후방에 와서」 장호강의 「어느 용사의 집」 등이 있다.

악착같이 긴 나절에 / 악착같이 길게 우는 / 아기가 잇다 // 엄마는 군복을 이고 / 개울로 가고 // 아빠는 고깃배 오는 / 포구로 갔다 / 판자집도 비싼 것이 / 터세를 안낸다고 / 미닫이를 부수고 가는 / 흙발이 있다 // 활짝 들어난 아랫목에 / 어린 누이는 / 아기가 못 알아 들을 / 함경도 사투리로 / 허리가 가늘어서 / 앙이 업는다 소리쳤다

— 장진업의 「사투리」 일부159) —

어린 동생들 배고파 우는 통에 / 열여덟살 난 큰 여동생은 / 생각 끝에 밤거리로 나섰답니다 // 병든 어머니 돌아가신 날 / 친척 하나 오지 않는 판자집에 / 단 한사람 외국 손님이 찾아왔더랍니다 // 어린

---

158) 신석정, 『촛불』 대지사, 5.
159) 이기윤·임도한, 『한국전쟁과 세계문학』 국학자료원, 2003, p.51.

동생들 고아원으로 보낸 날 밤 / 폐병에 누워 우는 여동생 귀에 한국
군은 가장 용감하다고 라듸오는 외쳤답니다.
                                    — 장호강의 「어느 용사의 집」 일부160) —

　「사투리」는 함경도에서 온 난민의 생활을 통하여 새로운 각도에서
사회를 바라본다. 전장에서만 동족상잔이 벌어지는 것이 아니다. 타
지에서 살아남기 위해서 애쓰는 피난민 가족의 임시 거처에 세를 내
지 않는다고 부수는 흙발도 있었다. 전쟁은 전투에 직접 임하는 남
성들의 전유물이 아니다. 전란 중에 가족의 삶을 이어가는 것 또한
전선의 위험 못지않은 고통이었음을 알리고 있다.
　「어느 용사의 집」은 병사의 가족이 후방에서 완전히 허물어지는
부당한 현실을 읊고 있다. 시인이 재현한 현실은 맹렬한 적의 공세
보다 더 무력감에 빠지게 할 후방의 모습이다. 군인들이 목숨을 걸
고 싸우는 동기로서 자신의 가족을 지키려는 마음이 조국을 지키려
는 마음과 서열을 다툴 것이다. 여기에 등장한 가족의 여인들은 몸
을 팔기 위해 거리로 나서고 폐병을 얻으며, 아이들은 고아원으로
흩어진다. 화자는 흥분을 자제하면서 담담한 어조로 실상을 표현하
였지만 모두 부정적인 현실이다. 자신들의 희생이 궁극적으로 무의
미할 수도 있다는 암시적 비판인 것이다.
　전쟁 비판시는 활발히 창작되었으나 한국전쟁 자체에 대한 문제의
식은 전후에 나온 장윤우의 「전쟁」에 버금가는 작품을 찾기란 힘들
것이다. 이는 전란의 소용돌이 속에서 객관적이고 총체적인 역사의
식을 갖추는 것이 얼마나 힘들었는지 짐작게 하는 사례이다.

---

160) 장호강, 『호강전진시선』 아성출판사, 1969.

내가, 형제가, / 말려들지 않을 수 없었던 전장 / 깡통과 껌으로 찢
겨버렸다 / 그래도 이 땅엔 평화가 온 것이다 // (중략) // 번들번들한
포신 위 / 한 마리 피로한 나비여 / 전쟁은 정말 끝난 것인가

- 장윤우의「전쟁」일부161) -

위 시를 살펴볼 때 문단의 노선이 깊이 관여하고 있다기보다는
개인적 의도에 따라 개성 있고 주제에 부합되는 표현이 주를 이루었
음을 알 수 있다. 또한 전쟁을 비판적으로 대처하는 자세의 하나로
서 새로운 기법을 모색함으로써 전쟁시의 깊이를 더해 가려는 노력
이 전후 모더니즘 시의 전개와 맥이 닿아 있다.

(2) 북한의 전쟁 비판시

북한의 전쟁 비판시에서도 남한 비판시의 특징적 양상 중 일부의
면모를 지닌 작품들을 찾을 수 있다. 구체적으로는 전쟁을 겪으며
실존주의적 고민을 토로하는 휴머니즘적 태도가 부분적으로 구현된
작품과 전쟁 수행의 주체였던 당의 노선을 비판하거나 적극적으로
찬동하지 않음을 표현한 작품 등이 있다.

임화의「너 어느 곳에 있느냐」와 정문향의「병사의 어머니」등은
가족사적 비극에도 불구하고 승전을 확신하거나 수령에 대한 변함없
는 충성을 다짐하는 내용이다. 혈육의 비극에 대한 안타까움을 토로
하는 부분은 북한 문단이 지향하는 대중적 영웅주의로서 비극적 회
한에 그치는 감상적인 면이 상당 부분 그대로 표출되었다.「너 어느

---

161) 한국문인협회,『조국이여 강산이여』월간문학사, 1976, p.102.

곳에 있느냐」는 전쟁 통에 딸을 잃은 아버지의 애끓는 심정이 그대로 드러나면서 남한의 구경서의 「여로의 운명」과 기본적인 정서와 어투가 유사하다. 형식적인 면에서 화자와 청자가 특정인으로 한정되어 당시 정황을 제시하는 데 강점이 있다.

아직도 / 이마를 가려 / 귀밑머리를 땋기 / 수집어 얼굴을 붉히던 / 너는 지금 이 / 바람 찬 눈보라 속에 / 무엇을 생각하여 / 어느 곳에 있느냐 / (중략) / 사랑하는 나의 아이야 // 한 밤중 어느 / 먼 하늘에 바람이 울어 / 새도록 잦지 않거든 / 머리가 절반 흰 아버지와 / 가슴이 종이처럼 얇아 / 항상 마음 아프던 / 너의 엄마와 / 어린 동생이 / 너를 생각하여 / 잠 못 이루는 줄 알어라

                - 임화 「너 어느 곳에 있느냐」 일부[162] -

참혹한 / 북만의 광야 / 날카로운 시베리아 바람을 등에 지니고 / 검은 밀림 속을 헤치는 / 조각달에 몸을 기대여 / 우리네 가족은 남쪽으로 오다 / (중략) / 순이야 어서가자 / 또 가야만 산다 / 무서운 호랑이가 뒤를 쫓아온다 / 어머니 / 우리는 이렇게 자꾸 가야만 사나 / 그렇다 우리는 가야만 산다 // 우리네 가족은 정처없이 / 남쪽으로 가면 / 누가 우리의 불쌍한 모습을 …… / 순이야 / 하지만 어서가자 어서 또 가자고나 / 파아란 등이 빤짝이는 항구가로 가자

                - 구경서의 「여로의 운명」 일부[163] -

임화의 「기지로 도라가거던」(≪로동신문≫ 1952. 2. 7.)은 북한 정

---

162) 임화, 『너 어느 곳에 있느냐』 문화전선사, 1951.
163) 구경서, 『爆音』 삼익출판사 12, 1951.

부의 노선을 비판하는 것이므로 전쟁 비판시의 성격이 짙은 작품이다. 이 작품의 화자는 지리산에 고립되어 싸우고 있는 인민유격대원이고, 청자는 지원을 마치고 북한의 기지로 귀환하는 인민군 공군기의 조종사다. 조종사를 향한 목소리에 북한 정부에 대한 남로당계 시인 임화의 비판이 엿보인다.

> 밤 하늘에 비껴오는 피비린내 베인 내음새 / 아 또 원쑤가 기어드는 것이며 / 어느 형제가 다시금 목숨을 버리는 것이냐 // (중략) // 김지회 홍순석 사령의 위훈 / 리현상 부대장의 용맹이 / 우뢰처럼 떨치는 백절불구한 / 지리산 전구의 이름으로 // 그리고 남조선 방방곡곡에 / 깨알로 흐터져 / 원쑤에게 죽엄과 공포를 주는 / 인민 복수자들의 무수한 소조의 이름으로 // (중략) // 품 속에는 비록 / 공민증을 지니지 아니했으나 / 조국의 태양과 별들이 머리우에 둥그러한 우리는 자랑스런 공화국의 공민
>
> — 임화의 「기지로 도라가거던」 일부 —

패배주의적이라 하여 영웅적 죽음 외에는 인민군병사의 피해를 언급하지 못하던 시기에 "어느 형제가 다시금 목숨을 버리는 것이야"라는 표현은 인민유격대의 현재 상황과 앞으로도 이어질 비극을 전제한 것임을 충분히 짐작할 수 있다. 당시는 휴전협상이 진행 중인 시기였는데 전쟁포로에 대한 처리문제가 특별히 부각된 상황이었다. 전쟁 전부터 남한에서 활동했던 빨치산의 경우 정규군으로서 북한으로의 귀환이 보장되지도 않았고 포로로 처리되지도 않았다. 이를 의식했는지 시인은 "품 속에는 비록 / 공민증을 지니지 아니했으나 / 조국의 태양과 별들이 머리우에 둥그러한 우리는 자랑스런 공화국의 공

민 // 몸에는 비록 군복을 입지 아니했으나 / 손에 무기를 잡은 한 / 우리는 영예로운 인민의 군대 / (중략) / 전하라 용맹스런 하늘의 전우들아"라고 외치는 것이다.

표면적으로는 남한에서 고립된 유격대가 여러 가지 악조건 속에서도 김일성 수령의 뜻을 충성스럽게 따르겠다는 다짐을 고백하고 있으나 그 이면에는 북한 당국의 정책에 대한 아쉬움이 깔려 있는 작품이다.[164]

3. 결 론

한국전쟁기의 전쟁시를 전쟁수행에 참여하는 내용인지 여부에 따라 전쟁 참여시와 전쟁 비판시로 나누어 살펴보았다. 전쟁시는 반전 문학과 휴머니즘을 옹호하는 문학 그리고 선전 선동의 동원문학과 기록문학까지 포함하는 넓은 개념의 전쟁문학이다.

전쟁 참여시는 전쟁시의 주도적인 성향으로서 상대방에 대한 궁극적인 극복을 추구한다. 남한에서는 이데올로기적 우월함과 북한의 침략으로부터 자유와 평화를 수호해야 한다는 사명감과 정당성을 말하는 경우가 많았다. 북한에서는 조국해방전쟁의 정당함과 점차적으로 수령 중심의 단결의식을 강조하고 인민군 병사의 공훈을 나타낸다. 하지만 남한의 경우 작품의 목적성이 미학적 결함을 낳았고, 북한의 경우에는 창작의 도식성 극복을 지적할 수 있다.

---

164) 임화는 '미제의 간첩'이라는 죄목 외에 그의 창작에 대한 비판으로 비극적 운명을 암시하다가, 1952년 후반기부터 추진된 남로당계 수청작업에 따라 사형당한다.

전쟁 비판시는 전쟁의 여러 정황을 비판적으로 체험한, 실존적 휴머니즘을 노래하였다. 남한의 시에서는 민족 내부의 근본적 갈등과 모순을 지적한 작품이 얼마나 되며, 그 범주를 늘려 억지로 끼워 맞춘 작품을 어떻게 처리해야 할 것인가의 연구가 더욱이 필요하다는 과제를 남기고 있다. 북한 시의 경우 개개인의 삶과 사상과 정서 및 정신사적 변모를 추적한다는 것은 거의 힘들었다. 더욱이 인위적인 것이 대부분임을 감안하여 문학예술의 자유와 다양성을 확보하는 것이 필요할 것이다. 남·북한 비판시에서 공통적으로 나타나는 양상으로는 이념적 대립이 극에 달했던 전쟁에서도 민족이 하나 되어 평화를 누리고, 자주적인 독립을 이루며, 동포를 용서하는 자세가 보인다.

또한 남·북에 있어서 대체로 반국적인 시각에서 전국적인 사건을 바라본 편향된 입장이 분단의 모순을 올바로 파악하지 못하고 민족의 역사적 전망을 흐리게 한 결과를 초래하였다.

전쟁문학과 관련하여 북한의 사례가 주는 교훈으로 두 가지를 생각할 수 있다. 먼저 전쟁수행에 기여하는 작품은 그 내용이 미학적 측면보다 중시된다는 점이 하나이고 다른 하나는 아무리 의미 있는 내용을 담고자 했더라도 도식적 창작의 결과는 독자의 매력을 잃게 한다는 것이다. 이를 극복하기 위하여서는 전통적 형식을 현대적으로 계승하거나 작품에 담긴 전쟁 현실이 문학의 발전을 위한 독특한 경험으로 활용될 수 있도록 하는 작가의 노력이 절실하다.

전쟁문학을 통하여 전쟁 특유의 상황에서 참되고 의미 있는 인간의 모습을 구현하는 것은 작가의 몫이고 전쟁 속의 인간이 보이는 여러 양태들 속에서 유의미한 내용을 뽑아내는 것은 독자의 몫이다.

자료상의 한계에도 불구하고 남·북한 전쟁시에 나타난 공통점과 차이점을 살펴본 것은 장차 전개될 통일 문학사는 어느 한편의 여러 가지 기준에 따라 다른 한편을 문학 밖으로 추방하는 태도를 취하기보다는 분단문학 자체를 역사적 현실로 인정하고 그 문학사적 성격을 자리매김해야 할 것이기 때문이다.

마지막으로 통일시 문학사의 구성에 있어서 카프계의 진보적 문인들과 남·북한의 서정시적 측면(남·북 전쟁시 포함)을 통하여 한국 통일시문학사의 가능성을 모색하는 것은 글 쓰는 사람들의 과제이자 의무가 될 것이다.

Ⅷ. 강우식의 시세계

● 목 차 ●

1. 서 론
2. 원시적 충동과 에로티시즘
3. 흙과 꽃의 이미지
4. 물과 눈의 이미지
5. 산山과 물木의 이미지
6. 결 론

1. 서 론

에로티시즘[165]은 삶과 죽음을 대하는 인간의 태도 속에 내재된 근원적 정신이다. 성性[166] 자체가 종교적이고 철학적인 성격을 강하게

---

165) 에로티시즘의 사전적 의미는 "남녀 간의 사랑이나 관능적 사랑의 이미지를 의식적, 무의식적으로 암시하는 경향"이다. 이 용어는 그리스 신화에서 사랑의 신 에로스에서 유래된 말이다. 역사적으로 신화, 종교, 관습에 근원을 두고 있으며 주로 문학, 미술로 표현된다.
166) '강우식은 성을 파괴하는가, 혹은 그것을 비호하는가, 그러한 질문은

지니고 있으면서도 그동안 그에 대한 지나친 편견과 다른 한편으로는 천한 것들의 외설이라는 공공연한 비밀로 인해 에로티시즘은 문학 연구에서 논외로 취급당하거나 논의의 중심부로 승격하지는 못한 것이 사실이다. 그러나 1960년대에 등단한 대표적인 시인 강우식은 이러한 문제의식에서부터 출발하여 성적 상상력을 통하여 성이 인간의 보편적으로 인간 속에 내재된 원초적 본연의 속성을 자연현상을 통하여 발견하고 시로 형상화되어 나타나고 있는지 살펴보고자 한다.

이 논고에서는 강우식 시인의 성性을 중심으로 『사행시초』(1974)와 『꽃을 꺾기 시작하면서』(1979), 『고려의 눈보라』(1977)와 『물의 혼』(1986)과 『설연집』(1988) 그리고 『어머니의 물감상자』(1995)를 텍스트를 중심으로 분석해 보려 한다.

2. 원시적 충동과 에로티시즘

지구상에 존재하는 문학작품 중에서 가장 공통적인 주제는 사랑일 것이다. 현대사회가 고도로 물질문명화되면서 인간의 육체도 물질화

의문임에 틀림없다. 그는 성의 신비를 통하여 인간의 근원적인 존재 규범을 진단하려 하기 때문이다.'로 시작하는 안수환의 평문 「성性과 시詩」은 나름의 논조로 단단히 무장해 있다. 그러나 결론이 뻔히 보여 아쉽다. '그는 성의 아름다움을 우주의 비밀을 캐듯이 탐구하는 관찰자'라면서, '한 유기체로서의 범상한 생명이 비로소 관념의 문턱을 넘어 하나의 완전한 자기 얼굴, 곧 존재·실체와 접촉하기에 이른다.'고 덧붙인다. 끝으로, '신성한 자연에 활력을 심는 시인'으로 평가하고 있다. 안수환, ≪조선문학≫, 「성性과 시詩 − 강우식론」, 1993. 09. p.34.

되고 감각화되어 가고 있지만, 사랑은 인간 이외의 다른 동물이나 식물에도 존재하는 것임은 우리의 내면은 알고 있다. 그중에서도 인간의 사랑은 어떤 존재의 사랑보다도 육체적이면서 정신적이고 그 사이의 진폭 또한 가장 크다고 생각된다. 문학작품 안에 존재하는 사랑은 인간의 육체와 정신이 만나서 이루어 내는 총화로서의 사랑이다. 그런 점에서 우리가 일반적으로 가지고 있는 "육체보다 정신이 고귀한 것"이라는 말을 다시 한번 곱씹어 보아야 할 시기가 온 것이다. 강우식 문학의 본질이 '사랑'이라는 주제와 밀접하게 연관되어 있다. 원시적 충동이 인간의 육체성을 강조한 것이고, 에로티시즘이 상대적으로 인간의 정신적인 면을 강조한 것이라 할 수 있다. 강우식의 초기 시에는 원시적 충동에, 후기 시에는 에로티시즘에 기울어져 있다.

구체적으로 말하면, 강우식의 시는 그의 다섯 번째 시집인 『설연집』(1988)을 기점으로 보다 에로티시즘적 성격이 강화되면서 초기 시의 강렬한 원시적 충동이 차츰 추억과 그리움으로 내면화되고 있는 것이다.

강우식의 시집을 나열해 보면 첫 번째와 두 번째 시집인 『사행시초』(1974)와 『고려의 눈보라』(1977)는 강우식의 초기 시에 나타나 있는 원시적 충동을 전통적 시형과 민중적 정서를 바탕으로 고전주의적 절제와 균형 속에서 풀어내던 시기에 쓰인 것들이고, 세 번째와 네 번째 시집인 『꽃을 꺾기 시작하면서』(1979)와 『물의 혼』(1986)은 강우식이 그의 시에 에로티시즘을 노골적으로 보여주던 시기에 쓰인 것들이다.[167)]

강우식을 '우리나라 섹스 시의 선구자'로 불리게 한 것도 이들 두 시집의 공과가 크다. 하지만 강우식 시인의 시가 포르노를 지향한다고만 보기에는 무리가 있어 보인다.[168] 그것은 그의 시가 섹스 자체에 목적으로 두고 있지 않다는 것을 의미한다. 그의 시는 특유의 원시적 충동을 통해서 전통적 권위의식 속에 숨어 있는 인간의 허위의식을 능청스럽게 에둘러서 우리에게 보여준다. 이런 양상은 시집 『어머니의 물감상자』(1995)의 제3부에 불교적인 소재로 쓰인 「불시잡변」의 시들에서 보다 잘 드러나 있다.

    에이끼!
    이 스님들 사랑을 하시려거든
    까놓고 하시지들 않고
    죽어서 이 무슨 흉물스럽소.

                              -「경국사 철쭉」의 일부

  종교라는 정신적 삶의 형식태 밑에는 세속의 욕망이 단지 은폐되어 있을 뿐이라는 인식이다. 그것은 우리 모두에게 소속되어 있기 때문에 '까놓고' 하라는 권유를 한다. 사회적 인식은 스님들의 '까놓

---

167) 강우식의 특별한 개성이 시대정신을 구현하는 데 얼마나 정직하고 진실하며 치열한지를 편견 없이 받아들이고, 또한 인간 삶의 보편적 양상을 얼마나 진솔하게 반영하는가란 화두를 던지고 있다. 윤재웅, 「자유와 생명의 근원을 묻는 순간의 형식」, ≪조선문학≫, 1993. 09. p.41.
168) 필자는 비록 1980~1990년대의 시들 속에서 유행처럼 떠돌던 병든 비속어와 성의 상업화에 있어서 선구자적인 역할을 했을지는 몰라도 이 시기의 성은 에로티시즘이 아니라 포르노그래피로서 비생명적이기 때문이다. 그러하기에 이 시집 자체에서는 그것들은 건강한 생명력을 가지고 생활 속에서 뿜어져 나오는 것으로 본다.

는 행위'를 불허할지라도, 시인의 상상력은 수용의 폭을 지니고 있기 때문이다. 또 절을 짓는 행위는 선적 행위라기보다는 '집을 갖기' 위한 전초작업이라는 자세 속에, 참된 수양이 아닌 사이비 수양임을 질타한다.[169]

즉 강우식의 원시적 충동은 본질적으로 사회적 허위의식의 폭로와 맞물려 있다. 그런 점에서 위선이라는 사회적 관습을 넘어서기 위한, 에로티시즘을 통한 정직성 추구는 오히려 그의 시의 중요한 미덕으로 보인다.

이 시기에 강우식의 '섹스 시'의 비판에 대한 안티테제적인 성격도 없지 않지만, 그의 '섹스 시' 자체가 그 이면에 현대사회가 숨기고 있는 허위성에 대한 비판의식을 내포하고 있었다는 점을 보여주는 것이다. 이런 관점에서 보면, 그의 초기 시가 주로 원시적 충동을 바탕으로 한 비판의식의 산물이었다면, 「불시잡변」의 시들은 단지 그 소재를 불교적인 것으로 바꾸었을 뿐이다.[170]

태양에 그을린 살갗이 하루나 이틀쯤 쓰려오는
팔월이면

별이 박히듯 떠오르는 여자들이 있어
아파라.
살뭉치로 와서 살뭉치로 와서

---

169) 진순애, 「물질적 상상력과 불꽃의 미학」 – 강우식론, 『문학아카데미』, 1995. 09. p.257.
170) 박남희, 『리토피아』, 「꽃과 섬과 별을 쏟아내는 물감 상자」, 2004, 여름호. p.39.

타는 사랑은
물집마다 올리브 향유나 바르며 온 밤을 뒤척이게 하고

아내 몰래
그 옛날 여자들의 이름을
죄처럼 쓰고, 때로는
그리움으로 아픔으로 지우나니

팔월이면 어이하여
살이든지, 마음이든지 이리 불타고
살아 있다는 것이

가만히 가만히 그 이름 새겨보듯
행복하기만 하랴

                                    -「타는 사랑」

　이 시는 강우식의 일곱 번째 시집 『바보산수』(1999)에 실려 있다.
그의 초기 시의 원시적 충동이 어떻게 변모되어 나타나고 있는지를
우리에게 보여준다. 물론 이 시기의 시들에도 종종 육체적 사랑 이
야기도 등장하지만, 자세히 보면 그 사랑은 시간적으로는 과거의 사
랑이고, 이미 그리움이나 아픔으로 내면화되고 정서화된 사랑이다.
강우식은 8월의 바닷가에서 태양에 그을린 살갗의 쓰라림을 경험하
면서, 젊은 시절의 뜨겁던 사랑을 떠올리고 있다. 어느덧 인생의 황
혼을 바라보고 있는 지금도 그의 마음은 여전히 8월의 태양처럼 뜨

겁지만, 젊은 시절 자신의 추억 속에 새겨져 있는 이름들을 떠올리는 것이 마냥 행복하지만은 않다는 것을 깨닫는다. 강우식은 과거의 추억을 떠올리며 "아내 몰래 / 그 옛날 여자들의 이름을 / 죄처럼 쓰고, 때로는 / 그리움으로 아픔으로 지우"고 있는 것이다. 이 시를 대충 보면 시인이 자신의 여성편력을 죄의식과 연결시키고 있는 듯하지만, 이러한 경험은 아름답고 즐거운 일로 반추해 본다면 시인의 여성편력이 결코 '죄의식'의 차원에 머물러 있지 않다는 것을 알 수 있다.[171]

즉 강우식에게 있어서 그때의 일들은 아름답고 즐거운 일이며 그립고, 때로는 가슴이 아려오는 추억인 것이다. 그의 일곱 번째 시집의 후편으로 읽히는 여덟 번째 시집 『바보 산수 가을 봄』(2004) 소재의 시에서 "마흔의 이 봄날에도 / 나는 어쩐 일인지 / 사춘기 때 그 홍역 못 넘겨서는 / 가슴에, 가슴에는 / 그리움 같은 것들이 / 무시로 꼭 떠오르고 // 그것들을 / 너무나도 못 잊어하다 보면 / 끝내는 / 지금도 가물가물거리는구나."(「아지랑이」)라고 고백하고 있는 것도 같은 맥락으로 이해될 수 있다.

강우식의 『바보 산수』를 보면 성에 대하여 퍽 개방적인 태도를 취하고 있음을 알 수 있다. 가령 시 「인도 소나기」에서 시인은 "도마뱀이 벽을 기어 다니는 방에서 그나마 불을 끄니 검은 피부의 인도 계집은 그대로 어둠이 되어 녹아 버리고 목소리만 살아서 지그지그 퍽퍽, 지그지그 퍽퍽, 무슨 소린지 모르지만 나도 따라 지그지그 퍽퍽 하며 놀았다."고 사뭇 능청스럽게 말하고 있다.

---

171) 정신재, 『성과 광기의 담론』, 조선문학사.

이는 인도의 창녀를 찾아갔다 돌아오는 길에 만난 소나기를 구원과 정화의 이미지로 表現하고 있다. 화자에게 성은 이미 구차한 것도 창피해 할 것도 피해야 할 것도 숨겨야 할 것도 아니고, 도리어 그 이후에 오는 어떤 희열과 영혼의 표백을 위한 수양 방식과 다를 바 없다. 또 「창녀의 저금통」을 보면 섹스를 통하여 세상의 비루한 것들을 끌어안고 가슴 아파하며 세속의 오욕을 넘어서려는 의도가 보인다. 이것은 섹스와 성을 이미 구도의 한 단계쯤으로 객관적화하여 관조할 수 있는 위치에 있다는 것을 의미한다.

3. 땅과 꽃의 이미지

시집 『사행시초』는 발간 이후 사행시란 형식 면에서나, 금기시되어 오던 성을 거침없이 진솔하게 드러낸 내용 면에서나 모두 신선한 충격을 주며 긍정적인 평가를 받았다고 한다. 시집 『사행시초』는 두꺼운 갈색 표지에, 서문은 서정주, 발문은 박재삼이 썼고, 74쪽으로 132편의 연작 사행시가 물의 질료도 있지만, 주로 흙의 질료에 존재의 근원을 두고 형상화되어 있다. 등단 초부터 당시 은사이던 미당의 권유로, 말 그대로 넉 줄짜리 시인 사행시를 시도했다고 한다. 이는 나름대로 우리 시가의 모체일 뿐만 아니라 세계적 초기 시가의 모형으로서의 사행시의 학문적 근거를 가지고 사행시초를 고찰할 만큼 그 체득이 남달랐다고 여겨진다.

1930년대 김영랑의 사행시가 루비나 수정 같은 그 영롱한 투명성 속의 그리운 음악의 보석들이었던 것, 여성적인 섬세한 가락을 가지고 우리의 눈과 귀를 맑게 순화시켜 주는 서정시였다면, 1970년대 강우식의 사행시는 남성적인 투박함을 가지고, 일테면 옥과 같은 훨씬 더 차진 한으로 응결되어, 노리는 진입로는 바로 독자의 골수이려고 하고 있는 것을 보는 것은 재미가 있다. 미당은 시집 『사행시초』 서문에서 다음과 같이 말하고 있다.

  "김영랑의 4행시들이 루비나 수정 같은 그 영롱한 투명성 속의 그리운 음악의 보석들이었던 것과 대조해서, 강우식의 그것들은 일테면 옥과 같은 훨씬 더차진 걸로 응결되어, 노리는 진입로는 또 독자의 시청각이 오히려 바로 독자의 골수이려고 하고 있는 것을 보는 것은 재미가 있다. 또한 시인의 4행시는 정형시로서의 구속이 전혀 느껴지지 않는다. 단지 넉 줄의 시 속에 시인의 온 갖 분방한 감정과 정신과 생활을 자유롭게 묶어 둔다. 4행 속에 생각이 끊어지거나 갇히는 것이 아니라 숨을 쉬는 한 매듭으로 오히려 전체 132편의 시을 하나로 확장시키는 긴 호흡을 준다."

미당은 강우식의 사행시를 정형시로서의 구속이 전혀 느껴지지 않는다고 하였으나, 이 말을 전적으로 의지하기에는 어딘지 모르게 불만스러운 느낌이다. 강우식은 특이하게 사행시라는 반정형에 착안한 것으로 보인다. 언어에 대한 혹은 율조에 대한 '허무한 구속'이나 '맹랑한 자유'에서 다 같이 벗어나기 위하여 그는 사행시라는 반정형의 중간지대를 택한 것이 아닌가 여겨진다.

  또한 강우식의 시들이 성[性]이라는 소재를 즐겨 다루고 있으면서도 쉽게 비속함에 떨어지지 않고 있는 것은 그의 시를 관통하고 있는

'사랑'이라는 주제가 단지 직설적 진술에 머물러 있지 않고 구체적인 사물을 통하여 이미지화되어 있기 때문이다.

첫 시집 『사행시초』는 영랑이 추구하던 리듬과 연장선을 그을 수 있으나, 김영랑이 동시적이고 전통적인 리듬이라면 강우식은 한 걸음 더 나아가 의미와 결합하는 현대적인 리듬을 구축했다 할 수 있다. 뿐만 아니라 『사행시초』에 흥건하게 깔려 있는 육정의 세계는 미당의 원시적이면서도 사춘기적인 육욕과는 또 다른 색깔의 것으로 굳이 가름하자면 삶과 꿈, 사람과 역사와 현실이 범벅이 된 살아 있는 육정의 세계라 할 수 있다.

즉 『사행시초』가 성장 과정에서 생긴 체험을 바탕으로 하여 이 땅의 정한을 읊고 있음을 들여다본다.

> 계집년들의 뱃때기라도 올라타듯
> 달이 뜬다. 젖물같이 젖어 오는
> 저 빛살들은 내 어머님의 사랑방 같은 데서
> 얼마나 묵었다 시방 오는가.
>
> — 「넷」

> 밤마다 배꼽 위에 쑥 한점 떼어 놓고
> 오뉴월 땡볕 같은 젊음을 뜸 들였거늘
> 꽃 피는 것 다 큰물 맞듯이 겪고나면
> 넋이야 괴로울 거 하나 없는 황토(黃土)되겠네
>
> — 「여섯」

> 미친년들의 엉덩짝만큼이나 흔들리는

꽃나무 가지마다 바람이 불어오면은
열댓살씩되는 처녀애들
속가랑이 벌리듯 꽃이 피네
                                        ―「열둘」

느릅나무 향나무 이깔나무들
계집같이 안 잊히는 때는 어느 때인가.
백일홍 복숭아 꽃숭어리들
가슴결에 피어나는 때는 어느 때인가
                                        ―「스물 아홉」

　우선 첫 번째 인용 시 「넷」은 누구나의 달이지만 누군가의 달로
서, 자연현상과 인간의 관계가 독립되어 아무렇지도 않은 성적 정황
으로 스쳐 가는 것이 아니라, 달빛의 여성성에 대한 에로티시즘적
확대를 볼 수 있다.
　「여섯」을 보면, 시인은 젊은 시절의 사랑을 쑥뜸 뜨는 일에 비유
하다가, 사랑을 대지 위에서 꽃이 피는 일로 비유하고 있다. 그렇기
때문에 꽃 피는 일은 '황토'에게는 괴로울 것 하나 없는 일일 수밖
에 없는 것이다. 「열둘」을 보면, 속가랑이를 벌리듯 꽃이 핀다고 하
여 꽃 피는 행위를 인간의 성과 연관시키고 있다. 하지만 쉽게 통속
에 떨어지지 않는 것은 본질적으로 시인이 인간과 자연을 하나로 보
는 유기론적 세계관을 가지고 있기 때문이다.
　또한 「스물 아홉」에서 느릅나무나 향나무나 이깔나무를 '계집'과
연관시키고 있는 것이나, 사랑을 백일홍이나 봉숭아 꽃숭어리들로 표
현하고 있는 것도 모두 같은 맥락에서 읽힌다. 이처럼 강우식의 초기

시는 흙과 나무를 중심으로 한 생명력이 사랑의 표상인 '꽃'과 어우러져 표출해 내는, 뜨거운 육성을 우리에게 생생하게 들려주고 있다.

『사행시초』에 이어 땅의 이미지가 집중적으로 나타나 있는 시집은, 세 번째 시집인 『꽃을 꺾기 시작하면서』[172]이다. 이 시집은 4행시의 형태를 띤 95편의 시가 모두 섹스와 관련되어 있고, 인간의 성(性)은 주로 식물의 이미지인 꽃과 연관되어 나타난다. 또한 언어의 권위, 시의 권위에 대한 새로운 도전을 내포하고 있으며, 도전의 정신적 배후에는 물론 음험한 치기가 아닌 원초적 생명과 자유를 향한 갈망이 스며 있다.

> 알몸을 감춰 주는 초록의 그늘.
> 젖을 빨 듯 마시는 바람.
> 그녀의 블라우스를 벗기다 떨어진
> 단추알들도 자연인 듯 싶구나.
>
> —「감꽃」

> 내 아내 열 일곱으로 부끄러워하며
> 다른 사내에게 젖꼭지를 빨리고 있다.
> 어디선가 두 년놈의 일처럼 부흥, 부우흐흥.
> 봄날이면 괴로와 괴로와.
>
> —「앵두」

---

172) 백승철은 『꽃을 꺾기 시작하면서』를 해설하면서 강우식의 시가 "꽃이나 나무, 또는 풀잎을 통하여 인간의 성을 승화시키고 더 나아가 그것들이 공통적으로 지닌 원시적인 생명을 노래함으로써 영원성에 근접하려 한다."고 평하고 있다. 백승철, 「강우식의 시세계—반고양주의의 뚝심」, 「강우식—꽃을 꺾기 시작하면서」, 『문학예술사』, 1979. p.11.

바지 주머니 뚫어진 속 깊이 손을 넣어
그 여자 몰래 내 물건을 잡았소.
그리고 그 여자가 쥔 한 묶음의 찔레꽃에
찔리고 싶다고 생각했소.
                                            ―「찔레꽃」

등을 씻다가 무심결인 듯 아내는
내 불알을 만진다.
손아귀에 쥔 거귤만하여 무슨 향기라도 나는 건가.
인제는 이러한 일도 무심하구나.
                                            ―「귤」

빨치산에 겁탈당한 열아홉 내 누이다.
알몸되어 소름돋친 살갗을 떨다
모래벌에 혀를 박은 내 누이다
원통하게 핏빛으로 까헤쳐진 밑구멍이다.
                                            ―「해당화」

　위의 인용 시들은 공통적으로 인간의 성을 꽃나무와 연관시키고
있으면서도 그 내용은 조금씩 다르다. 위의 모든 시는 『꽃을 꺾기
시작하면서』에 수록되어 있다. 강우식은 시집 『꽃을 꺾기 시작하면
서』 서문에서 "꽃이라는 정적인 대상에 섹스를 주입"시켰다고 밝히
고 있듯이 그가 노래한 '꽃'은 에로티시즘을 표상하고 있다.173)

173) 또한 시인이 자신의 시에서 다룬 성이 "어떤 풍자성으로서의 성이 아
　　니라 인간 본능으로서 어쩔 수 없는 원초적 본능으로서 성의 미학을
　　다루어 보고자 했었다."고 말하고 있다. 서동인, 「한국현대시에 나타난

「감꽃」의 화자는 "젖을 **빨** 듯 마시는 바람"처럼 그 감꽃을 애무하고, 초록의 그늘에 매달린 유두 같은 감꽃을 감싸며 자연현상을 통해 발견한 인간적 본능을 읊조리고 있는데, 옷을 벗기려다 떨어지는 블라우스 단추가 감꽃으로 대치되어 있다.

「앵두」는 자신의 아내가 아직 자신에게 시집오기 전인 열일곱 살 때에 연애하며 다른 남자에게 젖꼭지를 **빨**리고 있는 것을 상상하면서 괴로워하고 있는 모습을 그리고 있다.

「찔레꽃」에는 시적 화자가 흠모하는 여자를 훔쳐보면서 여자가 알지 못하게 자신의 물건을 잡고 여자와 육체관계를 맺고 싶어 하는 푸른 갈망이 드러나 있다. 여자가 '내 물건' 잡을 때 한 묶음의 붉은 꽃에 찔리고 싶다는 건 가슴에 북소리가 내재될 때 비로소 하는 말이다.

「귤」은 「찔레꽃」과 같은 향내가 짙지 않게 은은하고, 화자도 좀 엉큼스럽다. 남정네 불알이 귤만 한 것이 탱탱해야 하는데, 이제는 이러한 일도 무심하다고 울리니 말이다.

「해당화」는 '빨치산에 겁탈당한 열아홉 내 누이의 원통하게 피빛으로 까헤쳐진 밑구멍'이라고 한 시인의 상상력은, '까헤쳐진 밑구멍'이라는 비속어가 지닌 웃음의 미학도 단지 웃음으로만 끝낼 수 없는 여운을 안고 있다. 이는 사회의 구조적 틀을 깨뜨리는 시인의 파격의 상상력이 일상어, 지방어, 비속어 등과 연결되어 있다는 것을 짐작할 수 있다.

웃음을 위한 뒤틀기와 언어의 파격적 장치가 주제의 비극성 속에 묻혀서 오히려 그 비극성을 짙게 한다. 해당화가 역사의 비극적 현

___

'생명성' 연구」, 성균관대대학원 박사, 2005. 08. p.140. 재인용.

장을 연상으로 치환하기 때문이다. 여전히 이념의 대립으로 분단된 우리의 비극적 현실에서, 어떤 이념도 인간의 생물학적인 존재성, 즉 성적 존재물이라는 생태를 거세할 수 없다는 원형인식을 만난다. 반대로 인간의 생물학적 위치는 그 어떤 사회적 조건도 초월하여 존재한다는 근원적 존재성에 대한 시인의 천착을 본다.[174]

성이라는 소재가 여러 가지 꽃 이미지와 겹쳐지면서 '괴로움', '원통함' 같은 시인의 내적 정서와 만나게 된다는 점에서 여타의 포르노 시와 구별된다.

4. 물과 눈의 이미지

강우식의 시에서 물의 이미지는 가장 핵심적인 이미지에 속한다. 그의 시에서 물은 '바다', '강', '비', '눈물', '피', '눈' 등 여러 가지 형태로 나타난다. 이 이미지는 그의 모든 시집에 골고루 나타나 있지만 특히, 『고려의 눈보라』, 『물의 혼』, 『설연집』 등에 많이 등장한다.

특히, 강우식의 두 번째 시집인 『고려의 눈보라』의 후반부에 실려 있는 「고려의 눈보라」 연작시에 집중적으로 등장하는 '눈'의 이미지의 비중을 간과해서는 안 된다.

  하늘에서 땅까지
  막막한 공간을 덮으며

---

174) 진순애, 앞의 책, p.261.

눈이 내린다.

잴 수 없는 거리의 폭이
이 나라의
역사를 보는 듯하다.

흙을 일구며 성(城)을 쌓으며
살다간 수천억의
영혼들…….

그들의 일생이
한점 눈송이로 응결되어
점점 이어진다.
얼었던 마음도
눈물로 풀릴 줄 밖에 모르던
이웃들의

분노도 절규도 없는
이 조용한
하강(下降).

지금 천지는
그저 오랜 잠.

역사도
잠 속에 빠져든 듯한
슬픔이

하늘에서 땅까지 내리는
눈발이 되어
내 가슴을 적신다.

　　　　　　　　　　　　－「강설降雪」

　눈이 내릴 때, 잠시 가던 길을 멈추고 한 송이 한 송이 떨어지는 눈꽃을 물끄러미 바라볼 때가 있다. 그렇게 막막한 공간을 가득 수놓고 있는 눈을, 강우식은 흙을 일구며 살다간 이름 없는 백성들의 영혼으로 본다. 이름도 없이 사라져 간 그들의 삶이 한 송이 눈으로 환생하여 다시 이 땅을 찾는 것처럼 느끼는 것이다. 분노할 줄도 절규할 줄도 모른 채 묵묵히 살다간 이 땅의 평범하고 힘없는 백성들의 눈물이 눈으로 화하여 조용히 내리는 모습을 상상하고 있다. 하지만 그들이 살다간 그때와 마찬가지로 천지는 여전히 오랜 잠 속에 있고, 그들의 영혼은 조용히 허공을 수놓으며 땅에 내려와 서서히 녹으며 사라진다. 소리 없이 내리는 눈은 이름도 없이 사라져 간 민초(民草)들의 모습과 겹쳐지면서 시인의 마음에 다가오고 있다. 하늘로부터 땅으로 점점 이어지는 눈의 '분노도 절규도 없는 / 이 조용한 / 하강'은 말 없는 웅변으로 시인의 마음을 울리는데 그것은 '얼었던 마음도 / 눈물로 풀릴 줄 밖에 모르던 / 이웃들의' 모습, 바로 그것으로 보였기 때문이다. 이 시에서 제목에 들어 있는 '고려'는 고유명사로 고착시킬 필요가 없다. 고구려로 바꾸어도 좋고, 조선으로 대치시켜 놓아도 그만이다. 이때의 '고려'는 그냥 과거일 뿐이다. 시인은 바로 앞에서 이야기했던 '얼었던 마음도 / 눈물로 풀릴 줄 밖에 모르던 / 이웃들의' 순박하며 정에 넘치는 마음을 무엇보다도 소중하게 바라보고 있었던 것이다. 그러한 마음들만이 이 땅에 진정으로 평화를 가져올 수 있을 것이라고 시인은 가슴을 적시면서 기대하고 있는 있다. 또한 이 시에서는 삶의 슬픔이랄까 잔잔한 허무감도 느낄 수 있다.175)

그런가 하면, 『설연집』에는 108편의 연작 4행시가 눈을 소재로 한 사랑의 주제를 형상화하고 있다. "사랑하는 사람아, 눈이 풋풋한 해질녘이면 / 마른 솔가지 한 단쯤 져다 놓고 / 그대 방 아궁이에 지피고 싶었다 / 저 소리없는 눈발들이 그칠 때까지……"(「세수」)라든가, "너에게로 갈 때 나는 그저 하이얗다 / 눈이라는 이름도 붙이고 싶지 않다 / 굳이 말하자면 내 심장에서만 새어나오는 입김 / 사랑은 상처이어도 끝내는 하얗게 아물어야만 한다"(「아흔네 수」)라는 구절 등에서 보는 바와 같이, 이 시집은 '눈'을 소재로 그냥 사랑얘기를 하고 있는 시집이다.

즉 『설연집』의 사랑은 땅이나 식물이 아닌 '눈'의 환상적 이미지에 기대어 성과 사랑의 행각을 보여준다. 성이 생물학적인 존재성이라면, 사랑은 성에서 출발한 형이상학적 인간의 존재태라고 하겠다. 불가분의 관계에 있는 이 둘은 형식적, 물질적 상상력의 관계처럼 산다는 행위의 구심에 해당한다. 그러므로 시인은 사랑의 주제를 삶의 번뇌로 보아 백팔번뇌(百八煩惱)의 백팔 항목에 연계시켜 그리고 있다. 성이라는 물질적 상상력을 통하여 사랑이라는 형식적 상상력의 상승을 만나는 것이다.176)

따라서 『설연집』에는 개인적 감정이나 단편적인 사유만 내포되어 있을 뿐 역사의식이나 민중의식과 같은 집단의식은 드러나 있지 않다.

---

175) 조남현, 『고려(高麗)의 눈보라』, 창작과비평사, 1977. p.126.
176) 진순애, 앞의 책, p.263.

『물의 혼』역시, 앞에서 살펴본 『꽃을 꺾기 시작하면서』와 쌍을 이루고 있는 소위 '섹스 시집'이다. 다만 이 시집은 '꽃' 대신 '물'을 소재로 하고 있다는 점이 다르다.

그러나 『꽃을 꺾기 시작하면서』와 마찬가지로 4행 연작시 형태를 가지고 있는 159편의 시로 이루어져 있다. 이들 시는 남녀 간의 사랑을 '파도'의 얽힘이나 물이 요동치는 행위 등으로 묘사하고 있다. 이 시집도 『설연집』과 마찬가지로 주로 남녀 간의 사랑이라는 주제에 초점이 맞추어져 있다는 점에서 주제의 진폭이 그리 넓지 않은 시집으로 간주된다.

하지만 『물의 혼』은 섹스를 물에 비유해서 이야기하다가 궁지에 몰린 것 같다.[177] 성은 인간끼리 접촉하여 일으키는 가장 뜨거운 폭탄이다. 이 폭탄이 터질 때 어느 만물도 느끼지 못하는 인간의 그 무한한 사랑과 희열과 침잠을 느끼지 못한다면, 그 스스로 인간됨을 포기한 자이다. 우리는 이 작열하는 폭탄으로써 우리 정신의 질병을 극복하고 또 생명의 신비한 탄생과 인간의 특권을 누려야 한다. 그러면 성의 폭탄의 구조는 반드시 시적인 구조를 가져야 한다. 시가 고도의 정제된 언어로 은유와 직유를 직조하여 어떤 틀에 집어넣듯이 성의 폭탄도 그렇게 되어야 한다.

또한 넓게 보면 인간의 사랑행위를 자연의 움직임의 연장선상에서 바라보고 있다는 점에서 시인의 범자연적 인간관이 감지된다.

---

177) '성의 폭탄'이란 다소 낯선 단어로 보이지만, 한마디로 성은 강우식에게 생의 모든 것이며, 강우식의 섹스관이다.

5. 산山과 물水의 이미지

강우식의 시들은 초기부터 후기에 이르기까지 '물'과 '대지'의 이미지가 길항하면서 궁극적으로는 이 두 가지가 합일을 이루는 방향으로 나아가고 있다. 이를 일별해서 살펴보면, 강우식의 시는 『사행시초』(대지) ─ 『고려의 눈보라』(대지 / 물) ─ 『꽃을 꺾기 시작하면서』(대지) ─ 『물의 혼』(물) ─ 『설연집』(물) ─ 『어머니의 물감상자』(대지) ─ 『바보 산수』(대지 / 물) ─ 『바보산수 가을 봄』(대지 / 물)의 흐름 위에 놓여 있다. 특히 '산수'라는 이름을 공통적으로 가지고 마지막 두 시집은 '대지'와 '물'의 이미지가 하나로 합일되어 '산수', 즉 '자연'을 이루고 있다는 점에서 주목된다.[178]

즉 이 시기에 오면 '물'은 객체로서의 '물'이 아니라 인간화된 물로 변형되거나, 우주적 상상력 속에서 커다란 우주로 확대된 인간의 모습 속의 물이고, '지구'나 '섬', '산' 등으로 나타나 있는 '대지' 이미지 역시 인간화되거나 우주화되어 있다는 점에서 종전의 시들과 구별된다. 시인의 이러한 관점의 변화는 본질적으로 자신이 세상을 관조적으로 바라보고 있는 것과 무관하지 않다.

꽃들에게 강원도 감자알만큼씩 한 불알 두 쪽을 흔들어 주며 십년 세월을 바람으로 살았다. 파도를 일으키기 위하여 좆물을 채우거나 빼듯이 했다. 익사하지 못한 빈 술병 하나로 바다에 내던져져 흐르며 춤추던 춤, 텅빈 가슴으로 바람소리나 흉내 내다 이 몸 물 되지 못하면 어차피 부서질 수밖에 없을 것이다.

---

178) 박남희, 앞의 책, p.42.

이 몸 깨뜨릴 바위는
무량수전無量壽殿 바다의 어디에 있는가.
　　　　　　　　　　　－「자화상」

　강우식은 '자화상'이라는 제목에서도 알 수 있듯이, 위 시를 통해
서 자신의 인생을 관조적으로 반추해 보고 있다. 시인은 자신의 인
생이 '꽃'들에게 불알 두 쪽 흔들어 주며 바람으로 산 세월이었으며,
파도를 일으키기 위해 좆물을 채우거나 빼던, 익사하지 못한 빈 술
병으로 산 세월이었음을 고백한다.[179]

　강우식은 자신이 '물'이 되지 못하면 언젠가는 '바위'에 부서질 것
이라는 것을 잘 알고 있다. 여기서의 바다에 내던져진 빈 술병은 그
의 다른 시에서 '섬'으로 변주된다. 시인은 자신이 고해에 떠다니는
외로운 섬임을 인식하고 '물', 즉 '자연'이 되지 않으면 안 된다는
새로운 인식에 이르는 것이다.

　섬인데도 바다는 보이지 않는다

　산 첩첩
　구름 위에 산은 서 있고
　파도처럼 기절하며
　비가 내린다.
　나는 한 달에 세 번 해를 봤다.
　어느새 구두 밑창이 되어버린
　얼굴.

---

179) 박남희, 위의 책, pp.46－47.

습기처럼
습기찬 팬티를 말리기에 바쁜 섬.

어떤 밤에는
여자보다 차라리 정이 그리워서
전기장판을 깐다.

전류는 해류처럼 출렁이고
나는 등이 따뜻해오는
섬이 된다.
                    － 「동안거시편冬安居詩篇－(1) 섬」

　시적 화자는 동안거를 위해 산속에 있다. 구름이 산봉우리를 감싸
고 있어서 봉우리가 마치 섬처럼 보인다. 그렇기 때문에 "섬인데도
바다는 보이지 않는" 것이다. 시적 화자는 첩첩산중에서 한 달에 겨
우 세 번 해를 보는, 습기에 둘러싸인 축축한 섬으로 자신을 인식하
고 있다. 이제 섬은 바다에도 있고 산에도 있다. 문득 돌이켜 보면
인간 자신이 섬이다.
　하지만, "인간은 어리석게도 / 섬이면서 / 섬을 그리워하며 산다."
(「섬 또는 그리움」) 강우식 역시 섬이 되어 이와 같은 어쩔 수 없는
그리움을 가지고 있다. 시인에게 있어서 그리움은 봄, 여름, 가을,
겨울이라는 순환적 시간의 흐름으로도 어쩔 수 없는 근원적인 그리
움이다.
　강우식의 두 권의 시집 『바보 산수』와 『바보 산수 가을 봄』이 각
각 여름과 겨울, 가을과 봄을 배경으로 하고 있으며, 이들 두 시집

의 계절이 한 쌍으로 연결되어 순환적 시간을 이루고 있다. 또한 이 두 시집의 도처에 특정 계절과는 상관없이 '그리움'의 정서가 골고루 나타나 있다는 점만 보아도 이를 잘 알 수 있다. 그것은 시인이 결국 "내 그대 그리움 속으로 기어들어가면 / 내 그리움 어느덧 잠자고 / 또 누가 있어 날 떠올리며 / 그리웁다 잠 못 이루리"(「윤회」)라고 하여 그리움을 윤회적 순환구조로 이해하고 있는 데서도 단적으로 드러난다.

강우식의 후기 시에서, 끝없는 그리움을 품고 살아가는 인간을 '섬'으로 형상화하고 있는데, 사실 '섬'이 존재할 수 있는 것은 바다가 있기 때문이다. 그의 시에서 '바다'는 인생의 바다, 즉 고해로서의 의미도 있으나 이 시기에 오면, 바다는 시인의 의식 속에 내면화된 바다로 나타나게 된다. 시인이 시 속에서 '섬'을 외로운 섬으로 그리고 있는 것도 그의 '바다'가 심리적으로 내면화된 바다라는 것을 말해준다. 아울러, 외로운 자신의 존재성을 확인한 섬에 있어서 더 이상 자연인 '꽃'은 여자에 귀결되지 않는다. 그리하여 초기 시에서는 대부분 '여자'를 '꽃'으로 인식했던 것이 이 시기에 오면 오히려 여자가 '꽃', 즉 '자연'으로 인식되기에 이른다. "저만치 / 얼굴 붉히고 선 여자도 / 더 꽃다히 타며 흔들리는 / 자연"(「오월미음」) 다시 말하면, 시인은 종전까지의 인간 중심의 세계관을 버리고 차츰 탈속을 위한 친자연적 세계관에 다가서게 되는 것이다. 『바보산수』라는 시집 제목만 보더라도 느낄 수 있듯이, 시인이 인간을 '어리석은 자연' 정도로 인식하고 있다는 것이 드러난다.[180]

---

180) 박남희, 위의 책, p.50.

마지막으로 우리가 간과해서는 안 될 것은 강우식의 후기 시에 유독 '하늘'이나 '별'과 같은 천상의 이미지가 자주 등장한다는 사실이다. 이러한 사실은 시인의 최근 시들이 한층 강화된 정신지향의 토대 위에 놓여 있다는 것과 무관하지 않다. 인간의 몸을 정신과 육체로 나눈다면, 초기 시의 '바다'와 '섬', '땅'과 '꽃'이 육체와 밀접한 연관을 갖고 있는 데 비해, 후기 시의 '하늘'과 '별'은 상대적으로 정신지향성이 강하게 드러나 있다. 시인은 『바보 산수 가을 봄』 소재의 첫 번째 시 「가을환상」에서 "내가 아는 어느 예술가의 / 생애보다 더욱 빛나는 이마를 가진 / 별을 나는 처음 보았다."고 말하고 있다. 시인은 이 시기에 비로소 새롭게 하늘의 별을 바라보고 천상과 지상을 하나로 이어가는 자연의 오묘한 진리를 새롭게 깨닫게 되는 것이다.

이상에서 살펴본 바와 같이, 강우식의 시를 지탱해 온 힘은 사랑이다. 그런데 이러한 사랑이 단편적인 것이 아니라 생래적이고 근원적인 뿌리에 닿아 있다는 느낌을 지울 수 없다. 이는 비극적 서정 속에서도 시인의 변함없는 시적 구심으로 유지된다. 그것은 바로 인간의 인간다움에 대한 지향점이기 때문이다. 이러한 생각을 구체화시켜 준 시는 「어머니의 물감상자」이다.

　　어머니는 시장에서 물감장사를 하고 있었습니다. 그러나 어머니는 물감장사를 한 것이 아닙니다. 세상의 온갖 색깔이 다 모여 있는 물감상자를 앞에 놓고 진달래꽃빛 필요한 사람들에게는 진달래꽃물을, 연초록 잎새들처럼 가슴에 싱그 러운 그리움을 담고 싶은 이들에게는 초록꽃물을, 시집갈 나이의 처녀들에게는족두리모양의 노란 국화꽃물

을 꿈을 꾸듯 나눠주듯이 물감봉지에 싸서 주었습니다. 눈빛처럼 흰
맑고 고운 마음씨도 곁들여 주었습니다. 어머니는 해종일물감장사를
하다 보면 콧물마저도 무지개빛이 되는 많은 날들을 세상에서 제일
예쁜 색동저고리 입히는 마음으로 나를 키우기 위해 물감 장사를 하
셨습니다. 이제 어머니는 이 지상에 아니 계십니다. 물감상자 속의 물
감들이 놓아주는 가장 아름다운 꽃길을 따라 저 세상으로 가셨습니다.
나에게는 물감상자 하나만 남겨두고 떠났습니다. 내가 어른이 되었을
때 어머니가 그러했듯이 아이들에게세상에서 가장 아름답고 고운 색
깔들만 가슴에 물들이라고 물감상자 하나만 남겨두고 떠났습니다.

-「어머니의 물감상자」

　싱거우면 시가 되지 않는다. 짭짤해야 한다. 사실, 어머니에 관한
시는 많지만, 심금을 울리는 시는 그리 많지 않다. 시의 어머니가
남의 어머니와 아주 다르거나, 너무 같기 때문이다.
　그러나 강우식의 사랑의 뿌리가 단지 그에게 한정된 것이 아니라,
심금을 적시는 어머니에게까지 거슬러 올라가고 있다는 것을 말하면
서, 추운 겨울 코끝이 빨갛도록 물감을 팔고 있는 어머니의 코 빛을
무지갯빛이라고 채색하여 시인의 아픔을 감추고 있다.
　화자는 시장에서 물감장사를 하시며 세상 사람들에게 '눈빛처럼
흰 맑고 고운 마음씨도 곁들여' 파셨던 어머니의 삶의 의미에 대해
생각하며 어머니를 그리워하고 있다. 비록, 어머니는 지금 계시지 않
지만 어머니가 자신에게 가르쳐 주신 삶의 교훈인 '물감상자'를 떠
올리며 화자는 앞으로 살아가야 할 삶의 모습에 대해 다짐하고 있
다. 그러고 보니 순수한 우리나라 말인 물감이란 단어가 참으로 알
맞은 문학적, 시적 위치에 놓여 있는 것은 생전 처음이다.

이 시를 좀 더 자세히 살펴보면, 사랑은 '꽃물'로 형상화되어 있다. '꽃물'은 수많은 색을 품고 있다는 점에서, 원시적 충동과 에로티시즘, 아가페 등 다양한 성격을 지니고 있는 '사랑'의 색깔에 비견된다. 시인은 그리움이나 사랑을 일회적인 것이 아니라 순환적인 것으로 인식하고 있는 것도, 이 시에 나타나 있는 사랑의 근원적 속성과 무관하지 않다.

어머니에 투영된 서정은 과거 회상이며, 그 과거의 반추 속에 미래를 내다본다. 어머니는 존재의 근원이며, 사회적 삶의 근원으로서 우리의 꿈은 어머니의 세계에서 키워져 오기 때문이다.

이런 관점에서 보면, 강우식의 가슴속에 면면히 흐르고 있는 '사랑'이나 '그리움'의 감정은 그의 어머니가 물려주고 가신 '물감상자' 속에서 나온 것들이다. 그런 의미에서 강우식의 전기 시에서 사랑의 표상으로 나타난 바 있는 '꽃'이나, 후기 시에서 외로운 실존의 모습으로 형상화되어 있는 '섬' 그리고 이상적 실존의 상징인 '별' 등도 근원적으로 어머니의 '물감상자'가 쏟아 낸 것들이라고 말할 수 있다.

따라서 '물감상자'가 시인에게 운명적으로 주어진 것이라면 우리는 그의 '섹스 시'는 저급한 것이고, 그의 후기 시는 보다 차원 높은 것이라고 함부로 단정 지을 수 없다. 왜냐하면 그의 모든 시들은 모두 어머니의 물감상자 속에서 '사랑'이라는 하나의 얼굴을 하고 상실의 세월을 살기 위하여 태어나고, 슬프고도 아름답게 살다가 떠나는 것인지도 모르기 때문이다.

6. 결 론

강우식의 결부된 시적 주체는 흙과 꽃의 냄새 곧 살의 냄새이며, 문둥이더라도 사람이기를 소원한 인간의 냄새인 것이다. 그 냄새 중에서도 시인의 애정은 이 땅의 가장 토속적인 여성에게 닿아 있다.

정적인 이미지의 꽃과 동적인 이미지의 성을 결합시켜, 집중적으로 '성'을 주제로 한 작품을 소재 면에서도 억척스럽게 색정적인 한 세계를 주시하고 있음을 알 수 있었다. 그리고 성을 소재로 한 작품은 시적 승화가 쉽지 않음에도 불구하고 이루어 낸 능력은 별도로 치더라도 시의 소재의 제한을 깰 수 있었음에 놀랐다. 이는 강우식의 시가 지탱해 온 힘의 원천이 사랑이었기 때문이다. 그런데 이러한 사랑이 단편적인 것이 아니라 생래적이고 근원적인 뿌리에 닿아 있다는 것은 잊어서는 안 될 것이다.

강우식은 성적 표현을 통해 현실적인 언어로 에로티즘 시학을 구축하고 있었으며, 그 속에 흐르는 주된 흐름은 자연과 인간의 양상을 동일한 관점에서 비유적으로 형상화되어 나타나고 있음을 확인하였다.

또한 성을 형이상학적 관념의 형태보다 삶의 현실로 구체화하였다. 아울러 강우식 시인을 한국근대문학에서 섹스 시의 계보에 자리매김해야 할 과제가 남아 있다.

Ⅸ. 강우식의 『별』

　강우식의 작품은 한 시기마다의 단절이 아니라 하나의 독립된 세계를 이루면서도 인생과 마찬가지로 끊이지 않는 숨결의 연장선상에 있었다는 일관성을 가지고 있다. 가령 『사행시초四行詩抄』(1974), 『꽃을 꺾기 시작하면서』(1979), 『설연집』(1988)에서 근 20년간 지속적으로 써 온 사행시는 그것이 갖는 의미를 떠나 그의 시적 고집과 열정의 가열함을 단적으로 보여준다. 이는 한결같이 하나의 대상에 대한 집념 어린 애정을 지속시켜 왔다.

　이번 시집 『별』(2008)도 마찬가지다. 일상의 여러 가지 모티브를 자연스럽게 자신이 말하고 싶은 주제와 연관시켜 인간이 늙어 간다는 것을 자연의 계산법으로 누구나 귀착되는 문제임을 부각시키고 있다. 그리하여 산다는 것, 노인이 되어 간다는 것은 자신보다 먼저 이승을 하직한 사람보다 조물주가 허락한 생명의 가치를 더 누리고 있음에 감사의 눈물을 흘리고 있다. 늙어서 손자의 재롱이나 지켜보면서 시간을 보내는 삶을 기록하기보다 노인들의 성(性)에 관한 문제와 누구에게나 다가오는, 그러하지만 고맙게도 늙어서의 죽음과 대면하는 방식 등의 범주에서 서민적 감수성을 통해 인생의 진정한 의미와 행복하게 늙어 가는 것, 더 나아가 세월이 가져다주는 미덕을 찾아내어 보여주려는 데까지 나아가고 있다. 즉 늙어 감을 성가신 것이 아니라 오히려 살맛나게 즐겁다는 말이다. 그러면서 후손에게 자연의 덕을 닦도록 이끌어 주는 노인의 지도를 낮은 자세로 행하고 있다.

강우식에게서 인간의 늙음의 기준은 어디서부터일까? 그는 늙음의 기준을 65세 정년 이후부터라고 정하고 있다. 이런 의미로 노년기 2년차 새내기로 본인이 써 왔던 '수형水兄'이라는 호를 '노평老平'으로, '노인일기'로 시작해 온 연작시를 '노인시기老人詩記'로 바꾸는 결단을 내렸다. 이는 이제 우리 시에서도 시기적으로 노인문제가 좀 더 일상적이고, 광범위하게 살펴볼 필요가 있다는 절실함이 가슴에 다가왔기 때문일 것이다. 그래서 『별』이라는 시집이 노인시에 대한 조그마한 초석이 됐으면 좋겠다는 결연한 의지이다. 또한 『별』은 노인이 그 주변에 벌어지고 있는 사적私的인 일들을 모았다는 점에서 우리 시사에 상당히 이례적인 시집이다. 그것도 한두 편이 아닌 66편이나 되는 연작을 만들어 냈다는 점만으로도 의미를 찾을 수 있다.

강우식은 '노인시기'를 두 가지로 말하고 있는데, 노인이 되어 시를 쓰는 것과 또 하나는 노인을 대상으로 하는 모든 것을 시로 만든다는 범주로 정하고 있다. 허나 시인은 조심스레 '한 개의 떫은 감이 잘 익은 홍시가 되어 떨어지는 과정도 개인의 시적 리듬에 따라 다르다.'고 하면서 노인에 대해 지나치게 개인적인 편향으로 흐르지 않았나 자문하고 있다. 하지만 『별』이라는 시집을 읽어 가다 보면 노인이 없다면 어떤 국가도 민족도 존재할 수 없었음을 누구나 동감하게 될 것이다. 노인은 젊은이들이 가질 수 없는 연륜으로 생生을 더 행복하게 만들며 한 사회를 지탱하고 있다. 이러한 노인은 '낡은 허름한 바에 들려 노래를 부르며 살아온 인생에도 정은 때처

럼 끼어 아름답'(「부에나 비스타 소셜 클럽」)다고 읊조리며 이를 어
린아이인 손녀를 둔 할아버지의 마음에서 더 잘 찾을 수 있다.

손녀딸년을 깨워서는
스커트에 가득 별을 담아주겠다고
새벽 밤하늘에 섰다.

(할아버지 생애에 마지막 보는
별잔치라는 말이 먹혀들었던지,
우리나라 무슨무슨 스포츠 중계라면
악을 쓰고 먼 바다 건너가서도
중계를 하면서
방송사들은 이 거대한 자연의 쇼는
깔아뭉개고 마는
시간을 쓸 줄 모르는 사람들이라는
대목이 감동을 주었던지
아니면 할아버지가 별구경 혼자하시기
적적하시니 그러시겠지 생각했던지)

하지만 영하 3도의 하늘 아래서
손녀 딸년의 종아리가 얼도록 본 것이라고는
평범한 하늘에서도
너끈히 볼 수 있는 별똥별 하나뿐이었다.

내 사랑스런 손녀야
마음속 해 주고 싶은 말들을 다 접고서

영 미안한 할아버지가 되어
집으로 들어온 속뜻을 짚을 날이 있었으면 한다.

늬가 살아가는 세월 속에서
한 송이 꽃 보고 미소 짓듯이
왜 할아버지가 그때 스커트 가득 별들을 담아주려고 했는지
어느 시각 자연스레 깨닫는
아름다운 여자가 되었으면 한다.

－「사자자리 유성우」 전문

위 시에서는 자신이 체득한 이 세상의 아름다움을 후손에게 전해
줌으로써 인간의 존재의의를 찾아가고 있다. 마치 본인이 어렸을 때
부모님께서 들려주었을 법한 환상적인 이야기를 시인 자신이 늙은
이 시점에서 새벽하늘을 함께 바라보고 있는 손녀에게 살아가는 지
혜를 대물려 주고 싶어 한다. 그래서 소박한 꿈을 그리며 손녀가 어
떤 생각을 가지고 있든 간에(손녀에 대한 최소한의 배려를 잊지 않
으면서), 추운 영하 3도 속으로 손녀와의 나들이를 이끌어 낸다. 하
지만 '평범한 하늘에서도 너끈히 볼 수 있는 별똥별 하나'만을 본다.
이 과정에서 할아버지는 손녀가 실망할까 봐 '영 미안한 마음을' 숨
기지 않고 있지만, 이는 시인의 유전자 안에 있는(의식하든 의식하
지 못하든 간에) 소망을 이루기 위한 기다림의 과정을 알려주고 있
다. 이와 함께 자신의 생이 얼마 남지 않음을 감지하고 손녀에게 기
억할 만한 추억을 어린아이의 세포에 선사함으로써 '왜 할아버지가
그때 스커트 가득 별들을 담아주려고 했는지', 때가 되면 꼭 기억해
내기를 바라고 있다. 이로 말미암아 자신의 몸은 소멸할지라도 손녀

의 몸 어느 한 부분에서 영원히 살아 있음을 기억해 세상이 거칠고 추울 때라도 지혜롭고 현숙한 여인으로 건강하게 헤쳐가기를 소망하고 있다.

화자는 늙어 감을 일상 속에서 때로는 미안하면서도 때로는 담담하게 읊고 있다. 그러나 노인이 되어 가는 과정이 후회에 대한 읊조림이 아니라 나이가 들어감으로써의 알싸한 아름다움을 후손과 함께 나누어 가지는 방법을 제시하면서 당당하게 인생의 의미를 찾고 있다. 그리하여 현대사회의 좀 더 빨리 빨리라는 효율적 안목으로 인해 앞만 보며 달리고 있는 인간들에게 진정으로 고민해야 할 것들이 함몰되어 가고 있음을 암시하며, 이 시대에 노인 특유의 역할을 제시해 주고 있다.

사랑이 인생의 절정이라면 성性은 사랑의 절정이다. 이러한 절정이 없을 때 그 인생과 사랑의 참맛은 반감한다. 하여 사랑과 성性의 실상에 따라 인생의 진정성도 판가름 나는 것이다. 그러나 사랑과 성性이 자연스럽게 피어날 때 인생과 사회는 파라다이스가 된다.

> 비아그라가 무슨 구세주인 양
> 온 나라가 키득거리던 날
> 미국에 사는 친구가
> 선물로 그걸 한두 알 갖다 줬다.
>
> 비아그라, 비아그라
> 내가 누구냐
> 정력제라면 물불을 못 가리는
> 대한민국인이 아니냐.

심장마비건 국가마비건 통째 한 알을 다 삼키고
늪 속 깊이 침몰한다. 침몰한다.

늪에서 피를 **빨아먹는**
거머리들이 꿈틀거린다. 꿈틀, 꿈틀
꿈의 틀을 만들어간다.

얼마나 허기졌던 아가리냐
얼마나 죄를 닫았던
지옥문이냐.

한번의 열락을 위해
살아야 할 늙은 나날을 다 투자했던 날
나는 슬프게도 불타는 로마의 하늘과
네로 황제의 얼굴을 떠올리고 있었다.
　　　　　　　　　　　　　－「비아그라, 비아그라」 전문

　시인은 평범한 사람들의 성적 욕망을 '비아그라'를 통해 그려내고
있다. '정력제라면 물불을 안 가리는' 평균치의 대한민국인으로서의
성기능 개선제인 '비아그라'를 삼켜서라도 한 번의 섹스를 격정적으
로 하기 위한 행위를 통해 대다수 노인들의 성적^{性的} 침몰에 대한 이
야기를 하고 있다. 시인에게 성^性은 초월하지 못한 인간으로서 지닌
마지막 욕망이라고 할 수 있을 것이다. 어떻게 보면 이것은 슬픈 현
실이기도 하지만 사람은 누구나 쾌락에 **빠져** 있는 동안에는 이성과
사고를 요하는 일은 그 어떤 것도 이룰 수 없다는 것과 성^性은 나이
를 떠나 삶의 과정임을 암시하고 있기도 하다.

공원 밖만 시끄럽게
한세상 돌아가는 것이 아니다.
젊음은 주소도 없이 흘러가 버리고
인생은 어딜 가나 쉰내를 풀풀 풍겨도
어슷비슷한 사람끼리 부딪치는
이곳에 오면 시간 사이로 걸어 다니는
이들의 모습이 한가롭다.
한 생애를 마감할 시간이
얼마남지 않았다고 한탄하는 사람은 없다.
남겨진 시간을 죽이기 위하여
때우기 위하여 어떤 이는
김대중도 노인이니까
김대중이 대통령이 되면 노인천국이 된다는
김대중, 김대중, 김대중 유세로
자기 시간을 쓰고
점심때에는 어느 종교단체의
무료급식소에서 끼니를 잇고
자판기의 커피 한잔의 시간을 빼먹기도 한다.
뿐만 아니다.
아침부터 저녁까지
몇 개비의 담배 속에서 무료한 시간을 버리던
노인 중에는
다정한 부부인 양 연인인 양 손잡고
몸 파는 계집과
값싼 여인숙으로 가는 이들도 있다.
내일도 남은 시간을 쓰기 위하여
이곳에서는 한세상이 열릴 것이다.

―「파고다 공원의 하루」 전문

이 시에서 시인은 '공원 밖만 시끄럽게 한세상 돌아가는 것이 아니'라며 파고다 공원 안의 또 하나의 세상을 잘 보여주고 있다. '젊음은 주소도 없이' 빠르게 '흘러가 버리고', '쉰내를 풀풀 풍'기는 세월이 되자 '시간 사이로 걸어 다니는', '한가'한 사람이 되어 파고다 공원의 한 귀퉁이로 내몰리고 있다. '어슷비슷한 사람끼리' 모여서 '남겨진 시간을' 어떤 이들은 '김대중이 대통령이 되면 노인천국이 된다는' 소망으로, 어떤 이들은 '무료급식소'와 '자판기 커피 한 잔'으로 자신의 연약함을 죽이고 있다. 또한 노인 중에는 '몸 파는 계집과 값싼 여인숙으로 가는 이들도' 있다. 시인은 이 상황을 김광균처럼 회화적으로 그리고 있지 않다. 시인은 노인들의 일상을 도피하지 않고 사실적으로 일깨워 주고 있다. 시급한 사회문제의 하나인 노인들의 성性에 관해 차분히 공론화를 일으켜 내고 있다. 노인들의 성性은 충동적인 욕구의 문제라기보다는 노년의 외로움이라는 문제를 제기하고 있는 것이다. 즉 노인들의 성性은 새로운 후손의 잉태를 통한 사회 존립의 문제를 유지시켜야 하는 젊은이들의 성性과는 다르다. 젊은이들보다 노인이 쾌락을 더 많이 즐기지는 못할 수 있으나 전혀 즐기지 못하는 것은 아니라는 것과 노인들은 성性을 통하여 자신의 존재의의를 발견하고 있는 것이다. 또한 편리하고 빠름을 추구하고 있는 현대사회에서 효율적이지 못하다는 이유만으로 뒷방 신세로 밀려난 늙은 사람들의 경륜이 스산하게 멀어져 가고 있으므로, 한 사회의 소모품으로 전락해져 가는 인간의 의미를 되짚고 있다.

늙음은 누구에게나 멀리 있는 것이 아니다. 이는 이미 우리 일상에 만연해 있다.

찬바람이 옷깃을 스며도
스러지는 나이는
마르는 풀잎인가.

누구누구가 쓰러졌다고
자고 일어나면 들리는 소문들도
부고 같았다.
                    ―「중풍」 중에서

어제는 친구의
부고를
받았으나
신경통이 도져
문밖을 나설 수도 없었다.
바깥 세상에서는
봄바람에 꽃이 핀다고 진다고
들끓고 있으나

같이 손잡고 구경 갈
마누라도 없으니
마음은 그저 캄캄할 뿐이다.
                    ―「근일」 중에서

    이 두 시는 인간의 부재인 죽음의 의미를 일깨우고 있다. 늙은 사
람에게 있어서 죽음은 공포스러운 사건으로 받아들여지기보다는 상
실감과 고독의 상징인 부고 소식에서 발견한다. '누구누구가 쓰러졌
다고 자고 일어나면 들리는 소문들'로 시작하여, 이것이 대다수 죽
음이 되었다는 그 부고장을 들고 빈소를 찾으려 하지만 자신의 몸도

늙고 병들어 마누라 없이는 거동이 불편하여 문밖을 나설 수도 없어, 이러지도 저러지도 못하여 마음만 캄캄할 수밖에 없는 일상의 아이러니를 보여주고 있다.

아내는 김장을 하면서
남은 채소들을 모아 엮어
아파트 베란다에 매달았다.

시래기 타래들이 20층
허공에 있는 것이 신기해선지
겨울 햇살도 씨익 웃다 가고
바람도 장난꾸러기처럼
그 몸체를 마구 뒤흔들었다.

오늘은 고요히 눈이 내리고
왠지 어릴 때 어머니가 끓여 주던
시래국 생각이 간절하여
배추 잎, 무청들을
푹 삶아서 푸르게 살아난
잎새들의 겉껍질을 벗긴다.

겨울 해는 내 인생처럼
짧기만 한데
나이 들수록 돌아가고픈
옛날이 있다.
                      −「시래기를 삶으며」 전문

어르신들은 늙어서는 빨리 죽어야 한다고 말한다. 이는 죽음이라는 말을 내뱉음으로 인하여 인간이 본능적으로 가장 두려워하는 죽음으로부터의 자유를 누리게 된다. 「시래기를 삶으며」에서 시인은 유년 시절 어머님이 끓여 주시던 시래기국의 향수로 돌아가신 어머님에 대한 그리움에 잠겨 있다. 그 그리움을 더듬으며 그때의 일을 재연하고 있다. '나이 들수록 돌아가고픈 옛날'이라는 추억으로의 함몰을 통해 이 땅에 태어나기 전의 상황을 상기하며 죽음에 대한 두려움을 미적으로 승화하고 있다. 하지만 결코 돌아갈 수 없기에 짧기만 한 겨울 해의 인생을 곱씹고 있다.

「돈황」과 「명사산」은 죽음에 대한 좀 더 깊은 생각을 만들어 낸다. 이들은 기행시(「유적지에서」, 「아우슈비치 풍경」, 「이과수 폭포 앞에서」 등)의 형식을 취하고 있다.

> 사막의 달을 밟고 가는
> 낙타의 발자국 끝에 돈황이 있다.
> 명사산은
> 벌거숭이로 가진 살갗을 태우며
> 타클라마칸의 뜨거운 허무를 안고
> 명상에 들어갔다.
>
> — 「돈황」 중에서

시인은 인적 하나 없는 뜨거운 사막의 열기 속을 헉헉거리며, '사막의 달을 밟고' 지평선까지 곧게 쌓이고 또 쌓인 길을 열심히 걷고 또 걷다가 '낙타의 발자국 끝'에서 돈황을 만나는 것을, 생生과 사死가 대면하게 됨을 상징적으로 말하고 있다. 타클라마칸 사막에 석양이 드리우면 모든 존재하는 것들이 사라지는 '뜨거운 허무'만을 남기게 된다. 이 허무를 통해 명상에 들면서 스스로에게 구원의 가능성을 묻고 있다.

모래가 운다. 늙은이처럼 운다.

모래들이 모여서
밤새도록 울음의 산을 만들고
깎아지른 절벽의 막고굴은 울음을
죄처럼 업고 산다.

모래가 우는데
사람이 어이 눈물조차 없을소냐.

눈물속에 들어가 절을 짓고
문진의 보살상 하나 잘 다듬어
마음을 누르려 하였으나

마른 혓바닥으로
모래알 쓸리어 가듯 우는
저 산울음 소리로는

이세상 풀잎 하나도 적시지 못함을
나는 안다.
업보다. 그러면서도 서역 하늘 전체가
천년을 두고 나처럼 늙는다.
                    ―「명사산」 전문

시인은 수천 년의 고행으로 뒤덮인 타클라마칸 사막의 모래가 오는 소리를 듣는다. 이는 울음소리를 연상케 하는 모래바람 소리다. 보살상을 잘 깎는 사막의 모래는 업보에서 벗어나지 못한 망자들이 구천을 떠도는 울음소리이기도 하다. 이는 회한의 소리와 동시에 죄를 씻는 늙은이의 울음소리를 말하고 있다. 이 울음은 꾸밈없는 모습으로 죽음을 두려움의 대상이라기보다는 또 다른 삶의 가능성을 찾고자 하는 정화를 수반한 외침인 것이다. 하지만 '문진의 보살상 하나 잘 다듬어 마음을 누르려 하였으나' 모래의 '저 산울음 소리로는', '이세상 풀잎 하나도 적시지 못함을' 알게 된다. 즉 이 땅에 태어날 때 우는 나의 소리와 내가 죽음으로써 남겨진 자들의 울음을 동반할 수 있지만 그것만으로 이 세상을 살아온 죄를 씻고 해탈의 경지에 이르지 못함을 시인도 잘 알고 있다는 것이다. 울음으로는 아무것도 할 수 없음을 알지만 울음을 멈출 수 없는 것이 인생의 업보라며, 삶의 피곤함을 그냥 노출시키듯 '서역 하늘 전체가 천년을 두고 나처럼 늙'고 있음을 겸허히 받아들이고 있다.

> 한세상을 산다는 거
> 산수유 꽃 피듯이, 아니
> 핀 꽃 어느새 이울어 자연으로
> 바람이 안고 가듯이
>
> 사랑하는 이여,
> 그대의 따뜻한 손을 놓더라도
> 아주 서운치는 말고
> 닫힌 창문을 열어 하늘이라도

보여주었으면 하네.
살아서 자주 눈 줄 틈 없었던
저 공활한 하늘을 향해
내 한세상 가졌던 거 다 비우며
한없이 푸르게 증발하고 싶네.

임종의 등불은 무겁고 찰지라도
이승에서의 하루는
담이 있어야
삶의 의미가 있는 담쟁이처럼
이제는 너무 붙어 아등거리지 않으려네.

한 오리 미역줄기같이
바위에 붙어
바위거니 여겼던 목숨의 미련도
파도에 쓸리어 낯선 해변에 닿을지라도
순리대로 가벼이 살고 싶네.

한세상 살다가는 거
마른 풀숲을 휩쓸고 지나는
바람처럼 호올로 떠나는 길손 되어
늘 기다려 온 죽음을
겸손히 맞고 싶네.

　　　　　　　　－「한세상 살다가는」 전문

　시인은 죽음을 순리대로 받아들이는 자세를 보여주고 있다. 그은 죽음을 산수유꽃이 피었다가 이울어서 바람에 쓸려 가는 자연의 이치로 받아들이고 있다. 즉 죽음은 자연의 계산법으로 누구나 한 번 태어나면 어느 순간에 한 번은 꼭 맞이해야 하는 법이다. 하지만 누구에게나 '임종의 등불은 무겁고 찰지'기에 두렵고 서글픈 일이지만 '사랑하는 이'들에게 '그대의 따뜻한 손을 놓더라도 아주 서운치는 말'이라며 부탁하고 있다. '파도에 쓸리어 낯선 해변에 닿을지라도 순리대로 가벼이 살고 싶'다고 아니 가고 싶다며 자연의 법에 대항하는 부질없는 일은 하지 않겠다고 한다. 시인은 죽음을 '마른 풀숲을 휩쓸고 지나는 바람처럼 호올로 떠나는 길손'으로 맞이함으로써 죽음에 대한 일반적 두려움을 넘어서고 있는 것이다. 이는 '늘 기다려 온 죽음을 겸손히 맞'이하면서 남겨진 사랑하는 사람들에 대한 위안과 배려인 것이다. 우리는 노인시기를 무엇을 가지고, 어떻게 준비하고 있는가를 자문해 볼 시간이 아닌가 싶다.

참고문헌

강상희, 「1930년대 모더니즘 소설론 연구」, 『관악어문연구』18, 서울대
　　국문학과, 1993. 12.

고모리 요이치, 송태욱 역, 『포스트 콜로니얼』, 삼인, 2002.

고부응, 『초민족 시대의 민족정체성』, 문학과 지성사, 2002.

고은, 『이상평전』, 민음사, 1974.

고석규, 「시인의 역설」, ≪문학예술≫, 1957. 4~7.

권성우, 「1930년대 한국 모더니즘 소설 연구」, 서울대 대학원 석사학위
　　논문, 1989.

김재홍, 「6·25와 한국문학」, 『시와 진실』 이우, 1984.

김광직, 『한국현대문학사』 일지사, 1976.

김명수, 「시대의 정신의 날개-시문학」, 『해방 후 우리 문학』 조선 작가
　　동맹출판사, 1958.

김람인, 『강철청년부대』금성출판사, 1989.

김용직, 「해방기 시단의 청록파」, 『외국문학』, 열음사, 1989 봄.

김동리, 「자연의 발견-三家詩人論」, 『예술조선』3, 1948. 4 「자연의 발견」,
　　『김동리 전집 7』, 민음사.

김우창, 「한국시의 형이상」, 『궁핍한 시대의 시인』, 민음사, 1977.

김준오, 「한국 시에 있어서의 전통성문제」, ≪심상≫, 1980. 10, 22면에
　　서 재인용.

김주현, 『이상 소설연구』, 소명출판사, 1999.

M. Bradbury and J. Mcfarlane eds, 『Modernism』, Penguin Books, 1976.

김윤식, 『이상연구』, 문학사상사, 1987.

김윤식, 『한국문학의 근대성과 이데올로기 비판』, 서울대 출판부, 1987.

김윤식, 「유클리트 기하학과 광속의 범주」, ≪문학사상≫, 1991. 9.

김윤식, 『이상문학전집』, 문학사상사, 1995.

김용직, 「모더니즘의 시도와 실패」, 서울대 교양과정부 논문집 6, 1974.

김용직, 「극렬 시학의 세계-이상론」, 『한국현대시사』, 한국문연, 1996.

김용직, 『한국현대시사 2』, 한국문연, 1996.

김용직, 『이상』, 벽호출판사, 1998.

김우종, 『한국 현대 소설의 이해 』, 이우출판사, 1976.

김은전, 「30년대 모더니즘 시운동에 대한 비교 문학적 연구(상)」, 국어
        교육31, 1977.

김유중, 「1930년대 후반기 한국모더니즘 문학의 세계관 연구」, 서울대
        박사학위논문, 1994.

김재홍, 「낭만파 프로시인, 임화」, 『카프시인비평』, 서울대출판부, 1990.

김재홍, 「재소 한인문학의 선구자」, 한국논단, 『한국논단』 11집, 1990.

김기진, 「단편서사시의 길로」, 조선문예 창간호.

김성수, 『이상 소설의 해석』, 태학사, 1999.

김종년 편, 『이상전집』1, 가람기획, 2004.

김종은, 「이상의 理想과 異常」, ≪문학사상≫, 1974. 7.

김승희, 「이상시 연구-말하는 주체와 기호성의 의미작용을 중심으로」,
        서강대 박사학위논문, 1992. 8.

김중하, 「'날개'의 패턴 분석」, 『한국 현대소설 작품론』, 문장사, 1981.

김정은, 「'오감도'의 시적 구조 - 이상 시의 기호문체적 연구서설」, 서강
    대 석사학위논문, 1981. 8.

김주현, 「'종생기'와 복화술」, ≪외국문학≫, 1994. 9.

김시태, 「박영희의 문학비평 연구」, 한양대학교 한국학연구소, 『한국학
    논집』, 1985.

김 억, 「시단의 일년」, ≪개벽≫ 42호 1923. 12.

김 억 「무책임한 비평」, ≪개벽≫ 32호 1923. 2.

나병철, 「1930년대 후반 도시소설 연구」, 연세대 박사학위논문, 1990. 2.

남홍술, 「1930년대 소설과 모더니즘」, 『모더니즘 연구』, 자유세계, 1993.

류광우, 「이상 문학 텍스트의 구현방식과 의미 연구」, 충남대 박사학위
    논문, 1993. 2.

명형대, 「1930년대 한국 모더니즘 소설의 공간구조 연구」, 부산대 박사
    학위논문, 1991. 2.

문덕수, 『한국 모더니즘 시 연구』, 시문학사, 1981.

민병기, 「포석 조명희 연구」, 사림어문학회, 『사림어문연구』 6집, 1989.

박남희, 『리토피아』, 「꽃과 섬과 별을 쏟아내는 물감 상자」, 2004, 여름호.

박목월 외, 『청록집』, 열린책들, 2004.

박태일, 「1950년대 한국전쟁시 연구」, 『경남어문연구』 5 1992.

박태일, 「1950년대 한국전쟁시 연구」, 『경남어문논집』 5 1992.

박숙자, 「1930년대 모더니즘 소설 연구」, 서강대 대학원 석사학위논문,
    1996.

박인기, 「한국 현대시의 모더니즘 수용 연구」, 서울대 대학원, 1987.

백 철, 「전쟁문학의 개념과 그 양상: 주로 제명題名과 내용內容을 더듬어」,
    『세대世代』 13 1964. 6.S

백승철, 「강우식의 시세계 – 반고양주의의 뚝심」, 「강우식 – 꽃을 꺾기 시 작하면서」, 『문학예술사』, 1979.

버트 무어 – 길버트, 이경원 역, 『탈식민주의! 저항에서 유희로』, 한길사, 2001.

사회과학원 연구소, 『조선문학통사』 1988.

서동인, 「한국현대시에 나타난 ‘생명성’ 연구」, 성균관대대학원 박사, 2005. 08.

서준섭, 「모더니즘과 1930년대의 서울」, 『한국학보』, 1986. 겨울.

서준섭, 「1930년대 한국 모더니즘 문학 연구」, 서울대 대학원, 1988.

서준섭, 「1930년대 한국 모더니즘 문학 연구」, 서울대 박사학위논문, 1988. 8.

송영묵, 「석송 김형원 연구」, 계명대학교 한국학연구소, 『한국학논집』 14집, 1987.

신익호, 「전쟁문학소고」, 『3사논문집』 8 1978.

신영덕, 「한국전쟁기 시인들의 종군활동 연구」, 『국어국문학』 122 1998. 12.

신석정, 『촛불』 대지사, 5.

심선옥, 「청록파의 문학사적 의의와 박목월 초기시 연구」, 『반교어문학 회지』, 반교어문학회, 1995.

안수환, 「性과 詩 – 강우식론」, ≪조선문학≫, 1993. 09.

안용만, 『새날의 찬가』 조선문학예술총동맹출판사, 1964.

엄호석, 「조국해방전쟁과 우리문학」, 『해방 후 10년간의 조선문학』 조선 작가동맹출판사, 1955.

연변대학 조선언어문학연구소 편, 『김조규 시선집』.

염무웅, 『한국 근대 문학사론』, 임영택, 최원식 편, 한길사, 1982.

오세영, 「한국전쟁문학론 연구」, 『서울대인문논총』 28 1992.

오세영, 『한국문학』 13 1992. 12.

오세영, 『20세기 한국 시 연구』, 새문사, 1989.

오세영, 「한국 모더니즘 시의 전개와 그 특질」, 『20세기 한국 시 연구』, 새문사, 1989.

오세영, 『한국현대시 분석적 읽기』, 고려대학교출판부, 2004.

오하근, 「김소월 시에 끼친 김억의 영향」, 국어국문학과, 『국어문학』 31집, 1996.

우대식, 『해방기 북한 시문학론』 푸른사상, 2005.

유시욱, 『1920년대 한국시 연구』 이화문화출판사, 1999.

윤여탁, 「1920년대 민요조 서정시 연구」, 한국어교육학회, 『국어교육』 53집, 1985.

윤재웅, 「자유와 생명의 근원을 묻는 순간의 형식」, ≪조선문학≫, 1993. 09.

이성천, 「전쟁체험과 시적 대응 방식」, 『문학마당』 2003. 가을. p.31.

이지엽, 『한국전후시 연구』 태학사. 1997.

이영순, 『연희고지』 정민문화사, 1951.

이기윤, 「1950년대 한국소설의 전쟁체험 연구」, 인하대 박사논문 1989. 2.

이기윤·임도한, 『한국전쟁과 세계문학』 국학자료원, 2003.

이남호, 「박목월, 조지훈, 박두진과 청록집」, 박목월 외, 『청록집』, 열린책들, 2004.

이형기, 「박목월론-초기 시를 중심으로」, 『시와 언어』, 문학과 지성사, 1987.

이어령, 「나르시르의 학살-이상의 시와 그 난해성」, 『신세계』, 1956. 10.

이동근, 「한국전쟁 시의 주제양상」, 『3사논문집』 20 1985.

이지엽, 『한국 전후시 연구』 태학사, 1997.

이승훈, 「이상시연구-자아의 시적 변용」, 연세대 박사학위논문, 1983. 8.

이승훈, 『이상 시 전집』, 문학사상사, 1989.

이영자, 「'오감도'의 구조와 상징 연구」, 명지대 박사학위논문, 1986. 8.

이재선, 「이상 문학의 시간의식」, 『한국현대소설사』, 홍성사, 1979.

이복숙, 「이상시의 모더니티 연구-단절성과 추상성을 중심으로」, 경희
　　　대 박사학위논문, 1988. 2.

이재선, 『한국 현대 소설사』, 홍성사, 1979.

이창배, 「현대 영미시가 한국의 현대시에 미친 영향」, 동국대 대학원,
　　　1974. 8.

이어령, 「이상론-순수의식의 뇌성과 그 파벽」, 『문리대학보』6, 서울대
　　　문리대학생회, 1955. 9.

이어령, 『이상시전집』, 갑인출판사, 1978.

임도한, 「한국전쟁기 전쟁시 연구」, 서울대 석사논문 1994.

임도한, 「실존과 당위 사이-한국전쟁기 장편 전쟁시의 일면」, 『문학마
　　　당』 2003. 가을.

임화, 『너 어느 곳에 있느냐』 문화전선사, 1951.

임긍재, 「전시하의 한국문학의 책무」, 『전선문학』 1952. 4.

장호강, 『호강전진시선』 아성출판사, 1969.

장사선, 『한국 현대 문학사』, 현대문학, 1989.

정신재, 『성과 광기의 담론』, 조선문학사.

정한모, 「광복 30년의 한국시 개관」, 『심상』 1975. 8.

정한모, 「순수문학과 모더니즘」, 『현대시론』, 보성문화사, 1982.

정문향, 『승리의 길에서』 조선작가동맹출판사, 1955.

정명환, 「부정과 생성」, 『한국인과 문학사상』, 일조각, 1968.

정덕준, 「한국 근대소설의 시간구조에 관한 연구」, 고려대 박사학위논문, 1984. 8.

정귀영, 「이상 문학의 초의식 심리학」, ≪현대문학≫, 1973. 7~9.

정효구, 「임화의 단편서사시에 나타난 방법적 특성」, 김은전 외 편저, 『한국현대시인론-그 비평적 재조명』, 시와시학사, 1995.

조남현, 『고려高麗의 눈보라』, 창작과비평사, 1977.

조현현, 「근대정신의 해체」, ≪문예≫, 1949. 11.

조영복, 『한국모더니즘 문학의 근대성과 일상성』, 다운샘, 1997.

조선문학예술총동맹 편, 『해방후 서정시선집』 1979.

진순애, 「물질적 상상력과 불꽃의 미학」-강우식론, 『문학아카데미』, 1995. 09.

진순애, 『현대시의 자연과 모더니티』, 새미, 2003.

천이두, 『한국 현대 소설론』, 형설출판사, 1983.

최진송, 「종군시의 의미와 분단극복」, 『동의어문논집』 1988. 4.

최승호, 『한국 현대시와 동양적 생명사상』, 다운샘, 1995.

최승호, 청록집에 나타난 생명시학과 근대성 비판, 21세기 문학의 유기론적 대안, 새미, 2000.

최혜실, 「한국 모더니즘 소설 연구」, 서울대 박사학위논문, 1991. 2.

최혜실, 「한국모더니즘소설연구」, 민지사, 1992.

최혜실, 『한국 모더니즘 소설 연구』, 민지사, 1992.

최수일, 『1920년대 문학과 ≪개벽≫의 위상』 성균관대학교 대학원 박사논문, 2002.

최재서, 「리얼리즘의 확대와 심화-'천변풍경'과 '날개'에 관하여」, ≪조선일보≫, 1936. 11. 31~12. 7.

최유찬, 『문예사조의 이해』, 실천문학사, 1995.

프로이드, 김성태 역, 『정신분석입문』, 삼성출판사, 1999.

한정호, 「경인전쟁기 시의 가족 체험」, 『지역문학연구』 6 2000. 10.

한정호, 「경인전쟁기 시의 가족체험」, 『지역문학연구』 6 2000. 10.

한국현대문학 연구회, 『1950년대 남북한 문학』 평민사, 1991.

한국문인협회, 『조국이여 강산이여』 월간문학사, 1976.

한상규, 「1930년대 모더니즘 문학에 나타난 미적 자의식에 관한 연구」, 서울대 석사학위논문, 1989. 2.

≪개벽≫ 6호 1920. 12.

한계전, 『한국현대시론 연구』, 일지사, 1983 참조.

≪개벽≫ 59호 1925. 5.

한계전, 「모더니즘 시론의 수용」, 『한국 현대 시론 연구』, 일지사, 1983.

한상규, 「1930년대 모더니즘문학에 나타난 미적 자의식에 관한 연구」, 서울대 대학원, 1989.

홍용희, 「한국전쟁기, 남북한의 시적 대응 비교 고찰」, 경희대 『인문학 연구』 2 1998. 12.

황도경, 「이상의 소설 공간 연구」, 이대 박사학위논문, 1993. 8.

제2부

김광균과 김조규 시의 비교연구

I. 서 론

1. 연구목적 및 연구방법

일제의 조선에 대한 식민지 수탈은 1930년대에 들어 본격적으로 진행되면서 식민지근대화의 상징인 도시화로 나타나게 되었다. 식민지 농촌수탈로 인하여 농지를 잃은 농촌 농민은 화전민과 도시 주변의 토막민으로 전락하였다. 우리 민족에 대한 온갖 수탈과 정치적 억압, 그리고 이에 따른 문학에 대한 탄압으로, 우리 시문학은 시대적 응전의 양상으로 변화하였다. 그 과정에서 나타난 1930년대 모더니즘 운동은 한국 현대시사에 있어 큰 의의를 지닌다. 즉 모더니즘은 낭만주의가 지닌 과잉감상과 당시 주류를 이루었던 프로문학이 띤 목적성에서 벗어나 문학을 하나의 가치체계로 인식하게 했다.[181]

김광균(金光均, 1914~1993)[182]은 모더니즘 창작활동을 몸소 실천한 작가이다. 또한 그는 독특한 시각어를 사용하여 작품성을 인정받은 시인이기도 하다. 이를 반영하듯이 김광균에 관한 연구 성과는

---

181) 조연현, 『한국현대문학사』, 인간사, 1968, pp.463－469 참조.
182) 1926년 ≪중외일보≫에 「가는 누님」을 발표하여 문단에 나온 뒤 「병」(≪동아일보≫ 1929. 10. 19), 「야경차」(≪동아일보≫ 1930. 1. 12.) 등을 발표했다.

많이 축적된 상황이다.[183) 이는 김광균의 문학사적 위치를 확고히 하는 계기가 되었다.

　그러나 김조규(金朝奎, 1914~1990)[184)는 김광균보다 주목받았지만,[185) 현재 그의 작품에 관한 연구 성과는 미미한 편이다. 그 이유는 해방 이후 분단의 현실 속에서 그의 시세계를 자유롭게 논의할 수 없었기 때문이다. 그러나 해금조치[186) 이후, 몇몇 연구자들이 김조규의 시에 대한 관심을 갖기 시작하였고, 1990년대 이후부터는 자유롭게 연구가 진행될 수 있었다. 하지만 선행 연구가 대부분 텍스트 및 작품 분석에만 천착하는 경향이 있어 김조규 및 그의 작품에 대한 전반적인 검토는 미비하다. 하지만 그의 시작활동을 감안해 볼 때, 작품 속에 내재한 그의 서정성과 현실 비판성의 양가적 가치는 간과할 수 없다. 따라서 김광균과 김조규에 대한 총체적인 탐구는 김광균 작품 연구의 시야를 넓힘과 동시에 잃어버린 김조규의 문학사적 위상을 회복하는 기회가 되리라 본다. 아울러 필자는 이들의 유사한 문학적 경향을 향유한 모더니스트로 부르고자 한다.[187)

---

183) 김광균에 대한 논문만으로도 100여 편이 넘는다. 김광균의 시에 대한 논의는 다음과 같은 유형으로 분류할 수 있다. 첫째, 문학사적 측면의 연구이고 둘째, 작가의식 및 주제에 대한 연구이며, 셋째, 시 작품 자체의 구조와 형식을 분석하는 형식·구조주의적 방법에 의한 연구이다.

184) 1930년 17세에 시「연심」등을 비롯하여, ≪비판≫, ≪신동아≫, ≪동아일보≫, ≪조선문학≫, ≪단층≫ 등에 시를 발표하였다.

185) 김태규,「재북시인 김조규」, ≪월간동화≫ 제4권 8호. 1991. 8. 김조규는 1938년 심리주의 작가의 모임인 ≪단층≫의 동인으로 활동하며, 자의식을 시에 최초로 반영한 시인으로 알려졌다.

186) 1988년 7월 19일에 제4차 해금으로 한설야, 이기영, 백인준, 홍명희를 제외한 모든 월북·납북·재북 문인 및 그들의 광복 전까지의 작품이 해금되었다.

문학에는 특정 시대의 사회·문화를 통찰하는 작가의 의식이 함축되어 있다. 시인의 의식은 문학작품을 통해 사회의 동일화 혹은 대립과 지양, 그리고 거부와 부정의 양상 등으로 표출된다. 동일화는 당대를 지배하는 사회·문화적인 것을 의식적으로 혹은 무의식적으로 그대로 반영하는 것이고, 대립과 지양은 사회·문화적인 것에 대립하여 자아를 설정하는 것이다. 또한 부정의 양식은 개인적인 영역 속으로 인식을 한정시키는 것을 말한다.[188] 즉 문학작품은 한 개인의 삶과 당대 사회성을 총체적으로 반영한다. 따라서 필자는 김광균과 김조규의 시세계를 비교·분석함에 있어 양자(兩者)의 개인적 성향과 시대적 상황의 유기성(有機性)을 중시하여 고구(考究)할 것이다. 그리하여 김광균과 김조규 작품에 관한 비교문학적 관점에서 문학사적 위상과 의의를 밝힐 것이다. 여기서 비교문학적 관점이란 문학의 중심부에서 벌어지고 있는 여러 문학적 시도들을 우리들이 곧이곧대로 받아들여야 한다는 것을 의미하지는 않는다. 다만 비교문학은, 그러한 문학적 규범을 끊임없이 의식하고 있어야 한다는 점을 일깨우기 위함이다. 다시 말해 문학적 모더니티를 획득할 수 있기 때문이다.[189]

비교문학은 유사성, 동류성, 영향관계들의 탐색을 통해, 문학을 표

---

187) 김광균을 이미지스트로 부르기에는 그 감정 노출이 심하다는 지적을 받고 있고, 김조규의 시는 현실에 대한 저항성이 매우 강하게 나타난다는 지적을 받고 있다. 다만 이들의 시가 유사점을 가진다면 색채어의 빈번한 사용에 있다. 이는 두 시인의 공통된 특질로 보아 모더니스트적 기질로 보고자 한다.

188) 김병호, 『주제로 읽는 우리 근대시』, 행복한 책읽기, 2003. p.13.

189) 이브슈브렐, 박성창 역, 『비교문학 어떻게 할 것인가』, 민음사, 2002. p.28.

현이나 인식의 다른 분야들에 접근시키고, 비록 동일한 전통의 일부분이지만 여러 언어나 문화에 속해 있어서 시간이나 공간상 멀리 떨어져 있거나 그렇지 않은 문학적 사실들이나 문학 텍스트들을 더 잘묘사하고 이해하며 음미하기 위해 서로 비교하는 방법론적 기술이다.[190] 필자는 다음과 같이 김광균과 김조규의 시를 비교분석하고자한다.

먼저 Ⅱ장에서는 김광균과 김조규의 작품들에 나타난 각각의 모더니즘 특성을 밝히고자 한다. 문덕수는 다양한 연구 방법으로 김기림, 정지용, 김광균 등의 시를 분석하여 1930년대 모더니즘 시의 특징을 연구하였다. 그 결과 그는 김기림을 모더니스트로 규정한 반면, 정지용과 김광균은 이미지스트로 규정하였다. 아울러 이미지즘과 모더니즘 사이에는 명확한 차이가 있다고 전제하고 한국의 모더니즘을 이미지즘과 모더니즘 또는 주지주의로 구별할 것을 제안하였다.[191] 또한 홍효민은 김조규의 모더니티한 시편들에 대해서 시풍의 독특성에 관심을 가지면 포근한 맛이 돌고 있는 것을 느낄 수 있다고 하였다. 그리고 그는 김조규를 실험성 높은 모더니스트로 전제하고 있다.[192]

김용직은 모더니즘 작품이 1930년대 초부터 등장하기 시작하였다고 주장하면서 주지주의계 모더니즘 시인으로는 김광균을, 실험성 혹은 전위 미학의 시인으로는 이상을 예로 들었다.[193] 요컨대 그는 모더니즘을 주지주의로 이해하고, 별도의 범주로 아방가르드를 설정

---

190) C. Pchois, A. M. Rousseau, 『La litterature comparee』, A.Colin, 1967. p.174.
191) 문덕수, 『한국모더니즘시 연구』, 시문학사, 1981 참조.
192) 홍효민, 「신인에게 고함」, 《조선문학》, 3권 2호, 1937. 3.
193) 김용직, 「주지주의계 모더니즘」, 『한국현대시사』, 한국문연, 1996 참조.

한 것이다. 이에 오세영은 한국 모더니즘 문학의 기점을 1920년대 중·후반기로 설정하면서 이미지즘·주지주의·슈르리얼리즘·다다이즘을 총칭하여 모더니즘으로 규정해야 한다고 주장했다.194) 다시 말해 오세영은 모더니즘을 1920년대 중·후반의 시문학적 경향을 포괄하는 것으로 모더니즘을 이해하였다. 이처럼 모더니즘에 대한 범주 규정은 논자마다 다르다. 이 중에서 필자는 오세영의 범위 속에서 살펴보려 한다.

제Ⅲ장에서는 첫째, 김광균과 김조규에게서 나타난 시의 시각이미지에 대해 검토할 것이다. 일반적으로 서양 현대시의 시점은 1910년경 런던에서 시작된 '이미지스트 운동'195) 전후이다. 따라서 이 운동의 창시자인 T. E. Hulme의 시론을 참고한다면, 우리 현대시의 시각이미지에 대한 이해의 폭을 넓힐 수 있을 것으로 본다. T. E. Hulme은 시를 직접적인 언어 표현으로 보았다. 즉 시는 이미지 그 자체를 표현의 대상으로 삼기 때문에 직접적인 것이다. 그리고 새로운 시는 음악보다는 조각과 같은 것이다. 그것은 청각보다는 시각에 대해 호소한다. 이는 머릿속에서 만들어진 일종의 조형이라고 할 수 있는 이미지를 입체적인 형태로 만들었다. 또한 그것은 독자에게 넘겨주는 조형적인 이미지를 형성한다.196) 이러한 시론이 현대시의 시각언어의 골격을 형성하는 데 기초가 되었던 것이다.

사실상 김광균과 김조규는 시각언어 구사에 능수능란했던 시인이

---

194) 오세영, 「한국 모더니즘 시의 전개와 그 특질」, 『20세기 한국시 연구』, 새문사, 1989 참조.
195) 『이미지즘 시인선』, 정음사, 1976. p.5 재인용.
196) 김재근, 「T. E. Hulme의 시론」, 『성균관대학교 논문16집』, 1971 참조.

다. 그래서 이들에 시적 특질을 사물과 사물, 사람과 사람의 유사성과 이질성을 동일속성으로 묶어 버리는 시각언어를 통해 각각의 감정이나 정서가 어떻게 나타나고 있는지, 또한 이들의 시에 회화성이 다양한 이미지 결합과 구조화를 어떻게 이루고 있는지를 살펴보려 한다. 이에 시각언어의 범주는 색채를 직접 지시하는 명사, 형용사에 국한한다. 단 명사의 경우에는 '달빛 마차'와 같이 '빛'이라는 말도 포함된다. 물론 이 분석은 두 시인의 내면세계에 접근하여 그들의 시적 특질을 찾는 하나의 방법으로 시도하려 한다.

둘째, 김광균과 김조규의 시어 구사 측면에서 비교하려 한다. 이들의 시를 회화성을 중시하는 언어로 볼 때, 거기에는 시각언어의 완전성을 구현하려는 의도로 보이는 수식적 수사어가 많다. 두 시인의 시에서 자아와 바깥 현실 사이를 이어 주는 구체적인 생활체험이 어떤 언어로 나타나고 있는지, 김광균과 김조규의 중심 시어는 어떤 의미를 내포하고 있으며, 그 드러난 시어의 대상에 대한 표피적이고 간접적인 느낌보다는 분석적인 이해에서 어떠한 유사점과 상이점이 있는가를 파악하려 한다. 그리고 시인의 정서와 감각을 사물이미지인 '항구'와 '기차(열차)'를 통해 김광균과 김조규가 갖는 의미와 상징성을 비교 분석하려 한다.

제Ⅳ장에서는 1930년대 일제 치하의 시기가 그 어느 시기보다 개인과 시대 간의 밀착도가 강조된 시기였다. 이런 상황 속에서 김광균은 현대성의 본성을 자신의 시에서 어떤 정조로 바라보고 있는지, 정신적 소산물은 무엇이었는지를 살펴보도록 하겠다. 아울러 만주에서 유랑 걸식하고 정착하지 못한 우리 민족의 삶을 체험한 김조규는 어떤 정서로 그 상황을 시적 형상화하며 전개해 나아갔는지 파악하려 한다.

마지막 제Ⅴ장에서는 김광균의 「외인촌」과 김조규의 「풍경화」의 영향관계를 살펴보려 한다. 근대 이후 우리의 문학사가 문학 체계 전반을 근대적인 방식으로 재편해야 하는 과정을 겪어야 했음은 주지의 사실이다. 이로 인해 근대 초 문학사에서는 '모방'과 '표절'의 문제가 주로 외국문학과의 관계 속에서 생겨났다. '모방'과 '표절'이 새로운 창조를 위한 발판이 되었는지 아닌지의 여부를 판단하기 위해서는 그 시대의 텍스트에 대한 통시적이고 구체적 비교·분석 과정이 절실히 필요하다. 그럼에도 불구하고 이러한 연구를 찾아보기는 쉽지 않다. 필자는 이 한계를 인정하면서 김광균의 「외인촌」과 김조규의 「풍경화」이 그간 몇몇 논자에 의해 두 시인 간의 표절 시비가 유발된 원인이 무엇이고, 그것이 사실인지를 좀 더 자세히 살펴보려 한다.

또한 필자는 어느 한 가지 문학이론에만 치우치지 않고, 통시적 관점에서 실증주의적 방법, 사회윤리적 방법, 형식주의적 방법, 역사주의적 방법 등 다양한 방법을 사용하며, 논점의 전개에 따라서 의미분석적 방법도 동원하여 김광균과 김조규의 시를 구명하고자 한다.

본고는 연구대상으로 김광균의 시집 『와사등』(남만서방, 1939), 『기항지』(정음사, 1947), 『황혼가』(산호장, 1957), 『와사등』(근역서래, 1977), 『추풍귀우』(범양사출판부, 1986), 『임진화』(범양사출판부, 1989) 총 여섯 권[197]

---

197) 김광균은 그의 생애사적 특이성, 사업가로서의 공백으로 전 생애에 걸친 시작의 수는 171편 – 시집 수록시편 134편이 전부인 과작의 시인이다. 그중에서도 논자들에 의해 언급의 대상이 되고 있는 작품은 77년판 『와사등』 수록 시편들에 국한되어 있다. 그의 처녀 시집인 1939년의 『와사등』(총 27편)과 제2시집으로 1947년의 『기항지』(총 18편), 그

을 논의의 대상으로 삼고, 김조규의 시집 『동방』(1947), 『이 사람들 속에서』(1951), 『김조규시선집』(조선작가동맹출판사, 1960), 『김조규시전집』(흑룡강 조선민족출판사, 2002)198) 총 네 권을 논의의 대상으로 삼고자 한다. 다만 객관적인 1차 자료의 적용 차원에서 1931년부터 1989년까지의 작품이 수록된 『김조규시전집』(흑룡강 조선민족출판사, 2002)을 보충 자료로 삼고자 한다.

2. 기존 연구사 검토

김광균과 김조규 시의 비교 연구 논저는 아주 영성(零星)한 실정이다. 따라서 필자는 김광균과 김조규에 관한 개별 연구들을 검토한 후, 이를 토대로 하여 두 시인의 작품세계를 비교·분석하고자 한다.

1) 김광균 연구사

김광균의 시에 대한 기존연구는 긍정적 평가와 부정적 평가가 혼

리고 1957년 『황혼가』(총 38편)라고 하는 제3시집을 묶은 것으로 여기에 이전, 이후 시작들을 가감하여 수록한 시전집(총 74편)으로서의 성격을 띠고 있다.

198) 1931년 10월 5일 조선일보에 처음으로 발표한 시 「연심」으로부터 1989년 10월이라고 창작일자를 밝히고 있는 「주작봉마루에서」에 이르기까지 한국·북한·중국·일본 각지에 널려 있는 작품들을 발굴해서 펴낸 책이다.

재하고 있다. 이는 대부분의 논자들이 모더니즘을 서구의 평가 척도에 지나치게 치중한 나머지 작품 자체의 의미를 간과한 데서 기인한 것으로 보인다. 그 안에서 세 방향으로 대별(大別)할 수 있다. 첫째, 모더니즘 혹은 이미지즘이라는 문예사조적 측면의 연구(대개 김광균 연구의 초창기에서 1970년 전후) 둘째, 형식주의적 방법에 의거한 텍스트의 구조나 이미지를 분석하는 연구(대체적으로 1970년대 후반기) 셋째, 텍스트의 내적 구성요소 및 주제와 상징 그리고 의식의 흐름을 집중적으로 조명한 연구(대체적으로 1980년 전후) 등이 있다.

김광균의 시에 대한 최초의 언급은 이병각의 단평을 통해 이루어졌다. 그는 김광균의 시 「황혼에 서서」를 예시하면서, 그의 시가 향수의식에는 철저하지 못하나 풍경 스케치에 성공한 소시민적 향수의 시라고 논평하여, 김광균 시에 나타나는 이미지 중심의 회화적인 기법에 관심을 보였다.199) 김기림은 김광균을, 그가 전하는 의미의 비밀은 (중략) 사실 소리조차를 모양으로 번역하는 기이한 재주를 가졌다고 평가하였다.200) 이는 김광균의 시를 모더니즘적 차원에서 높이 평가한 것이다. 이후 그의 작품에 대한 연구는 주로 시각이미지의 창조 및 시에 대한 실천을 이러한 회화성이나 공감적인 이미지의 구성원리를 밝히는 데에 초점이 맞추어졌다.

백철은 일찍이 김광균 연구의 방향을 다음과 같이 말하였다.

여기서도 독자는 실로 회화를 보는 인사에 더 가까우리라. 그러나

---

199) 1938년 10월 ≪시학≫에 발표된 이병각의 「향수하는 소시민 – 김광균 『와사등』의 세계」라는 평으로부터 시작되고 있다.
200) 김기림, 『김기림 전집 2』, 심설당, 1988. p.69.

김광균은 다만 풍경을 시화할 때만 이런 회화법을 쓴 것은 아니었다. 그는 연금사와 같이 모든 무형적인 것을 일정한 형태로 바꿔놓고야 만족하는 시인 (중략) 이와 같이 하나의 형상 속에 고정시켜서 대상을 보는 시인의 태도에는 그 시인이 의식적이든 무의식적이든 간에 시의 불안의식에 대한 한 개의 단절감, 분리감을 그 근저에 갖고 있는 태도에서 온 것이다.201)

이처럼 백철은 시에서의 형태, 혹은 이미지의 추구가 갖는 시작 태도의 특징을 분석하였다. 여기서 무형적인 것은 감각적인 외부 대상만을 가리키는 것이 아니라 관념적인 내부 의식이나 감정까지를 의미한다. 이는 그가 전래의 청각시를 시각화한 점 그리고 작자의 감정까지도 주위의 사물에 견주거나 혹은 상징화하여 독자로 하여금 시각적으로 혹은 공감각적으로 느끼게 한 점 등을 높이 평가하였다.

홍효민은 김광균이 활동하던 시대의 다른 시인과 김광균을 비교하여 김광균의 『와사등』은 당시의 모더니즘 계열의 시집 가운데 최고의 수준이라고 평하면서 젊은 사람들은 모두 모더니스트가 되려고 했고, 김광균을 못 당해 내는 사람들은 프로문학으로 돌아섰다고 하며, 김광균의 모더니즘을 당대의 최고라고 극찬하였다.202)

조연현은 주지주의는 주로 최재서에 의해 소개되고, 김기림에 의해 주장되며, 김광균에 의해 실천된 모더니즘 운동으로 나타났다고 하여 그를 모더니즘 이론의 실천자로 평하였다.203) 장윤익은, 김광균은 이미지즘의 폭과 질을 높여 준 시인이라고 평가하며, 그를 이미

---

201) 백철, 『신문학사조사』, 신구문화사, 1957. p.344.
202) 홍효민, 「문단측면사」, ≪현대문학≫, 현대문학사, 1959. 1.
203) 조연현, 『한국현대문학사』, 인문사, 1961. p.692.

지즘의 경향에 속하는 시인으로 보았다.[204) 이는 당시까지의 포괄적인 모더니즘으로 알고 있었던 김광균을 보다 구체적인 조류로 제시한 것이다.

이미지 중심의 시각적 회화성에 대한 긍정적인 평가는 1970년대의 정태용, 김규동과 1980년대의 박철석, 조동민, 김은전, 김재홍 등에 의하여 계속 이어진다.[205)

이상과 같은 논의들은, 모더니즘이 김기림의 이론과 김광균의 실천으로 한국 정착화를 이룩하였으며, 이미지의 시각화라는 공통분모를 추출하였다. 따라서 이들 연구를 중심으로 'modernism, imagism, visual an image'의 전형성을 밝히는 데 치중하여, 김광균이 한국 모더니즘을 실천하였다는 긍정적인 평가를 내렸다. 이러한 긍정적인 평가는 김광균이 가장 성공한 이미지스트로서의 면모를 보여주는 데 공헌한 직접적인 예라고 할 수 있겠다.

반면에 김광균을 '실패한 모더니스트'로 보는 비평가도 있다. 김윤식·김현이 대표적이다.

그의 시는 이상의 시들이 가지고 있는 치열한 갈등을 가지고 있지

---

204) 장윤익, 「한국적 미지즘의 특성」, 『문학이론의 현장』, 문학예술사, 1980. p.204.
205) 정태용, 「김광균론」, 구상·정한모 편, 『30年代의 모더니즘』, 범양사출판부, 1987.
   김규동, 「근대정신과 『와사등』의 위치」, 구상·정한모 편, 앞의 책.
   박철석, 「김광균론」, 현대시학, 1980. 2.
   조동민, 「김광균 시의 모더니티」, 구상·정한모 편, 앞의 책.
   김은전, 「김광균 시의 시풍과 방법」, 구상·정한모 편, 앞의 책.
   김재홍, 「방법적 모더니즘과 서정적 진실」, 구상·정한모 편, 앞의 책.

않으며, 정지용이 가지고 있는 종교적 절제를 가지고 있지 않다. 그의 눈에 비친 모든 현대적 사물들은 그의 슬픈 마음에 부딪쳐 그의 주저와 회한을 묘사하는 한 도구가 되고있을 뿐, 그의 감정상의 갈등이나 세계인식의 고뇌의 대상이 되고 있지는 않다. 봉건적 질서를 파괴한 현대문명의 여러 사물들과 봉건적 감정의 유물인 슬픔, 한탄은 그의 시에서 아무런 갈등을 일으키지 않고 공서하고 있다. 그렇기 때문에 그의 시에서는 깊은 공감이나 감동을 받을 수 없다.[206]

이와 같은 평가는 김광균의 시 속에 현대성과 서정성이 공존하였기 때문에 가능하였다. 즉 김광균의 시는 완전한 모더니즘의 본질에 다가가지 못한, 실패한 모더니즘이라는 지적이었다. 아울러 김종철은 김광균 시의 주제를 그리움으로 규정하면서 이 주제가 살아 있는 경험과의 관련에서 새롭게 접근되지 않고, 그의 회화적 방법은 내용의 뒷받침을 받지 못하고 그것대로 따로 도는 외부적 도구 이상의 기능을 하지 못한다고 평하였다.[207]

또한 박철희는 김광균의 한계성을 모더니즘의 이론에 맞추어 세부적으로 분석하여 첫째로 그의 시 속의 시각적 심상이 감정에 치우친 작위적 세계에 불과하고, 둘째로 그의 시가 전래의 감상을 청산치 못한 점 등을 지적했다.[208] 이는 서구의 모더니즘 이론을 통해 한국 모더니스트인 김광균을 조명하여 전·후자의 차이점을 도출해 낸 것이다. 이 연구는 김광균의 시를 세밀하게 분석하였다는 점에서 그 의미를 가진다.

---

206) 김윤식·김현, 『한국문학사』, 민음사, 1973. p.214.
207) 김종철, 『시와 역사적 상상력』, 문학과 지성사, 1978. p.23.
208) 박철희, 『한국현대시사연구』, 일조각, 1980. pp.217-218.

김광균에 대한 논의는 80년대 이후부터는 작품 자체의 구조 분석을 강조하는 연구가 중심이 되었다. 이들은 주로 신비평, 구조주의 비평, 주제비평, 현상학적 비평 등의 새로운 비평방법을 원용해서, 작품 전체에 흐르는 주제나 이미지의 구조를 분석하여 시인의 내면 세계를 탐구하려는 연구라고 할 수 있다. 이러한 논의들은 개개의 작품들이 하나하나 분리되어 있기보다는 서로 유기적으로 연관되어 있어, 작품의 내부에서 긴밀하게 작용하고 있음을 밝혀 주었다. 이러한 연구로 이명자, 문덕수, 조동민, 이기서, 박진환, 이재오, 장기주, 이사라, 김태진 등의 연구를 들 수 있겠다.[209]

이명자와 문덕수는 김광균 시의 공간구조에 관한 논의라는 점에서 주목할 만한 것이 된다. 이명자는 김광균 시의 공간을 4가지로 분류하여, 시적 공간의 확장이라는 점에 초점을 맞추어 새로운 접근을 시도하였다.[210] 하지만 그의 한국적 전통정서를 배제함으로써 시적

---

209) 이사라, 「김광균 시의 현상학적 연구」, 구상·정한모 편, 앞의 책.
　　　이재오, 「김광균 시의 주체에 관한 연구」, 구상·정한모 편, 앞의 책.
　　　장기주, 「은유의 의미론과 해석 - 김광균 시를 중심으로」, 서강대 석사 학위논문, 1982.
　　　이명자, 「김광균의 공간분석」, 구상·정한모 편, 앞의 책.
　　　문덕수, 『한국모더니즘시연구』, 시문학사, 1981.
　　　이유식, 「김광균시의 플롯 구조원리」, 구상·정한모 편, 앞의 책.
210) 이명자, 앞의 책, pp.255-269. 이 글의 공간분류를 간략히 소개하면 다음과 같다.
　　　제1공간: 도시적 공간 - 자연을 통해 절망을 극복하려는 의지
　　　제2공간: 과거적 공간·고향 - 기억에 의해 재생된 공간으로 이러한 회귀를 통하여 1공간의 절망을 극복해 보려 하나 결과적으로 절망적인 공간.
　　　제3공간: 이국적 정서 공간 - 제1, 2공간의 절망이 원인이 되어 하나의 탈출구로서의 의미

공감대를 형성하지 못했다는 평가는 김광균 시에 나타나는 전통정서를 간과한 느낌이 든다. 문덕수는 김광균의 시를 내용상 네 계열로 구분하여 작품을 검토한 후, 시간성은 현재와 과거, 공간성은 자연과 문명의 이원성으로 파악했다.211) 이와 같은 논의는 김광균의 시를 시간과 공간의 이원성으로 파악하는 기초를 마련해 주었을 뿐만 아니라, 김광균의 시를 사물시와 공간시로 명명한 근거를 제시해 주었다는 데 의의가 있다. 조동민은 김광균의 시를 서정시의 문제로 분석하고 그것을 「외인촌」에 적용하여 시각적 이미지의 상징성을 규명하였고,212) 이기서는 유폐구조, 추방구조, 소멸구조의 측면에서 김광균의 시가 갖는 특징을 설명했다.213)

박진환은 그동안 진행되어 온 김광균 시의 회화성의 문제를 공간으로 구체화시키는 역할을 하였다.214) 그는 김광균 시의 공간을 이원구조로 보고 있는데, 이러한 면에 있어서는 문덕수의 의견과 다르지 않다. 그러나 그는 공간을 정신적 내면공간으로서의 사양공간(斜陽空間)과 작위적인 공간으로서의 회화공간(繪畫空間)이라 명명하여, 전자를 도피와 피안의 공간으로, 후자를 원의 공간으로 그 의미를 부여하여, 그의 시를 공간시학(空間詩學)으로 명명하는 합리적인 근거를 제시해 주고 있는 것에서 문덕수의 논의와 변별성을 갖는다.

이재오는 베베르의 정신분석적 주제비평을 도입하여 김광균 시의

제4공간: 미지·무의 공간−이곳에 이르러 부재·공의 상태를 확인.
211) 문덕수, 『한국모더니즘시연구』, 시문학사, 1981. p.12.
212) 조동민, 「김광균시의 모더니티」, 구상, 정한모편, 『삼십년대의 모더니즘현대문학』, 범양사, 1987. pp.105−145.
213) 이기서, 「1930년대 한국시의 의식구조 연구」, 고려대학교 박사학위논문, 1983.
214) 박진환, 「김광균 시의 공간구조 연구」, 『한국현대시민연구』, 동백문화, 1990.

모티프(motif)를 분석하였다.215) 그는 김광균 시의 근본 모티프를 죽음으로 보고 그 의식의 변조를 서술하였다. 그 죽음에서부터 파생되는 의식의 모든 시적 소재들은 장송곡 연주를 위한 필수품으로 다루어 놓았다. 이는 1926년 ≪중외일보≫에, 김광균 최초의 발표작인 「가는누님」에서 드러난 혈육에 대한 연민의식과 그 후에 발표된 「동무의 무덤」, 「은수저」 등에서 나타나는 죽음의 의식을 김광균 특유의 주제의식으로 포착하였다. 이 연구는 김광균 시에 내재해 있는 의식의 양상을 예리하게 지적했다는 점에서 의의를 지닌다. 이와 더불어 김광균의 시어를 은유라는 측면에서 해석하고 있는 장기주의 논문 또한 이미지 중심의 그동안의 연구와는 그 중심에 있어 변별된 것이라 하겠다.216)

이사라는 김광균 작품의식의 출발을 눈으로 보고 작품 내에서 그 시적 이미지들의 변형을 현상학적으로 살펴보았다.217) 이는 그의 시적 상상력과 시적 대상의 변형 과정을 중시한 점에서 그동안의 다른 연구들과는 차별성을 둔다고 하겠다. 아울러 김태진과 최은지는 내적 비평을 통해 김광균의 작품을 논하였다. 김태진은 기호론의 입장에서 김광균의 시에 대해 담론과 기호 체계로서의 특징을 드러내는 데 목적을 두고, 의사소통 체계를 연구하였다. 그리고 전달 기호론의 측면에서 텍스트 내의 화자와 청자의 의사전달 체계를 살피고, 의미와 기호론적의 측면에서 시적 기호 및 그 체계들의 의미 작용을 해명했다.218)

---

215) 이재오, 「김광균 시의 주제 체계에 대한 연구」, 서울대학교 석사학위논문, 1982.
216) 장기주, 앞의 논문, 1982.
217) 이사라, 「김광균 시의 현상학적 연구」, 이화여자대학교 석사학위논문, 1980.

그 외, 1990년대 이후 김광균 시의 작품 자체 구조 분석으로 주목할 만한 연구는 고명수, 김태진, 어진숙, 정문선, 최은지 등의 논의를 들 수 있다.[219]

고명수는 김광균 시의 시적 자아의 문제와 모티브의 문제, 그리고 시점과 공간을 아우르는 세부 작품 분석에 주력하고 있으며,[220] 김태진은 기호론의 관점에 입각하여 작품 개개의 의미에 주목하고 있다.[221] 물론 이러한 고찰은 서지 작업뿐만 아니라 미발표 시편들까지 수록하여 텍스트 자체에 충실하고자 한 노력이 들어 있어 의미가 있다. 그러나 각 작품의 시적 특이성을 규명하는 데 치중하여, 30년이 넘는 공백의 의미나 전기·후기 작품의 특징적인 면모를 간과하고 있어, 본격적인 통시적 고찰이라고 하기에는 다소 부족한 감이 있다. 이것은 김광균 시의 전체 흐름을 이해하는 데 있어 아쉬운 점으로 남는다. 이에 비하여, 어진숙은 이제까지의 사조적이고 외면적인 논의를 지양하고, 그의 시에 나타나는 전통적인 요소들이 어떻게 나타나고 있는가를 밝히고 있다.[222] 그는 김광균 시에 나타나는 전통적인 요소로 회화성에 대한 색채의식의 전통성, 그리움과 한(恨), 죽음의식의 전통성을 들고, 시각적 이미지의 표출을 위한 노력과 함

---

218) 김태진, 「김광균 시의 기호론적 연구」, 홍익대학교 박사학위논문, 1993.
219) 고명수, 『한국 모더니즘 시인론』, 문학아카데미, 1995.
　　　김태진, 『김광균 시 연구』, 보고사, 1996.
　　　어진숙, 「김광균 시의 전통성 연구」, 한국교원대 석사학위논문, 1993.
　　　정문선, 「김광균시 연구」, 서강대 석사학위논문, 1996.
　　　최은지, 「김광균 시의 의미구조 연구」, 중앙대학교 석사학위논문, 1998.
220) 고명수, 위의 책, pp.84-87.
221) 김태진, 위의 책.
222) 어진숙, 앞의 논문. p.22.

께 한국 현대시에 있어서의 전통 구현과 계승이라는 의미 있는 시도를 한 시인으로 이 땅의 시사(詩史)에 오래도록 기억될 것이라고 평가하였다. 그의 논의는 김광균 시의 전통에 대하여 새로운 가치와 의의를 부여하고 있다는 데 큰 의미가 있다. 정문선은 김광균 시를 공간의 대립과 통합의 과정으로 전개하고 있다.223) 그는 김광균 시를 도시와 고향의 이원적인 공간으로 구분하고, 전기 시는 도시와 고향의 대립구조로, 후기 시를 갈등의 완화와 통합에의 의지로 보았다. 그리고 전기 시의 공간을 폐쇄공간으로, 후기 시를 개방공간으로 명명하여 폐쇄공간에서 개방공간으로의 이행 과정으로 설명하고 있다. 특히 그는 전기 시에 국한된 논의의 한계를 벗어나 전·후기 모두를 파악하고 있다는 데 의의가 있다. 최은지는 시적 화자의 인식과 상상력 구조의 역학관계를 통해 김광균의 작품을 분석하였는데, 이는 바슐라르의 현상학적 해석방법을 수용하여 공간을 중심으로 의미구조를 살폈다.224) 대체로, 1980년대 이후의 논의들은 논자들 나름대로 기존의 평가를 바탕으로 논의의 폭을 확장시키기 위하여 다양한 방법론을 펼치고 있었음을 알 수 있다.

이상에서 살펴보았듯이 첫째, 김광균은 시각적 이미지를 잘 살린 모더니스트라는 긍정적인 평가와, 둘째, 애상과 향수 등 반(反)모더니즘적인 요소들이 산재해 있다는 부정적인 평가로 크게 대별되었다. 그 속에서 김광균에 대한 연구는 사조상의 측면에 초점을 맞춘 연구에서 텍스트의 구조 연구로, 그리고 텍스트의 구조 연구에서 그 구조 분석을 통한 작가의식의 연구로 나타나고 있어 점차 그 연구범

---

223) 정문선, 앞의 논문. p.16.
224) 최은지, 앞의 논문, pp.23-26.

위가 텍스트의 외부에서 내부를 지향하는 경향을 보인다.

2) 김조규 연구사

김조규에 시에 대한 연구는 크게 두 가지로 나눌 수 있다. 남한에서의 연구와 북한에서의 연구다. 먼저 남한에서의 연구는 1990년대 이후에 이르러서야 자유롭게 이루어졌다. 1991년 10월 10일 숭실대학교는 개교 94주년 기념 특별강연회를 통해 '김조규의 생애와 문학'을 주제로 심포지엄을 개최하였다.

권영진의 「김조규의 시세계」에서 그의 시적 변모를 1930년부터 감성적 실향의식의 시로, 1937년부터를 모더니즘 혹은 쉬르레알리즘의 시로, 1940년부터는 리얼리즘적 시를 썼다고 하였다. 그리고 김조규의 해방 이전의 작품들은 청년시대의 막연한 고향 상실감과 절망감이 국토의 상실, 나아가서는 민족의 상실로 심화되면서 반일, 항일의식으로까지 확장된 사례로 평가하였다. 아울러 광복 전 작품으로 시 84편, 수필 1편, 소설 1편으로 김조규의 텍스트를 일차적으로 확정하였다.[225] 권영진은 이 논문에서 김조규 시인이 남한에서 북으로 월북한 시인이 아니라 원래 북한에 있었던 재북(在北) 시인임을 밝히고 있다. 또한 그는 김조규가 일제의 탄압이 극에 달했던 1940년대까지 변절하지 않고 조국광복을 염원하는 작품을 지속적으로 썼다는 점을 강조하였다. 이는 1930~1940년대의 다수 문인들의 친일 행각과 비교한다면, 권영진의 연구는 김조규의 현실 비판과 저항을

---

225) 권영진, 「김조규의 시세계」, 『숭실어문』, 1991.

드러내었다는 점에서 문학사적으로 가치 있는 일로 평가하였다. 그는 이와 함께 숭실어문학회가 엮은 『김조규시집』의 출간에서 전기(傳記)적 사실과 함께 김조규의 광복 전 시들을 정리함으로써 김조규 시문학 연구의 새로운 지평을 여는 데 크게 기여하였다.

김용직은 일제 치하에서 창작된 김조규의 시를 크게 두 유형으로 나누었다.[226] 첫째 유형은 시대상황에서 빚어졌으리라고 생각되는 암울한 분위기를 지닌 것이다. 즉 이 유형의 작품들은 대개 추상적이며 관념적인 말들을 사용하고 심상의 제시보다는 진술형태를 취하고 있다. 둘째 유형은 사적인 감정을 노래하면서 언어를 축약하여 심상을 효과적으로 제시하고 있다. 더불어 이 중에서 후자의 작품들은 당시 한국 시단의 수준으로 보아도 수작(秀作)이라 평하고 있다.

이 밖에 박남수는 김조규의 북한문단 생활을 소개하고 주로 조기천과의 관계를 언급하였다.[227] 김우규는 김조규의 사망 소식과 더불어 절대로 월북 작가가 아님을 주장하고, 해방 전 김조규의 작품을 서정으로, 해방 후의 작품을 서정과 서사의 혼합으로 평가하였다.[228]

신규호는 김조규의 문학기를 초기, 중기, 후기의 세 시기로 구별하였다. 초기는 감상적 센치멘탈리즘으로 암울한 시대상의 절망적 진술로, 중기는 객관적 이미지 추구와 주관적 서술의 극복과 이미지 창출로, 후기는 모더니즘을 추구하며 내면의식의 시적 형상화 및 비극적 현실인식으로 규정하였다.[229] 아울러 그는 김조규를 현실에 대

---

226) 김용직, 『한국 현대 경향시의 형성 / 전개』, 국학자료원, 2002.
227) 박남수, 「적치 6년의 북한문단」, ≪문학사상≫, 1992. 7.
228) 김우규, 「전파를 타고온 북한시인 김조규의 사망」, ≪문학사상≫, 1992. 7.
229) 신규호, 『한국현대시연구』, 이회문화사, 1999.

한 감상적 센치멘탈리즘과 회화적 이미지즘 그리고 심리주의적 실험을 거쳐서 또다시 식민지 지식인으로서의 현실적 고뇌를 비극적으로 노래한 시인이라고 하였다.

조규익은 김조규에 대해 민중의 참상을 외면할 수 없었던 휴머니스트였고, 그로부터 유발되는 정서를 감상의 수준에 머무르지 않고 미적으로 승화시킨 예술가라고 평가하였다.[230] 즉 조규익은 김조규의 작품에 대해 기존의 자료 정리와 더불어 특히 이미지 해석에 초점을 맞추어 식민 치하 만주지역의 시문학을 총정리하였다.[231] 그는 작가론·작품론을 겸하여 논하면서 특히 작품에 내재된 김조규의 의식세계를 사물 이미지 중심으로 탐구하였다. 이러한 조규익의 연구에서 주목할 점은 바로 김조규 시의 표현적 특질을 이미지의 적절한 사용으로 규정하였다. 즉 그는 사물 이미지에 대한 형상적 특질과 작자의 의식 문제를 면밀하게 검토하면서 자신의 생각을 적절한 소재와 이미지로 형상화하는 데 성공한 시인으로 김조규를 평가하였다.

또한 조규익은 김조규의 시는 낭만주의적 경향도 없진 않으나 그는 주로 리얼리즘에 입각한 자의식적 표현기법을 구사하였고, 그가 핍박받는 겨레와 민중의 고뇌를 실천적으로 그려내면서도 단순한 선동이나 선전물적 수준에 떨어지지 않을 수 있었던 것은, 세련된 시적 형상화의 비결과 미학적 신념 때문이라고 지적하였다.[232]

우대식은 「김조규시 연구」에서 김조규 시에 나타난 시의식을 첫

---

230) 조규익, 「재만시인·시작품 연구5: 김조규의 해방전 시를 중심으로」, 『온지논총』 2집, 1996.
231) 조규익, 『해방전 만주지역의 우리 시인들과 시문학』, 국학자료원, 1996. p.161.
232) 조규익, 위의 책, pp.181-200 참조.

째, 현실대응과 시의식으로 둘째, 체험대상과 시의식으로 셋째, 민족주의와 시의식 등으로 나누었다. 특히 모더니즘과 리얼리즘이라는 틀 속에서 시 기법의 문제와 현실인식의 문제를 살피는 데 주안점을 두었다. 그는 김조규의 시를 전체적으로 볼 때, 초기 감상적 현실주의에서 모더니즘으로, 모더니즘에서 후기 리얼리즘이라는 시적 흐름을 보이고 있다고 하면서 이는 현실인식의 변화와 궤(軌)를 같이하고 있음을 주장하였다.[233]

구마키 쓰토무는 김조규의 문학은 겨레에 대한 책임과 가난에 대한 관심에서 시작된 것이라고 규정하고, 그의 초기 작품들은 리얼리즘적 요소와 서정성을 기조하고 있음을 밝혔다.[234] 즉 김조규의 시는 고향의 대지적 요소와 모더니즘적 요소 등 혼합된 요소를 동시에 지니고 있다는 것이다. 그러나 구마키 쓰토무는 김조규의 작품은 어디까지나 서정시의 영역을 한 걸음도 벗어나지 못하였다고 주장하면서도 그 서정성이 김조규의 의식적 자율성을 반영하는 것임을 부인하지 않았다. 그는 『김조규 시집』에 수록된 작품연보에서 상당히 오류가 많다고 지적하고, 공개되지 않은 작품들을 정리하여 소개하였다.[235] 또한 구마키 쓰토무는 1937년부터 1945년사이 간도에서 발표한 김조규의 작품은 이웃에 대한 직·간접적인 슬픔의 정조를 느낄 수 있는 것들로 국내에서 발표한 작품들과는 사뭇 다르다는 점을 강

---

233) 우대식, 「김조규시 연구」, 숭실대 석사학위논문, 1997.
234) 구마키 쓰토무(熊木勉), 「김조규의 초기시에 대한 일고찰: 김조규 연구 (上)」, 『숭실어문』14집, 1998.
235) 구마키 쓰토무, 「김조규의 일제시대 미소개 작품에 대하여: 자료의 정리와 소개를 중심으로, 김조규 연구(中)」, 『숭실대 논문집』, 인문·사회과학, 1998.

조하였다.[236)]

오양호는 간도에서 발표한 김조규의 작품들에는 간도 문제를 해결하지 못한 심각한 역사적 문제가 반영되어 있다고 규정하였다.[237)] 즉 그는 간도에서 창작된 김조규의 대부분 작품들이 실향의식에서 오는 체험을 서정화한 것들이라고 하였다. 이는 김조규의 작품들에서 망향과 실향의식, 자아상실감과 서정성의 향수 등 풍부하게 반영되었음을 주장하는 것이다.

홍효민은 당시 기성시인으로 정지용을, 1934년에 새로 얻은 시인으로 조영출, 유치환, 김현승, 김조규, 민병균, 윤곤강 등 7인을 소개하며, 그들의 시가 음풍영월에 불과하다고 평가하였다.[238)] 이와 같은 홍효민의 평은 김조규의 시가 지닌 주관적·감상적 태도를 지적한 것이다.

조민은 1935년 『신인문학』 시단평가에서 기성시인들을 통렬히 공박하고 기성시인들의 자연소멸을 선언하면서, 신진시인들을 소개하였다. 그중 김조규에 대해서는 특수한 사상을 가지고 쓰기는 하지만 일관된 사상을 볼 수 없어 실망스럽다고 평가를 내리고 있다.[239)]

박귀송은 1935년 『신인문학』 시단평가에서 시작품을 구체적으로 거론하고는 있으나, 김조규의 시 「장서없는 서재에서 계절의 나이를 헤여보노라」는 혼돈한 시상에 불규칙한 수법도 오래 쓰면 언젠가 그것도 한 특색이 될 때가 있을 것이라고 논하면서 뚜렷한 시평을 하

236) 구마키 쓰토무, 「1937년부터 1945년까지의 김조규시에 대하여: 김조규 연구(下)」, 『숭실대 논문집』, 인문·사회과학, 1999.
237) 오양호, 「재만조선시인집 연구」, 『한국 문학과 간도』, 문예출판사, 1988.
238) 홍효민, 「조선문단 및 조선문학의 진전」, 《신동아》, 1935. 1.
239) 조민, 『신인문학』, 1935. 10.

지 않았다. 그러나 그의 작품인 「가을 십월」에 대해서는 좋은 작품으로 평하였다.[240]

이후 광복과 분단 그리고 전쟁이라는 격동의 세월 속에서 김조규 문학에 대한 언급은 전무하였다. 다만 광복 후 ≪단층≫[241]에서 활동했던 시기의 시들을 평하는 백철의 『신문학사조사』[242]에서 김조규를 내면의 심리를 예리하게 묘사한 심리주의적 경향의 작가로서 소개해 놓은 글뿐이다.

한편 신문에 발표된 평론으로는 ≪조선중앙일보≫의 이해문의 『시단춘추』,[243] ≪중앙일보≫의 『월북시인 김조규』,[244] ≪한국일보≫의 「근 현대 명작발표때 판본전시」,[245] ≪조선일보≫의 『김광균 「외인촌」은 김조규 「풍경화」 표절』[246] 등이 있다. 이 글들의 내용을 소개하면 다음과 같다.

이해문은 「시단춘추」에서 1930년대 김조규가 다른 여타의 시인들과 함께 활발한 활동을 했다고 밝히고 있으며,[247] 「월북시인 김조규」에서는 김조규의 서정적 문학세계를 밝혀내고 있다.

「근 현대 명작발표때 판본전시」에서는 김조규가 1942년에 발간한 『재만조선시인집』(예문당)이 수록되고 있으며, 『김광균 「외인촌」은

---

240) 박귀송, 『신인문학』, 1935. 12.
241) 단층의 동인들은 김조규, 유항림, 황순원 등 당시 평양을 중심으로 한 문인들이었다.
242) 백철, 『신문학사조사』, 신병문화사, 1968.
243) 이해문, 『시단춘추』, ≪조선중앙일보≫, 1935. 8. 31.
244) 「월북시인 김조규」, ≪중앙일보≫, 1992. 6. 26.
245) 「근 현대 명작발표때 판본전시」, ≪한국일보≫, 1992. 7. 9.
246) 「김광균 「외인촌」은 김조규 「풍경화」 표절」, ≪조선일보≫, 1995. 11. 14.
247) 이해문, 「주목받는 시단의 신인들」, 『시단춘추』, 1935. 8.

김조규「풍경화」표절』에서는 1930년대 이미지스트인 김광균이 발표한 시「외인촌」이 김조규의 시「풍경화」를 표절했다는 근거를 밝히고 있다.

이와 같이 김조규에 대한 논저들을 살펴보았다. 그러나 아직 김조규에 대한 연구가 구체적인 단계에 이르지 못하고 있다. 그 이유는 그가 월북시인으로 알려져 있기 때문이다. 그러나 기존 연구자들의 글을 통해서 보면, 그가 서울에 기거한 적이 없기에 월북시인이라는 명칭이 부적당하며, 오히려 재북시인으로 평가되어야 하는 것이 합당하다고 본다.

광복 후 북한에서는 김조규의 문학활동에 대한 평가가 조금씩 이루어졌다. 김조규가 1947년 9월 18일 첫 시집『동방』을 간행하자, 안함광은 "김조규는 벌써 오래전부터 품격 있는 시를 써 온 사람 중의 하나라는 의미에서도 그러하려니와 더욱이 8·15광복을 맞아 그의 감성은 아침해발을 받아 부풀어 오르는 꽃 모양으로 활짝 피어오르기 시작하였다. 8·15광복 후 발표해 온 시들을 통하여 얻은 신선한 감각은 이번『동방』을 읽고도 배반당함이 없었다는 것을 기쁘게 생각한다."고 하였다. 아울러 이 글에서 이 시집의 특징을 첫째로 충일된 생의 희열이 넘치고, 둘째로 시의 음조미가 우수하며, 셋째로 시조의 직재한 박력과 간명화를 위하여 노력한 것이며, 넷째로 스스로가 의도하는 풍부한 민주주의적 내용을 자기의 그릇에다 무리 없이 담을 줄 아는 인민적 시인으로서의 역량을 충분히 발휘하여 주었다.[248]

---

248) 안함광의 1947년 10월 5일 시집『동방』에 기함이라는 글에 나타나 있다.『문학과 사상』, 평양, 문화전선사, 1950. 4. 15.

이정구는 「최근 우리 시문학 상에 제기되는 몇 가지 문제」에서 위대한 조국해방전쟁시기 이후 우리 시문학은 거대한 발전을 하였으며, 훌륭한 성과들을 달성하였다고 하였다. 김조규의 시집 『이 사람들 속에서』가 조기천 시집 『조선은 싸운다』, 김순석 시집 『영웅의 땅』 등과 함께 이미 국가적으로 인정받은 '조선인민군 창건 5주년 기념 문학예술상' 수상작품 중의 하나라고 지적하였다.

이후 조선에서 간행한 『조선문학통사』, 『조선문학개관』, 『조선문학사』 등에서는 김조규의 광복 전 시를 인민대중의 비참한 처지와 불합리한 사회현실에 대한 울분과 항거의식, 미래에 대한 지향을 노래한 작품으로 기술되어, 그를 진보시인 중 한 명으로 꼽고 있다.[249] 이러한 언급 이후 1990년까지 약 30여 년간 김조규 문학에 대해 어떠한 평도 이루어진 바 없다. 이는 현존하고 있는 인물이었다는 것과 북한에서 활약했다는 것이 크게 작용했으리라 본다.

그러다가 김용직이 1991년에 광복 전과 광복 후로 나누어 김조규의 간단한 연보를 소개하고, 1937년 1월 ≪조광≫에 실린 「NOSTALGIA」와 1941년 1월 ≪조광≫ 63호와 『재만조선시인집』에 실린 「연길역 가는 길」 두 편의 시를 해석 · 비평해 놓고 있다. 그리고 『월북작가대표문학(18집)』의 김조규 항에는 「NOSTALGIA」, 「귀향자」, 「연길역 가는 길」 세 편의 시와 한 페이지의 연보가 실려 있다.

김훈겸은 「김조규 시문학연구」에서 김조규의 시문학을 첫째, 초기 시의 역사의식과 비극적 세계관을 둘째, 데카당스와 자기 동일성의 희구를 셋째, 시적 자아의 생명의지와 만주국의 이데올로기 차원에

---

249) 북경대학 조선문화 연구소, 「코리아학 연구 ─ 최근 우리 시문학 상에 제기되는 몇 가지 문제」, 민족출판사, 1993. p.24 재인용.

서 접근하여 시세계의 변모양상을 시대적 상황과의 관련 속에서 분석하고 일제 말기 시인들의 정신적 고뇌가 내포하고 있는 의미를 드러내고자 하였다. 그는 정신분석적 비평방법으로 김조규의 시적 자아가 지닌 정신적 변모의 내적 양상을 고찰하면서 김조규의 시와 사회현실 간의 영향관계를 밝히기 위하여 문학사회학적 방법론을 병행하였다. 『만주시인집』의 3편, 『재만조선시인집』의 5편과 『김조규시집』에 수록된 총 118편의 시를 대상으로 광복 전까지의 김조규의 시세계가 지닌 변모양상에 대하여 상호텍스트성을 통하여 분석하였다.250)

그 결과 김조규의 초기 시의 역사의식은 지식인의 소명의식과 연관되어 사회변혁에 대한 패기와 정열을 보여주었고, 민족수난의 현장에 동참함으로써 새로운 시적 전망을 얻어내고 있었다. 또한 그 원동력이 된 것은 외향적인 지식인의 소명의식이 아니라 내면의 양심이었다고 지적하였다.

그 외의 연구로 2000년 2월 18일 '하와이 제4차 한국학 학술대회'에서 발표한 오오무라 마스오의 논문 「해방 후 김조규의 발자취와 그 작품」을 들 수 있다. 중국의 연변대학 조선언어문학연구소, 연변과학기술대학 한국학연구소와 용정시 문화발전추진회 공동주최로 열린 이 학술보고회의에서는 한국 숭실대학 교수 조규익의 『김조규의 시세계』, 일본 와세다대학 교수 오오무라 마스오의 시집 『동방 전후의 김조규』와 중국 연변대학 교수 김경훈의 「김조규 시작품의 주제의식 연구」 등 논문들이 발표되었다.

오오무라 마스오는 김조규의 광복 전의 작품이나 광복 후의 일부

---

250) 김훈겸, 「김조규 시문학 연구」, 중국 연변대학 석사학위논문, 2001.

작품은 통일문학을 논할 때 포함될 수 있다고 생각한다고 하였다.[251]

김경훈은 김조규의 시작품에서 주제의식의 변화는 민족문학사의 총체적이고 객관적인 연구에 중요한 내용을 이룰 것이라고 하였다.[252]

한편 김광균과 김조규 시를 비교한 연구는 영성(零星)하다. 김태진은 김조규의 간단한 이력과 북한에서의 문단생활을 소개하고 있다. 그리고 그는 「김광균 시 「외인촌」에 대하여」에서 김광균의 「외인촌」이 김조규의 「풍경화」를 표절한 가능성이 있음을 진단하였다.[253] 또한 김태진이 두 시인의 작품에 나타난 색채 시어들을 비교·분석하였다. 그는 양자의 색채어의 사용에 있어 김광균의 시작 능력을 높이 평가하였고, 김광균과 김조규의 색채어 사용은 회화성을 강조하려는 데 목적이 있음을 밝혔다. 이러한 회화적 수법은 현대의 모든 예술 운동, 즉 미래파, 초현실주의, 입체파 등의 현대의 회화운동과 그 방향을 같이하며, 그들의 색채이미지는 긍정적이거나 상승적이기보다는 주로 하강적 이미지를 갖는다고 주장하였다.[254]

박기태는 김광균과 김조규의 시를 시어구사라는 측면에서 비교해 살폈다.[255] 그 결과 두 시인이 식민지 청년의 감상 또는 좌절, 슬픔 등을 드러내는 시어를 나타내고 있다고 하였다. 특히 김광균과 김조규의 시작방법으로 회화성을 중시하는 모더니즘을 택했다고 말하고 있다.

---

251) 오오무라 마스오(大村益夫), 「해방 후 김조규의 발자취와 그 작품」, 하와이 제4차 한국학 학술대회 발표논문, 2000.
252) 김경훈, 「조선족 문학에서의 북방의 상상력 연구」, 『수난을 딛고 대륙에 싹틔운 민족의식』, 중국 연변대학교 교수논문, 2001. p.54.
253) 김태진, ≪월간동화≫, 「재북시인 김조규」, 1991. 8.
254) 김태진, 『김광균 시와 김조규 시의 비교분석』, 보고사, 1996.
255) 박기태, 「김조규시와 김광균시의 비교고찰: 1930년대 작품을 중심으로」, 『한국외대한국어문학연구』, 2000.

3. 한국 시단에서의 모더니즘 수용과 그 영향

우리 땅에 최초로 영미 계열의 고전주의적 경향을 보이는 모더니즘 시인들의 시가 번역, 소개된 것은 1924년경으로 거슬러 올라간다. 한국 근대시의 선구자 중의 한 사람인 김억은 그의 번역 시집 『잃어진 진주』의 서문을 통해 영국 출신의 모더니즘 시인인 리처드 올딩턴과 에이미 로우웰의 시를 소개하였으며, 그 후 1926년에는 카프 계통의 시인인 유완희가 ≪개벽≫지를 통해 올딩턴의 「지하철에서」를 번역하여 소개한 바 있다.256) 그러나 이들의 작업이 어떤 뚜렷한 목적의식에서 비롯된 것이라고 보기는 어렵고, 이후 문단에 등장한 모더니즘 시인들과의 연속성을 발견하기도 힘들다.

그런 점에서, 본격적으로 영미 모더니즘이 수입하여 소개되기 시작한 것은 대략 1930년을 조금 지난 시점으로 이해하는 것이 바람직할 것 같다. 구체적으로 이 시기에 새로이 문단에 등장한 비평가 최재서와 김기림, 임학수, 이양하 등에 의해 체계적으로 수입, 소개되기 시작한 것이다. 영문학 전공자들이었던 이들은 당대 한국 문학이 처한 상황적 조건을 그 나름의 안목으로 분석하고, 그러한 바탕 위에 모더니즘 도입의 필요성을 인식하였던 듯하다.

즉 당시의 문단은 세기 말류의 병적인 감상주의와 카프를 중심으로 한 소위 경향파 시가 주류를 형성하는 한편, 일부 쇠퇴의 기미도 함께 보이고 있던 실정이었다. 이러한 퇴폐적 감상성과 계급 목적의

---

256) 이 경우 유완희의 번역과 소개는 그가 올딩턴의 「지하철에서」의 주제나 의미에 대해 계급주의적인 시각에서 잘못 이해한 결과로 생각된다. 김용직, 『한국현대시사』 제1부, 한국문연, 1996. p.201.

식에 맞서, 이들은 참신한 감각과 질서의식, 언어예술에 대한 자각을
기초로 한 영미 계열의 모더니즘 시론의 도입이 우리 시단의 건강성
회복을 위해서는 필수적이라 이해하고,[257] 이를 활발히 창작에 반영
시킬 것을 제안한다.

김기림의 「시작에서의 주지적 태도」(1933. 4.)와 「포에시와 모더니
티」(1933. 7.) 그리고 최재서의 「현대 주지주의 문학 이론의 건설-
영국 평단의 주류」(1934. 8.), 「비평과 과학-현대 주지주의 문학 이
론의 건설 속편」(1934. 8.) 등이 당시 발표된 대표적인 영미 모더니
즘 문예 이론 관련의 글들이다.

이와 같이 문단 내외의 여건과 기반이 어느 정도 조성되자, 이들
의 활동을 직·간접적으로 뒷받침해 줄 만한 역량 있는 시인들이 속
속 시단에 등장한다. 이론 이외에 직접 창작에도 관여했던 김기림과
더불어 정지용이나 김광균, 오장환, 신석정, 장만영, 김조규 등은 재
래의 시들과는 구분되는 참신한 감각과 회화적 이미지의 활용, 언어
적 조형성 등을 앞세워 우리 시단에 신선한 충격을 던졌다.

모더니즘(modernism)이란, 1920년대 일어난 근대적인 감각을 나타
내는 예술상의 경향이다. 넓은 의미로는 교회의 권위 또는 봉건성에
반항, 과학이나 합리성을 중시하고 널리 근대화를 지향하는 것을 말
하지만, 좁은 의미로는 기계문명과 도회적 감각을 중시하여 현대풍

---

257) 모더니즘은 두 개의 부정을 준비했다. 하나는 로맨티시즘과 세기말 문
학의 말류인 센티멘탈 로맨티시즘을 위해서고, 다른 하나는 당시의 편
내용주의의 경향을 위해서였다. 모더니즘은 시가 우선 언어예술이라는
자각과 시는 문명에 대한 일정한 감수를 기초로 한 다음 일정한 가치
를 의식하고 쓰여야 된다는 주장 위에 섰다. 김기림, 「모더니즘의 역
사적 위치」, 김학동외 편, 『김기림 전집』 제2권, 심설당, p.55.

을 추구하는 것을 뜻한다.

먼저 김기림은 1930년대 한국 모더니즘 시 운동의 대부에 해당되는 사람[258]이라고 할 수 있다. 초창기 그의 영미 모더니즘에 대한 이해의 정도는 상당기간 피상적인 수준에 머물렀던 것이 사실이다. 다시 말해 처음 얼마간 발표된 김기림의 시는 주로 서구 문명에 대한 피상적인 이해와 그것에 대한 맹목적인 지향성으로 인해 경박함을 드러내고 있다. 이 단계에서의 그의 시가 뿌리 없는 코스모폴리티니즘을 노정한다고 자주 비판받아 왔던 이유가 바로 여기에 있다.[259]

우리의 모더니즘이 시작 당시, 영미 이미지즘뿐 아니라 다다이즘과 초현실주의 그리고 아방가르드까지의 다양한 방법적 시도가 있었다. 모더니즘의 시인들은 변화하는 시대의 한복판에서 불안과 혼란을, 더불어 책임과 의무를 느끼고 있었다. 이는 언어를 독점하는 것이 곧 권위를 독점하는 일이기도 했던 당대 문사들의 사회적 의무, 나아가 엘리트의식의 일면이다. 그들은 앞서 체험하고 이러한 체험을 세상에 먼저 제시하여 알려야 할 지사적 책임이 있었던 것이다. 현실을 진단하고 이러한 현실의 대안을 마련하는 일이 선지자인 이들의 몫이었다면, 이러한 시대의 글쓰기란 절실하면서도 불안한 것이었다. 따라서 불안한 이들에게 현실의 상황을 넘어설 새로운 이념의 지렛대가 필요했다.

그러나 시대에 대한 저항과 이를 위한 실천의 문제는 새로움의 미학에 경도되어 있던 당대 모더니스트들에게 그만큼 어색한 일이

---

258) 김용직, 앞의 책, p.266.
259) 대표적인 경우로 송욱을 지목할 수 있다. 송욱, 「한국 모더니즘 비판」, 『시학평전』, 일조각, pp.183-194 참조.

아닐 수 없었다. 새로움이란 이미 현실의 부정과 거부와 외면이고 보니, 이들에게 있어 현실이란 극복의 대상 그 이상이 아니었다. 물론 모더니즘의 이데아는 언제나 현실에 발 디디고 있다. 그러나 실제 그들의 눈이 바라보는 공간은 그들의 발이 서 있는 현실에서 멀면 멀수록 더 자극적인 유혹이었다. 보는 자는 언제나 전체를 더 정확히 보기 위해 대상과의 일정 거리를 유지해야 할 일이다. 그것은 현실의 상황에 대한 부담에서 그만큼 거리를 두고 있다는 의미이고, 그러다 보니 우리의 역사에서 보는 화자의 문제는 언어를 독점한 지식인의 입장에서 말하지 않는다는 이유만으로도 명백한 우익이었다. 그렇다고 이들의 논리를 이끌 만한 강력한 행동강령이 따로 존재했던 것 같아 보이지는 않는다. "이 땅에는 엄격한 형식적 구도가 없었으므로 아직 자유시 형성의 성립 조건이 이루어지지 않았다."[260] 고 주장한 송욱의 언급에서처럼 그들의 의지는 다소 냉소적인, 그러나 관람을 즐기는 일정 거리 밖, 관객의 포즈이다. 이들의 포즈는 주목을 요한다.

결과적으로 이들에 의해 시작된 근대(modern)[261]의 문제가 우리 문단에 어떻게 유입되어 실현되고 있었는가 하는 문제이다.

---

260) 송욱, 「유미적 초월과 혁명적 아공」, 『시학평론』, 일조각, 1983. p.294.
261) modern이라는 말 자체가 지금, 막을 뜻하는 라틴어 modo에서 파생되어 새로운이라는 의미뿐 아니라 당시의라는 뜻까지 담고 있는 modernus란 말에 토대를 두고 있다. 뿐만 아니라, 자신과 동시대 사람을 moderni 오늘날의 인간들로 지칭하며 고대와 일정 거리를 두는 태도는 중세에서도 찾아볼 수 있는 것이었다. ─ H. R. Jau ß, 장영태 역, 『도전으로써의 문학사』, 문학과 지성사, 1983. pp.21─22 참조.

고도로 발달된 생산의 근대적 기술은 오직 전설이나 일화로밖에는 우리에게 알려지지 못하였다. 그와 반대로 소비의 면에서는 모든 근대적 자극이 거의 남김없이 일상생활의 전면에 뻗어 돌아온다. 말하자면 「근대」라고 하는 것은 실은 우리에게 있어서 소비도시와 소비생활 면에 「쇼윈도」처럼 단편적으로 진열되었을 뿐이다.[262]

김기림의 이러한 지적에서와 같이 모더니티 실험의 시도기라 볼 수 있는 1930년대의 모더니즘은 생산조직이나 근대적 기술이라고 하는 첫 단계의 제도적 장치들을 갖추지 못한 채, 소비와 향락의 천박한 자본주의 쇼윈도안의 진열품들이었다. 따라서 모더니즘의 주체는 뚜렷한 대상을 찾지 못한 채 어설픈 흉내를 내고 있는 것처럼 보였다. 그러다 보니 우리에게 모더니즘이란 일정 거리의 진열장 속 유토피아였다.

다시 말해 우리 모더니즘의 실질적인 무대였던 도시 경성은 비자율적 공간이라는 것이다. 경성에서 화자는 말하는 주체이기보다 지켜보는 이방인이었고, 화자의 언어는 일정 거리 밖의 남의 일에 새롭고도 낯선 호기심에서 비롯한다.

새로운 공간으로서의 도시는 모더니즘의 대안이었다. 따라서 모더니스트들에게 유일하게 남은 자율적 기관은 몸이 아닌 눈이었고, 시선이라고 하는 시각의 문제일 뿐이었다. 그들은 몸으로 움직이기에 앞서 구경하고 관찰하며 새로운 문명의 체험을 시작한다. 호기심 어린 눈으로 바라본 세상은 낯설고 신비로운, 그러나 쓸쓸하고 서러운 것이었다. 모더니즘 기법이 시각적 이미지에 발 디디고 있는 이유는

---

262) 김기림, 「1930년대의 소묘」, 앞의 책, pp.47-48.

여기에 있다. 이렇듯 변화와 갈등 속에서 시작한 우리의 모더니즘은 그 논의의 출발부터가 조심스럽고 모호하다.263) 이미지(image)라는 말이 이미타리(imitari)라는 의미에 뿌리내리고 있다264)고 한다면, 초기 모더니티의 실험 당시 우리 사회는 서구를 복사한 경성의 복사, 즉 복사에 복사를 거듭하며 재복사(recopy)하는 모방(imitation)의 문제를 수반하는 것이었다.

새로운 세계와 새로운 정신의 발견이라고 하는 르네상스 정신의 계승으로서의 모더니즘은 그 의도와는 달리 복사에 복사를 거듭하며 퇴색해 갔다. 따라서 우리의 모더니즘은 파리나 베를린, 런던과 서구의 도시들이 이루어 낸 제도의 부정 혹은 개혁으로서의 모더니즘 혹은 아방가르드적 실천성과는 거리가 있는 것이었다. 이것이 우리 모더니즘이 이미지의 문제, 즉 모더니즘에 따른 이미지즘 이론이지 수용 자체가 아니었다.

그렇다면 이들이 처음 접한 문명을 기차265)에서 찾기로 한다. 이는 그림의 이미지, 스크린의 화면과 같은 것이었다. 액자를 씌워 놓

---

263) 근대 시민사회의 형성 이후, 성역화되었던 이전 시대 시의 영역은 시민의 예술 형식인 오페라와 소설에서 20세기 대중예술의 산물인 영화에 이르기까지 더 나아가서는 엔터테인먼트와 예술의 벽이 허물어지기 시작한 오늘날에 와 그 설 곳이 모호해지고 있었다. 이전 시대 기득권마저 상실한 시인은 과학혁명의 소용돌이 속에서 그 정체성의 문제를 겪게 된다.

264) R. Barthes, 김인식 역, 『이미지와 글쓰기: 바르트의 이미지론』, 세계사, 1993. p.83.

265) 19세기의 그 어떤 것도 철도만큼 생생하고 극적인 현대성의 징표인 듯 보인 것도 없었다. - W. Schivelbusch, 『The Railway Journey』, 「The Inderstrialization of Time and Space in the 19th Century」, Berkerley: The University of California Press. 1986. 13장 참조.

은 채, 일정한 거리 밖에서 특정 공간을 담아내기도 하고, 속도라는 것을 체험하기 시작하면서 화면 이동을 통한 연속의 이미지들을 제공하기도 하였다. 고향을 떠나는 혹은 돌아오는 길의 각 역은 시의 연 구분 단위가 되기도 하고, 그림의 한 장면이 되기도 하고, 일정한 씬(scene)을 이루어 이미지를 형성, 한 편의 영화로서의 기능을 할 수 있다. 철도여행은 극장이나 도서관을 방문하는 것과 다를 바가 없는 것으로 보였다. 기차표를 구입하는 것은 극장표를 구입하는 것과 같은 것이었다.266)

따라서 사람들은 목적지 자체보다 기차 안에서 바라보는 창 너머의 세상이 더 관심거리였을지 모르겠다. 꼼짝없이 앉아 있는 여행의 시간 동안 유리라고 하는 차가운 차단을 통해 보이는 세상은 혼란한 시대의 고갈된 정신을 자극하고 꿈꾸게 하는 동인으로 작용했을 일이다. 기차여행은 전통적인 공간의 개념을 시간으로 분해, 스펙터클로 환원267)시키며 백화점의 쇼윈도 내지는 산책자의 일정 거리 밖에서 바라보는 하나의 풍경을 제공하곤 했던 것이다. 그리고 이를 통해 화자는 새로운 세계의 동경과 지향의 의지를 자극받고 있었다.

---

266) W. Schivelbusch, 위의 책, p.39 참조.
267) W. Schivelbusch, 앞의 책, p.38 참조.

Ⅱ. 김광균과 김조규의 문학적 양상

문학의 모든 측면이 시대상황에 입각한 사회학적 입장에서 정의될 수 있는 것은 아니지만, 그럼에도 불구하고 문학은 필연적으로 시대적 상황이나 사회학적으로 조건 지어져 있는 예술활동임은 분명하다. 그것은 문학이 어쩔 수 없이 사회나 시대의 한 산물이면서, 아울러 역사적으로 규정되는 예술이기 때문이다.

서구 낭만주의의 출발은 지나치게 형식적인 고전주의에 대한 반발에서 시작한다. 하나의 틀 속에 모든 것을 가두어 버리려는 것에 대하여 만족하지 못하고, 보다 무한한 자유를 갈구하기에 이른 것이다. 따라서 내용적이고, 자유적이며, 특수적이고, 독창적인 것을 갈망하는 것이 낭만주의 문학이라고 할 수 있다. 다시 말해 낭만주의는 미래를 동경하며 인간의 감정을 존중하는 것이 그 특색이라고 할 수 있다.268) 그러나 이러한 낭만주의가 잘 알려진 대로 3·1운동을 전후한 허무와 좌절의 한국문학 속에 수용되었을 때 현실의 좌절은 꿈이라는 내면화의 추구로 나타나게 된다. 1920년대 시 대부분이 어두운 현실을 좌절과 절망으로 인식되고 그러한 의식의 극복 및 출구는 다름 아닌 바로 꿈이었다. 현실보다 추상적인 실체인 꿈의 우위야말로 낭만주의의 구조적인 원칙이자, 시인들의 낭만화된 고뇌가 된 셈

---

268) 김상선, 『문예사조론』, 일신사, 1987. p.168.

이다.269) 이러한 어두운 현실에 대한 좌절과 절망은 사실상 식민지 시대의 모든 문인들에게 공통적으로 지워진 정신적인 부담이자 과제였다고 볼 수 있다. 더구나 김광균과 김조규는 시작(詩作) 초기에 조국의 식민지 현실에 대한 관심은 어떤 사상에 상관없이 의식 저편에 자리한다고 볼 때 이들의 초기 시에서 드러나는 감상적 낭만주의의 시는 식민지 시대에 글쓰기의 한 입사(入社) 양식으로 볼 수 있을 것이다.

김광균은 모더니즘 시론에 나타난 문학관을 가지고, 형태의 조형성을 활용하여 자기 체험을 호소력 있게 형상화시켰다. 특히, 인공적 자연과 자연의 대비를 통해 제시되는 시각이미지의 조형성은 다른 작가들의 추종을 불허했다. 그의 시각이미지의 조형성은 현대시의 기법으로서 현대시를 보다 현대적이게 한 이미지스트로, 그가 붓을 놓을 때까지 일관되게 지속되었다.

반면, 김조규 시는 식민지 현실에 대한 감상주의 시기, 모더니즘 수용의 시기, 리얼리즘 심화의 시기로 나눌 수 있다. 이러한 변화의 양상은 한 시인의 의식세계를 밝히는 데 중요한 요인이 되기도 하지만 자칫 당시 사회사의 연관 속에서 기계론적인 해석을 낳게 하는 요인이 될 수도 있을 것이다. 그러나 김조규의 시적 변화 양상은 상당히 새로운 모습을 보여주고 있다.

한국 현대시를 가장 현대적으로 이끈 시인이라는 평가를 받고 있는 김광균, 그 동시대를 함께 살면서 북한에 있다는 이유만으로 제대로 연구조차 할 수 없었던 비운의 김조규 시인의 활동과 시론을

---

269) 박철희, 「20년대 시의 좌절과 방향모색」, 『한국문학연구입문』, 지식산업사, 1982. p.534.

비교하여 살펴보겠다.

1. 김광균의 시적 전개양상

한 시인의 세계 인식방법이나 문학관을 규명하려면 그 시인의 시작품뿐만 아니라, 그의 정신적 배경과 생애는 물론이고, 성장환경에 따른 후천적 성향까지 파악하는 것이 무엇보다 중요하다.

김광균은 13세 때부터 시를 쓰기 시작하여 1993년 임종 전까지 창작하였다. 그는 도시의 모든 면을 시각이미지로 회화화하여 다른 시인들과의 차별성을 확보한 이미지스트 시인이었다. 아버지의 갑작스런 죽음과 함께 찾아온 가난, 장남으로서 집안을 지켜 나가야 한다는 의무감, 일찍부터 뛰어든 생활 전선, 첫 직장인 항구 도시 군산과 큰 차이를 보이는 서울이라는 도시의 모습, 그리고 다양한 예술가들과의 만남 속에서 그에게 커다란 매력으로 다가온 것이 모더니즘 운동이었다. 모든 사람들의 기억에 '와사등'의 시인으로 기억되고 있는 김광균의 생애와 문단활동을 살펴보고자 한다.

김광균은 경기도 개성에서 1914년 1월 19일에서 3남 4녀 중 장남으로 태어났다. 그가 원종 제1보통학교에 다니던 9세 때 개성에 전기가 들어왔다. 그런데 김광균에게 있어 그 이전에 쓰던 램프(燈)는 호기심의 대상이면서도 시감(詩感)을 촉발시키는 신물(新物)인 듯하다. 어린 시절 김광균은 램프의 호야를 닦는 임무를 맡았다. 그는 매일 저녁마다 램프등의 유리를 조심스럽게 닦고, 석유를 부어 불을 피웠다. 그리고 김광균은 피어오르는 램프등의 불빛을 조절하며 그 것을 신기하게 바라보았다고 한다.[270] 그런데 불빛에 대한 그의 호 기심을 더욱 자극하는 일이 발생하였다. 바로 석유 램프등을 대체한 전기등을 보게 된 것이다. "전기가 들어오는 날에 전등을 쳐다보며 조마조마한 시간을 보내느라 저녁밥도 제대로 먹지 못하였다."라고 회고한 그의 말을 감안해 볼 때, '빛'이라는 이미지는 김광균에게 있 어 경이의 대상임에 틀림없었던 것으로 보인다. '빛'에 대한 김광균 의 호기심은 그의 시작(詩作)에 적지 않은 영향을 주어 '등불'이라는 소재를 그의 작품에서 자주 찾아볼 수 있는 계기가 되었으며, 결국 그의 시집의 표제를 『와사등』으로 정한 동기가 되었다.

전기가 들어온다던 날 황혼이 짙어오자 아버님을 제외한 우리 집안 식구 모두는 안방 마루에 모여 앉아 전등을 쳐다보며 조마조마한 시 간을 보내느라 저녁밥도 제대로 먹 지 못하였다. 지붕 너머에 땅거미 가 깔려 어둑어둑 할 무렵 전기불이 들어왔다. 십촉짜리 전등불은 神 話같이 밝아 불빛이 안마당에서 헛간까지 비쳐 우리들은 숨도 제대로 못 쉬이고 놀랐다.[271]

그는 모더니즘의 기수로서 전근대적인 자연에서 탈출하여 근대적 인 문명으로 진입할 때, 근대문명을 대표할 수 있는 전기에 유달리 집착하였다. 따라서 그의 시 곳곳에 등장하는 '등불'은 그의 유년 시 절의 호기심에서 비롯되었다고 할 수 있다.

---

270) 김광균, 「박꽃」, 『추풍귀우』, 범양사출판부, 1986. p.116.
271) 김광균, 위의 책, pp.116 - 117.

조그만 등불이 걸려 있는 물결 위으로

- 「湖畔의 印象」에서

　꽃등처럼 흔들리는 작은 창밑에 / 밤은 새파란 거품을 뿜으며 끓어
오르고 / 나는 銅像 이 있는 廣場 앞에 쪼그리고 / 길 잃은 세피아의
파-란 눈동자를 들여다본다.

- 「街路樹」에서

　등불 없는 空地에 밤이 내리다. / 수없이 퍼붓는 거미줄같이 / 자욱
-한어둠에 숨이 잦으다.

- 「空地」에서

　눈은 추억의 날개 때묻은 꽃다발 / 고독한 都市의 이마를 적시고 /
公園의 銅像 우에 / 동무의 하숙 지붕 우에 / 캬스파처럼 서러운 등
불우에 / 밤새 쌓인다.

- 「눈 오는 밤의 詩」에서

　예컨대 김광균이 고향인 개성을 떠나 서울(京城) 생활을 하면서
도시의 모습을 그린 「호반의 인상」, 「가로수」, 「공지」, 「눈오는 밤의
시」 등의 작품에는 어김없이 황혼 무렵 점차 어두워지는 도시를 다
시 밝게 밝히는 '등불'의 이미지가 집중적으로 제시되어 있다. 이는
곧 유년 시절 호롱불과 전깃불에 대한 호기심을 떨쳐 버리지 못하였
던 김광균의 인식이 반영된 것이다. 즉 김광균은 인간이 창조한 전
깃불을 노래하면서 어린 시절부터 지녀 왔던 꿈·희망·미지의 세계
등을 그리워했던 것이다. 이러한 그리움은 그의 유년 시절을 배경으

로 하고 있는 산문을 통해서도 확인할 수 있다. 유년 시절, 초파일 날 남산에 올라 화등과 화포에 가슴이 울렁거린 것도 그가 자연 발생적인 것에 비해 인공적이고 인위적인 것에 매료되었음을 암시한다.

　　푸른 하늘을 찌르고 언덕 위에 늘어선 白楊나무잎이 눈부신 오후, 下學鐘이 울기도전에 책보를 낀 채 우리들은 南山에 올라 잔디밭에 턱을 고이고 앉아 四月 八日이 가까워 오는 거리를 내려다보았다. 南大門을 싸고도는 고독한 街路 위에 季節의 觸鬚같은 등대가 하나 둘 늘어가는 것을 헤고 처마 끝에 마다 花燈이 바람에 흔들리고 어두운 帳幕위에 花 苞가 터지는 感傷的인 그림을 눈앞에 그리고 가슴이 울렁거리는 것을 느꼈던 것을 記憶한다.[272]

　12살 때, 김광균의 아버지는 말없이 죽음을 맞게 된다. 이때, 김광균은 정신적인 충격이 심했던 것으로 보인다.

　　이튿날 저녁 때 흰 廣木으로 喪服을 해 입은 뒤에 어머님이 나에게 아버님 약병을 나까줄(시내의 뜻)에 내다 버리고 오라고 하시기에 누이동생과 둘이서 둥부나까줄이라고 부르는 시냇가에 나갔다. 해는 이미 지고 조용한 시냇물은 이 새빨간 노을 빛에 잠기어 가 고 있었다. 시냇물에 던진 약병이 하나하나 물결에 잠겨 흘러가는 것을 내려다보다 누이동 생과 나는 아버님이 돌아가신 것이 새삼스러워 오랫동안 소리를 내어 울고 서 있었다.[273]

---

272) 김광균, 「풍물기행」, 앞의 책, p.37.
273) 김광균, 위의 책, p.120.

「해바라기의 감상」에서 아버지의 죽음에 대한 김광균의 인식을 확인할 수 있다. 아버지의 죽음에 대한 김광균의 정신적 불안감은 오랫동안 소리 내어 울 수밖에 없었다는 그의 고백을 통해 쉽게 짐작된다. 또한 이러한 불안감은 그의 자전적 소설인 『조가』에서도 엿볼 수 있다.274)

그 후 어려운 생활 속에서 김광균은 1932년 개성송도상업학교를 졸업하고, 경성고무공업주식회사에 취직자리를 얻어, 그해 10월 군산으로 떠났다. 이는 김광균이 장남으로서 집안의 가장 역할을 하고 있었기 때문이기도 하겠지만, 어머니의 자식에 대한 남다른 애정 때문이기도 하다. 김광균의 시 속에 아버지를 생각하고 지은 시가 「해바라기의 감상」 한 편밖에 없는 데 비해, 어머니에 대한 시는 「국화」, 「수반의 시」, 「다시 목련」, 「목련나무 옆에서」 등 여러 편이 있는 것으로 보아, 그는 어머니에 대한 애정이 매우 각별하였음을 알 수 있다. 물론 아버지는 그가 12살 때 돌아가셔서 기억이 별로 없음에도 기인하겠지만, 김광균의 시 속에 등장하는 사람들이 주로 여성으로 나타나는 것으로 보아, 그를 둘러싸고 있는 가정환경이 주로 누나와 누이동생을 중심으로 한 가족적인 환경 속에서 살았기 때문일 것이다. 이것은 죽은 누이동생을 대상으로 한 시 「대낮」, 「수철리」, 「조화」와 죽은 누나를 대상으로 한 시 「벽화」, 「대화」 등을 통해서도 확인해 볼 수 있다.

김광균은 1935년, 22살의 나이로 함경남도 이원에 사는 김영은의 여 김선희와 결혼을 하였다. 김광균과 김선희 사이에 3남 2녀의 자

---

274) 김광균, 「조가」, ≪조선중앙일보≫, 1935. 5. 7~1935. 5. 24.

녀가 태어났다. 그는 후일 어린 손자와 군산을 찾았을 때 쓴 시 「황록·1」에서 '내 나이 스물 세 살에 / 이곳에서 시를 쓰기 시작할 무렵 / 새로 맞은 아내와 셋방을 얻어 살고 있었다.'라고 적고 있다. 김광균의 산문집 『김광균문집 와우산』에 수록된 「함경도의 점묘」는 바로 김광균이 선보러 이원으로 가면서 쓴 여행기이다. 그는 이원읍의 오후를 다음과 같이 기록하였다.

오백戸를 헤아릴까 말까하는 읍내를 十字로 가른 큰 질은 한가한 집 舍廊 마당같이잠잠하였다. 이렇다 하고 내설을 旗幅이 없는 고을! 小學校 마당에서는 풋볼 차는 아이들 이 떠드는 소리가 한창이였다… 邑을 둘러싸고 있는 초라한 작은 平野는 다시 利原의 인 상을 凋落한 地主階級의 殘影같이 느끼게 하였다. 北朝鮮의 곳곳에 흩어져있는 이렇게 평 범한 岐路는 일찍이 화려한 進幅을 잃은 우리들의 현실의 고향이 아닐까!275)

이러한 일면은 김광균이 도시를 추구하고 도시를 사랑할 수밖에 없게 하는 원인이 되었다. 한편, 식민지 생활인으로서 그가 느끼는 지주계급의 몰락은 일제에 나라를 빼앗긴 현실을 그대로 반영한 것으로, 그는 그것을 '우리들의 현실의 고향'이라고 표현하였다. 이는 현실 인식의 영향으로 그의 시 곳곳에서 나타나는 고향은 한결같이 우울하고 슬프게 묘사된다.

슬픈 기억의 장막 저편에

---

275) 김광균, 「함경도의 점묘」, 앞의 책, pp.26−27.

고향의 계절은 하이얀 흰눈을 뒤집어 쓰고

ー「황혼에 서서」 중에서

오후
하이얀 들가의 외줄기 좁은 길을 찾아 나간다
들길엔 낡은 전신주가
儀仗兵같이 나를 둘러싸고
논둑을 헤매던 한 떼의 바람이
어두운 갈대밭을 흔들고 사라져 간다

ー「창백한 산보」 중에서

낡은 고향의 허리띠같이
강물은 기일게 얼어붙고
차창에 서리는 황혼 저 머얼리
노을은
나어린 향수처럼 희미한 날개를 펴고 있었다.

ー「성호부근」 2연

'고향의 계절은 하이얀 흰눈을 뒤집어 쓰고', '들길엔 낡은 전신주가 의장병같이 나를 둘러싸고', '낡은 고향의 허리띠 같이 강물은 길ー게 얼어붙고' 등의 모습을 하고 있다. 그의 잃어버린 고향이 곧 조국의 모습이고, 피할 수 없는 현실이기 때문이다.

특히, 김광균은 누이동생에 대한 기억이 아주 강하게 자리잡고 있다. 그의 누이동생은 18살의 한창 꽃다운 나이에 그만 폐결핵에 걸려 사망하였다. 김광균은 죽은 누이동생을 생각하며 시 「조화」를 지었을 뿐만 아니라, 단편소설 『조가』를 썼다. 자전적인 성격을 띠고 있는 『조가』에서 김광균은 죽은 누이동생에 대한 기억을 다음과 같이 쓰고 있다.

시계는 새로한시를 가리치고 하—얀 박꼿이 핀 담넘어 늦게 뜬 초생달이 걸려잇는 것이 보엿다. 어머님도 고단하셔서 잠이 깊이 드신 모양이고 고요한 뜰알에 지나가는 바람소리만 각금들렷다. 나는 다시 잠이 들려고 돌아눕다가 어떤지 등뒤가 답답하여 헬끗 뒤를 돌아다 보앗다. 그랫드니 거긔엔 明姬가 근심스러운 얼골을 하고 쪼코리고 안저나를 나려다 보고 잇섯다. 손에는 부채가 쥐여잇섯다. "왜 잠을 안자니" 나는 힘업는 소리로 물으며 가슴이 메이는 것을 늣겻다. "오빠 지금은 좀 정신이나우"[276]

이런 누이동생의 죽음은 그에게 실존적인 존재에 대한 허무를 생각하게 하였음이 틀림없다. 그는 이러한 실존적인 허무를 개인적인 소외의식으로 승화시켰다.

1936년 김광균은 본사로 전근이 되었다.[277] 그해 봄에 서울로 올

---

276) 김광균, 「조가」, ≪조선중앙일보≫, 1935. 5. 7.
277) 김광균의 산문집 『김광균문집 와우산』에 수록된 「30년대 화가와 시인들」과 「꿈속에 가보는 선죽교」, ≪월간조선≫ 1988. 3. 그리고 그가 당시 서울을 중심으로 한 작가들과의 교류 및 ≪시인부락≫ 동인으로 활동한 것 등을 종합해 볼 때, 1938년보다는 1936년에 서울 본사로 전근되었다. 서준섭은 1988년 김광균과의 인터뷰를 통해 1936년임을 확인했다고 밝히고 있다. 서준섭, 『한국 모더니즘 문학 연구』, 일지사, 1995, p.148. 따라서 김광균이 「한성에 올라와서」에서 서울 본사로의 전근을 1938년으로 적은 것은 그가 오랜 세월이 흐른 뒤에 기억한 것으로 약간의 착오가 있었던 것으로 보인다. 따라서 그 후에 나타나는 일부 사건들의 연대가 2년씩 착오가 나타난 것은 이에 준하여 수정하였음을 밝힌다.

라와 다옥동에서 하숙을 시작하였다. 박태원의 「천변풍경」에 나오는 시냇가 옆이었다. 김광균의 『와사등』에 실린 시는 이 무렵에 쓰였으며, 김만형, 최재덕, 이봉구, 오장환 그리고 고향 친구 김재선 등과 어울렸다. 따라서 이때부터 김광균은 시인뿐만 아니라, 화가들과도 교분을 쌓았다.278)

1988년 8월 1일 김광균은 구상등 『회귀』 동인들과 독립기념관에 갔다가 병을 얻어, 이튿날 서울대병원에 입원을 하였다. 병명은 뇌혈전증이었다. 그의 시 「미신자의 노래」에서도 알 수 있듯이 김광균은 평상시 종교에는 관심이 없었다. 그러나 가족들의 증언에 따르면 그는 항상 종교를 갖는다면 가톨릭에 귀의하겠다는 이야기를 할 정도로 가톨릭에 대해서는 각별한 관심을 가지고 있었다. 그런 그가 병마와 싸우는 동안 춘천교구장인 장익 주교의 주선으로 명동성당에서 1989년 9월 16일 영세를 받았다. 이때 김광균의 대부는 시인 구상이었다. 그러던 그가 다시 쓰러지면서 끝내 일어서지 못하고, 1993년 11월 23일 사랑하는 가족과 그가 그렇게 사랑했던 소공동과 명동을 뒤로하고 세상을 떠났다.

1930년대의 대표적인 모더니스트인 김기림, 정지용 등이 모두 일본으로 유학을 가서 체험한 모더니즘이라면, 김광균은 이들 유학세대들이 들여온 모더니즘을 다시 수용한 모더니즘이다. 즉 외래사조인 모더니즘을 우리는 그것이 발생한 본국으로부터 직접 수용한 것이 아니라, 일본이 수용한 모더니즘을 재수용한 것이다.279) 이런 의미에서 그의 모더니즘은 서구의 모더니즘과는 상당한 거리가 있지만

278) 김광균, 「한성에 올라와」, 앞의 책, p.125.
279) 서준섭, 앞의 책, pp.49-57 참조.

가장 소박하게 파악한 모더니즘일 수도 있다.

김광균은 광복 직후 시단을 떠나 기업가의 길을 걸어가지만, 그 후 『황혼가』, 『와사등』, 『추풍귀우』, 『임진화』 등의 시집을 출간한 것으로 보아, 시단을 영원히 떠났다고 할 수는 없다. 그러나 1957년 산호장에서 발표한 『황혼가』는 『기항지』와의 합본 성격을 띠고 있으며, 1977년 근역서래에서 발표한 『와사등』은 그동안 발표한 시의 전집 성격을 띠고 있다. 1986년의 『추풍귀우』, 1989년의 『임진화』 두 편의 시집에서는 이미지스트로서의 면모는 거의 사라졌음을 볼 수 있다.

시는 항시 그 시대의 거울이라 한 김광균은 시에 있어서 새로운 시대적 가치의 발견과 그 조장(助長)에 관심을 두고, 현대의 교양과 감정을 흔들려면 반드시 거기에 적합한 문학내용과 새로운 형태 및 새로운 서정정신을 갖추어야 한다[280]고 하였다. 그는 결국 시는 현대의 지성과 정신을 통하여 의식적으로 소위(所爲)되는 정신적 소산물일 따름이라 한다. 이러한 견해는 김기림과 매우 흡사한 양상을 보이는데, 이는 후배 김광균이 선배인 김기림의 영향을 많이 받았음을 의미한다.

『인문평론지』5호(1940. 02.)에 발표된 「서정시의 문제」란 글은 그의 시론을 살피는 데 귀중한 자료가 된다. 이것은 당시까지 그가 쓴 시에 대한 주장임과 동시에 한국 시의 새로운 방향모색을 위한 시도에 대한 이론이다. 이 글에서 김광균은 자연발생적 낭만주의의 부정과 형태의 사상성, 현실비평 정신, 도시어 등을 현대적인 시의 특징으로 제시한다.

---

280) 김광균, 「시의 정신 - 회고와 전망을 대신하여」, ≪경향신문≫, 1947. 1. 15.

첫째로 언급한 것은 전통적인 시법에 대한 비판이다. 이는 곧 낭만주의적 자연 발생의 시에 대해 비평을 가하고 있다.

> 詩를 言語의 祝祭 氷遠에의 祈禱 靈魂의 悲劇 記憶에의 鄕愁에
> 그치는 자연발생적인 것으로 생각하고 어떤 氣分이나 情緖의 狀態를
> 펜과 原稿紙에 옮겨 놓은 것으로 그 任務를 맞힌 것 같이 생각하는
> 분이 있는 것 같다. (중략) 거기엔 主로 二十世紀 以前의 氣分이나
> 情緖로 차 있어 砲火에 나러간 포―란드의 消息도 疲勞한 도시의 얼
> 굴도 文化와 信念이나 價値를 喪失해 가는 現代의 목쉰 呼吸과는
> 아무 상관이 없는 一種 奇이한 感을 주는 秩序로 차 있다.281)

인용된 부분 중 앞의 것은 당시 시단의 상황이고 뒤의 것은 그런 시에 대한 비판이다. 현대의 시는 과거의 자연발생적인 시와는 달리 근본적인 차이가 있다. 과거의 시는 음풍농월식 기분이나 감정을 노래했고 이를 그저 옮기면 그만이었다. 그러하기에 현대 상황과 문화의 감각을 지니지 못한 기이한 감을 주는 질서로 가득 차 있다고 비판한다.

이에 비해서 지금의 시는 시대를 반영하여 새로운 가치를 발견해야 한다. 20세기의 시인은 20세기의 정서와 감각을 시에 반영해야 한다. 그래서 새로운 형태 및 새로운 서정정신이 요청된다. 문명에 대한 예리한 관찰과 비판의식은 물론 과학적인 사고를 바탕으로 현대사회의 가치관과 정신을 표현해야 한다. 또한 그것은 건축학적 설계에 의해 의식적으로 제작된 견고한 자율적 체계이어야 한다.282)

---

281) 김광균, 「서정시의 문제」, ≪인문평론≫, 1940.

비록 김광균은 모더니즘 이론과는 별개로 문단의 현상에 입각하여 말하고 있지만, 이는 로맨티시즘과 내용주의를 부정하던 모더니스트들의 시론과 유사한 모습을 취하고 있다.

둘째로 김광균이 강조하고 있는 것은 형태의 사상성이다. 이는 과거의 자연발생적 시작 태도를 거부하는 새로운 형태의 개발을 의미한다. 시의 내용으로서의 현실이 달라졌기 때문에, 그 달라진 현실을 담기 위해서는 필수적으로 형태의 변화가 수반되어야 한다는 것이다.

> 詩에 있어서 形態를 除한 對象(文學內容)은 藝術全般에 共通된 것이겠기에 論外로 하고도 詩 가 다른 藝術과 軌道를 달리 한 獨特한 形態를 가진 이상 一種의 獨特한 '形 態의 思想性'을 가지고 있을 것이다. 이 '形態의 思想性'과 作品內容과의 연쇄關係를잘 모색해 보면 거기서 意外로 좋은 수확이 있을 것이다.283)

여기서 김광균이 언급한 형태란 형식적 차원에서 정신을 담는 단순한 생태학적 형태가 아니라 인간 고유의 정신이 요청하고 그것이 형성한 양식적 개념임을 확인하게 된다. 즉 김광균은 문학의 내용과 형식을 분리하여 그 형태의 중요성을 강조하고 있다. 이는 서구의 이미지즘 시론에 기초를 둔 산문성과 조형성의 형태인 것이다. 현대를 대변할 새로운 시의 용기로서의 형태는 지난날의 운문에 대한 산문성과 애매모호성이 대립되는 조형성을 지녀야 한다고 말한다. 그러나 그러한 새로운 정신이 요구한 시적 형식에 관한 이론적 탐구는

---

282) 조용훈, 「새로운 감수성과 조형적 언어」, 『김광균 연구』, 국학자료원, 2002. pp.257-258 참조.
283) 김광균, 앞의 책, p.312.

미흡하다.

셋째로 현실비평능력이다.

> 오늘 우리가 가장 큰 관심을 가지고 대할 문제 중의 하나로 '시가
> 현실에 대한 비 평정신을 기를 것'이 있다. 이것이 현대가 시에게 요
> 구하는 가장 긴급한 총의이겠다. 현대의 정신과 생활 속에서 새로 세
> 례받고 그것을 몸소 대변하는 중요한 발성 기관이 어야 할 것이다.[284]

김광균이 지속적으로 관찰하고 싶은 것은 현실에 대한 비평정신으
로서의 시이다. 이때 현실은 날카롭게 통찰하는 시인들의 자각과 노
력이 필수적으로 요청될 수밖에 없다. 그러므로 시인은 필수적으로
문명에 대한 통찰력이 무엇보다도 필요하다고 주장한다.

> 주지주의 시운동의 첫 사업은 우리 시에 나타난 봉건주의 掃除로 시
> 작되었다.당시의 감상주의는 봉건주의의 변모에 지나지 않았다. 李朝遺
> 風의 풍경묘 사와 주관적인 영탄으로 나타난 봉건의 때를 씻고 우리
> 시에 「근대문명」이라는 새로운 '메카니즘' 을 받아 들여서 항시 전진하
> 는 시대 감정을 이끌고 시대의 표정을 지녀야 할 것을 주창 했다.[285]

이상의 글에서 보듯이 현대시는 봉건적인 잔재를 해소하고 문명의
새로운 가치와 체계를 수용할 때 그 의의를 찾을 수 있다. 명석한
사고와 감각을 통합할 수 있는 감수성, 그리고 현실에 대한 날카로
운 통찰력이 필수적이다.[286] 현대시는 봉건적인 잔재를 해소하고 문

---

284) 김광균, 앞의 책, p.313.
285) 김광균, 「30년대의 시운동」, 김학동 · 이민호 편, 앞의 책, p.338.

명의 새로운 가치와 체제를 수용할 때 그 의의를 찾을 수 있다. 과학문명의 급속한 발전에 따라 과거와는 다른 삶을 영위한다는 것은 시 역시 새로운 정서와 사고를 담는다는 것을 의미한다. 새로운 시대의 가치관을 표현할 경우 새로운 시적 양식이 요구될 수밖에 없는 것이다. 그래서 시인은 반드시 현대의 감정과 교양을 체득해야만 하고 자신을 둘러싼 현실을 조형적인 언어로 표현해야 한다.

넷째로 김광균이 강조한 것은 도시어(都市語)이다. 현대시가 적극적으로 현대의 생활을 다루고 비평해야 된다면, 그 시어는 자연히 문명이나 도시생활을 반영한 언어가 아닐 수 없으며, 시의 본질을 알고 시를 쓰는 사람이라면 언어에 대한 관심이 없을 수 없다는 내용이다.287)

> 새로운 시가 자연의 풍경에서 노래할 것을 발견하지 못하고 정신의 풍경 속에서 대상을 구했고, 거기 사용된 언어도 목가적인 고전에 속하는 것보다는 도시생활에 관련된 언어인 것도 사실이다.288)

도시적 소재를 채택하고, 도시적 정서를 반영하기 위해서는 과거의 시와 차이를 드러내는 것이 당연하다. 그의 시에 등장하는 수많은 도시어가 도시적 정조와 소외를 노래하는 데 적절하게 사용된 것

---

286) 김광균은 해방 직후의 시단을 조감하는 글에서도 거듭 시는 항시 그 시대의 거울이며 때로는 시대의 추진체요 예언자일 수밖에 없다고 강조했다. 김광균, 「시의 정신」, p.72.

287) 시의 재료가 언어라면 시 쓰는 사람의 고심은 자기 시에 맞는 언어를 찾고 고르는 데 있을 것이고, 이것을 무시하고 시는 존재하지 못한다. 김광균, 「전진과 반성」, 앞의 책, p.314.

288) 김광균, 「서정시의 문제」, 앞의 책, p.314.

을 보면 잘 알 수 있다. 그는 도시적 배경과 도시어를 써서 현대적 감수성을 환기했고, 도시적 삶에서 경험하는 현대인의 소외를 슬쩍 풀어 놓기도 했다. 그는 늘 시의 본질이 사회현실의 파악과 자기의 생활 체험에서 얻은 주제를 정서화하여 독자에게 전달한다는 대전제를 벗어날 수 없다고 단언해 왔다.[289]

2. 김조규의 시적 전개양상

김조규는 1914년 1월 20일 평안남도 덕천군 태극면 풍천리[290]에서 김명덕 목사의 7남 5녀 중 둘째로 태어났다. 1920년 그가 영원보통소학교[291]를 졸업하고, 1926년에는 평고보(平高普)를 다니던 맏형 김동규를 따라 평양에서 생활하였다. 그 후, 그는 평양 숭실중학교에 입학했으며, 이 시절 '광주학생만세 사건'으로 체포되어 평양감옥에서 6개월간 복역했다.[292] 이러한 사실에서도 볼 수 있듯이 그가 중학 시절부터 학생운동에 참여했다는 것은 그의 사상 속에 현실에 대

---

289) 김광균, 「전진과 반성」, 『김광균 연구』, p.265 재인용.
290) 1917년 10월 행정구역 변경에 따라 태극내면과 태극외면을 합쳐서 태극면이라고 하였다가 1935년 3월에 영원군으로 이속되었다.
291) 영원보통소학교는 평남 영원군 영원면 영녕리에 있으며, 평남 덕천군에 근대식 교육기관이 세워진 것은 덕천면의 장로교회 안에 설립된 의성학교 때부터이다. 여기서는 신학문과 종교교육을 위해 초등부와 중등부를 두었고, 이후 1911년 1군 1교 제도에 의해 공립보통학교인 덕천공립보통학교가 설립되었다.
292) 숭실 중학교의 수학연수는 5년이다. 구마키 쓰토무, 앞의 논문, p.77.

한 비판적인 요소가 자리하고 있었음을 반증한다.[293]

김조규는 기독교의 가풍을 지닌 부유한 지주의 가정에서 성장하였다. 어릴 때부터 그는 피아노와 바이올린 등 여러 악기를 직접 접했으며, 기독교 학교에서 교육을 받았다. 또한 그는 사회주의에도 탐닉했다.[294]

1931년 10월 5일에, 데뷔작인 「연심」이 ≪조선일보≫에 게재되었고, 같은 해 10월 16일에 잡지 ≪동방≫에 현상 공모한 작품 「검은 구름이 모일 때」가 당선되어 창작의 길로 들어섰다. 그는 1931년부터 1938년까지 많은 시를 창작하여 ≪조선중앙일보≫, ≪동아일보≫, ≪동광≫, ≪신동아≫, ≪중앙≫ 등 신문과 잡지에 발표하였다.

한편 숭실전문학교 재학 시절 그는 숭실문단의 기반을 닦은 대표적 인물이었으며, 이후 김현승, 민병균, 황성수 등이 숭실문단을 통해 문필활동을 전개하였다. 재학 중 그는 양주동 교수와 이효석 교수에게 큰 영향을 받았다. 즉 그의 작품에서 엿볼 수 있는 서구성은 양주동 교수에게서, 농촌의 토속성은 이효석 교수에게서 영향을 받았던 것으로 보인다.

1937년 숭실전문학교를 졸업한 후 일본 유학을 시도했으나 실패하여 '불령선인(不逞鮮人)'이라는 낙인이 찍혀 도강증(渡江證)을 얻을 수 없었다. 이 일본 유학을 포기한 김조규는 1937년 봄에 함북 성진[295]의 보신학교에 교사로 부임하여 평양을 떠나게 된다.[296]

---

293) 조규익, 앞의 책, pp.181-229 참조.
294) 김태규, 「재북시인 김조규」, 『동방』, 1991. 8. p.256.
295) 김조규 시에서 보이는 이국적인 특색을 찾을 수 있는 근거가 되기도 한다. 성진항은 천혜의 양항으로서 항내에는 일반 부두와 어항, 저목장 등이 각각 따로 건설되어 도시발전의 중용여건이었으며, 이곳은 광

1940년대 초 만주 유랑생활에서는 '발표지 미상'의 육필원고들을 남겼고, 1942년 10월 김조규가 편찬한 『재만조선인시집』이 연길 『예문당』에서 출간된다. 또한 박팔양, 김달진, 유치환, 함형수 등 당시 만주국에 거주하고 있던 시인 13인의 작품 50여 수를 묶은 이 시집은, 같은 해 9월 박팔양이 편집한, 『만주시인집』과 더불어 1940년대 상반기 우리 시문학의 귀중한 자료가 되고 있다.[297)]

광복 전 김조규는 「농가의 여름 아침」, 「삼춘읍혈」 등을 통하여 식민지 현실에 대한 절망의식을 보여주고 있다. ≪단층≫,[298)] ≪맥≫[299)]의 동인시기에는 「야수일절」, 「향수」에서와 같이 모더니즘 성향을 나타낸다. 일제 강점기에서 김조규는 식민지 현실에 대한 좌절감을 주로 표현한 감상주의 시풍에 탐닉하다가, 그 후 초기 시의 주관적이고 감상적 서술을 극복하기 위한 모더니즘 시 작업을 거쳐 만주시대 이후 민족의식의 시적 표현에 이르게 된다.

광복 후 김조규는 1948년 평양예술대학 교수로 초빙되어 교단에 서기도 하였고, 1950년 6·25전쟁이 일어나자 종군작가단[300)]의 일원

석과 목재의 집산항으로 발전함과 동시에 공업도시로 크게 성장한다.
296) 백철, 『신문학사조사』, 신구문화사, 1980. pp.517-518 참조.
297) 리상경, 「간도체험의 정신사」, ≪작가연구≫, 제2호, 연변, 1996, p.92.
298) 1937년 4월 3일 관서지방의 문인들에 의해 창간된 문예동인지이다. 이곳의 구성원으로는 김조규를 비롯하여 김화청, 김이석, 김여창, 양운한, 김환민, 유항림 등으로 확인된다.
299) 1938년 6월에 창간한 시 전문 동인지다. 퇴폐적·감상적 경향을 배격하고 모더니즘 요소를 강하게 표방하는 것이 특징이다.
300) 1950년 7월 초부터 9월 중순까지 김일성 정권이 38선 이남에서 낙동강 방어선에 이르는 이른바 해방지역과 전쟁터에서 비무장 비전투원인 종군 작가단에 의해 이룩된 선전·선동문학을 말한다. 이 시기에 발표된 전쟁선동시는 8편이었으며, 발표시인으로는 리용악, 림화, 리병

으로 인민군 병사들과 같이 경북 영천지구에까지 종군하였다. 그는 1951년 전선에서 돌아와 문학예술사, 조선작가동맹출판사 주필을 맡았으며, 같은 해 전쟁 종군의 경력을 담은 시집 『이 사람들 속에서』를 발간하였다.

1952년 3월 조선인민 중국방문단 부단장 신분으로 중국을 방문하고 「조선의 형제들이 왔다」 등의 시를 썼고, 12월에는 오스트리아 수도원에서 열린 세계인민평화대회에 대표로 참가하여 「브람쓰의 동상 밑에서」 등의 시를 발표했다. 이 무렵 김일성 대학 문과대 교수가 된다.[301]

1954년 3월 조선작가동맹중앙위원회의 기관지 월간 ≪조선문학≫의 책임주필을 맡았고, 1956년에는 흥남 지구에 파견되어 룡성기계공장에서 문학서클을 지도하였다. 1959년 9월 조선작가동맹중앙위원회로 돌아왔다가, 1960년 다시 지방에 내려가 량강도 혜산진 창작실에 소속되어 창작활동을 하였다. 그해에 『김조규시선집』과 동시집 『바다가에 아이들이 모여든다』를 출간하였다. 1960년 이후의 그의 전기적 면모에 대해서는 정확히 알 수 없으나, 시뿐만 아니라 가극 『푸른 소나무』, 『종군기』, 『그는 살아 있다』와, 평론집 『시에 대한 이야기』 등 여러 권의 문집을 출판했다.

특히 1939년에 만주로 건너가서 창작된 김조규의 작품은 동인 시절의 이색적인 추구를 벗어나 현실의 모순 상황에 초점을 맞추면서 리얼리즘적인 성격을 띠게 된다. 이는 이 시기에다 좀 더 중요한 문

철, 박팔량, 주재욱, 황하일 등이었다. 김시태·박철희, 『한국현대문학사』, 시문학사, 2002. p.320.
301) 이활, ≪월간동화≫, 제3권, 3호, 1990. 3.

제는 시적 경향이 확고한 역사의식에 토대 위에 민족의 수난을 안타까워하는 방향으로 나아간다. 이것을 두고 논자들은 김조규가 모더니즘을 수용했다는 점에서는 이견을 보이지 않지만, 그의 시적 본질을 리얼리즘에 두는 것에는 견해를 달리한다. 조규익, 우대식은 리얼리즘이 본류라고 보지만, 구마키 쓰토무나 김정훈은 서정시인으로 파악하였다. 앞서 모더니즘에 대해 설명한 것처럼, 간략하게나마 리얼리즘 창작에 대해 알아보려 한다.

리얼리즘적인 창작에서 개인의 주관적 감정과 견해를 표현하는 것이 리얼한 현실인식, 그 현실에 대한 정확한 묘사, 예술적 수단에 의한 현실에의 작용으로부터 결코 멀어져서는 안 되는 것이다.[302] 이 점과 관련하여 서정시와 사회현실의 관계를 해명하고자 한 독일의 미학자 아도르노의 지적을 살펴보면, 그 시사하는 바가 자못 크다.

> 시의 내용이란 단순히 개인적인 감동과 체험의 표현만은 아닙니다. 그런 것들은 미적 형태의 가공으로 보편성에 대한 관심을 획득하게 할 수 있을 때에서야 비로소 예술이 되는 것입니다. 서정시가 표현하는 것이 모든 사람들이 체험하는 바와 직접 같을 수는 없다는 것입니다. 그 보편성이란 다른 사람들이 그저 교통할 수 없는 것을 교통시켜 주는 것을 의미하는 게 아닙니다. 개체로의 침잠이 왜곡되지 않은 것, 붙잡을 수 없는 것, 요컨대 추론되지 않은 것을 드러내게 함으로써 서정시를 보편성으로 끌어올리는 것입니다. (중략) 서정시의 내용이 지니는 예의 보편성이란 그럼에도 불구하고 본질적으로 사회적입니다. 고독한 인간성 속에서 목소리를 들을 수 있는 자만이 시가 말

302) 소련 과학아카데미 편, 신승엽 외 역, 『마르크스레닌주의 미학의 기초 이론』Ⅱ, 일월서각, 1988. p.327.

하고자 하는 것을 이해합니다. 서정적 언어 그 자체의 고독 또한 개인적인, 필경은 원자 하나 하나로 구성된 사회에 의해 규정되는 것으로서 보편적 구속력은 그 개체화의 밀도에 의해 역으로 살아가는 것입니다.303)

매우 추상적인 이러한 아도르노의 언급에서와 같이 서정시는 다른 장르, 특히 소설에 비해 보편성을 더 강하게 나타낸다. '개체로의 침잠'으로 표현되는 서정시의 주관적 성격은 왜곡되지 않은 것, 즉 진실성을 드러내고 파악 또는 추론이 불가능한 것들을 가능케 함으로써 보편적인 것으로 된다는 말이다. 물론 그의 말처럼 이때의 보편성은 사회적인 것이다. 서정시에서 현실생활이 사람들에게 환기시킨 사상과 감정은 단순히 개인적이라기보다 사회적이고 집단적인 것이라는 뜻이다. 다시 말해 그것은 폐쇄되고 고립된 한 인간 또는 그의 의식에 의해서가 아니라, 주어진 순간에 동일한 경험에 의해 직접적으로 관련되고 하나의 보편적인 감정에 의해 결합된 전 집단의 사람들에 의해 경험된 것이다.304) 이 보편성 혹은 집단성의 개념을 통하여 시에서의 전형성이 어떻게 관철될 수 있는가라는 문제의 가능성을 찾을 수 있을 것이다.

리얼리즘에서의 시적 내용은 현실 그 자체가 아니고, 시적 주체인 시인과의 관계 속에 존재하는 객관현실의 예술적 반영인 것이다. 이런 점에서 예술적 가공의 정도가 특히 서정시에서 요청되는 바이다.

---

303) T. W. 아도르노, 김주연 역, 「시와 사회에 대한 강연」, 《문학과 지성》, 1978, 가을호, p.773.
304) G. 프리들렌제르, 이항재 역, 『리얼리즘의 시학』, 열린책들, 1987, p.240.

이를테면 시적 의장(device)의 활용이 시에서는 중요한 것이다. 상징화와 같은 방식이 리얼리즘을 지향하는 시에서 전혀 어색하지 않을 수 있는 것도 이 때문이다.[305] 게다가 시의 내용은 결코 작위적이어서는 안 되고 시인의 사상이나 감정이 자연스럽게 흘러나와야 한다. 이것이 예술적 가공의 어려움이다. 이 점에 대해서도 역시 아도르노는 그의 글 여러 곳에서 되풀이하여 지적하고 있다.

> 사회적 개념은 밖에서 그 작품형상에 옮겨지는 것이 되어서는 안 되고 그 작품 형상 자체의 정확한 응시로부터 창출되어야 합니다.[306]

> 작품이 자아와 사회의 관계를 덜 도식화하면 할수록, 그리고 오히려 그 작품 속에서 자기기도 모르게 하나의 결정(結晶)이 이루어지면 질수록, 그것은 보다 완벽하게 되는 것입니다.[307]

> 최고의 서정시는 단순한 소재의 잔재라곤 없이 주관이 언어 속에서 울려 나는 언어 그 자체로까지 큰 소리가 되어버리는 그런 작품이겠습니다.[308]

이와 같이 반복되는 진술 속에서 예술의 창작방법에 관한 일반 원칙을 읽을 수 있다. 리얼리즘의 창작방법에서도 역시 이 점은 예외일 수 없다. 아도르노의 언급들은 마르크스나 엥겔스도 이미 말했

---

305) 에르하르트 욘, 『미학의 문제』, 다민, 1991. pp.203-216 참조.
306) T. W. 아도르노, 김주연 역, 「시와 사회에 대한 강연」, 《문학과 지성》, 1978, 가을호, p.774.
307) T. W. 아도르노, 김주연 역, 위의 책, pp.777-778.
308) T. W. 아도르노, 김주연 역, 위의 책, p.779.

던 것이다. 이를테면 마르크스가 '쉴러가 아니라 셰익스피어'라고 하는 부분이라든가, 엥겔스가 민나 카우츠키에게 보낸 편지에서 "경향이 명시적으로 제시됨이 없이 상황과 행위 자체로부터 산출되어야 한다."[309]라고 한 말이나, 또 그가 마가렛 하크니스에게 보낸 편지에서 "작가의 의도가 감추어져 있을수록 예술작품은 더욱 훌륭해진다."[310]라고 한 것이 바로 이에 해당하는데, 이는 작품에서 경향성이 노골적으로 드러나는 것을 경계한 것이다.

안타깝게도 김조규가 본격적으로 시작활동을 시작한 1930년대 한국 시단의 주류는 카프 계열의 시가 상황의 악화로 쇠락하게 된 후 새롭게 부각된 모더니즘 시기였다. 이 시기 한국 시단에는 차고 고담한 정신적 특질이 시에 도입되어, 이전까지의 주도적 경향이었던 로만 시는 어느 정도 그 자취를 감추게 된 감이 있다. 이 때문에 이후 많은 이들이 한국의 현대시는 정지용·김기림으로 대표되고, 「유리창」이나 「장수산」, 「기상도」는 현대시의 프로그램 형태로서 생각하게 되었다.

그래서 김조규는 당대 시단을 풍미하던 정지용·김기림 계열의 시인과 사뭇 다른 입장에 서서 창작활동을 하고 있었고, 이 때문에 모더니즘 시를 중심으로 기술해 온 1930년대 시문학사에서 소홀하게 취급되어 온 면이 있다.[311]

---

309) L. 박산달, S. 모라브스키, 『마르크스·엥겔스 문학예술론』, 한울, 1988. p.146.
310) L. 박산달, S. 모라브스키, 위의 책, p.148.
311) 지금까지의 논자들마다 김조규 시를 경향별, 시기별로 묶어 보면 약간의 차이는 있다. 그러나 감상적 현실인식의 시와 모더니즘의 시 그리고 리얼리즘의 시적 변화 양상은 모든 논자의 공통점이다. 위 경향은 나름대로 교차하면서 더러 중간에 다른 경향의 시가 등장하기도 하지

또한 ≪단층≫과 ≪맥≫의 동인으로 활동하면서 발표한 시에는 일제 강점기 지식인의 내면세계를 담는 데 주력하고 있어, 이 시기 지식인들의 영락한 내면풍경의 일단을 살펴볼 수 있게 한다는 점도 빼놓을 수 없다.

특히 일본 제국주의의 만주 강점으로 시작된 대륙 침략이 1939년에 이르러 제2차 세계대전으로 확대되자 그들의 정책은 더욱 가혹하여 갔다. 강력한 내선일체라는 허울 좋은 구실 아래 창씨개명을 강요하고 철저한 조선어말살정책을 강행하였다. 이 결과 신문과 잡지 등이 폐간되었으니, 이로써 사실상 한국어로 창작된 시는 일제의 탄압 아래 완전히 중단되어 버린다.312) 이 시기에 김조규는 만주로 가서 조선인에 대한 이주정책 등으로 인한 시대적 상황을 가슴에 사무치도록 온몸으로 경험하며313) 소극적으로 자기 자신만을 바라보던 자세에서 벗어나 만주 땅에 사는 동족에게로, 민족에게로 그의 관심을 확산시킨다. 이는 그의 시에 나타나는 구체적이고 적나라한 만주의 삶의 모습을 통해 알 수 있다.

김조규가 만주행을 실행한 동기와 경위는 자세히 알려지지 않고 있지만 숭실학교 재학 당시 일제 경찰에 의해 소위 불온학생으로 찍혀 감시를 받고 때로는 예비검속까지 당하는 등 개인적인 사정과 국내에서 나날이 가혹해지는 일제의 탄압으로 문학활동의 터전을 박탈

만 대체적으로 위와 같은 구분을 해 볼 수 있다. 이러한 변화의 양상은 한 시인의 의식세계를 밝히는 데 중요한 요인이 되기도 하지만 자칫 당시 사회사의 연관 속에서 기계론적인 해석을 낳게 하는 요인이 될 수도 있을 것이다.

312) 이명재, 『식민지시대의 한국문학』, 중앙대학교출판부, 1991.
313) 오양호, 『한국문학과 간도』, 문예출판사, 1988. pp.181-229 참조.

당한 당시 상황이 함께 작용하였을 것이다. 이에 대비해 일제가 중국 동북부에 부축해 세운 만주국은 상대적으로 우리말과 글의 사용이 허용되는 공간으로서 이는 당시 조선인 작가, 시인들이 자기 글로 창작할 수 있는 유일한 장소였고, 말 그대로 마지막 숨통이고 탈출구였던 것이다.

또한 김조규가 모더니즘적 면모를 드러내기 시작한 시점과 수용 양상에 대해서도 견해가 다르다.314) 논자들이 김조규의 모더니즘 수용을 바라보는 관점은 다음과 같이 정리될 수 있는데, 그것은 김조규가 두 번째 시기에서 자기규정을 모더니스트 혹은 리얼리스트 어느 쪽에 두고 있는가 하는 점이다. 이는 김조규가 모더니즘을 사조로서 수용했는가, 아니면 방법으로 받아들였는가의 문제이다.

1930년대 모더니즘이 당대 정치적 상황을 빌미로 탈정치주의를 선언하고, 그에 따른 현재적 무관심은 본격적인 현대성의 탐구를 가로막게 된다. (중략) 김조규의 경우 다 른 모더니스트들과는 다르게 이미지스트로 변모하는 게 아니라 리얼리스트로 변모한다는 점에서 한국모더니즘의 주류를 형성하고 있는 이미지스트에서 관심 밖의 시인으로 남게 되고 오히려 초현실주의의 몇몇 작품들에 의해 김조규 모더니즘을 파악하는 결과를 초래 한 것이다.315)

---

314) 김조규의 시 작품은 크게 광복 전과 후로 갈라 볼 수 있는데, 광복 전의 작품은 시적 변모에 따라 다시 초기에 보여준 식민지 강점기 시대에 나타난 감상적 시기, 뒤이어 초기 시의 경향이었던 주관적 서술의 극복에 의한 모더니즘 시기, 만주시절 민족현실에 대한 시적 표현 시기 등으로 나누어 살필 수가 있다. 또한 광복 후 재북시절 북한문단 편입 시기, 찬양시 창작 시기로 나누어 살필 수도 있다. 졸저,『김조규의 시세계 연구』, 성결대학교대학원 석사논문, 2004. p.10.

이는 김조규가 문명비판의식을 드러냄으로써 감각적인 이미지즘에 치중했던 당대 모더니즘이 지닌 한계를 넘어서려고 했음을 알 수 있다. 김조규가 목적의식을 가지고 모더니즘에 경사되었다는 분석이다.

　　식료품 상점 덕대에 매여달린
　　마른 명태 두름
　　교수대에 매여달린
　　배반당한 오늘의 현대사인가

　　한때는 대양을 거슬러
　　해류를 몰고 오던 바다의 왕자
　　군단을 불러 파도를 가르던
　　용감한 진군은 어데서 좌절되였는가

　　인간이 던진 그물에 걸려
　　뭍에 오르는 순간에 너는 죽었고나
　　권력과 투항,
　　시기와 협잡,
　　치부를 위하여선
　　아들이 아버지를 모해하는
　　땀냄새에 숨 막혀 죽었고나

　　죽어서도 자유롭게 헤엄치던
　　바다가 그리워
　　맑고 푸른 물빛을 못 잊어

---

315) 우대식, 앞의 글, p.210.

두 눈깔 뜬 채로 걸려 있구나
눈 감지 못하고 있구나

-「한 식료품 상점 앞에서」 전문

1936년 8월 ≪조선중앙일보≫에 발표한 시다. 이 작품을 보면, 김
조규는 고도의 은유법을 활용하여 현대사를 바라보고 있다. '마른
명태'와 '배반당한 현대사'의 비유는 시각적 이미지와 관념적 이미지
를 병치시키고 있으며, '두 눈깔을 뜬 채로 걸려 있구나'는 배반당한
현대사에 대한 재생 내지는 부활의 강렬한 욕구가 시하되어 있는 것
으로, '지성적인 힘' 예컨대 일상어의 사용, 현대사에 대한 비판, 수
사적 세련됨 등은 주지적 태도를 견지하고 있다.316)

따라서 일부 논자들은 김조규의 「한 식료품 상점 앞에서」를 '지성
적인 힘'으로 '현대사에 대한 비판'을 그린 모더니즘 작품으로 평가
하여 그를 이미지스트가 아닌 모더니스트로 규정한다.317)

북풍은 뭉게뭉게 일어나는 검은 구름을 몰아
임종하는 사람의 찌푸린 얼굴처럼

---

316) 우대식, 앞의 글, pp.209-210.
317) 문덕수는 조연현이 주지주의를 모더니즘과 통용하는 것에 문제를 제
기하고 정지용과 김광균을 이미지즘으로, 김기림을 모더니즘 또는 주
지주의로 구별해 보는 것이 이들의 특질을 명백히 할 수 있는 것으로
보았다. 이어서 문덕수는 이미지즘과 모더니즘을 김기림의 시인의 포
즈로써 구별한다. 김기림은 시인의 포즈를 1) 내 자신을 노래함, 2)
나에게 반영된 세계를 굽어봄, 3) 나를 통하여 세계를 바라봄의 셋으
로 나누는데, 1)은 이미지스트 이전의 시인들의 포즈로서 현실도피적
의 자세이고, 2)는 이미지스트의 자세이며, 3)은 오늘의 시인의 자세라
고 말한다. 문덕수, 『한국모더니즘시연구』, 시문학사, 1992. pp.51-52.

가슴 답답한 잿빛 하늘로 성큼성큼 몰려오나니
친우여 소낙비 쏟아지는 街頭로 뛰여 나오라.

암흑색으로 서린 뭉치
봄하늘에 끼는 비단 같은 구름이 아니며
가을 하늘에 떠오르는 솜 같은 구름이 아니다.
그는 거친 바람과 굵은 비를 끼고 오는 검은 구름쪽

음산한 분위기를 품고 북으로 북으로 달려가나니
친우여 폭풍우 맞으러 가두로 뛰여 나오라

개미떼가 이곳저곳에서 슬금슬금 기여 오르듯
몇 세기 동안을 뭉치고 쌓인
검은 구름의 커다란 進軍이
멀리 저 멀리 검은 산마락에서 머리를 들고 움직일 때
가슴에 얽힌 붉은 핏줄이
급한 조자로 용솟음치나니
친우여 우렁찬 노래 부르러 가두로 뛰여 나오라.

험한 바람 거친 비가 산천을 휩쓸 때에는
가난한 무리가 삶의 뿌리를
깨뜨려진 력사우에 박으려 하고

사나운 짐승이 부르짖음 같은 우뢰소리가 나는 곳에서
헐벗은 무리의 잠든 생명이
싸움의 터전으로 행진하려니
친우여 새 xx 건설하려 가두로 뛰여 나오라.

　　　　　　　　　　　　　　－「소낙비 쏟아지는 가두로」전문

위 시는 1932년 2월 1일자 ≪조선중앙일보≫에 「소낙비 쏟아지는 가로로」318)라고 개제한 작품이다. 이 작품은 김조규 초기 시의 습작적인 요소를 배제하지는 못하지만 그의 문학적 출발을 보여주고 역사와 사회현실을 향하고 있는 그의 시적 지향을 알려주는 데 중요한 단서를 제공하여 준다. '검은 구름 소낙비 폭풍우'의 심화되어 가는 자연현상과 같이 닥쳐오는 역사의 위기를 보여주며 일련의 시대적 상황을 제시하고 있다. 지식인들이 패배적으로 인식한 '깨뜨러진 역사'는 '가난한 무리'인 민중이 마지막 기댈 수 있는 최후의 장소임이 화자의 태도에 나타나 있어, 민중의 생명력에 대한 믿음과 역사에 대한 희망을 내포한다. 또한 '새 xx'는 '새나라'의 복자로서 식민지 현실을 토대로 한 현실적 인식의 시가 어떻게 취급받았는지를 알게 해 주는 하나의 예가 된다.319) 이 작품은 시인의 시각이 현실과 밀착된 관계를 이루고 있다는 점에서 어느 정도 리얼리즘적 요소를 가지고 있음을 보여준다.

권영진을 비롯해 구마키 쓰토무, 김정훈은 모두 1935년 이후 김조규가 내면을 시화하고 있다고 봄으로써,320) 우대식의 논의와 상반되는 입장에 선다. 이들은 김조규가 내면을 시화하면서 모더니즘을 방법으로 수용하고 있다. 다만 김정훈만은 아예 모더니즘을 언급하지 않고 김조규를 '서정시인'의 반열로 올려놓고 있는데, 김정훈의 평가도 김조규 시의 모더니즘을 언급하는 가운데 자연스럽게 해결될 수

---

318) 원작은 『동방』지에 발표한 「검은 구름이 모일 때」이다.
319) 우대식, 앞의 글, p.31.
320) 「식민지 지식인의 자의식과 좌절감」, 우대식, p.195, 「외부와 단절된 내면화의 길」, 구마키 쓰토무, p.106, 「자폐증적 자기 폐쇄성」, 김정훈, p.274.

있다고 본다.

구마끼 쓰또무는 김조규의 모더니즘 수용 시기를 가장 앞서 잡고 있다. 하지만 그가 근거로 제시한 1933년 7월 발표한 「가을의 탄식」의 어떤 점이 모더니즘적 요소인지에 대한 구체적인 언급은 없다. 이에 비해 그 근거를 설명하는 시는 1933년 11월에 창작한 「달빛 흐르는 포구의 밤」321)인데 이는 필자가 김조규의 모더니즘 수용시기로 잡은 1934년 무렵과 근사하다. 그런데 구마키 쓰또무는 김조규의 모더니즘 수용의 배경(당시 문단의 영향이나 파시즘의 대두)을 주로 다루고 있어서, 김조규의 모더니즘 수용의 특징은 구체적으로 파악되지 않는다.

권영진은 당대 모더니스트들과의 유사한 측면만을 언급하고 있다. "당시 모더니스트들에서 명명한 지성을 바탕으로 한 회화적 이미지의 확립이라든가, 센티멘털리즘의 극복은 중요한 과제였음에 틀림이 없다. 이 시기의 김조규 시에서 발견되는 표현기법이나, 그 말에 깔려 있는 정황이 이상이나 김기림, 김광균 등과 많은 유사점을 갖고 있다는 점으로 보아 그가 다양한 시작방법을 모색하고 실험하였음을 알 수 있다."322)

어느 不吉한 深夜에 무너질지 모르는 거미줄 쓴 나의 壁
薔薇도 風景畵도 意慾도 花瓣도 計算器도
오호 한중복을 파고들던 휘둥그런 촛불도

---

321) 『김조규시집』에는 '1933. 1.'이라고 되어 있는 것을 구마키 쓰또무가 바로잡았다.
322) 권영진, 앞의 글, p.188.

……잃어버리고

童話가 깨어지는 것은 이리도 가슴 아픈 것인가
追憶은 흰 나비가 되어 壁 위에 파닥인다
(너는 살론의 紅薔薇
나는 헐벗은 路邊樹)
아아 내 어린 날의 公主 마음의 喪紋이여
파아란 琉璃面의 觸感이 여읜 뺨 위에 차다.

                              − 「夕暮의 思想」에서

 이 시는 풍경을 내면화한다거나, 혹은 내면을 풍경화하지도 않는
다. 왜냐하면 시인에게 우선 문제가 되고 있는 것은 응시이기 때문
이다.

 두 대의 聖燭이 줄줄이 녹아나리고 / 거룩한 聖歌의 曲調 고요한
空氣를 흔들어 놓 을 때 / 경건한 마음 … 흘러드는 고요한 瞑想에 /
祭壇 앞에 엎드린 마음의 어리석은 이 여 // (중략) 그대가 가슴속 깊
이 간직하고 있는 十字架는 / 거리를 메꾸는 데모의 行列 에 無慘히
도 밟히어 버렸나니 / 언제까지나 그대는 무서운 豫感에 戰慄하는 街
頭에 엎드려 / 흩으러진 十字架의 破片을 모으려는가

                         − 「祭司長이여 祭司長이여」에서

 無名鳥
 마음의 창밖에서 슬피 울던 무명조

주둥이를 싸늘한 유리창에 쫏타
나래를 피식은 허공에 퍼득거리다
적은 두개의 가을 호수
맑~안 두 알의 구슬,

싸늘한 가을비가 나리고
새파란 가을바람이 불었다
(내가 왜 창문을 열어 주지 않었나
내가 왜 노란 안식을 주지 않었나)
비 젖어 슬피 울며 날아간 뒤
자취는 유리창에 그린 서러운 음표뿐—

아아 무명조
지금 그는 깊은 밤 별들이 자장노래 헤이고
나는 유리창의 곡조를 외인다.

—「無名鳥」 전문

　　1934년 3월 『형상』 창간호에 실린 작품이다. 김조규의 가정은 목
회자의 집안으로, 철저한 기독교적 분위기에서 성장했고, 기독교계통
의 학교를 다녔다. 하지만 앞에서 언급했듯이 김조규는 기독교 선교
사에 대해 매우 비판적이었고, 그 문제로 그의 아버지와 논쟁까지
벌였다. 그 자세한 내막은 알 수 없으나, 그가 기독교 신앙에 대해
별로 호감을 갖지 못했었다는 점만은 분명하다. 위의 「제사장이여
제사장이여」의 작품을 보면 이 무렵 기독교에 대한 그의 사고를 명
확히 알 수 있다.

「무명조」은 1934년 4월 9일 ≪조선중앙일보≫에 발표되었다. 시적 대상을 향하는 시각이 객관적이면서도 감상적이고, 시인 자신의 진술이 제거되어 있다. 1934년부터 시작된 이러한 변모는 「제사장이여 제사장이여」를 끝으로 그의 다른 여러 작품에서도 확인되고 있다. 시의 제목도 긴 서술형이 줄고, 단어 제시형으로 많이 바뀐다.323)

식민지 현실에 대한 울분과 좌절감을 직접적으로 표현하던 초기시와 전혀 다른 경향을 이 시기에 와서 보이게 된다. 이러한 변모를 긍정적으로 볼 것이냐, 부정적으로 볼 것이냐 하는 판단은 이 시인의 시세계를 논함에 있어 중요하다. 왜냐하면 그가 광복 후에 보여준 사상적 전환의 의미를 풀어 줄 열쇠를 제공해 줄 수 있기 때문이다. 이 시의 화자는 창문을 사이에 두고 '적은 두 개의 가을 호수 / 맑~안 두 알의 구슬'을 대면했다. 그러나 화자는 창문을 열지 못했다. 화자는 새를 받아들일 수 없는 자신을 바로 새의 눈을 통해 바라보았던 것이다.

밤이면 室內에 독사와 같이 움크리고 담배를 피우는 것이 나의 불쌍한 습성이다. 젊은 나의 벗들은밤하늘을 우러러 流星觀測을 하는데 자연紫煙이 꼬불꼬불 오르 는 室內에서 머얼리 가까이 찬 기류가 흐르는 들窓 밖을 들어다 본다.

가장하고 지나가는 밤의 行列 데드마스크를 쓴 심야의 물상들, 아아 나의 전 복된 感性은이 슬픈 歷史의 浪費를 搖池鏡 속에서 世界

---

323) 「귀향자」, 「제비」, 「편지 함의 꽃」, 「이별」, 「나팔소리」, 「호수」 등 단일 단어로 된 것이 많다. 이전의 작품 제목들은 「검은 구름이 모일 때」, 「폐허에 비친 가을이여」, 「붉은 해가 나래를 펼 때」, 「이날도 저들의 가슴에」 등 서술형이 대부분인 것에 비하면 큰 변화라고 할 수 있다.

旅行을 하던 아름답던 나의過去보다도 享樂하노니 …… 추억의 花瓣도 褪色한 채 暗黑 속엔 가로수도 없는 허이연 市外路가 한 줄기 뻗어 오를 뿐, 펄럭이던 스카-드도 보이지 않는다.

音과 音을 軋殺하는 壁과 壁. 지금 내가 明日과 이웃하여 앉었건만은 흑묘의 눈알은 黑暗 속에서 번뚝인다. 轉落하는 悟性. 밤마다 나의 자는 얼굴을 몰래 몰래 굽어 보던 검은 物體가, 지금은 卓燈 뒤에서 待期하는 것만 같다. 「月光과 猫」의 不吉한 額畵.
(중 략)
나의戀人의 터질듯싶은 裸身의乳房은 成熟한 葡萄알이였다 氣球와 같이 明朗한 나의戀人은 나의 입설이너무엷고 樹幹이 너무 細軟타하여 한女人이 한사나히만을 사랑한다 는 권태로운 倫理를 깨트린 賢明한 動物이엿다. 그날밤 고양이의 울음을 밤새 강안에서듯고 돌아왔을 때 내生을 저주하며 피를 물고 걸렸든 西天의 반쪽달
(중 략)
검은 斑點과 야수, 그리고 허이연 記憶의 구도. 얼마나 태만스러운 時間들 새에 끼워서 나의 感性은 꿈을 殺害하였든가. 아내의 貞操를 貿易하였고, 修女의 寢室에 入闥하였고 오오 이렇게 室內에 毒死와 같이 웅크리고 앉아 담배만을 피우는 나는 獰惡한 動物이다. 猫도 아닌 나의 思考가 時間의 配列을 응시함은 진실로 추악한 習性이다. 그러기에 나는 사랑한다. 共同便所의 壁畵를.

—「猫」에서

위 시는 1938년 3월 ≪단층≫에 발표된 시다. 어둠 속 흑묘의 눈알처럼 소름이 돋는 이 시의 화자는 양지바른 가을날의 연애를 기억한다. 그런데 그 연애는 화자에게 큰 상처를 주었다. 여인은 한 사

나이만을 사랑한다는 권태로운 논리를 깨트린 명석한 동물이었기 때문이다. 여인을 현명한 동물이라고 부른 것을 조소나 풍자로 오해할 수는 없다. 그는 그날 밤 '내 생을 저주하며', '고양이의 울음을 밤새 강안에서 듣고 돌아왔'기 때문이다. 윤리를 일종의 질서라고 본다면, 포도원의 연애는 오래된 질서가 붕괴된 것을 의미한다. 화자가 '실내에 독사와 같이 웅크리고 담배를 피우는 것', 곧 '흑묘의 눈알'이 번뜩이는 것은 시간의 서열을 예견하는 일이 된다. '시간의 서열'은 곧 질서다. 그러나 시인이 목도해야 했던 시대는 그가 '믿었던 질서'가 무너져 내린 시대였다. 「석모의 사상」은 모든 것이 무너지고 어두워지는 시대 속의 자신이었다는 것을 부연한다. '밤이면 실내에 독사와 같이 웅크리고 담배를 피우는 것'은 '불쌍한 습성이' 된다.

기괴한 이미지와 위악적인 내용이 「묘」와 같이 산문적으로 쓴 시에서뿐만 아니라 「해인촌의 기억」 같은 것도 현대 지식인의 자의식이라는 사상의 과잉에 고민하는 시편들이다. 젊은 시인의 현실을 초월하고자 하는 욕구[324]로 현실의 구태의연한 규칙과 규범에만 안주하지 않으려는 그의 실험주의적 정신을 보여주는 일면이다.

이러한 모습은 리얼리즘을 주창하여 오던 카프의 몰락도 한 요인으로 작용하고 있다고 하겠다. 1931년 '공산주의자 협의회 사건'으로 제1차 검거를 당하며 조직이 와해되어 가기 시작한 카프는, 1934년 제2차 검거 이후 리얼리즘 계열의 일부 문인들이 전향하는 상황이 일어나고, 이듬해인 1935년 5월 자진해체의 형식으로 해산의 길을 걷게 된다. 따라서 사회주의 리얼리즘은 그 영향력이 점차 약화되고

---

324) 막스 호르크하이머, 『계몽의 변증법』, 문예출판사, 1995. pp.342-343.

반대로 프로문학의 경향성을 지양하는 순수문학이 대두하게 되는 과도기를 맞이하게 된 것이다.

김조규는 이러한 시기에 숭실전문학교를 졸업하고, 동인지 ≪단층≫, ≪맥≫에 모더니즘 경향의 시들인 「해안촌의 기억」,325) 「향수」 등을 발표하였다. 동인에서 활동한 시인의 작품에 빈도수가 높게 등장한 시적인 대상은 밤, 바다, 여인, 담배연기, 창문, 황혼 등으로 나타난다.

> 꿈 같은 記憶의 小兵를 넘어 넘어
> 코스모스의 슬픈 微笑가 황혼 속에 잠기는
> 海岸村의 지붕들은 부우연 市張을 쓰다
>
> 여기는 靜淑의 空洞
> 병든 사상의 搖籃
> 울 듯 揭揚臺의 旗幅이 나리우고
> 어케 流血된 窓, 들窓, 들窓, 부어올은다
> 이제 驛夫가 빠알간 燈불을 들고 線路위를 걸어오면
> **나는 외로운 旅愁를 車窓에 기대고 떠나갈테다**
>
> 머얼리 머얼리 水平線이 물러간 후
> 孤獨한 海岸路로 찬 季節이 휘구은다

---

325) 김조규의 시 「해안촌의 기억」은 정지용의 시 「슬픈 인상화」의 전체에 흐르는 이국정서의 분위기가 유사하게 묘사되고 있을 뿐 아니라 시어 구사에서도 많은 유사성을 발견할 수 있다. 위 두 시에서 유사한 시어 및 이미지를 묶어 보면 다음과 같다. 「슬픈 인상화」: 해안, 기旗人ㅅ발, 전등, 기적소리, 「해안촌의 기억」: 해안촌, 파아란 등불, 전주, 기媤폭, 파아란 신호등.

회 − 회 − 휘파람이 싸늘타
홀로 늦바람 마즈며 서 있는 언덕의 電柱,

여윈 肉體여 고요한 村落이여
푸드득 山새인양 旅情이 품에 날아드니
파아란 煙氣이
안 信號燈이 움직이기를 기다려보자
(밤 차의 누런 들창은 황홀한 심사어니)

−「海岸村의 記憶」에서

'해안촌의 지붕'들은 '황혼 속에 잠기'며, '부우연 시장을 쓰'고, '가느른 초연'을 올리고 있다. 이러한 묘사들은 해안촌 사람들의 빈곤한 생활을 간접적으로 드러낸다. 그리고 '사상의 요람'이었던 '바다'의 '수평선이 물러가'고, '게양대의 기폭이 내리우'고 있는데, 이것은 시인의 암울한 내면을 그리고 있다. 그의 암울함은 '찬 계절이 희구으'는 '홀로 늦바람 맞으며 서있는 언덕의 전주'에서 분명한 표상을 얻게 된다. 곧 어떤 연대나 힘도 얻을 수 없는 화자는 끝없이 누군가를 부르지만 '바다'가 어느 곳까지 이어지고 있을지는 알 수 없다. '언덕'에서 이어지는 전선들을 통해 연대를 꿈꾸는 시인의 의지는, '회 − 회− 휘파람이 싸늘타'에서 알 수 있듯이 암울한 전망 앞에서 무력하다. 그럼에도 시인은 '파아란 신호등이 움직이기를 기다려 보자'라고 말한다.

기다림으로 김조규는 자의식을 시의 새로운 재산으로 추가한 사람이다. 하지만 "물이 그리워 / 마을이 보고 싶어 / 자꾸만 물결과 키 돋움하는 것이냐? / 멀리바라보기만 하며 / 한번도 밟아보지 못한 땅"(「수평선에게·2」 중 일부), 그리고 "책을 끼고 나서면 / 부르는 듯 손질하던 야학당 불빛 / 해당화 가득 핀 언덕길 넘어오던 / 네 흰 옷자락이 / 추억의 손수건인 양 표표히 가슴에 펄럭인다"(「바다의 추억」 중 일부)에서 확인되듯이 김조규는 이 시기에 실험의식에 기울어져 있었음에도 불구하고 이처럼 이성 중심의 서정시가 상당수 혼재하고 있음은 시인으로서 그의 기질이 과격하지 못하였다[326]는 것을 입증해 주는 또 다른 단면이라 할 수 있다. 이 점은 대표적 심리주의 시인이었던 이상(李箱)의 경우와 비교된다. 이상(李箱)에게서는 김조규와 같은 두 경향의 혼재 현상이 전혀 나타나 있지 않다.[327]

이상에서 김광균과 김조규의 시적 전개양상을 살펴보았다. 김광균의 시정신은 새로운 시대의 내용을 담기에 합당한 시형태의 혁신과 이미지와 도시어 사용 등의 측면에서 당대 한국에 유입된 서구 모더니즘에 맞닿아 있다고 볼 수 있다. 그리고 큰 줄기로서의 시적 변모는 거의 없으며, 끝까지 모더니즘 속에서 이미지즘을 추구한 작가로 평가된다. 김조규는 다양한 시작방법으로 삶을 노래하였다. 또한 이상(李箱)을 제외하면 한국 문학사에서 뚜렷한 초현실주의기법을 탐구한 시인이 드물었다는 당시 현실을 감안한다면 특징 있는 초현실주의 시를 구사하고 있는 김조규의 시는 상당한 의의를 지니고 있다. 이 초현실주의의 경향이 당시 한국 모더니즘의 주류인 이미지즘이 가질 수 없었던 인간 본성의 목소리에 의거한다는 점도 기억해야 할 것이다.

---

326) 신규호, 앞의 책, p.182.
327) 이상은 철저하게 형식파괴적이고, 전통파괴적이어서 그의 작품에는 보편적 정서를 노래한 시가 전혀 없다.

Ⅲ. 시각이미지와 시어 비교

1. 시각이미지

시는 언어로 이루어져 있으며, 그 시가 보여주는 이미지는 구성요소인 언어가 밖으로 표현되어 만든 하나의 그림이라고 할 수 있다. 그 안에는 시인이 창조한 공간이 있을 것이고, 그 공간을 채우고 있는 작은 그림들이 존재할 것이다. 이러한 그림들을 구체화하는 이미지 감각을 통하여 시인은 자신의 세계관을 말하고 있다. 그러므로 시의 본질에 가까이 접근하기 위해서는 무엇보다도 색채에 대한 이해가 선행되어야 한다고 본다.

김광균의 시가 지닌 특성 가운데 가장 두드러진 현상을 꼽는다면 그의 시에서 표출되는 강한 회화성임은 이미 여러 사람들이 지적한 바 있다. 그 대표적인 예로 김기림은 '청각조차 시각화하는 기이한 재주'를, 백석은 '무형적인 것을 유형화하는 능력'을, 박철희는 '감정의 풍경화'를 각각 지적한 바 있다. 그리고 이승훈은 "김광균의 시세계는 어떠한 자연이나 외계도 시인의 슬픈 감정이 스며 있는 하나의 구상, 하나의 풍경, 하나의 아름다운 회화로 머물게 된다. 그는 고독한 사람의 풍경화인 것이다."라고 지적한 바 있다.[328]

김조규의 시의식과 시적 방법론은 다양한 변모를 보이지만 그의 시에서 나타나는 회화성은 김광균과 쌍벽을 이룬다. 이를 반증하듯 홍효민은 서정적인 방면에는 기성시인을 능가하는 면이 많다329)고 지적하는 한편, 그의 다른 모더니티한 시편들에 대해서 시풍이 독특한 곳에 포근한 맛이 돌고 있는 것이 김조규의 시330)라는 말로 결론을 맺고 있다. 또한 조규익은 김조규는 자신의 생각을 적절한 소재와 이미지로 형상화하는 데 성공한 시인이331)라고 지적하였다.

이와 같이 김광균과 김조규의 시가 짙은 회화성을 띠고 있다는 말은 결국 김광균과 김조규의 시는 어느 뚜렷한 공간을 형성하고 있다는 말과도 일맥상통하게 된다.

인간에게 있어 시각이미지는 보편적으로 인식되는 것이며, 또한 그 상징적 의미도 객관화되어 나타난다. 가령, 빨간색은 정열, 노란색은 평화, 푸른색은 이상 등을 상징하여 그 객관적 상징의 의미를 가지게 되는 것이다. 그러나 이 시각이미지가 시인의 눈을 통과하여 작품에 사용되었을 때, 그 의미는 객관적인 상징을 벗어날 때가 있다. 이는 사물 자체가 지니는 본래의 색을 그대로 표현했다기보다 상당히 왜곡된 이미지현상을 보여주기 때문이다.

김광균과 김조규 시의 이미지는 다양하게 나타난다. 그중에서 독특한 것은 색깔을 지시하는 시어들이 많다는 것이다. 따라서 김광균과 김조규의 작품 속에 회화성을 구현한 모더니스트로 어떻게 시각

---

328) 이승훈, 「1930년대 한국모더니즘시 연구」, 『한국학론집 제32집』, 1998. 10. pp.379−381.
329) 구마키 쓰토무, 「김조규의 초기시에 대한 고찰」, p.106.
330) 홍효민, 「신인에게 고함」, ≪조선문학≫, 3권 2호, 1937. 3.
331) 조규익, 『해방전 만주지역의 우리 시인들과 시문학』, 국학자료원, 1996. p.161.

적인 언어를 구사하고 있는지, 이들에게서 나타난 이미지는 주로 어떤 의미로 나타나고 있는지, 지시하는 각 시어들 중에서 백색, 청색, 적색, 황색의 이미지를 중심으로 접근해 보고자 한다.

1) 백색의 이미지

인간의 심리 깊숙이 존재하고 있는 고독은 키에르케고르가 말했듯이 '죽음에 이르는 병'이라고 할 수 있다. 이 죽음에 이르는 병은 인간에게 많은 갈등을 야기한다. 따라서 이 표현은 인간의 감정을 움직일 만큼 처절하다. 그러나 김광균의 시에서 그 처절한 갈등은 내부 깊숙이 숨은 채, 풍경과 상황을 보여주기에만 주력하고 있다.

일반적으로 백색의 색채상징은 순수, 청결, 소박, 순결, 신성, 정직, 백의, 백지 등으로 나타난다.332) 중국이나 인도에서 흰 코끼리, 흰 소 등 흰색을 가진 동물은 행운과 신성 등을 의미하여 존중되어 왔다. 또 흰색은 침묵으로서 음악에서 휴지라고도 할 수 있는 무음처럼 내적으로 울리는 여백의 공간으로서 채움의 의미로도 사용된다.333)

김광균과 김조규는 색채 이미지를 사용하여 무엇을 추구하고자 한 것인가를 파악해 보려 한다. 먼저, 시각이미지를 통해 회화성을 살린 하얀 색이 김광균의 시에서는 어떤 의미로 사용되고 있는지를 살펴보겠다.

---

332) 박도양, 『실용색채학』, 이우출판사, 1983. p.74.
333) W. Kandin Sky, 권녕필 옮김, 『예술에 있어서 정신적인 것에 대하여』, 열화당, 1993. p.83.

어느 머언 곳의 그리운 소식이기에
이 한밤 소리없이 흩날리느뇨.

처마 끝에 호롱불 여위어 가며
서글픈 옛 자췬 양 흰 눈이 내려

하이얀 입김 절로 가슴이 메어
마음 허공에 등불을 켜고
내홀로 밤깊어 뜰에 내리면
머언 곳에 女人의 옷벗는 소리

희미한 눈발
이는 어느 잃어진 追憶의 조각이기에
싸늘한 追悔 이리 기쁘게 설레이느뇨.

한줄기 빛도 향기도 없이
호올로 찬란한 衣裳을 하고
흰눈은 내려 내려서 쌓여
내슬픔 그 위에 고이 서리다.

               - 김광균의 「雪夜」의 전문

  「설야」는 밤에 눈 내리는 정경을 서정 어린 목소리로 말하고 있
다. 도시생활을 영위하고 있는 산책자[334]가 현재 위치하고 있는 공
간은 인공적 뜰이다. 그는 인공적 자연의 방 안에서 눈을 통해 자연
인 밖의 모습을 보고 있다.

---

334) 발터 벤야민, 반성완 역, 「보들레르의 몇 가지 모티프에 관해서」, 『발
    터 벤야민의 문예이론』, 민음사, 1983.

특히, 눈은 하얀색으로 대표되는 물질로서, 그 속성은 소리 없이, 희미한, 빛도 향기도 없는 등으로 나타난다. 따라서 눈은 무색무취의 가벼운 존재라는 것을 알 수 있다. 그는 이러한 눈을 통해서 인공도시 밖의 소리를 듣고 있다. 밖의 소리는 '머언 곳의 그리운 소식', '서글픈 옛 자취', '머언 곳에 여인의 옷벗는 소리', '어느 잃어진 추억의 조각' 등으로 유토피아 공간 안의 기억이다. 이것은 사물인 눈 자체에 그의 생활경험을 투영하고 있는 것으로, 눈은 하나의 객관적 상관물이 되고 있다.335) 인공적 자연에서 자연으로 탈출을 시도하고자 하는 그의 심정이 서글프고, 가슴이 메는 것은 인공적 자연 속에서 추구하고자 한 새로운 유토피아가 이미 뒤집힌 유토피아임을 확인한 후에 느낀 고독감의 표출이라고 할 수 있다. 이때 눈은 인공적 자연과 자연을 연결시켜 주는 대상물이다. 그러나 감각적인 표현과 소멸의 대상인 눈은 '한줄기 빛도 향기도 없이 / 호올로 찬란한 의상을 하고', '고이 서리'기만 할 뿐 형체도 색채도 없다. 이는 흰색이 없음이라는 침묵 속에서 여백을 채우고자 하는 욕망의 표출이라고 볼 때, 여백은 비어 있다는 의미로서 채움의 의미를 담고 있다.336)

---

335) 객관적 상관물이란 표현 대상의 정서를 서서히 환기시켜 주는 것으로, 대상물에 대한 정서의 환기는 작가가 의도했던 세계를 암시하는 데에 그 최종목적이 있다.

336) 노자는 비어 있음의 중요성을 다음과 같이 쓰고 있다.
서른 폭 수레(車) 살은 텅 빈 바퀴구멍이 있어야 그 가운데 축(軸)을 넣을 수 있다. 그래야 수레가 바퀴 구실을 한다. 진흙을 이기어 그릇을 만드는 데는 그 텅 빈 그릇 안(內)에 있어야 그 속에 물건을 담을 수 있다. 그래야 그릇이 그릇 구실을 할 수 있다. 문과 창을 만들어 방을 들이는 데는 텅 빈 방안이 있어야 가구를 넣을 수 있다. 그래야 방이 방구실을 할 수 있다. 그러므로 있음(有)이 있음인 까닭은 없음

하-얀은 그 시각적 효과에 의하여 대상과 시적 자아와의 객관적 거리를 확보해 준다. 현재의 풍경을 묘사하거나, 빛의 공간, 백색공간으로 눈이라는 소재와 연결되며, 과거의 고향을 제시하기도 한다. 따라서 과거를 재현해 내며, 반복해서 과거의 죽음을 떠올려 놓는다.[337]

이 시에 나타나는 호롱불이 전근대적인 유토피아 세계를 의미한다면, 등불은 근대적인 새로운 유토피아 세계를 의미한다. 특히, 김광균의 등불은 어둠, 추위를 이겨내는 힘의 상징으로 따뜻함에 대한 소망과 열린 의지를 반영한 것이다. 또한 밤과 눈, 어둠과 등불의 대립적 이미지를 통해서 생과 현실의 모순과 부조리에 대한 극복의지를 담고 있다. 이러한 극복의지는 시인의 체질적인 서정성 혹은 감상성으로 인해 좀 더 예리한 지적 절제를 획득하지 못하여, 바람직한 수준에 이르지 못했다는 비난을 받기도 한다.[338]

이것은 김광균이 천부적인 이미지 조형 능력과 비유의 형상 능력에다가 서구의 모더니즘 기법을 차용한 것임에도 불구하고, 서구의 모더니즘 잣대로만 평가한 데서 오는 모순일지도 모른다. 김광균 자신도 현대시의 문제점으로 정서의 고갈을 지적하고 있다. 그렇다고 그가 전대의 1920년대 시에서 보는 것과 같은 낭만적 영탄으로서의 정서를 이야기하는 것은 아니다. 분명 그의 시는 전대의 낭만시와는 차별성을 가지고 있다. 그럼에도 그의 시에 감상성이 노출되는 것은 서구적인 이미지스트보다는 낭만적 서정 시인의 체질을 본질적으로 지니고 있기 때문이다. 이러한 체질적인 서정성은 그의 시와 전통성

(無)이 쓰이게 되기 때문이다. 김경탁, 『신역노자』, 현암사, 1970. p.92.
337) 김학동, 앞의 책, p.232.
338) 김재홍, 앞의 책, p.90.

을 연결시켜 주는 요인이 되기도 한다.

> 해바라기의 하―얀 꽃잎 속엔
> 褪色한 작은 마을이 있고
>
> — 김광균의 「해바라기의 感傷」에서

> 故鄕의 季節은 하이얀 흰 눈을 뒤집어 쓰고
>
> — 김광균의 「黃昏에 서서」에서

> 장다리 꽃이 하―얀 언덕 너머 들길에
> 지나가는 牛車의 방울소리가
>
> — 김광균의 「목가」에서

‘―’은 시간에다 객관성을 부여하는 공간화 작업이다. 따라서 ‘―’
이 진행되는 동안의 객관적인 시간은 하나의 주관에 소속되길 중단
하는 시간이 된다. 즉 오로지 공간화의 경향을 띤다. 하얀 색채감각
이 ‘―’의 공간적 늘임에 의해 시각적 효과를 증폭시키게 된다.[339]
그리고 위의 예문에서 살펴보는 바와 같이 각 작품들은 모두 하―
얀, 하이얀, 하이한 등의 시어를 사용하고 있다. 하얀색의 이미지는
인공적 자연의 안과 밖을 자연스럽게 연결시켜 주는 역할을 하고 있
다. 산책자가 현재 위치하고 있는 곳은 인공적 자연의 안이다. 그는
인공적 자연에서 자연을 응시하거나 회상한다. 산책자가 응시하는
밖의 공간은 작은 마을, 고향, 들가의 외줄기 좁은 길, 장다리 꽃이

---

339) 김학동 외, 앞의 책, p.233.

있는 언덕 너머 들길, 우유차의 방울소리가 있는 언덕 등으로 자연을 서정의 배경으로 하고 있다. 이때 배경으로 하—얀 꽃잎, 하이얀 흰 눈, 하—얀 언덕 등으로 도시 속에 홀로 떨어진 산책자의 고독과 소멸의 의미를 담고 있다.

앞서 언급한 바와 같이 흰색은 비어 있음의 여백의 의미를 지니고 있다. 하지만 이곳의 여백은 영원한 것이 아니라, 채움의 의미를 담고 있다. 채움은 뒤집힌 유토피아인 인공 도시에 바로 선 유토피아인 자연을 의미한다. 따라서 김광균 시의 하얀색의 의미는 무색무취로 새로운 것으로 변화하고자 하는 의미를 담고 있다. 그가 하얀색을 선택한 것은 바로 선 유토피아의 세계에 대해 순수한 소망을 담고 있기 때문이다.

김광균의 시에는 현대문명에 대한 직접적인 비판은 거의 드러나지 않고 있다. 그렇다고 현실 비판 의식이 전혀 없는 것은 아니다. 이것은 내용 편향에 대한 일종의 반발로서, 그는 시 속에 현실의식을 직접 제시하기보다는 전근대적인 고향에 대한 그리움을 통해 근대의 불만족스러움을 간접적으로 제시하여, 현실 비판 의식을 드러낸다. 그리고 그가 인공적 자연과 자연의 중간 지대에 위치를 정하고, 인공적 자연에서 자연 쪽으로 시선을 두고 있는 것도, 현대문명과 도시문명에 대한 간접적인 비판의 의도를 내포하고 있다.

옛 記憶이 하—얀 喪服을 하고
달밤에 돈대를 걸어내린

　　　　　　　　　　　　　　　　　　— 김광균의 「庭園」에서

죽은 누나의 하-얀 얼굴이 피어 있고

　　　　　　　　　　　　　　　　　- 김광균의 「南村」에서

얼어붙은 분수같이 하이-한 가등 우에
송이송이 꽃다발이 흩어집니다

　　　　　　　　　　　　　　　　　- 김광균의 「빙화」에서

　현재 산책자가 위치하고 있는 공간은 여전히 인공적 자연이다. 그
는 인공적 자연 안에서 밖인 자연에서의 상황을 기억하고 있다. 인
공적 자연 안에서 그가 기억해 낸 것은 옛 기억, 죽은 누나의 얼굴,
초라한 가등, 얼어붙은 분수 등 과거의 시간이다.

　하얀 가등은 희미한 가등의 묘사이기에 온기가 사라진, 혹은 생명
력이 정지된 차가운 백색의 시각적 효과와 더불어 소멸의 이미지를
표출하고 있다. 즉 생명력을 상실한 상태를 나타내기 위하여 사용한
이미지가 바로 하얀색 유의 시어인 하-얀 상복, 하-얀 얼굴, 하이
-한 가등 등으로 죽음의 의미를 담고 있다. 본래 서양에서는 검은
색이 죽음을 상징하므로 상복 역시 검은색이다. 하지만 우리 전통적
인 상복은 흰 옷이고, 한국에서는 백색이 죽음의 색조를 띤다. 이는
전통상징의 한 예라 하겠다.

　산책자는 인공적 자연 안에서 밖을 응시할 뿐, 한 번도 자연 속으
로의 탈출을 결행하지 않는다. 이는 그가 응시한 밖의 자연이 전근
대적인 고향으로서 바로 선 유토피아가 될 수 없기 때문이다. 전근
대적인 공간은 주로 고향, 동심, 육친의 상실로 인하여 이미 유토피
아로서의 기능을 상실한 공간이다. 산책자가 응시하는 공간과 시간

을 하얀색으로 나타낸 것은 과거의 공간과 시간에 대한 사라짐이며, 불만족스런 현재의 공간과 시간에 대한 사라짐이다.

따라서 김광균은 현대문명과 도시문명 속에서 추구한 새로운 유토피아가 뒤집힌 유토피아로 변한 것을 확인하고 바로 선 유토피아로, 즉 변화된 세계를 말한다. 김광균이 빨간색을 거의 사용하지 않고 하얀색을 주로 사용한 것에 대해 정지용과 같은 신앙이 없기 때문이며, 1930년대라는 어두운 시대상황의 간접적 반영으로 보기도 한다.[340] 그러나 김광균이 빨간색보다는 하얀색에 집착한 것은 단순한 색상의 의미를 떠나 하얀색이 어떤 대상도 모두 수용할 수 있는 무한대의 세계라고 믿었기 때문이다. 이는 김광균이 유토피아를 추구하는 과정에서 현실 수용 태도의 폭을 보여주는 것이라고 할 수 있다.

김광균은 마지막 순간까지 인공적 자연 속에서 유토피아를 추구하고자 하였다. 그는 동시대의 다른 모더니즘 시인들과는 달리 결코 도시를 벗어나지도 않았다. 그것은 그가 추구하는 모더니즘이 바로 도시를 중심으로 한 문학이기 때문이다. 그가 새로운 유토피아를 추구하는 과정에서 설정한 하얀색은 모두 인공적 자연 속에 유토피아를 건설하고자 하는 의지의 표상으로, 광명의 세계, 질서의 세계, 변화의 세계를 의미하고 있다. 그가 인공적 자연의 구조물을 등장시켜 안내자의 역할을 하게 한 것도 인공적 자연의 어딘가에 바로 선 유토피아가 있다고 믿었기 때문이다.

그러나 그 바람은 하나의 환상으로 끝나고, 현재에는 상복을 입고 힘없이 누워 있는 자신과 어두운 남포, 그리고 죽은 누나의 얼굴 같

---

340) 문덕수, 앞의 책, pp.281-282.

은 박꽃이 피어 있을 뿐이다. 이 같은 시의 전체적인 어두운 분위기 속에 하얀 박꽃 같은 얼굴은 생명력을 잃어버린 백색의 얼굴로서 사라져 가는 이미지로 채색되고 있다.

조각난 달빛같이 흐득여 울며
낯설은 흰 장갑에 푸른 장미를 고이 바치며
　　　　　　　　　　　　　　　　　– 김광균의 「밤비」에서

가난했던 동무의 무덤 우엔
하–얀 搖鈴草가 바람에 흔들리고
　　　　　　　　　　　　　　　　　– 김광균의 「동무의 무덤」에서

수풀가에 흰비둘기 떼지어 우던날
흰구름을 헤치고 가서 안오는
흰국화를 한 아름 가슴에 안고

들길 우엔 하–얀 鈴蘭이 졸고
파도 소리가 산너머 고요합니다
　　　　　　　　　　　　　　　　　– 김광균의 「對話」에서

흰 장갑은 상복한 차림의 묘사로 보인다. 그것은 조화로서의 푸른 장미를 고이 바친다는 내용이다. 동무의 죽음과 누이의 죽음을 묘사하였다. 그러므로 이들 시의 하–얀 요령초, 흰비둘기, 흰구름, 흰국화, 하–얀 영란 등은 사라짐과 관련된 백색의 이미지로 나타난다. 즉 하–얀 요령초, 하–얀 영란, 흰국화 등은 조화의 의미로서 흰비둘기는 상복한 사람들의 분신으로, 흰구름은 저승의 상징으로서 묘사한 것이다.

한편 김조규의 시에도 하얀색이 사라져가는 이미지로 드러나고 있다.

언덕 밑에 흐르는 피빛 냇물이
붉게 붉게 물들은 枯木의 그림자를 싣고 흐를 때
음산한 가을바람에 蒼白한 잎은 떨어지고
옛 꿈을 조상하는 풀벌레의 목 메인 울음만이 들리는구나
　　　　　　　　− 김조규의 「廢墟에 비친 가을 夕陽이여」 2연

이 시는 1931년 12월 ≪비판≫에 발표된 것이다. 고목에 새긴 노래라는 부제가 붙어 있다. 당시의 시대적 상황을 폐허, 석양, 고목이라는 시적 오브제를 사용함으로써 비극적인 형상화를 보여준다. 고목을 보고서 우리의 한 맺힌 역사를 읽어 내고 있는 화자의 모습이다. 특히, 화자의 역사의식은 그 투쟁성이 강함을 알 수 있는데, 이는 우리의 역사를 핏빛 냇물로 파악하고 있는 부분에서 두드러진다. 이러한 시어는 김조규 시가 서정시이면서도 현실참여의 시임을 느낄 수가 있다. 핏빛 속에 흘러가는 고목을 보면서 화자는 과거와 장래를 읽고 있다. 이는 일제 강점기 지식인들의 공통된 읽음인데, 패망하여 남의 식민지가 되어 버린 조국의 현실로 그가 얼마나 괴로워하였는지를 잘 말해주고 있다.

김조규의 역사의식 속에서 고목은 존재하고, 그 고목의 나뭇잎은 생명을 다한 창백한 색채로 나타나며, 이는 나뭇잎의 시듦을 표현한 것이다. 고목나무에 꽃이 핀다는 옛 속담은 아랑곳하지 않은 채로

자신의 역사관을 투영하고 있다. 고목나무에 꽃이 핀다는 말은 극한 상황 속에서도 생명은 탄생한다는 의미인 이 시에서 나오는 화자의 고목은 그러한 기미가 보이지 않는다. 오히려 꽃이 아닌 죽음을 의미하는 낙엽의 떨어뜨림을 행하고 있다. 그 떨어지는 낙엽의 빛깔은 창백하다. 이는 시인의 초기 작품 전체를 꿰뚫으며 흐르고 있는 기본 정서이다. 바로 조국을 상실한 지식인이 가슴에 품고 있는 한(恨)의 정조라 하겠다. 그리고 패자의 가슴에 서려 있는 인고의 정서이다.

> 산은 그리도 묵상 속에서 교만한 침묵을 계속한다.
> 초가 위에 박꽃이 창백한 웃음을 던지고
> 산기슭을 돌든 파리한 煙氣가 흩어지기 시작하니
> 슬프구나 슬프구나 이 저녁도 주린 저 창자엔
> 쌀알이란 하나도 없는 "감자"만 메이겠구나
> — 김조규의 「農家의 黃昏」 4연

이 시의 화자는 먹는 것에 대한 걱정을 주린 창자로 대변해 주고 있다. 저녁에 끼니거리가 없어 감자로 대신하는 서민의 삶이 담겨 있다. 사람에게 끼니거리가 없음은 생존가능성의 박탈로서 굶어 죽음을 의미하는 것이다. 그래서 박꽃의 창백한 웃음을 극단적 이미지로 잡아 보면, 죽음을 예견하는 싸늘한 웃음이 된다. 이 웃음의 의미가 작품에는 구체적으로 나타나지는 않지만, 확실한 것은 그것의 이미지는 차갑다는 것이다. 우선 박꽃이 있는 공간부터 생각해 보면 그 박꽃은 전통적인 초가집 위에 있다.

그런데 '초가 위에서 창백하게 웃고 있는 박꽃'에 대해 무슨 의미를 부여할 것인지, 우선 이 문제를 풀기 위하여 박꽃의 전통적 의미를 생각해 본다. 박꽃은 얼굴이 못생긴 여자에 흔히 비유되기도 하며, 호박꽃과 동일한 의미로 쓰이기도 한다. 이러한 해석은 그 시적 분위기와는 어울리지 않는 측면이 있다.

박꽃의 다른 의미로 순박함을 지시하기도 한다. 그래서 이 순박함의 뜻을 대입해 보면, 초가 위에 순박한 박꽃의 창백한 웃음이 된다. 즉 초가 위에 뒹굴고 있는 박꽃은 바로 그 창백함으로 인해 순박성을 잃어버리고 있는 것이다. 이는 박꽃이 핏기가 없는, 그 생명력을 잃어버린 박꽃으로 인식되고 있음을 알 수 있다. 그래서 그 박꽃의 창백성은 본래의 상실성, 혹은 생명력의 사그라짐으로 인식된다.

> 늙으신 어버이 머리에 그리기만 하기로
> 눈가죽이 뜨겁다 하거늘
> 어려서 입맞추어 주시든 어버이
> 굴 속같이 음침한 房에 누어 계신 채
> 蒼白한 입술을 떨며 臨終하셨다 함이여
>   ― 김조규의 「어버이 잃은 당신 가슴이」 1연

이 시에 진술된 어버이의 모습은 인자한 모습이다. 어릴 적에 자식에게 사랑을 아낌없이 주시는 어버이의 모습은 자식들에게 존경받는 어버이의 모습으로서 손색이 없다. 그러나 문제는 그들의 임종이 비극적이라는 데에 있다. 그 자상하고 자애로운 어버이가 음침한 방에서 핏기 없는 창백한 입술로 떨다가 임종하셨다는 화자의 진술은 그 죽음의 비극성을 전달해 주고 있다.

음침한 방과 창백한 입술, 이 두 시어가 주는 어버이의 임종에 대한 비극성은 화자의 목소리가 개인적 비극을 진술하는 것 치고는 짙은 비애감을 지니고 있다. 이 비애감은 다른 시인이 느끼던 것과 비슷한 것이기도 하지만 이 시인의 경우, 처절하고도 구체적인 현실인식을 깔고 던지는 굵직한 목소리로 구별되는 점이다. 다시 말해 역사의 비극에 당당하게 맞서고자 하는 목소리에 우리는 다른 시인들하고는 구별되는 작자의 모습을 보고 있는 것이다.

이는 화자의 비극적 임종을 진술하는 모습이고, 창백한 입술은 생명력과 제 빛깔을 잃어버린 시어다. 그래서 그 입술에서 이미 죽음이 예고되어 있다. 이 '음침한 방'에서 '창백한 죽음'은 그 임종의 비극성과 그 생명의 소멸성을 동시에 내재하고 있다. 이는 작자의 감정이 제3의 존재에게 투영되고 있다는 것이다. 이 투영은 문학에 있어서 감정이입이니, 객관적 상관물이니 하는 용어들을 탄생시키기도 한다. 이러한 용어들은 시 속에 등장하는 화자의 심정과 일치할 때, 그 목소리의 전달의지가 강해지는 특징을 가지고 있다.

> 구비치고 울부짖는 바다의 물ㅅ결ㅡ
> 머리털을 휘저으며 배밑창에서 悲鳴을 치고
> 인적 끊어진 부두에는 창백한 달빛이 흐를 때
> 깜박이는 고깃배 불이 수평선위에 애상을 그린다.
> ㅡ 김조규의 「달빛 흐르는 浦口의 밤」 1연

위 시는 1933년 1월 ≪조선문학≫에 발표된 것으로 이 시의 공간은 포구이고, 시간은 밤이다. 밤에 부두에서 울부짖는 파도소리의 애상성, 그것을 비추고 있는 달빛의 창백함, 수평선 위에 떠 있는 고 깃배 불빛의 모습 등이 화자의 감정이다. 그래서 시각이미지인 창백한 달빛이 외롭고 슬프게 느껴진다. 이는 달빛이 비추고 있는 모든 사물들이 애상에 젖어 있기 때문이다. 따라서 이 부분의 객관적 상관물들은 슬픔과 연관되어 나타난다.

그리고 '눈', '눈보라', '박꽃' 등의 시어들은 시공의 정황이나 경험으로 보아 객관적으로 타당한 경우 전혀 낯설지 않게 전달되겠지만 그렇지 못할 경우를 보면 객관적이고 보편타당한 것을 주관적 관점으로 백색의 이미지를 스스럼없이 대입하는 방식으로 감정이입을 하고 있다. 그 실례로 '창백한 잎'(「폐허에 비친 가을 석양이여」), '창백한 웃음'(「농가의 황혼」), '창백한 입술'(「어버이 잃은 당신 가슴이」), '창백한 달빛'(「달빛 흐르는 포구의 밤」)에서 나타난다. 이와 같이 '잎', '웃음', '입술', '달빛' 등의 백색의 이미지라든가 경험으로 미루어 짐작하는 정황 등을 주관적 관점에서 낯설게 하는 시적 장치로 표현하였다. 어떻든 시인은 백색을 통하여 죽음과 어버이에 대한 그리움과 잊혀 가는 고향의 퇴색한 추억과 슬픔과 고독을 담고 있다.

또한 백색 색채어와 백색 이미지의 언어와 의미는 현상관계로 "언어는 본질적으로 비효과적이고 부정확하고 불완전한 것이기 때문에 유형물을 수단으로 무형물을 표현하게 되는데 이를 비유라 한다. 비유 중 제유와 환유는 실체와 상사체(相似體) 사이에서 유(類)와 종(種), 원인과 결과의 인접연상이 되는 것이고, 직유, 은유, 의인화, 풍유는 실체와 상이성 사이에서 상이성 중 상이성을 지각하는 것이다."341) 이처럼 비효과적이고 부정확한 언어를 시적으로 표현하는 기법을 화자는 깨닫고 있다.

오늘도 비젖은 **빨래줄** 위에 나란히 앉아
航海의 시달린 죽지를 고요히 덮고 있다.
파리한 향수……
표백한 비애……

조잘거림은 쫓기운 남국의 푸른 이야기
공중에 그리고 있음은 漂浪의 읊은 記錄
야자수 빛 가득한 두 눈동자- -

　　　　　　　　　　　 - 김조규의 「제비」 2, 3연에서

바닷가의 어부들이 해풍에 흰 돛을 드높이 달고
남국의 망명시인- -제비들의 이야기가 빨래줄에 구른다

　　　　　　　　　　　 - 김조규의 「 六月頃」 3연에서

푸른 海面을 찢을 머언 航路……
한 가닥 꽃다발을 실은 幸運의 出帆
順風에 흰 돛이 통통 배불리 울릴 때
埠頭에는 흰 손수건들이 수없이 팔랑인다

　　　　　　　　　　　 - 김조규 「素描續篇」 중 결혼식에서

愁思 얼어버린 星座를 그리여 떠오르는데
追億은 백조가 되어 밤바다 위에 퍼득인다

　　　　　　　　　　　 - 김조규의 「밤, 埠頭」 1, 2연에서

하이-헌 황혼 속에 피여잇는
산래촌의 고독헌 풍경 속으로

　　　　　　　　　　　 - 김조규의 「풍경화」에서

---

341) Max Muller, 『Lectures on the Science of Language』, 1969. p.139.

위 시들은 모두 뚜렷한 시각이미지들로 구성되어 있다. 「제비」의 빨래줄, 야자수 빛, 파리한 향수, 표백한 비애 등은 방랑자로서 제비의 모습을 시화하고 있으나 절망적 비애 보다는 산뜻한 분위기의 이미지를 제시하고 있다. 「유월경」은 모더니즘 작품으로 시각, 촉각, 청각적 이미지를 통해, 바다는 흰 돛과 빨랫줄의 시원한 이미지로 구성되어 있다. 이러한 흰색을 주조로 한 바다의 구체적 동경 대상으로 '남국'을 들 수 있다. 「제비」에서와 마찬가지로 이 '남국'은 시적 화자의 감정이 이입된 '제비'의 고향이자 시인이 지향하는 세계로서 근대성 지향이라는 측면과 등가적 관계에 놓이게 된다. 그러나 실제 체험되지 않았다는 점에서 가상적이나마 '남방(근대)'를 통한 근대성의 추구는 초기 시의 생경성 내지 센티멘탈을 벗어나게 하는 요인이 되고 있다. 「소묘속편」은 결혼식이라는 상황을 먼 항해에 비유하면서 '흰 돛', '흰 손수건' 등을 통해 희망을 표현해 놓고 있다. 「한 결혼식장에서」와 같은 시 역시 여인의 정조를 온통 흰색 이미지로 수놓고 있다. 「밤, 부두」에서도 바다는 근대의 가상적 체험이라는 측면에서 긍정적으로 활발하게 묘사되고 있다는 점에서 하나의 특징이 된다.

이상에서 살펴본 바, 김광균과 김조규의 백색의 시 이미는 맑고 긍정인 것보다는 주로 개인적인 경험과 현실비판에 연관되어 자신의 감정을 전달하는 데에서 볼 수 있다. 즉 향수를 내포한 고독과 슬픔, 죽음과 사라짐 등 부정적이고 암울한 이미지를 나타낸다.

2) 청색의 이미지

청색은 삼원색 중의 하나로 그리스·로마 신화의 제우스가 청색 옷을 입은 것으로써 그 색채의 상징은 하늘에서 유래된 것이다. 이렇게 청색은 하늘의 빛과 연관이 깊으며, 그에 대한 연상 및 상징은 하늘과 같은 고결성을 띠고 있다. 또한 루셔(Lusher)는 "청색은 상징적으로 조용한 꿈이고 따뜻한 성격이며 여성적이다", "파랑은 색 중에서 가장 차가운 색으로 수축성과 후퇴성이 강하고 물, 하늘, 청량, 이지, 신비, 냉담, 비애, 진실, 침착 등을 연상시킨다."고 한다.[342]

> "언덕도 倦怠다. 저기 人家를 찾아가자 여인의 들창가에
> 어둠이 스며들고 燈盞의
> 우울이 창살을 새기리라
> 뾰족한 별빛의 푸른 웃음도 외로우려니와
> 골목을 깨며가는 젊은 사람의 휘파람도 눈물 겨웁다."
>
> — 김조규의 「寂寥」 3연에서

젊은 날의 방황을 묘사한 이 시의 분위기는 차갑다. 이는 작품에 등장하는 화자의 목소리가 인생의 희망보다는 절망을 말하고 있기 때문이다. 언덕 위에 인가를 찾아가는 화자의 모습이 쓸쓸하다. 여기서 인가란 자신의 임시 거처를 의미한다. 그 임시 거처의 골목을 빠져 나올 때 보는 푸른 별빛은 인생의 희망을 암시하기보다는 인생의 절망을 대변하고 있다. 따라서 푸른 별빛의 웃음은 허탈한 웃음으로

---

342) 김영수, 『상황과 색채의 영상』, 형설출판사, 1981, pp.13-14 재인용.

서 고독이 스며들어 있다.

그런데 이 시에서 김광균의 「설야」에 나타나는 '먼 곳에 여인의 옷 벗는 소리'의 구절을 연상시키는 부분이 있다. 김조규의 시에서는 밤이 되어 여인이 잠자리에 들었고 그 잠든 자리를 등불이 희미하게 나타나고 있다. 더 중요한 것은 여인이 옷을 갈아입고 잔다는 내용이 드러나 있지는 않지만, 상상을 가능하게 하여 호기심을 유발케 한다. 이 부분만 본다면, 직접 언급하여 관능미를 인정받은 김광균의 「설야」와 그 표현의 깊이가 상당한 수준이라는 것을 알 수 있다.

> 汽車는 당나귀같이 슬픈 고동을 울리고
> 落葉에 덮힌 停車場 지붕 우엔
> 까마귀 한 한 마리가 서글픈 얼골을 허고
> 코발트빛 하늘을 쫍고 있었다.
> — 김광균의 「北靑 가까운 風景」에서

위 시에 나타난 코발트빛 청색은 기차의 슬픈 고동소리와 낙엽의 황량함과 무상감, 그리고 서글픈 얼굴이 까마귀라는 이미지와 어울려 슬프고도 허전한 정서를 드러낸다. 또한 서글픈 얼굴을 한 까마귀가 주는 이미지는 쓸쓸하고 외로우며 현실에 적응할 수 없는 방황적인 작자의 서글픈 감정까지 연상하게 한다.

까마귀가 코발트빛 하늘을 쪼고 있는 행위는 가을 하늘의 유구성, 신비성, 평화스러움, 무욕 등의 이미지에 왠지 모르게 저항하는 느낌을 준다. 그리하여 감정적 긴장감은 코발트빛 하늘 자체의 보편적인 이미지마저 변화하게 만든다. 따라서 코발트빛 하늘을 통하여 작자의 슬픔을 시의 소재인 슬픈 고동, 낙엽, 까마귀 등의 어두운 이미지로 말하고 있다. 이는 작자의 감정에 따라 모든 사물과 색채가 변화되어 나타나는 것으로 다른 시어인 지붕, 하늘까지도 어둡게 한다. 이와 같은 슬픈 이미지가 나타난 작품으로 다음과 같은 것들이 있다.

> 조각난 나의 感情의
> 한 개의 슬픈 건판인 푸른 하늘만
> 멀ㅡ리 발밑에 희미하게 빛나다
>
> ― 김광균의 「蒼白한 散步」에서

> 슬픈 도시에 日沒이 오고
> 時計店 지붕우에 靑銅비둘기
> 바람이 부는 날은 구구 울었다.
>
> ― 김광균의 「廣場」에서

위의 작품들 중에서 「창백한 산보」의 푸른 하늘은 조각난 내 감정의 슬픈 건판으로 비유되어 있다. 「광장」의 청동비둘기는 슬픈 도시의 일몰에 울고 있다. 「창백한 산보」의 화자는 유난히도 슬프다. 이는 그 넓은 푸른 하늘조차도 아픔을 느낄 수 있는 한 요소로 작용하기 때문이다. 푸른 하늘이 슬픔의 건판들로 도시와 비둘기가 등장한다. 일몰의 광장에서 울고 있는 비둘기가 묘사된 광장의 분위기 역시 회색빛의 암울이다. 그것은 꼭 깜깜한 어둠 속에서 갈 곳 몰라 방황하는 기와등의 화자가 맞이할 밤 이전의 장면처럼 보이기도 한다.

광장은 모임의 장소이면서 헤어짐의 장소이다. 그러나 그 장소에서 떠나지 못하는 존재는 분명히 목적지가 없음을 의미한다. 어쩔

수 없는 시간의 흐름 속, 자기가 머무는 공간에 멈추어진 채, 심리
적 갈등만을 야기하고 있다. 광장의 비둘기가 이러한 입장이다. 일정
하게 날아갈 방향이 없는, 설사 있다고 해도 그 목적지는 정확하지
않다. 그래서 갈등을 하고, 거기서 한없는 슬픔을 느끼게 된다. 따라
서 이 시의 청동비둘기는 날아갈 수 없는 자신에 대한 슬픔으로 점
철된 이미지를 표현해 내고 있다.

이 「광장」이라는 시는 1960년대에 발표되어 세인의 주목을 받았
던 최인훈의 『광장』과 제목이 같다. 최인훈이 등장시킨 주인공인 이
명준은 이 시의 청동비둘기와 같은 존재로 파악된다. 그것은 남과
북, 그리고 제3국을 다 통틀어 봐도 자신이 진정 도달하고자 하는
공간이 없어 끝내 죽음을 맞이하는 이명준의 비극적 삶이, 목적지
없이 방황하면서 심리적으로 갈등하는 이 청동비둘기의 신세와 유사
하다. 따라서 광장의 청동비둘기는 문학작품상에 나타나는 아픔을
대변하는 소재라고 할 수 있다.

> 電柱의 思想이 왜 이리 서러우뇨?
> 좁은 室內에 퍼지는 파란 愁煙
> 오늘도 낯선 이국의 거리를 해매였다
> 나타 ……샤, 窓문을 열어라
> 쫓겨운 에트란드의 설움은 나도 깊단다.
>
> — 김조규의 「鄕愁」 2연

이 시는 1938년 12월 『여성』 12호에 발표된 것이다. 낯선 이방에
서 고향을 그리는 화자의 모습이 막연한 그리움이 아닌 근심 섞인

향수를 진술하고 있다. 그 근심 속에 고향으로 못 가는 서글픔이 스며 있다. 따라서 파란 수연은 아픔과 슬픔의 이미지로 와 닿는다.

> 태양의 여름은 몹시 뜨겁다드라
> 들판의 氣候는 몹시 거츨다드라
> 웬일인지 들창에 턱을 고인 네 얼굴이 햇쓱해만 보인다.
> 뜰가에 높이 자란 高葉 잎파리가 네 푸른 노스탈쟈를
> 어지럽히지나 않니
>
>   — 김조규의 「北으로 띄우는 便紙」 2연

위 시는 1937년 『숭실화샘』에 발표된 것이다. 시인이 만주에 갔을 때의 느낌을 묘사한 것이다. 여기서 너라는 존재는 구체적으로 드러내지 않고, 다만 향수의식을 가진 존재로 파악된다. 그 향수는 홈시크니스(Homesickness)가 아닌, 정신적인 고향을 의미해서 이상형으로 생각하고 있는 정신적인 공간이다. 그러나 향수의 정류로서는 홈시크니스와 노스탈쟈(Nostalgia)가 대표적인 것이니만큼, 이 시의 노스탈쟈는 향수의식의 소산이다. 이 노스탈쟈를 수식하고 있는 푸른이라는 시각어는 향수인 것이다.

> 어제도 오늘도 고달픈 기억이
> 슬픈 행렬을 짓고 창밖을 지나가고
> 이마에 서리는 다정한 입김이 가슴이 메여
> 아네모네의고요한 꽃방울에 눈물 지운다.
> 오후의 露臺에 턱을 고이면
> 한 장의 푸른 하늘은 언덕 너무 기울어지고

김광균의 이 작품 속에 푸른 하늘은 천상의 위치에서 지상으로 비스듬하게 떨어지는 존재이다. 그런데 일반적으로 푸른 하늘은 고달픈 기억, 메이는 가슴, 눈물 등을 구원해야 할 존재임에도 불구하고, 형이상적 존재의 의미를 상실한 이미지를 내포하고 있다. 즉 언덕 너머 기울어지는 푸른 하늘의 현상학적 의미는 사라짐을 말하고 있다.

창밖을 보면 슬퍼지고 꽃을 보면 눈물짓는 화자에게 오후의 푸른 하늘이 밝게만 비칠 리 만무할 것이다. 시인이 비애적 시각을 가지고 쳐다본 푸른 하늘은 풍경화처럼 시간의 추이에 따라 언덕 너머로 사라지고 있다. 푸른 하늘의 묘사는 항상 그의 작품 속에 내재하고 있는 슬픔과 무관하지는 않으나, 언덕 너무 기울어지는 현상으로 보아 사라진다는 의미로서 강하게 부각된다.

> 지롤을 덮은 푸른 하늘은 소리를 내어 허물어진다.
> — 김광균의 「風景畵 중의 "NO.1"」에서

> 體釋場 時計塔우에
> 파란 旗幅이 부람에 부서진다.
> — 김광균의 「街路樹」에서
> 밤은 새파란 거품을 뿜으며 끓어오르고
> (중략)
> 길 잃은 세피아의 파-란 눈동자를 들여다본다.
> — 김광균의 「街路樹」에서

위의 시들에서 푸른 하늘은 허물어지는 것 파란 기폭은 부서지는 것, 그리고 새파란 거품은 시간의 흐름 속에 존재하고 있다. 파-란 눈동자는 길 잃은 세피아의 눈동자로 묘사되어 어떤 현상에 직접 연관되어 있다. 그 연관된 소재들은 하늘, 역등, 돛, 밤 등으로 나타난다.

하늘이 기울어지는 현상으로 본래의 형태를 상실한 존재로 묘사된다. 그리고 마지막 인용구에서 거품이란 순간적으로 나타났다가 사라지는 존재이므로, 파-란 눈동자는 희망을 잃고 방황하는 시인의 심정을 암시하는 시각어의 현실, 혹은 미래에 대한 상실을 의미한다.

달빛의 파-란 산길을 넘고
— 김광균의 「해바라기 感傷」에서

푸른 구름이 스쳐가고 밝은 햇빛이 화분같이 퍼붓
는 분수가에서 나는 분명히 계집애를 보았다.
— 김광균의 「茶房」에서

푸른 햇빛을 쪼읍고 있는
(중 략)
靑銅화로에 촛불이 타고
녹슬은 촛대 우에 함박눈이 퍼붓던 겨울 밤이면
— 김광균의 「對話」에서

낯설은 흰장갑에 푸른 장미를 고이 바치며
— 김광균의 「밤비」에서

앙상한 雜木林 새로
한낮 겨운 하늘이 透明한 旗幅을 떨어뜨리고

푸른 옷을 입은 송아지 한 마리가
조그만 그림자를 바람에 나부끼며
서글픈 얼골을 하고 눈둑 우에 서 있다
- 김광균의 「星湖附近」에서

「해바라기 감상」에서 파－란 달빛은 어둠 속에서 비추어 주는 희미한 달빛을 의미하고, 파리한은 사람이 지치고 피곤하여 얼굴빛이 본래의 빛이 아닐 때에 쓰이는 말이다. 그리고 「다방」, 「대화」, 「밤비」, 「성호부근」에서도 푸른색은 구름과 햇빛, 장미, 황혼이 본래의 빛을 잃어버린 색채로 나타나고 있다. 이렇게 사용된 색채어는 푸른색의 퇴색 현상으로 나타나고 있다.

특히 「해바라기 감상」과 「밤비」 그리고 「대화」의 청동화로는 인간의 죽음과 관련되는 퇴색의 이미지다. 구체적으로 「해바라기 감상」에서 파－란 달빛은 이미 돌아가신 아버지와 누이가 존재하는 저승의 빛일 수도 있고 고향의 빛일 수도 있다. 그 달빛은 아버지의 무덤으로 가는 길 도중에 비치므로 죽음의 이미지가 강하게 나타난다. 「밤비」에서 푸른 장미는 창백한 조화로 흰장갑, 고이 바치며 등이 그 의미를 뒷받침해 준다. 「대화」의 청동화로는 회상 속에 존재하는 물체이지만 죽은 누이와 연관되어 청동색이라는 빛의 퇴색 현상이 나타난다. 「성호부근」의 푸른 옷은 실제의 사물이 아닌 시인의 감정적인 비유의 색채어로 파악할 수 있다.

이 시의 배경이 황혼인 것을 감안하면 푸른 옷은 다른 작품들에서의 유리빛 황혼의 비유 내지는 그 변조로 보아야 할 것이다. 원래 황혼이 지난 어스름한 저녁에 드리운 하늘빛은 푸르스름한 어두운 청색으로 나타난다. 이러한 상태를 시인은 유리빛 황혼으로 말한다. 따라서 이 시의 푸른 옷은 황혼의 빛을 비유한 것으로 퇴색과 사라짐의 이미지를 표출해 내고 있다.

　　寂寥……
　　그는 나와 항상 함께하는 보이지 않는 동무입니다.
　　여름 밤 내가 거리고 興奮을 그려 나아오면은
　　적막은 군중 속에서 귓속말로 속삭입니다.
　　"저기 강가으로 가자. 강변에는 너울너울 나무 잎이
　　슬픈 표정을 짖고
　　푸른 달빛은 병에 지쳐 여윈 얼굴을 언덕위에 비치리라.
　　물속에 잠긴 등불의 붉은 우울도 좋으려니와
　　닷을 내린 帆柱의 검은 林立도 좋으려니"
　　　　　　　　　　　　　　　　　- 김조규의 「寂寥」 1연

　이 시는 김조규가 1935년 7월 21일 ≪조선중앙일보≫에 발표한 작품이다. 적요라는 특이한 상황을 화자의 친한 벗으로 설정하여 놓고, 적막의 목소리를 들려주고 있다. 적막한 화자에게 주위의 모든 사물들을 부정적 이미지로서 전달해 준다. 나뭇잎의 슬픈 표정이, 여윈 푸른 달빛이, 붉은 우울이 그렇다. 여기서 푸른 달빛은 병에 지친 모습의 달빛이다. 따라서 이 시각어는 생명력이 퇴색되어 가는 모습이다.

　　時計堂 꼭대기에서
　　下學종이 느린 기지개를 키고

白楊나무 그림자가 교정에 고요한
맑게 개인 四月의 午後
눈부시게 빛나는 유리창 너머로
우리들의 부르는 노래가 푸른 하늘로 날아가고
어두운 教室 검은 칠판엔
날개 달린「돼지」그려 있었다.
　　　　　－김광균의 「사향도 중의 "校舍 의 午後"」 전문

　　이 작품은 보기 드물게 소망에 가득 찬 유년 시절의 풍경을 말하
고 있다. '맑게 개인 사월의 오후'에 부르는 노래, 교실 칠판에 그려
진 날개 달린 돼지의 해학적인 그림 등 모두 긍정적인 이미지다. 이
런 분위기 속에 푸른 하늘로 우리들의 노래가 날아가고 있음은 희망
의 공간으로서 하늘을 제시한 것이다. 이와 유사한 이미지가 나타나
고 있는 작품으로 다음과 같은 것들이 있다.

어디서 날러온 피아노의 졸린
고요한 물방울이 되어 푸른 하늘에 스러진다
　　　　　　　　　－ 김광균의 「山上町」에서

푸른 하늘이 고웁게 비친다
　　　　　　　　　　－ 김광균의 「庭園」에서

갈매기 파－란 리봉을 달고
　　　　　　　　　　－ 김광균의 「風景」에서

噴水처럼 흩어지는 푸른 종소리
　　　　　　　　　　－ 김광균의 「外人村」에서

「山上町」의 푸른 하늘은 희망적 성격을 띠고 고요한 물방울을 받아들이는 공간으로 그 이미지는 밝은 것이고, 「庭園」의 평온한 풍경의 일부로서 존재하는 푸른 하늘은 맑은 이미지의 기능을 하고 있으며, 「風景」의 '파─란 리봉'은 하늘을 표현한 것이기에 상승적 이미지를 하고 있고, 「外人村」의 '푸른 종소리'는 그 흩어지는 모습에서 생명력에 느낄 수 있기에 희망의 이미지와 연관된다.

한편 김조규의 시에도 맑고 밝음의 이미지를 찾을 수 있다.

> 아하 달ㅅ빛 흐르는 浦口의 밤이여
> 몇 시간 전 얼마나 暗澹한 그림자들이 이 위에서 비슬거렸나
> 飢餓에 푸득거리는 처자들을 눈아에 그리며 어선에 오르든 사나이들이
> 멀리 저 멀리 푸른 섬 감돌아 석양에 돌아올 때
> 수많은 고기비늘이 落照에 번뜩거렸으려니
> "여기 여쳐" 아름다운 노래 바다에 가득 찼으려니
> 　　　　　　　　　－ 김조규의 「달빛 흐르는 浦口의 밤」 3연

이 시는 1933년 1월 ≪조선문학≫에 실린 것으로 시의 공간은 항구가 되고 시간대는 밤이다. 화자가 생각하는 것은 해가 지기 전 석양녘 풍경이다. 그 바다의 풍경은 한 폭의 서경뿐만이 아닌 사람들의 먹고사는 모습이 그려져 있다. 많은 고기를 잡아 석양에 돌아오는 어선을 보고 만족해하는 화자의 모습에서, 사람에게 먹고사는 것이 얼마나 절실한 것인가를 보여준다. 이 만족감에 젖은 화자의 눈에 보이는 것은 푸른 섬이다. 푸른 섬을 감돌아 오는 배에는 수많은 고기가 실려 있다. 그 고깃배를 수식하고 있는 푸른 시각어는 풍요

의 이미지를 가지고 있다. 이 시의 푸른 섬은 배고픈 처자에게 줄 물고기를 가득 잡을 수 있는 공간이다. 일단 생계의 위협을 느끼는 상황에서, 그 위협을 벗어날 수 있는 고기를 주는 공간의 푸른 섬은 색채의 숭고성과 이상향의 모습으로 다가온다.

> 유월의 푸르른 感觸 이 얼굴을 쓰다듬는다
> 유월의 푸르른 바람이 초롯빛 스카ー드에 춤을 춘다
> 창공을 찢는 선명한 프로펠라 소리
> — 김조규의 「六月頃」1연

이 시는 1934년 6월 27일 ≪조선중앙일보≫에 발표된 것으로 색채감, 촉감, 시각적 감각 및 음향감 등이 동원된 작품이다. 유월이라는 초여름의 계절을 생명력이 넘치는 푸른색으로 묘사해 내고 있다. 봄에 물이 오른 나무들이 장차 여름의 성숙기를 맞이하게 되는 문턱이다. 온 주위가 나무의 파란색으로 둘러싸여 있다. 그러나 시에서 푸른 시각은 보이지 않는 대상을 나타내는 색채어로 유월의 신선함과 조화를 이루고 있다. 이는 유월의 생명력을 명확하게 나타내는 색채이다.

> (그러면 나를 지극히 사랑하는 사람아
> 너는 내 寢室을 푸른 담벽과 灰色 커틴으로 장식하여 주렴
> 庭園에는 枯木 한 구루와 들국화 한 폭만을 심어다고
> 寂寞과 함께 藏書 없는 書齋에서 계절의 나이를 손꼽아 헤이리라)
> — 김조규의 「藏書 없는 書齋에서 계절의 나이를 헤여보리라」5연

이 시는 1935년 10월 ≪신동아≫에 발표된 것으로 화자가 스스로 이상향을 소박하게 고백하고 있다. 물론 자신이 직접 그 공간을 꾸미는 것이 아니라, 자신을 사랑하는 사람을 통하여 꾸며달라고 요청하고 있다. 자신의 공간을 꾸미는 일을 다른 사람으로 하여금 하게 한다는 것은 화자의 소극성을 엿볼 수 있다.

김조규를 흔히 서정성이 강한 시인으로 평가하기도 하는데, 이러한 관점에서 본다면, 그는 신석정 정도의 이상향을 노래하는 목가시인으로 발전할 가능성을 충분히 가지고 있다. 하지만 김조규의 현실은 안타깝게도 그러한 기회를 주지 않는다. 이에 그의 시는 목가 대신에 현실저항을 동반하는 목소리로 나타나고 있다. 그래서 그를 서정 시인이면서도 현실에 저항하는 시인으로서 일제강점기의 문학사에서 평하는 것도 무리는 아닐 것이다.

이 시의 '푸른 담벽'은 화자의 침실에서 볼 수 있는 사면의 벽이다. 푸른색은 잠들기에 너무 중압감을 주는 색채이기에 침실엔 평안하고 온유한 분위기를 줄 수 있는 옅은 색들이 필요하다. 그래서 실제로는 푸른 벽을 만드는 사람은 없다. 하지만 '푸른 담벽'은 화자가 이상을 꿈꾸고자 설정한 가상의 공간이므로, 푸른색의 긍정적 상징의미를 이용한 시각 조정인 셈이다.

3) 적색의 이미지

적색은 삼원색 중에서도 시각적으로 가장 강렬한 자극을 주는 색채로서 상징적인 개념은 아래와 같다.

적색은 성적 자극의 흥분된 색채로서 정열을 나타내며, 악마적이고 육체적인 사랑의 상징이기도 하다. 지나치게 자극적인 힘을 지니고 있으므로 시각을 피로하게 하며 호 전적이고 원시적인 감정을 불러일으킨다. 빨강은 청록색과 대비시켰을 때 가장 강한 힘을 나타내어 지나칠 정도로 정열적이 되는데, 이것은 보색 대비의 현상을 나타내기 때문이다.[343]

적색은 생명력과 활력과 승리의 표현이다. 녹색이 의지의 탄력성인데 비해 적색은의지의 충격 혹은 의지력이다.[344]

적색은 피, 불, 미개, 용감, 활기, 열정, 혁명, 위험, 야만, 혈투의 상징이다(김근택, 『세계백과대사전』, 신한출판사, 1980, p.728).

고독은 사람이면 누구나 겪는 정신적 고뇌면서, 감수성이 예민한 문학가의 고독은 더욱 처절할 것이다. 이는 피가 마르는 창작의 고통을 수반하기 때문이다. 이러한 고독의 이미지가 나타나는 경우를 김광균과 김조규의 시들에서 많이 나타난다.

하이한 묘色 속에 피어 있는
山峽村의 고독한 그림 속으로
파~란 驛燈을 다른 馬車가 한 대 잠기어 가고

바다를 향한 산마루 길에
우두커니 서 있는 電信柱 우엔

---

343) 이주영, 앞의 논문, 1983. p.35.
344) 김영수, 앞의 책, pp.13 - 14.

지나가든 구름이 하나 새빨간 노을에 젖어 있었다.
                                        — 김조규의 「外人村」345)에서

　김조규의 「풍경화」와 논란이 있는 김광균의 이 작품은 어둠과 밝음의 교차점인 황혼녘을 묘사한 작품으로 노을의 생명력이 살아 있는 듯한 생동적인 감각을 느끼게 한다. 모든 사물이 고요하게 정지한 상태에서 노을만이 활활 타오르는 존재로 진술되어 있다.
　즉 '파―란 마등을 달은 마차가 한 대 잠기여 가고', '우두커니 서 있는 전신주'에서 볼 수 있듯이 시 속의 대상들은 고요한 상태이지만, '노을'만이 활발하게 타오르고 있음으로 해서 홀로 활동적이게 된다. 이를 하나의 풍경화로 본다면, 배경은 지상과 천상으로 나눌 수 있고 배경의 소재이다. 즉 지상의 전신주, 산마루, 바다 그리고 천상의 구름, 노을 등이 알맞은 구도를 이루고 있다고 하겠다.
　그러나 노을은 침몰직전의 상태에서, 어둠의 세계에 대하여 홀로 저항하는 고독한 느낌을 준다. 이는 다른 시적 구조물들이 어둠에 순응하여 그 속으로 몰입되어 가지만, 노을은 홀로 불타면서 저항하고 있다. 또한 새빨간이라는 색채가 고독감의 효과를 배가시키고 있다. 왜냐하면 노을의 빛이 강렬하다는 의미인 '새'라고 하는 접두어가 붙어 있기 때문이다. 그러므로 적색이미지의 표현이 강하면 강할수록 고독한 존재에 대한 표현이 더 강렬하게 나타난다.
　김조규의 시에도 이러한 색채어가 나타난다.

---

345) 이 「외인촌」은 김조규의 시 「풍경화」을 혼합한 것이다. 그러나 이는 학계에 공식적으로 인정받은 것이 아니므로 일단 김광균의 「외인촌」으로 분석한다.

아아 잊어버린 옛날의 노래 가락이여
흔들리는 피리의 애닯은 音響이여
오늘도 나는 창문에 외로이 앉아
붉은, 붉은 저녁 하늘은 바라보네
그 하늘 밑에서 뛰놀든 때를 머리 속에 그리며
                    ─ 김조규의 「懷鄕曲」 3연

　위 시는 1932년 7월 ≪신동아≫ 9호에 발표된 것이다. 제3연은 이
시의 마지막 연으로 '아아'라는 감탄사의 '애닯은 피리소리'가 '붉은
저녁노을'을 쳐다보는 화자의 외로운 감정을 농후하게 증폭시켜 준다.
　제목에서 보다시피, 고향에 대한 향수가 짙게 깔려 있다. 구체적
으로 '아아'라는 감탄어는 옛날의 노랫가락에 대한 그리움이 짙게
투영되어 그 노랫가락이 존재한 것을 알 수 있다. '흔들리는 피리의
소리'는 그 음률의 부정확함을 의미한다. 그 '피리소리'가 잃어버린
가락을 의미하고 애달픈 시각으로 자신이 외롭게 창문에 앉아 있음
을 인식하는 장면이다. 창문으로 쳐다보는 '붉은 저녁 하늘'은 쳐다
보는 심정이 그리움과 안타까움 그리고 애달픈 것으로 자신과 이 아
픔을 같이할 친구가 없다는 고백이다.

感情이 顚覆하는 黃昏이 가면
슬픈 習性은 埠頭에 나아와 머언 海愁를 불은다

알섬(卵島) 아득한 넘어오는 붉은 돛이 외롭다.
호~호~ 휘바람이 차고나, 담배를 물어라.
                    ─ 김조규의 「NOSTALGIA」 1, 2연

위 시는 1937년 1월 ≪동광≫에 발표된 시로 시간적으로 초저녁
이고, 공간적으로는 부두가 된다. 현실에 존재하지는 않지만, 어딘가
에 있을 이데아를 화자가 혼자서 그리워하며, 돌아오는 배를 맞이하
고 있다. '붉은 돛'은 황혼빛에 어린 배의 돛이다. 저녁 무렵 멀리서
다가오는 배가 더 외롭게 보이는 것은 혼자이면서, 마지막 석양빛을
받고 있기 때문이다. 그만큼 화자의 고독감은 절대적인 것이 되고,
그 고독이 붉은 돛에 투영되어 나타난다.

> 차는 떠났어도 좋으니
> 驛馬車야 나를
> 정거장으로 실어다 다고
> 다시는 길가에
> 풀도 나무도 자라지 못하고
> 꽃이사 더더욱 필듯도 못한다만
> 地平線넘어
> 노을은 붉게 붉게 타고 있으니
>   － 김조규의 「延吉驛 가는 길」5연

이 시의 공간은 정거장 주변이다. 정거장엔 차도 이미 떠났고, 풀
과 꽃도 더 이상 자라지 않는 폐허다. 유일하게 보이는 지평선 너머
의 '노을'은 붉은색을 과시하며 타오르고 있다. 주위의 모든 것이 정
적인데 '노을'만 동적이다. 즉 노을은 군계일학의 존재가 되고 있다.
붉은 색채를 띤 채 타오르고 있는 '노을'은 정거장 주변의 모든 사
물을 화자 중심으로 볼 때, 근거리에 존재하고 있다. 그러나 '노을'
은 지평선 넘어, '노을'의 독자적 존재를 의미한다. 따라서 이 시의

노을은 타오르는 상태나 그 존재적 거리감으로 미루어 보아 고독의 이미지를 드러내고 있다.

인간에게 있어 고향이란 공간적으로는 개인의 존재에 대한 확인의 장소이자, 심리적으로는 언제나 돌아가고 싶은 숙명적 장소이다. 이는 고향을 지향하는 소망의 공간이 된다. 사실 우리에게 있어 고향에 대한 이야기는 끊이지 않는 영원한 스토리이며, 우리들의 기억 속에서 잊히지 않고 맴도는 이야기라는 것을 증명해 준다. 우리가 가장 접하기 쉬우면서도 무궁무진한 이야깃거리가 되는 것이 바로 고향에 대한 이야기이다. 그래서 향수는 바로 이 고향에 대한 그리움을 의미하고 있다.[346]

> 어두워 오는 황혼이면
> 흩어진 방앗간에 나가 나는 피리를 불고
> 꼴 먹이고 서 있는 형님의 머리 우에
> 靑山은 새빨ㅡ간 노을에 젖어 있었다.
> ㅡ 김광균의 「사향도 중의 "牧歌"」에서

위 시는 김광균의 유년 시절에 고향을 묘사한 것이다. 어둠이 깔려 오는 저녁 무렵을 배경으로 형과의 평안한 때를 말하고 있다. 이 고향의 옛 모습은 다정스런 향토성이 깃든 과거의 공간으로 드러나고 있다.

이 과거의 공간 속에는 방앗간, 피리, 남산, 노을 등이 존재한다. 이들의 공통점은 향토성이 깃든 회상의 실재물들이다. 이 회상의 실

---

346) 노스탈쟈는 로맨티스트들이 추구하던 정신적인 고향에 대한 향수요, 홈시크니스는 고전주의자들이 추구하던 실재하는 고향에 대한 향수라 할 것이다.

체들은 고향을 아늑한 배경과 함께 평안한 곳으로 떠오르게 하는 매체 역할을 해 주고 있다. 이는 김광균의 시가 회화적 이미지로써 시적 보여주기에 적절하면서 성공적으로 사용되었음을 의미한다.

또한 향수의 이미지를 가진 시각어로서 자금빛이 있다.

> 자금빛 鄕愁 우에 그렇게 화려한 날개를 펴든
> 지금 나의 網膜 우에 시들은 靑春의 花壇이여
> — 김광균의 「石臺의 記憶」에서

자금빛은 적동색의 이명으로, '자금빛 향수'는 '붉은빛 향수'로도 바꾸어 쓸 수 있다. 이는 비실재의 색채를 시인이 표현하는 것으로 비실재의 대상을 실재처럼 독자에게 보여주려는 노력이다.

이 자금빛은 화려한 향수의 빛으로 표현되기에 고향에 대한 시인의 긍정적 의식을 엿볼 수 있다. 즉 작가가 꿈꾸던 모습을, 고향을 묘사해 낸 것이다. 그러나 그 꿈의 실체가 무엇인지는 구체적으로 드러나지 않고 있다. 다만 '화려한'이라는 시어를 보고 추측해 낼 뿐이다. 그 꿈은 아마도 화려한 청춘을 그리던 시인의 희망이었을 것이다.

과거의 화려한 꿈, 현재의 시들은 청춘, 그리고 떠오르는 고향의 모습은 '자금빛 향수'에서 찾아볼 수 있는 모습들이다. 그런데 중요한 것은 화자가 지금 고향을 향하고 있다는 것이다. 현재의 초라함보다는 과거의 화려함에 초점이 맞추어져 있다고 볼 수 있는데, '석고의 기억'이라는 제목에서도 그 근거를 찾아낼 수 있다.

즉 과거의 기억을 석고처럼 굳어버린 기억으로 처리함으로써 화자가 과거를 중시하고 있음을 알 수 있다.

　김조규의 시에서도 이러한 이미지를 발견할 수 있다.

　　　法規의 피에로
　　　오오 실내의 靜淑이 끝없는 무서웁다.
　　　너는 또 붉은 鄕愁를 부르라 하느뇨? 디오니쇼쓰.
　　　　　　　　　　　　　－ 김조규의 「炳든 構圖」에서

　인간이 진실을 외면한 채로 어떠한 기준에 매달릴 때, 그것만큼 답답하고도 가증스러운 것이 없다. 이 시는 법규의 논리에 매달린 인간의 모습을 그려내고 있는데, 그 희생양으로 등장하는 피에로는 피해자로서 화자의 분신이며, 자의식의 표현이다.

　김조규가 동인지 ≪맥≫과 ≪단층≫에 가담하였던 시기에 발표된 작품들은 매우 심리주의적이고 실험적 성향의 시들이 많다. 혹독한 군국주의의 질곡 아래 견디다 못해 만주땅으로 이주해 간 동포들의 비극적 삶을 목격한 그는, 아픔을 이국땅인 만주에서 더욱더 느꼈던 것이다.

　물론 이상의 『오감도』에 비하면, 화자의 그 무서워하는 정도가 아주 미약하다. 그렇다 하더라도 이 시는 김조규의 심리적 기법이 돋보인다. 이러한 무서운 상황에서 화자가 잡을 수 있는 것은 고향에 대한 생각뿐이다. 이는 고향의 공간에는 적어도 무서움이 없기 때문이다. 그러기에 '붉은 향수'는 희망적 이미지로서 다가오게 된다.

　　　이 새빨간 진흙에 묻히러 여길 왔던가

길길이 누운 荒土, 풀 하나 꽃 하나 없이
(중략)
비인 들에 퍼지는 한 줄기 搖鈴소리
                － 김광균의 「綠洞墓地」에서

초라한 街燈 아래 홀로 거닐면
이마에 서리는 해맑은 빗발 속엔
淡紅빛 꽃다발이 송이송이 흩어지고
                － 김광균의 「밤비」에서

「녹동묘지」는 작자가 형의 죽음을 애도하며 쓴 것이기에 분위기는
장엄하면서 서글프다. 시적 소재인 황토, 비, 바람, 요령 등은 죽음
과 사라지는 의식이 복합적으로 깃들어져 있다. 모든 생명은 흙에서
태어나서 흙으로 돌아간다는 점에서, 흙은 생명의 출발점이자 종착
점이다. 이 시는 죽음을 노래하고 있기에 진흙의 의미는 종착점이
된다. 따라서 진흙의 색채인 빨간색은 죽음의 의식이 깃들어 있는
것이고, '새빨간'이라는 접두어가 사용된 표현은 사라짐을 의미한다.

　김광균의 작품에 등장하는 꽃은 대부분 조화의 의미가 서려 있음
을 안다면 「밤비」는 이미 지나가 버린 추억을 아쉬워하며 밤거리를
배회하는 작자의 심정을 이야기하고 있는 것으로서 '담홍빛 꽃다발'
은 옛 추억에 대한 조화로 해석된다.

　물론 '담홍빛 꽃다발' 자체로는 생명력의 이미지를 표출하고 있으
나 시의 전체적인 분위기가 슬프다. 그리고 작품 내에서 꽃다발이
송이송이 흩어지는 현상으로 볼 때, 이 담홍빛 꽃다발은 사라짐의
이미지로 나타나고 있다.

촛불이 두 개, 그 앞에 향불이 피어오르고
제당은 사진틀 속에 들어 앉아
(중략)
붉은 얼굴을 하고 웃더니
무엇이 우리 사이를 이리 떼어 놨을까?
　　　－ 김광균의 「霽堂이 가시다니」에서

　「霽堂이 가시다니」의 '붉은 얼굴'은 작고한 시인의 형 김일균의 얼굴을 표현한 것이다. 시인의 현재 있는 곳은 고인을 근조하는 곳, 그곳에서 고인을 생각하는 작자, 그리고 고인의 얼굴 모습, 이것은 살아 있는 사람을 염두에 두기보다는 죽은 사람을 염두에 두고 상상한 것임에 틀림없다.
　한편 김조규의 시에서도 이러한 사라짐의 이미지는 발견된다.

그리고 내 사랑하는 누이야
가로수 붉은 잎이
만장(輓章)같이 떠는 가을 날
소음에 섞이여 황혼이 고요히 기어들 때,
우중충한 공장 거리 지친 다리로
골목길을 걷던 네 마음은
구수한 벼 향기에 웃음을 담은
순박한 고향 사람들의 환영에 가슴 아파하였지
　　　－ 김조규의 「누이야 故鄕가며는」 3연

　이 시의 마지막 행의 '아파하였지' 하는 과거형 시제를 보아 전체적인 분위기는 회상적이다. 회상 속에서 붉게 물든 가을날이 등장하고 붉게 물든 가로수의 이파리에게 슬픔을 보여준다. 따라서 가로수의 붉은 잎은 조락을 예견하는 색채를 지니게 된다.

이 시의 5행에 보면, '공장 거리'라는 구절이 보이는데, 이 구절은 화자의 신분이 공장노동자임을 알 수 있다. 이로 미루어 보아 공장 노동자로서 현실에 저항하는 모습으로 보인다.

> 草家집웅에열븐 저녁안개를 뚤코 적은 등불이반
> 작이기 시작합니다.
> 온종일 고달픈 몸을 잇끌고 工場에서 도라와
> 서는 지금 어두어오는 映窓에 불을 켜고 밧갓
> 을 내여다보고 있습니다. 앙
> (하략)
> ─ 김광균의 「어두어오는 映창에 기대여」에서

위의 시는 김광균이 1934년 3월 28일 ≪조선중앙일보≫에 발표한 것으로서 부제로 '삼월에 쓰는 편지'라는 구절이 붙어 있다. '공장에서 도라와'는 김조규의 시 「누이야 고향 가면은」에서처럼 화자의 신분을 나타내 주고 있다. 이 부분만 본다면 두 시인의 유사점이 발견되는 표현이라 하겠다.

슬픔이란 기쁨의 반대에 서 있는 감정으로서 인간의 울음을 수반하게 된다. 이는 서러움, 애끓음, 우울함 등의 다른 용어로 대체할 수 있지만, 시사하는 바 의미는 각기의 용어가 조금씩은 다르다. 그러나 본고에서는 이 차별성을 가리지 않고 김조규 시에 나타나 있는

우울함을 슬픔의 이미지로 처리한다.[347]

> 寂寥
> 그는 나와 항상 함께하는 보이지 않는 동무입니다.
> 여름 밤 내가 거리로 興奮을 그려 나아오면은
> 적막은 군중 속에서 귓속말로 속삭입니다.
> "저기 강가으로 가자, 강변에는 너울너울 나무 잎이 슬픈 표정을 짖고
> 푸른 달빛은 병에 지쳐 여윈 얼골을 언덕위에 비치리라.
> 물속에 잠긴 등불의 붉은 우울도 좋으려니와
> 닷을 내린 帆柱의 검은 林立도 좋으리니"
>
> ― 김조규의 「寂寥」1연

이 시는 김조규가 1935년 7월 21일 ≪조선중앙일보≫에 발표한 작품이다. 적막한 상황을 화자의 친한 벗으로 받아들여 놓고, 그 적막을 의인화하여 화자의 목소리를 들려주고 있다. 이 시의 적막은 화자에게 주위의 모든 사물들을 부정적 이미지로 전달해 준다. 나뭇잎의 슬픈 표정이, 여윈 푸른 달빛이, 붉은 우울이 그러하다. 여기서 '붉은 우울'은 물속에 담긴 등불의 심리상태이다.

1930년대 시로서 등불이 의인화되어 등장했다는 점과, 물속에 비치는 등불을 우울하게 쳐다본 시인의 시각이 돋보인다. 즉 등불의 빛이 붉은 것은 사실이나, 그 자체를 '붉은 우울'로 표현해 내고 있다. 이 '붉은'이라는 시각어가 그 우울의 정도를 말해주면서 우울한 화자의 심정을 강하게 표현해 주는 역할도 하고 있다.

---

347) 이 적색의 색채어의 경우 슬픔이 드러나는 이미지는 김조규의 시에서만 발견된다.

물결은 자주빛 花壇이 되다.
　　　　　－ 김광균의 「風景」에서

赤銅色 船夫들 낯선 사투리로 떠들어 대고
　　　　　－ 김광균의 「영도다리」에서

　「風景」에서 '화단'은 꽃이 모인 공간으로서 화려함과 생명력을 느
낄 수 있는 곳이다. 시에서 '화단'의 특성을 바다의 물결에 비유하여
'자주빛'으로 묘사하고 있다. 물결의 출렁거림을 생기발랄한 빛으로
나타내고 있다. 따라서 '자주빛 화단'은 물결의 생명력 있는 출렁거
림으로 드러내는 밝음의 이미지로서 쓰이고 있음을 알 수 있다.
　「영도다리」에서 '적동색 선주들'이란 구릿빛 피부를 가진 뱃사람
들을 의미하는 것으로 피부색에서 노동자의 활력과 육체적 건강함을
느낄 수 있다.
　김조규 시에서도 밝음의 이미지는 발견된다.

　　詩人야 女人의 들창 밖에 외로이 서서
　　어스름 달밤의 誘惑을 노래하는 것이 그대의 가장 높은 詩篇이었든가
　　詩人아 창백한 五色의 조명아래서
　　새빨간 정열의 입술을 노래하는 것이 가장 아름다운 예술이었든가

　　암흙을 뚫고 태풍같이 달려오는 새날의 위엄을…
　　민중과 민중의 핏줄은 고도로 뛰고 있나니…
　　　　　－ 김조규의 「좀 먹는 시대의 廢物이여」 2연에서

위 시는 김조규가 1933년 12월 23일 ≪동아일보≫에 발표한 것이다. 김광균의 '시 쓰는 일이 부질없고나'의 시풍을 연상케 하는 이 시는 절망 끝에서, 절망으로부터 벗어나려는 시인의 모습을 노래하고 있다. 그러나 역설적으로 시인인 서정적 자아가 현실 때문에 얼마나 절망의 구렁텅이에 빠져서 허우적대고 있는지를 극명하게 보여주고 있다.

'새빨간 정열'이 유혹의 입술 빛깔과 어울리며, 생동감이 넘치는 빛깔로 비친다. 정열의 색인 '새빨간'은 생명력이 충만한 색채어다. 아울러 주목해야 할 점은 이 시의 마지막 연에 표현되고 있는 '민중과 민중의 핏줄은 고도로 뛰고 있다'라는 구절이 함축하고 있는 의미가 무엇이고, 시인의 사상과 어떤 관계가 있는가 하는 점이다. 김조규가 학창 시절 다른 지식인들처럼 당대에 유행하던 사회주의 사상의 서적을 탐독한 것을 감안하여 이 시구에 표현된 민중의식이 그 영향의 일단일 것이라 추측된다. 광복 후 그의 북한 잔류 및 체제에 동조와 무슨 연관이 있지 않을까 추측할 수 있는 대목이기도 하다. 민중을 노동자로, 농민을 기본 세력으로 하는 계급적 집단으로서 정치적 조직을 형성하여 민중적 삶을 실천하는 사회적·역사적 주체로 단정하고 있다. 이를 경향시 또는 경향문학이라 규정할 수 있다.

봉투 속의 꽃이 시들었습니다,
봉투속의 꽃잎이 떨어졌습니다.

물줄기 같이 어여쁜 레-스 실로
이리저리 흘리어 수놓은 국화송이

붉은 꽃은 그이의 마음 ……
- 김조규의 「봉투 속의 꽃」348) 1, 2연에서

이 시는 김조규가 1934년 3월 25일 ≪조선중앙일보≫에 발표된
것이다. 연애편지가 들어 있을 법한 봉투 속에 화자 자신이 만들어
놓은 꽃잎이 시들었다는 시다. 그 꽃의 시듦은 다름 아닌 연인 사이
의 이별을 암시하고 있다. 이는 꽃과 꽃잎이 시들었다는 묘사에서
알 수 있듯이 전반적으로 분위기는 어둡다.
그런데 화자가 만들어 놓은 '붉은 꽃'은 바로 화자의 그녀에 대한
정열을 의미한다. 그만큼 그녀를 좋아했다는 의미다. 이 정열의 색채
로서 꽃은 그려지고 있는데, 시의 분위기와는 대조적이다.

창문은
동쪽을 향해 뚫려 있고
黃昏이면 반만년의 歷史가
등잔을 받들고
창턱에서 까물거리는 것이었다

세월이여
무궁한 時間이여

屈辱의 분함이
그대로 땅바닥에 썩는데도
창문은 민족의 얼을 지키고 있는가

---

348) 1933년 8월 ≪신동아≫ 34호에는 「片紙의 꽃」으로 발표되었다.

부뚜막 가엔 東方의 家族들이
배고파 웅크리고 있는데

한 폭의 壁畫
太陽을 향해 활줄을 당기는
詩人의 머리털은 자란 그대로
붉은 意慾에 굽실거리고 있었다
         - 김조규의 「한 시인의 프로필」 전문

이 시는 1940년에 쓴 발표지 미상의 작품이다. 김조규가 시인 함형수를 만나 그에 대해 묘사해 놓은 것이다. 함 시인의 외모에 대해 시인의 느낌을 표현한 것이다. '붉은 의욕'은 정열에 넘치는 시인의 모습이다. 그러나 이는 머리카락이 단정하지 않은 모습을 나타낸다. 그렇다면 이 '붉은 의욕'은 세련되지는 않지만, 자연의 건강미가 넘치는 것이라 할 수 있다. 김조규는 자연의 건강미를 함형수의 머리카락에서 느끼고 있는 것이다. 그것은 '굽실 거리고 있다'에서 볼 수 있듯이, 머리가 힘차게 흘러내리고 있음을 보여준다. 그만큼 머리카락에서 느끼는 이미지가 강렬했던 것이다.

해는 거듭 지나 내 나이 다섯 살 되는 어느 가을 날
洞里는 누런 조이삭 향기에 가득했고
사람들의 얼굴엔 喜悅의 붉은 꽃이 피었을 때
내 검은 소는 어느 낯서른 사나이에게 끌리어 갔습니다.
         - 김조규의 「소」 4연에서

이 시는 1933년 2월 ≪신동아≫에 발표된 것으로, 시의 공간은 추수를 눈앞에 둔 시점으로, 사람들의 얼굴에 기쁨이 넘쳐흐른다. 화자는 이러한 사람들의 얼굴을 '붉은 꽃'이 피었다고 진술하고 있다. 수확을 앞둔 농부들의 가을날을 생각해 본다면, 그리 짐작하기 어렵지 않은 표정들이다. 따라서 '붉은 꽃'은 기쁨을 의미하는 이미지라고 할 수 있다. 다만 '검은 소'의 끌려감이 시의 분위기를 어둡게 잠식하고 있는데, 이것은 기쁨을 나타내고 있는 '마을 사람들'의 표정과는 대조적이다.

4) 황색의 이미지

황색은 전형적인 지상의 색으로 일반적 이미지는 질투와 시기를 나타낸다. 세계대백과사전을 보면 황색은 인간의 광기를 상징적으로 표현하기도 하며, 맹목적인 착란증을 나타내기도 한다. 황색과 비슷한 노란색은 보편적으로 평화와 너그러움을 상징한다. 김광균과 김조규의 시에서 황색은 흰색, 파란색, 빨간색에 비해 거의 나오지 않고 있지만 사라지는 이미지를 말하고 있다.[349] 이 노란색의 이미지는 주로 김광균보다 김조규의 시에서 나타나고 있다.

유리같이 맑게 개인 높은 하늘엔
病들은 나무 잎이 누울 자리를 찾아 헤매이고
뼈만 남은 앙상한 나무 가지에서는

---

349) 김영대, 「김광균 연구」, 성균관대교육대학원 석사학위논문, 1996.

黃金色 가을 바람이 쓸쓸한 노래를 끊임없이 부르나니
가을 가을 아아 청산 과부의 얼굴 같은 가을이여
                    － 김조규의 「가을의 嘆息」 1연

이 시는 1933년 7월 14일 ≪조선일보≫에 발표된 것이다. 김조규
가 이 무렵의 작품들은 고향을 그리워하는 것이 많다. 이는 그의 고
향 상실감은 잃어버린 조국에 대한 그리움으로 해석할 수 있다. 늦
은 가을의 풍경을 쓸쓸한 분위기와 더불어 '청산과부'의 고독에 비
유하여 묘사하고 있다. 이러한 분위기로 가을날에 부는 '황금색 바
람'은 색채의 휘황함이 느껴진다. 이 조락은 만물의 시듦으로서 생
명력의 소실이며, 모든 사물이 맞이해야 하는 숙명이다. 생명의 죽음
앞에서 외로움을 느끼는 것은 죽음의 완성적 의미를 깨닫지 못한 것
이다. 김조규 시인의 집안이 대대로 크리스천인 점을 미루어 보면
이는 직선적 시간관에 영향을 받은 흔적이라 여겨진다.

새야
들창 밖에 梧桐나무 꼭대기에 노－란 잎파리가 둘 뿐이다

네가 내 창밖에 웅크리고 앉아 몹시도 가슴아프게 울든 날
싸늘한 가을 바람이 데이마틴을 날리드라
네가 梧桐나무 가지에 앉아 몹시도 눈물겨웁게 노래하든 날
파－란 네 눈알이 두 개의 湖心이드라
                    － 김조규의 「梧桐잎」 1, 2연

이 시는 1934년 12월 6일 ≪조선중앙일보≫에 발표된 것이다. 사

람들의 얼굴에 추수의 기쁨이 있을 법한 계절이지만, 화자는 새를 보면서 오동잎의 노란색에 대한 아쉬움을 표현하고 있다. 이 오동잎의 정확한 이미지를 파악하기 위해서는 새의 울음을 염두에 두어야 한다. 즉 새가 가슴 아프게 우는 울음, 눈물겹게 우는 울음을 염두에 두고 이미지를 파악해야 한다. '노－란 잎파리'는 시든 이파리로, 싸늘한 가을바람에 떨어지는 오동잎, 그 주위에서 슬프게 우는 새 속에서 '노란 오동잎'은 생명의 사그라짐과 슬픔의 이미지를 나타낸다.

> 해는 거듭 지나 내 나이 다섯 살 되는 어느 가을 날
> 洞里는 누런 조이삭 香氣에 가득했고
> 사람들의 얼굴엔 喜悅의 붉은 꽃이 피었을 때
> 내 검은 소는 어느 낯서른 사나이에게 끌리어 갔습니다.
> 아아 그날 멀리 살아지는 소의 뒷그림자를 따르며
> 얼마나 얼마나 울었는지요
>
> — 김조규의 「소」 4연

위 시는 1933년 2월 ≪신동아≫에 발표된 것이다. 가을에 추수를 눈앞에 둔 시기로서 사람들의 얼굴에 기쁨이 넘쳐흐른다. 화자는 이 사람들의 기쁨을 적절하게 표현하기 위해 '붉은 꽃'이 피었다고 진술한다.

또한 '누런 조이삭'의 이미지, 누런은 노란보다는 무게 있는 어감의 표현으로서 조 이삭의 잘 익음을 나타내 준다. 따라서 이 부분의 색채어의 의미는 잘 익음이라는 의미로 결론지을 수 있고, 노란색의 색채어가 밝음의 이미지로 드러난다.

여보게 내 마음이 지금 海底와 같다
조용히 月世界의 아득한 未知라도 이야기하여 주렴
불러도 가지 못할 그이가 날 부른다
버들꽃 지는 곳엔 自由의 금빛 여름이 있으련만……
- 김조규의 「五月의 憂鬱」 3연

이 시는 1935년 9월 27일 ≪조선중앙일보≫에 발표된 것이다. 우울한 현실 속에서 탈출구를 찾는 화자의 모습이 역력하게 보인다. '여보게'는 화자의 답답함을 털어놓을 수 있는 존재인 듯하다. 그 존재가 구체적으로 드러나지 않기에 그 존재에 대해 정확히 언급할 수는 없지만, 이 시에 청자로서 유일하게 존재한다. 유일하게 존재한다는 말은 화자의 목소리를 그나마 들어 줄 수 있는 존재라는 것이다.

또한 여름이 '자유'와 '금빛'으로 묘사되어 있다. 봄이 지나가고 있음을 '버들 꽃이 지는 곳'에서 발견된다. 이는 하나의 한계 상황에서 또 다른 희망을 찾게 되는 경우다. 즉 봄의 소멸이 화자의 답답한 마음을 대변하는 것이고, 여름의 존재를 인식하는 것은 새로운 희망을 발견하는 것이 된다. 따라서 화자는 봄의 종착지에서 '금빛 여름'을 쳐다본다. 이 '금빛'은 재화적 가치가 있는 황금의 빛으로서, 화자의 희망을 드러내 주는 비유어가 된다.

언덕 넘어 산 밑에는
초당 한 채가 홀로, 午後 정숙을 지킨다드라

黃金빛 여름은 숲울에 어울리고
시냇물 소리는 그윽하고

(중략)

노――란 倦怠 속에 허――언 疲困 속에
들창 넘어 한 구루 林檎 나무가 푸르리니
      - 김조규의 「午後두時의 山谷」에서

이 시는 1937년 『숭실활천』에 발표된 것이다. 한여름의 풍경과 화
자의 나른함이 펼쳐지고 있음을 '황금빛 여름'과 '노――란 권태'에
서 나타난다. 두 시어 모두 화자의 여유로움에서 기인한 표현이다.
지금 화자가 주위의 경치를 감상하고 있을 정도로, 그 심리가 너무
나 평화롭다. '황금빛 여름'은 여름의 활기참을, '노――란 권태'는
느긋함을 의미한다. 즉 '노――란 권태'의 이미지를 '느긋함'으로 포
착한 이유는 권태가 생활의 여유로움에서 오는 것이기 때문이다. 그
러나 이 시에 나타나는 화자의 권태는 일이나 현실에 지친 것으로
인한 것이 아니라, 생활의 여유로움에서 오는 일종의 행복감이다. 따
라서 '노――란 권태'의 이미지를 '느긋함'으로 설정된다. 이 시의
마지막 연과 김광균의 「추일서정」을 잠시 살펴본다.

午後 두時의 山谷 ……
水平線 以下로 미끄러지는 午睡를 걷잡을 수 없다.
      - 김조규의 「午後 두時의 山谷」에서

落葉은 폴-란드 亡命政府의 紙幣
砲火에 이즈러진
도룬市의 가을 하늘을 생각케 한다.

길은 한줄기 구겨진 넥타이처럼 풀어져
日光의 폭포 속으로 사라지고
조그만 담배 연기를 내어뿜으며
새로 두시의 急行車가 들을 달린다

포폴라나무의 筋骨 사이로
工場의 지붕은 흰 이빨을 들어내인채
한가닥 꾸부러진 鐵柵이 바람에 나부끼고
그 우에 세로팡紙로 만든 구름이 하나,
자욱-한 풀벌레 소리 발길로 차며
호을로 荒凉한 생각 버릴 곳 없어
허공에 띄우는 돌팔매 하나
기울어진 風景의 帳幕 저쪽에
고독한 半圓을 긋고 잠기여 간다
            - 김광균의 「秋日抒情」 전문

　위의 시들은 작자가 다른 시들로서 그 유사성의 이미지가 발견되
는 것들이다. 우선 밝혀 두어야 할 것은 각 시의 최초 발표시기인데,
김조규의 시가 3년 정도 앞서서 발표되었다.35) 이 두 작품은 오후
두 시라는 시간대가 일치하고 있다. 김조규의 시는 오후 두 시에 오
는 졸음을 이야기하고, 김광균의 시는 오후 두 시에 급행열차가 지
나감을 이야기하고 있다. 우선 시간대의 유사성을 지적할 수 있다.
또한 화자와는 거리가 떨어진 수평선 저편으로 사라지는 현상을 묘
사한 것을 공통점으로 들 수 있다. 김조규의 시에서는 수평선 밑으
로 빠져드는 졸음을, 김광균의 시는 돌팔매의 사라짐을 이야기하고

있다. 이와 같은 유사성은 두 시인의 시어 구사가 비슷함을 말해주는 것이다.

이다만 분위기의 다름인데, 김조규의 「오후 두시의 산곡」은 평화로운 분위기인 데 반해, 김광균의 「추일서정」은 그러하지 못하다. 김광균의 경우는 가을날의 서정적 풍경을 화화적 수법으로 읊은 것으로 자연의 풍경과 화자의 감정이 혼합되어 나타난다. 여기에서는 청각적인 이미지는 찾을 수 없고, 시각적 이미지가 주류를 이루고 있다. 그 일례로서 등장하는 사물어들인 낙엽, 길, 급행차, 구름, 풀벌레, 돌팔매, 공장의 지붕 등은 모두 시각적 이미지에 기여하고 있는 것을 볼 수 있다.

그리고 화자는 낙엽을 '망명정부의 지폐'로 비유하여 가을날의 분위기를 시각화시키고 있으며, '공장 지붕'과 대조시키고 있다. 이 밖에도 길을 '구겨진 넥타이'로 급행열차를 '조그만 담배연기'로, 포플러나무를 '근골'로, 구부러진 철책을 '바람에 나부끼는 것'으로, 구름을 '세로팡지'로 시각화시키고 있다. 즉 객관적인 사물에서 잡아낸 이미지를 현상적 이미지로 묘사해 내고 있다.

또한 제2연의 마지막 행에 보이는 '고독한 반원'이라는 구절에서 외로운 감정이 드러나고 있다. 화자가 '기울어진 풍경저쪽'으로 '돌팔매'를 던지는데, 그 돌의 날아가는 모양이 포물선이다. 즉 "이 부분은 시인의 상승의 의지, 거부의 몸짓도 결국은 이 같은 존재의 법칙에 따라 이쪽에서 저쪽으로, 높은 곳에서 낮은 곳으로 사라져"36) 소멸되어 가기에 화자는 쓸쓸하고 고독감에 만연되어 있다.

이상에서 살펴본바, 김광균과 김조규는 서구적인 모더니즘을 전통적인 정서로 토착화시킬 수 있는 가능성을 보여주었다. 그들의 시에 전통적인 정서는 애상성으로서, 고독, 향수, 그리움, 한(恨) 등으로 나타났다. 또한 김광균과 김조규는 시각적 회화성을 시 속으로 끌어들였다. 이들의 탁월한 시각이미지의 사용은 사물의 이미지에 자신들의 감정을 채색하여, 고향을 상실한 고독감과 소외감을 그린 작품들에서 시각이미지가 두드러지게 나타난 것을 확인하였다.

2. 시   어

　인간이 대상에 대하여 인식한다는 것은 주체자의 의식이 객체로서의 대상과 논리적 거리를 유지하는 것을 의미한다. 이 논리적 거리는 바로 언어를 통해서 가능하다. 즉 주체자로서의 의식이 대상을 인식할 때 언어로써 의미가 부여되어 하나의 존재자로서 나타난다. 언어 이전의 인식이나 의미는 불가능하므로 언어를 통해서만 경험이 구체화된다. 이런 언어를 통해 추상적인 것을 구체화시키는 시의 본질은 언어 이전의 가장 구체적인 경험이나 사물을 직관적으로 보여주려는 태도이다. 그 경험이나 사물은 시인의 주관적 기준에 따라서 결정된다. 그러나 시의 이미지는 단지 언어의 그림이 아니라 시인의 체험을 지적으로 재생할 수 있는 인식방법이다. 시인의 정서는 감상적으로 표출되지 않고 대상의 이미지에 의해 적절히 통제되어야 한다. 왜냐하면 시인이 자신의 감각을 풍경이 아니라 사물의 이미지 자체에 밀착시키기 때문이다. 사물의 이미지를 포착하는 은유가 가지는 특성, 다시 말해 사물과 사물 간의 원초적 친밀성을 발견하는 역할에 큰 의미가 있다는 말이다.

시인은 대상에 대하여 산출된 이미지들을 아무리 다양하게 표현할지라도 시·공간을 뛰어넘는 근원적인 보편성을 가지게 되며, 이것이 상상력의 보편적인 가치판단의 기준을 부여하는 것이다. 한 시인의 물질적 상상력과 역동적 상상력을 전체적으로 종합하면 그 바탕에 하나의 특정한 개념이 드러나게 된다.

과학적 혹은 일상적 언술에서라면 치명적일 수 있는, 언어화 과정에 왜곡은 문학적인 언술에서는 오히려 문학성을 확보하기 위해 전략적으로 이용된다. 이러한 언어의 특징은 근대적인 언어관의 창시자라고 할 수 있는 소쉬르에 의해서 비로소 주목을 받게 된다. 만약 기호와 의미, 기표와 기의가 필연적으로 연결되어 있는 것이라면, 언표화된 것 이상의 의미는 발생하지 않을 것이고, 극단적인 경우 모든 사물과 정서, 관념은 각각 그에 해당하는 기호를 하나씩 가지며, 그 기호가 의미하는 것만을 환기해야 한다. 또한 언어가 역사적으로 변화하거나 국가를 달리하여 번역되는 과정에서 그 개념은 변하지 않고, 기표만 변화해야 할 것이다. 즉 언어는 독립적으로 존재하는 개념에 붙여진 일련의 어휘 목록인 것이다.

그러나 기표와 기의의 관계는 작위적이다. 이는 우선 하나의 기표가 하나의 기의와 반드시 연관되어야 할 이유가 없다는 것, 기호가 기존의 범주에 단지 이름만 붙이는 것이 아니라 기존의 범주를 서로 다르게 분절한다는 것, 따라서 시대와 사회에 따른 변화는 기표와 기의에서 각각 별개로 진행된다는 것, 그리고 무엇보다도 하나의 절대적인 의미를 지시하는 기호라는 것은 존재하지 않는다는 것을 의미한다.[350)]

기호는 사물과 일대일로 연결되어 있지 않으며, 나아가 기표가 기의에 종속되어 있는 부수적인 것이 아니라 기의로부터 자유로울 수 있다는 것, 그렇기 때문에 기표와 기의는 시대성과 사회성에 따라 각각 독자적 행보를 할 수 있는데 이는 근대적 언어관과 관련되어 있다.[351] 즉 사용된 시어의 지시적 의미와 축자적 의미 차이에서 발생하는 경우, 직유나 은유와 같은 수사법을 통해 발생하는 경우, 그리고 인접한 어휘들 간의 의미 전이를 통해 발생하는 경우 등을 말할 수 있다. 이러한 텍스트화 전략이 독자로 하여금 관찰자가 보지 못한 것까지 보게 하여 관찰자가 본 풍경이 전통적이더라도 그것을 근대적이며 이국적이게 보도록 하는 것이다.[352] 이는 김광균과 김조규가 철저하게 이 언어관을 자각할 수는 없지만 적어도 전근대적 생각과 언어로부터 벗어나려는 노력을 하였다. 즉 이들의 시적 모티브의 차원에서 근대성의 징후를 언급할 수 있겠다.

1) 일반적 특성

(1) 김광균의 시어

牛後
하이얀 들가의 외줄기 좁은 길을 찾아나간다.

---

350) 조너선 컬러, 이종인 역,『소쉬르』, 시공사, 1998, pp.32-37 참조.
351) 김학동, 앞의 책, p.215.
352) 김학동, 위의 책, p.227.

들길엔 낡은 電信柱가
儀仗兵같이 나를 둘러싸고
논둑을 헤매는 한 떼의 바람이
어두운 갈대밭을 흔들고 사라져간다.
잔디밭에는
엷은 햇빛이 花粉같이 퍼붓고
고웁게 化粧한 솔밭 속엔
흘러가는 물소리가 가득—하고

여윈 그림자를 바람에 불리우며
나혼자
凋落한 풍경에 기대어 서면
쥐고 있는 지팡이는 슬픈 피리가 되고
金孔雀을 繡놓은 옛 생각은 섧기도 하다.

저녁 안개 고달픈 旗幅인 양 내려덮인
單調로운 외줄기 길가에
앙상한 나뭇가지는
희미한 觸手를 저어 黃昏을 부르고

조각난 나의 感情이
한 개의 슬픈 乾板인 푸른 하늘만
머얼리 발밑에 누워 희미하게 빛나다.
                                    —「蒼白한 散步」 전문

벌레 소리는
고운 설움을 달빛에 뽑는다

－「燈」 1연에서

바다는 고적한 슬픔같이 넘쳐흐르고
　　　　　　　　　　　－「風景」 2연에서

⑷ 까닭도 없이 눈물겹고나
　　　　　　　　　　　－「瓦斯燈」 3연에서

　위 「창백한 산보」의 소재는 산보이다. 산보를 통한 인식과 사고의
은 고운과정을 형상화하는 데 동원되는 언어들은 설움, 슬픔 등이 있
다. 「등」 설움, 「풍경」은 슬픔, 『와사등』에는 까닭도 없는 눈물겨움
이 등장한다. 이 같은 슬픔, 설움, 눈물겨움은 김광균의 시 곳곳에서
흔히 찾을 수 있는 시어들이다.

　　　　내 어디로 어떻게 가라는 슬픈 信號기
　　　　차단－한 등불이 하나 비인 하늘에 걸리어 있다.
　　　　　　　　　　　－「瓦斯燈」 5연에서

　　　　이 밤 한 줄기 凋落한 敗殘兵 되어
　　　　주린 이리인 양 비인 空地에 호올로 서서
　　　　어느 먼 － 도시의 上弦에 창명히 서린
　　　　腐汚한 달빛에 눈물지운다
　　　　　　　　　　　－「空地」 **4연**

　시 『와사등』의 와사등은 시적 화자에게 슬픈 신호기가 된다. 이 경
우 소재는 와사등이지만 이면적으로 슬픈 정조로 나타난다. 「공지」의

시에서 썩고 오염된 달빛을 바라보는 화자는 눈물을 짓고 있다.

　김광균은 회화성만이 아니라 작위적 세계의 구축, 가령 '시인 자신의 주관적 욕구가 꾸며내는 하나의 작위적 세계',353) '주제를 설정하고 그에 맞추어 소재를 선택하여 입체적으로 배열'354)하는 방식이 지적되었다. 따라서 '관찰자는 시어를 무엇으로 보고 있으며, 어떤 식으로 말하고 있는지, 또한 독자는 무엇을 보고 있는가'355)를 감안하고 있다.

　　　　조각난 달빛같이 흐득여 울며
　　　　스산-한 심사 우에 스치는 비는
　　　　사라진 정열의 그윽-한 입김이기에

　　　　낯설은 흰 장갑에 푸른 장미를 고이 바치며
　　　　초라한 街燈 아래 홀로 거닐면
　　　　이마에 서리는 해맑은 빗발 속엔
　　　　담홍빛 꽃다발이 송이송이 흩어지고
　　　　빗소리는 다시 수없는 추억의 날개가 되어
　　　　내 가슴 위에 차단한 花壇을 뿌리고 갑니다.
　　　　　　　　　　　　　　　　　-「밤비」에서

　　　　벌레 소리는
　　　　고운 설움을 달빛에 뿜는다
　　　　여윈 손길을 내어젓는다

---

353) 김종철, 『시와 역사적 상상력』, 문학과 지성사, 1975, p.21.
354) 정태용, 「김광균론」, ≪현대문학≫, 1970. 10.
355) 윤지영, 「무엇을 보고 어떻게 말하는가 - 시어 및 문체」, 『김광균연구』, 국학자료원, p.215.

방안에 돌아와 등불을 끄다
자욱-한 어둠 저쪽을
목쉰 기적이 지나간다.

- 「燈」에서

시 「밤비」에서 밤비 내리는 것을 보는 시적 화자는 비가 '사라진 정열의 그윽한 입김'이라고 말한다. 빗소리는 마침내 '수없는 날개가 되어 / 가슴에 차단한 화단을 뿌리며' 간다. 이 시의 내용은 지극히 개인적 감상의 범주에 머무르고 있다. 「燈」의 시 내용도 주관적 감상의 범주를 벗어나 있지 않다.

이와 같은 문제가 김광균의 시에 생길 수밖에 없었던 가장 주된 원인은 현실과 유리된 시작(詩作)에 있다고 하겠다. 현실의 삶 끝까지 파고들다 좌절하고, 좌절한 자신을 냉혹하게 바라보는 비극적 체험이 부족했던 것으로 보인다. 체험하지 않은 삶을 구상화하다 보니 현실성 없는 그림을 그리고, 아름다운 그림을 그려야 한다는 당위성에만 매달리다 보니 수식어가 증가했다.

하이얀 暮色 속에 피어 있는
山峽村의 고독한 그림 속으로
바다를 향한 산마루길에
우두커니 서 있는 전신주 위엔
지나가던 구름이 하나 새빨간 노을에 젖어 있었다

바람에 불리우는 작은 집들이 창을 나리고
갈대밭에 묻히인 돌다리 아래선

작은 시내가 물방을 굴리고

안개 자욱-한 花園地의 벤취 우엔
한낮에 소녀들이 남기고 간
가벼운 웃음과 시들은 꽃다발이 흩어져 있다.
        -「外人村」에서

위 시에는 '산협촌'을 수기하는 "하이얀 모색 속에 피어 있는", 혹은
'전신주'를 수식하는 "바다를 향한 산마루길에 / 우두커니 서 있는" 등
과 같이 수식어들이 지나칠 정도로 많다. 체언에는 대부분 수식어들이
붙어 있는데, 이 점은 이 시뿐만이 아니라 김광균의 모든 시들에서 볼
수 있는 공통점이다. 이는 여러 가지 수식구들로 분위기를 이루는 데
는 어느 정도 기여했는지 모르지만, 시적 긴장력을 떨어뜨리는 주된
원인이 될 수 있고, 더 나아가 주제를 모호하게 할 수 있다.

바다에는
지나가는 汽船이 하-얀 鄕愁를 뿜고
갈매기는 손수건을 흔들며
피어오르는 황혼 저 멀리
하나의 눈부신 花紋이 된다
이름없는 항구의 호숫가에 앉아
(중 략)
흘러가는 SEA BREEZE의 날개 우에
이즈러진 청춘의 가을을 띄워보낸다.
        -「SEA BREEZE」에서

위 시의 화자가 행하는 일이란 황혼녘 바다를 바라보는 일이다. 그런데 '이름없는 항구의 호숫가'라는 시구는 표현이 어색하다. 화자가 바다 미풍에 이지러진 청춘의 가을을 띄워 보내는 모습이 그려진다. 바다를 지나는 기선의 수증기를 '하－얀 향수'라 하는 것으로 보아, 이 시의 화자는 바다를 가로지르는 증기선을 바라보면서 미지의 새로운 세계를 꿈꾸는 것이 아니라 떠나온 고향을 생각하고 있다. 바다라고 하는 풍경이 고향의 기억을 불러온 셈이다. 그 바다는 고향에 있었던 바다가 아니라 고향에는 없었던 바다이다. 바다라고 하는 낯선 풍경이 역으로 바다가 없는 고향의 기억을 불러일으킨 것이다. 「오후의 구도」를 발표하였던 시기인 1935년 시인의 전기적인 사실을 살펴보면, 그가 많은 변화의 와중에 처해 있었음을 알 수 있다. 22세가 되던 해인 이해에 시인은 결혼과 동시에 직장이 있는 도시 군산에서 신혼살림을 시작하게 된다. 그가 어머니가 살고 있는 고향 개성을 떠나 낯선 도시인 군산에 올 수밖에 없었던 이유는 아버지의 갑작스런 죽음과 이에 따른 경제적인 곤란 때문이었다. 그는 억지로 떠밀리듯이 고향을 등질 수밖에 없었던 것이다. 아무도 아는 이 없는 항구 도시 군산에서 김광균은 낯선 풍경인 바다를 바라보며 자신의 슬픈 내면을 투영하기 시작한다. 가족의 죽음과 실향으로 점철된 슬픈 내면의 자아가 바다라고 하는 낯선 풍경을 접하게 되면서 돌아가고 싶지만 돌아갈 수 없는 원형의 공간을 마음속으로만 그리며 비애감을 투영하고 있다.

(2) 김조규의 시어

그대 이곳 차저올이 업스련만 동무 그리는 맘이라
행여나 하는 가이업는 바람으로
오날ㅅ밤도 단잠에 꿈꾸지 못하고 홀로 눈물지며 이한밤을 새웠노라

오날 나는 거리로 헤매였나니
사람 물결치는 밤의 거리를
그대도 함께 비틀거린단 말을 들었습니다.

그대 그리는 마음에 미친 사나히가티
오날도 나는 집집문을 두두려 보앗나니
맛난들 무슨 시원함이 잇스며
손목 쥔들 무슨 반가움이 잇슬가만
정렬에 타는 압흠이라 그대 그리워
오날도 집집문을 두드려 보앗노라

아아 동무 찾는 마음에 그리움이여
찻든이 못찻는 가슴이 애닯흠이여
이 맘 이가슴에 차고 찬 슲은 생각을
이러케 어나곳에서 알어나다우

— 「戀心」 전문

1931년 10월 5일자 ≪조선일보≫에 실렸다. 이 작품에서 현실적
모순에 대한 인식이 구체적인 양상으로 나타나고 있지는 않지만 비
교적 분명한 대상성을 갖고 있다. 즉 일제하의 식민지 사회의 불합

리에 대하여 명확한 비판의식356)을 갖추고 있다. 당시 식민지 조선에 태어난 시인으로 공통적으로 느끼게 되는 소외감과 상실감은 끝없는 방황으로 이어지고, 미지의 알 수 없는 것에 대한 막연한 그리움을 꿈꾸게 된다. 동무에 대한 간절한 그리움이 절절한 표현으로 나타나고, 내면의 그리움이 동무를 찾아 "미친 사나이같이 집집문을 두드리는" 행위로 표출된다. 이 그리움은 눈물, 아픔, 애달픔, 슬픈 생각 등으로 드러나지만 자신의 그리움을 절제하거나 다스리는 모습은 보이지 않는다.

> 아아 잊어버린 옛날의 노랫가락이여
> 흔들리는 피리의 애달픈 音響이여
> 오늘도 나는 창문에 외로이 앉아
> 붉은, 붉은 저녁 하늘을 바라보네
> 그 하늘 밑에서 뛰놀던 때를 머릿속에 그리며,
>
> ─「懷鄕曲」3연

> 아예 너는 南方을 그리워해선 안된다
> 외로우면…
> 네가 좋아하던 머언 天使의 이야기나 읽으며
> 밤새 처량한 海潮音과 더불어 고이 잠들어라
> 바다를 잃은 나는 白鳥보다도 슬프도다
>
> ─「便紙」5연

---

356) 김태규, 「나의 형님 김조규」, 『김조규 전집』, 숭실어문학회 편, 숭실대학교출판부, 1996, p.199.

젊은 가슴을 아프게 하는 廢墟의 석양이여
　　　－「廢墟에 비친 가을 夕陽이여」4연에서

홀로 따라가는 당신의 悲憤한 가슴이 아하 가슴속이……
　　　－「어버이 잃은 당신 가슴이」에서

구슬픈 밤 낙엽 소리에 눈물짓습니다.
　　　　　－「고향에 숨은 노래」3연에서
하면서도 눈물 나는 이 마음을, 아아 터지는 이 설음을……
　　　　　－「가을의 歎息」4연에서

가을 十月……
병에 여윈 달빛이 파란 감상을 속삭인다
　　　　　－「가을 十月」1연에서

　시 「회향곡」은 고향에 대한 생각이, 외로움이라는 언어로 나타난다. 시 「편지」은 다양한 시어들이 나오지만 슬픔이, 「폐허에 비친 가을 석양이여」는 가슴의 아픔이, 「어버이 잃은 당신 가슴이」은 슬픔과 분함이, 「고향에 숨은 노래」는 구슬픈 밤과 눈물이, 「가을의 탄식」은 눈물과 설움이, 「가을 십월」은 감상이 나온다. 이들의 공통점을 추출한다면 감상성을 드러내는 것이라 하겠다.
　이 감상성은 1920년대부터 일어난 하나의 우리 문학의 특성으로서 김조규 시만의 특질이라고는 볼 수 없다. 하지만 1930년대에 활동한 작가로서 그 소재적 특이성을 내포하고 있음을 말하고자 한다.

그러나 네가 만일 고향에 들어가며는
그리움에 사무친 가슴에
크고 맑은 希望을 한 아름 안고
故鄕의 山川과 좁은 길을 걸을 수 있다면
아아 내 사랑하는 누이 새날의 딸아
아하, 누이야 이 날에 農村은 喜悅을 잃었단다
누이야 네가 만일 故鄕에 돌아가며는…
녹아날이는 물빛을 등지고
大地에 엎드려 우는 마을의 痛哭을 들을 수 있다면…
그리고 참혹한 故鄕의 얼굴을 볼 수 있다면
　　　　　　　－「누이야 故鄕 가며는」에서

(얼어붙은 땅아 두 갈래로 찢어지라
파리한 女人이여 얼굴을 돌리라)
창백한 달빛 아래 우는 歸鄕者
그는 지금 터진 心臟의 피를 눈길에 떨우며
낯설은 故鄕의 거리를 울며 헤매인다. 울며 비틀거린다.
　　　　　　　－「歸鄕者」 4연

　　시 「누이야 고향 가며는」과 「귀향자」를 통해 볼 때 김조규 시의
내용은 현실과의 교섭을 통해 구성된 것이다. 타관 땅에서 그리워하
던 고향에 돌아와 그가 정작 느낀 것은 어린 시절에 본 낭만적 환
상과는 거리가 먼, 가난에 찌든 식민지의 슬픈 모습이었다. 고향·조
국의 참혹한 모습을 볼 수 있어야 함을 누이에게 이야기하고, 고통
끝에 찾은 고향의 피폐해진 변화에 울며 비틀거리는 인물이 등장한
다. 그리하여 '슬픈 귀향자'가 되어 거리를 '울며 헤매인다'. 그는 더

이상 감상적 센티멘털리즘에만 빠져 있을 수 없다는 것을 깨닫게 된 것이다. 따라서 김조규 시에서는 구체적 삶에서 우러나는 고통과 감동을 느낄 수 있다.

> 달밤이면 너는
> 바다를 생각해야 한다
> 도래구비에 부서지던
> 흰 물결을 잊지 말아야 한다.
>
> 책을 끼고 나서면
> 부르는 듯 손질하던 야학당 불빛
> 해당화 가득 핀 언덕길 넘어오던
> 네 흰 옷자락이
> 추억의 손수건인 야 표표이 가슴에 펄럭인다
>
> 한 쪽 벽이 떨어져 나간
> 스산한 그 방안도
> 너와 함께 숨 쉬어 아늑하였고
> 한 자 두 자 마음의 눈 띄어가던
> 삐걱거리는 책상도
> 너를 바라볼 수 있어 소중했나니
>
> 바다,
> 버릴 수 없는 추억이여
> 너를 잃고 잠들 수 없는 마음
> 언제든지 돌아가리

네 곁으로 돌아가리
                    - 「바다의 追憶」전문

鬱憤과 飢餓와 悲嘆과 嗚咽
그 속에서도 오히려 살어보겠다고 발버둥질치는 내겨레들의 얼골

東海바다 프른물이 억개를 우쭈르거린다
白頭山 중허리의 흰눈이 녹아내린다
그러나 아아 생각해 보아라 어느때
어느해 어느날
내 百姓들이 흘으는 봄ㅅ빗츨 노래하였든가를!
꼿수레도 종다리도 해빗과 물ㅅ줄기도 가난한 내겨레에게
暗室이다 무덤이다

(중 략)

날으는 花粉이여 노래하는 종다리여
철 마즌 뻑국이여
(너조차 내 아들 딸을 울닐게 무어냐
너조차 내百姓의 가슴을 찌즐게 무어냐)
봄은 이해에도 엄돗는 枯木에 고개를 들엇다
봄은 이해에도 물방아에 챗죽을 언젓다
하나 흙을 뒤지는 봄의 마음 飢餓에 쪼들리는 봄의 마음
아하 언제나 봄한울 우러러 맑은 노래블으랴
언제나 버들피리 맞추워 춤추어 보랴
                    - 「三春泣血」에서

이 시는 1934년 ≪조선시단≫ 속간 8호에 발표된 시다. 김조규가 감상적 시에서 모더니즘 계열인 초현실주의에 기울어져 감에도 불구하고 이성 중심의 서정시가 혼재되어 있다. 이는 시인으로서의 그의 기질이 과격하거나 극단적·실험적이지 못하였다는 것을 입증해 준다고 할 수 있다.

「바다의 추억」, 「삼춘읍혈」에서는 공통적으로 생생한 이미지를 느낄 수 있다. 그 이유는 삶의 실제성을 바탕으로 한 내용의 구성과 시어의 구사에 있어서 불필요한 수식구가 거의 쓰이지 않았기 때문이다. 「바다의 추억」에는 아름다운 추억에 대한 향수와 회복의 의지가 드러나고, 「삼춘읍혈」에는 감정이 일정 정도 고조되었지만 조국과 동포들의 고통스런 삶에 대한 울분과 안타까움이 드러나 있다.

> 市外路 –
> 흰 버들이 늘어 선 憂鬱한 행길
>
> 寂寞을 끌고 逍搖한다
>
> 十一月 늦가을
> 성그른 가지 위에 가을이 움츠려트릴 때
> 뚜벅 뚜벅 발소리 외로이
> 月光의 해쓱한 팔에 안기어 걷는다.
> – 김조규, 「蒼白한 市外路」 1~3연

위 시의 화자는 11월 늦가을 흰 버들이 늘어선 우울한 시외로, 적막을 끌며 소요는 외로이 달빛의 해쓱한 팔에 안기어 걷는다. 인용부에 이어지는 시 구절들을 통해 시적 화자가 실생활적인 것에 패배한 지식인이라는 것을 알 수 있다. 이 시의 어느 부분에도 객관적이고 엄밀한 분석이나, 대결의지는 보이지 않는다.

이상에서 김광균과 김조규는 소재적 시어 선택에 있어 상당히 유사함을 보여주었다. 그 소재적 언어들은 다분히 시인의 감상벽을 드러내기 위하여 쓰인 것으로 파악된다. 단적으로 두 시인의 작품을 통하여 파악할 수 있는 공통정서는 식민지 청년의 감상벽이다. 따라서 자아와 바깥 현실 사이를 이어 주는 구체적인 생활체험이 뚜렷하게 빠져 버린 채, 상실체험에 빌미를 둔 슬픔, 외로움, 고향, 그리움과 같은 느낌으로 가득 채워져 있다.

1930년대는 한민족 모두가 살아내기 힘든, 특히 감수성이 예민한 문학청년들에게는 더할 수 없이 암담한 시기였다. 그렇다고 이 시대적 상황이 곧 감상적 시를 정당화할 수 있는 것은 아니다.[357]

---

357) "매운 계절의 채찍에 갈겨 / 마침내 북방으로 휩쓸려 오다. // 하늘도 그만 지쳐 끝난 고원 / 서릿발 칼날진 그 위에 서다. // 어디다 무릎을 꿇어야 하나 / 한 발 재겨 디딜 곳조차 없다. // 이러매 눈 감아 생각해 볼 밖에 / 겨울은 강철로 된 무지갠가 보다." 이육사의 「절정」이다. 이 시는 감상에 끼어들 여지가 없다. 시대고(時代苦) 앞에 맞선 자의 팽팽한 대결 의지가 엿보일 뿐이다. '눈 감아 생각'하는 '겨울은 강철로 된 무지갠가 보다'라는 인식은 극한 상황에 처해서 한 발자국도 물러서지 않으려는 의지는 희생을 각오하는 길, 그 희생을 통해서 사랑에 도달하려는 결연한 모습인 것이다. 또 하나, "나는 온 몸에 풋내를 띠고 / 푸른 웃음 푸른 설움이 어우러진 사이로 / 다리를 절며 하루를 걷는다. 아마도 봄 신명이 지폈나 보다. // 그러나 지금은 들을 빼앗겨 봄조차 빼앗기겠네" 이상화의 「빼앗긴 들에도 봄은 오는가」 10・11연이다. 이 시의 봄 신명이 지핀 시적 화자는 봄의 흥취에 온 몸에 풋내를 띠고 푸른 웃음을 짓는다. 그러나 그는 이내 일제의 억압 아래 놓여 있는 민족의 현실을 되새긴다. 따라서 푸른 설움이 일고 다

또한 같은 모더니즘 계열의 시를 지향했을 때도 김광균과 김조규의 시어 구사에 차이를 보여준다. 김광균은 시적 의미보다 회화적으로 아름다운 그림을 그리는 데 치중한 결과 과도한 수식어를 사용했고, 그것이 오히려 시적 긴장력을 떨어뜨렸다. 즉 그는 회화적 표현 자체에 온 신경을 집중하고, 표현을 위한 표현을 위해 시어를 구사했다.

반면에 김조규는 절제되지는 않았지만 불필요한 수식어를 거의 쓰지 않고 있다. 단적으로 말해 김조규는 내용을 구상화하고, 전달하기 위해 시적 회화성을 중시하면서 시어를 구사하였다. 이는 그가 현실적 토대와의 교섭을 통해 어느 정도 삶의 진실성을 구현했다고 말할 수 있다.

이는 김광균의 감상성은 현실과 유리된 주관성이 매몰됨으로써 초래된 것으로 보이며, 김조규의 시는 현실과의 교섭이 어느 정도 반영되어 있지만 대안이 없는 듯한 감상적 자기 표출에 그친 것으로 보인다.

또한 김광균 시에 등장하는 시의 소재로서 '황혼'은 도시의 정글 속에서 방황하고 비탄하는 풍경이 되기도 한다. 특별히 황혼이나 밤을 소재로 한 시가 대단히 많은 것을 발견할 수 있다. 『와사등』, 「공지」, 「눈오는 밤의 시」 등이 모두 황혼을 노래하고 있다.[358] 문덕수

리를 절며 걷게 된다. 마침내 조국을 잃고는 자연적인 계절의 아름다움마저 누릴 수 없다는 인식에 도달한다. 창백한 지식인의 한계를 넘어서고자 하는 시인의 의지가 드러난 시구들이다. "내 손에 호미를 쥐어다오 / 살진 젖가슴과 같은 부드러운 이 흙을 / 발목이 시리도록 밟아도 보고 좋은 땀조차 흘리고 싶다."가 그것이다.
358) 서준섭, 앞의 책, p.156.

의 지적대로 황혼적 정서라고 불릴359) 김광균 시의 대표적 단어가 바로 황혼이다. 김조규의 시 100여 편 가운데 황혼을 소재로 한 시가 16편에 이르고, 황혼과 유사한 이미지로서 '저녁'이나 '어둠'까지 합쳐 본다면 30여 편이 넘는다. 따라서 이 두 시인의 황혼을 소재로 한 시 연구는 당시 이미지스트들의 정서적 경사를 추출해 내는 하나의 방법이 될 것이다. 이러한 면과 관련하여 김광균과 김조규의 모더니즘 시 연구는 무시될 수 없는 것이다. 단지 황혼뿐만이 아니라 등불이 지니는 이미지도 마찬가지이다. 조동민의 경우 김광균 시에 나타나는 등불을 밤과 어둠에 대립되는 '생명의 근원'으로 보기도 하고360) 김영원의 경우 죽음과 관련된 소멸의식의 소산으로 등불을 해석하기도 한다.361) 김조규의 많은 시 속에서도 등불의 이미지가 등장하는데 떠남과 애수로 대표되는 '역등'은 김광균 시와 많은 유사성을 지니고 있다. 여기서는 사물이미지로 김광균과 김조규의 '항구'와 '기차'에 대하여 살펴보도록 하겠다.

2) 항구의 출항과 회항

(1) 김광균의 항구의 출항과 회항

김광균의 시는 1933년을 기점으로 소재나 기법의 측면에서 두드러진 변화를 보여주고 있다. 이 변화의 원인은 크게 두 가지로 말할

---

359) 문덕수, 앞의 책, p.25.
360) 조동민, 『한국 현대사 연구』, 「김광균 시의 모더니티」, 일지사, 1883.
361) 김영원, 『한국 현대시인론』, 「김광균과 소멸의 시학」, 시와시학사, 1988, p.175.

수 있다. 문단사의 측면에서 본다면, 1933년에서 1935년에 걸쳐 김기림이 모더니즘을 새로운 시의 기법으로 수용하였고, 최재서와 김기림 등이 이것을 새로운 지적 차원으로 수용하였기 때문이다. 즉 김기림은 모더니스트들이 전대(前代)의 예술가들과는 달리 리얼리티를 전달하고자 한다고 하며, 모더니스트에 의해 계승되는 게 있다면 사상이 아니고 그 기술적 성취였다362)고 하였다. 한편 김기림은 모더니즘문학이란 전통의 미학으로는 담기에 부족한 새로운 시정신을 갖는 것363)이라고 했고, 최재서는 모더니즘문학이란 이해하기 매우 난해한 문학으로 고도의 지적 능력을 필요로 하는 것364)이라고 했다. 이로써 우리 문단에도 모더니즘의 정신과 이론이 논의의 대상으로 자리잡게 되었고, 김광균은 이러한 현상을 재빨리 수용했던 것 같다. 특히 그는 김기림과 개인적인 만남365)을 가지고, 교분을 쌓았던 만큼 김기림의 영향을 받았다고 볼 수 있다.

또 하나 개인사의 측면에서 본다면, 이 당시에 김광균은 개성상업

---

362) 송순애, 「이미니즘의 한국적 수용양상」, 『김기림 연구』, 시문학사, 1991, p.243.

363) 김기림, 「현대시의 난해성」, 《시원》 제3호, 1935. 5. 1, p.44.

364) 휴우·윌포올저, 최재서 옮김, 「영국현대소설의 도향」, 《동아일보》, 1935. 12. 14.

365) 김광균은 당시 우리 문단에서 신진 비평가 중에서 가장 활발한 활동을 펼쳤던 김기림에 대하여 1935년부터 많은 관심을 지니고 있었던 것으로 추정된다. 그런데 김기림이 문단의 신인으로 김광균을 주목할 만하다고 평가를 하였다. 그러자 그는 승천을 시작하여 지붕을 뚫고 샤갈의 그림처럼 하늘로 높이 날았다고 기쁨을 감추지 않았다. 그리고 그 후, 김광균은 김기림을 소공동의 낙랑다방에서 만나 친교를 시작하게 되었다. 그에게 있어서 김기림을 직접 만나게 된 것은 모더니즘을 바탕으로 한 시작과 아울러 회화에 관심을 기울이게 된 결정적인 계기가 되었을 것이다.

학교를 졸업하고, 경성고무공업주식회사 군산지사에서 근무하였다. 군산은 원래 전라 지역의 무역 항구였으며, 그 당시에는 일제의 경제 수탈로 인해 쌀과 광석, 화학제품을 일본으로 보내는 관문이었다. 따라서 군산은 일제 식민지의 경제적 모순이 첨예하게 드러나는 곳이었으며, 일본의 근대 문물과 문명이 들어오는 관문이기도 했다. 그가 이곳의 고무신 제조 공장에서 근무한 것이 식민지 현실과 근대문명을 직접 체험할 수 있는 계기가 되었을 것이다. 이 무렵 그의 시적 공간이 주로 부두인 것은 이러한 전기적 사실과 관련이 있다.

그가 시의 소재나 기법을 앞서의 시들과 달리한 것은 사실이지만, 엄밀하게 분석해 본다면 그의 시가 지닌 정신적 외상은 여전히 자신의 삶 속에서 비롯된 것이라고 할 수 있다. 특히 이 시기의 시편들은 여전히 애상적 정조를 바탕으로 하고 있는데, 이 역시 그가 여전히 현실적 삶 속에서 솟구치는 트리우마를 시적 발상법으로 활용하고 있다는 사실을 뒷받침해 준다.

> 마스트에는 긔ㅅ발이 떠나온 港口를 向허여 나붓기고
> 침울한 船路우엔 밤마다 月光이 甲板을 두드린다.
>
> 멀─리 海洋의 軌道우로
> 船體는 孤寂한 視野를 실고 가고
> 희미하게 늣겨우는 蒼白한 水平線우엔
> 허물어진 埠頭의 幻影이 스쳐간다
>
> 지금 哀傷의 안개속에 헤메는 우리들의 마음속에─
> 허무러진 時代와 떠나가는 感情의 한숨석긴 回憶속에─

恐荒의 哀史를 지켜오든 沒落된 生活의
餘音을 실고-
지나간 現實의 어두운 遺産과
追放바든 歎息의 華麗햇든 그림자를 실고-
가엽시 밤을 새워가며
悲劇의 巨船은 異國의 地圖를 차저간다.
汽笛은 긴-凋落의 音響을 잇끌고 물결우를 스쳐가고
갈맥이의 날개만 멀-니 외로운 波紋을 그린다.
                    -「蒼白한 構圖」전문

蒼白한 海洋의 물결에 잠긴 적은 港口의 가슴을 떠나
밤마다 안개에 덥힌 푸른 바다의 月光을 굴러가는
落葉의 嘆歌에 저진 희미한 배노래는
지금 어두운 향바다 우를 헤매고
처량한 音調우에 스러저가는 파도의 노래 우를
고향을 차저가는 갈맥이의 느러진 두 날개는 애처럽다

밤새도록 서리에 저진 燈臺의 시선을 쪼차
끗업는 悲劇속에 누어잇는 먼-船路의 가는 곳에 오늘밤.
전도한 水平線 우에 정막한 哀傷을 그리는 마음이
海岸을 스쳐가는 落葉속에 고요히 회파람을 분다
날카러운 視허므에 허므러진 그립은 우리들의 船路여
푸른 바다를 슷처가든 華麗하엿든 그 시절의 애처러운 回憶이여
이즈러진 현실의 어두운 葬列을 떠내보낸 浦口는 말이 업고
陽地를 떠나 헤여져가는 발자최속에
긴-星條의 哀話를 속삭이든 어두은 물결도
이제는 답이 업다
                    -「波濤 잇는 海岸에 서서」에서

위 두 편의 시는 소재나 기법 그리고 정조가 매우 유사하다. 우선 이 시에서 우리는 항구로부터 기적을 울리며 먼 해양의 궤도 위로 떠나는 배의 모습을 그려볼 수 있다. 그러나 한편으로 이 시편을 구성하고 있는 관념어들, 감정, 회억, 탄식, 애상 등으로 인하여 제대로 구도를 갖춘 풍경화를 보는 듯한 느낌을 가지기는 어렵다.

또한 시의 기법적인 측면에서 살펴보면, 기존의 단순한 청각적 이미지에서 벗어나 시각적 이미지를 결합하려는 시도를 엿볼 수 있다. 「창백한 구도」에서는 기적이 물결 위를 스치고, 「파도 잇는 해안에 서서」에서는 "내 마음이 해안을 스쳐가는 낙엽 속에 고요히 휘파람을 분다", "어두운 물결은 대답이 없다" 등에서 잘 드러나듯이, 흐느껴 우는 수평선 위에 허물어진 부두의 환영을 중첩시켰고, 기적소리와 파문을 중첩시켰으며, 낙엽과 휘파람을 중첩시켰다. 이는 그가 비록 긴밀하지는 못하지만 공감각적 이미지를 활용하려는 시도를 했다는 사실을 뒷받침할 수 있을 것이다. 하지만 사실상 배가 해양 위에서 전진하는 동적 이미지를 전달하는 데 있어서 공감각적 이미지가 효과적으로 활용되었는지는 의문이다. 이는 그가 이러한 이미지를 실험적으로, 의도적으로 이용하려고 했겠지만, 어디까지나 그는 자신의 애상을 강하게 드러내어 전달하려는 것처럼 보이기 때문이다.

앞서 지적했듯이, 이 시에서는 서정적 자아의 애상적 정조를 쉽게 찾을 수 있다. '침울', '늦겨우는', '애상', '탄식' 등은 모두 이러한 정조를 직설적으로 잘 드러내 준다. 결국 그는 "시를 언어의 축제, 영원에의 기도, 영혼의 비극, 기억에의 향수에 그치는 자연발생적인 것으로 생각하고 어떤 기분이나 정서의 상태를 펜과 원고지에 옮겨 놓은 것으로 그 임무를 마친 것같이 생각하는 분이 있는 것 같다."366)

라고 기분과 정서를 경계했지만, 자신은 이미지를 통해 애상적 정조를 증폭시켰던 것이다.

하지만 이 애상적 정조는 단순하고 막연한 낭만적인 것이 아니다. 시인의 시를 형성하는 애상적 정조는 그의 삶 속에 드리워 있는 트리우마의 발현이다. 개인적으로는 온통 죽음으로 뒤범벅된 가족사, 가난한 가정 형편으로 인해 고향에서 떠나야 했던 설움, 객지에서의 힘든 직장생활 등이 그의 상처를 들쑤셨다. 특히 아버지의 죽음에서 비롯된 가정 파탄과 살기 위해서 어쩔 수 없이 고향을 떠나야 했던 상처는 깊은 슬픔을 자아내었다. 또한 사회적으로는 일제의 침탈로 인해 허물어질 대로 다 허물어진 시대를 살아야 하는 고통이 그의 상처를 더욱 덧나게 했다. 따라서 그의 의도와는 상관없이 그의 시는 한 폭의 '감정의 풍경화'[367]를 그려냄으로써 독특한 시적경지를 이루어 내었다.

(2) 김조규의 항구의 출항과 회항

부두(埠頭)는 만남의 장소이자 헤어짐의 공간이다. 그리고 회항의 장소이자 출항의 공간이 된다. 이러한 성격의 부두의 공간은 시인의 자아가 드러난 것으로 이상향을 향해 떠남을 희구하는 시인의 의식적 드러냄이며, 이상향에 도달하고자 하는 희망의 소산이다.

사람이 떠나기 위해서는 모든 것을 버려야 하듯, 시인은 어둠의 공간인 고향을 등지고 있다. 그래서 그 떠남의 출발지인 부두에 서

---

366) 김광균, 앞의 책, 1985, p.55.
367) 박철희, 「현대한국시와 그 서구적 잔상」, 『한국시사연구』, 일조각, 1980, p.306.

서 떠나고 돌아오는 자신을 서술하고 있다.368)

    羅馬風인 圓柱가 있는 埠頭에 停立하면
    축축한 바다의 肉香에 旅愁는 부픈다

    밤ㅡ 黑輝石의 바다
    머얼리 黃金窓을 달은 슲은 夜航船이 흘러가고
    (그것은 붉은 紅酒가 가득 넘쳐흐르는 琉璃窓보다 슲으다)
    愁思는 잃어버린 星座를 그리며 떠올으는데
    追億은 白馬가 되어 밤바다우에 퍼득인다

    나는 層層階우엔 不吉한 黑描의 눈알이 번뜩이고
    落下하는 肉體여 행동할줄을몰으는 x華야
    적은 安逸을 觀念할려는 울지도못하는 諦念
    호오 燈불은 머얼다 밤은 슲으다
    磁石의 示角은 日曜日의 寢臺를 가르치고

    언제나 밤이면 바다는 鳴泣하는데
    나는 肯定 못하는 石臺의 思想은
    이밤도 無人한 埠頭 슲은 漫步者로 우노니
                    ㅡ「밤, 埠頭」 전문

「밤, 부두」는 김조규가 만주로 간 1939년을 기점으로, 고국에서의

---

368) 일반적으로 부두는 떠남의 공간이자 돌아옴의 공간이 된다. 그것은 부
두가 떠나는 자의 출발지이자 돌아오는 자의 도착점이 되기 때문이다.
이와 비슷한 상징적 공간은 '길'이다. 길은 외부세계로의 통로이기는
하지만, 고향으로 회귀공간이 되기 때문이다. 본고에서는 이 부두를
일반적인 통념에 맞추기로 한다.

떠남과 고국으로의 돌아옴을 희망하는 시인의 의식이 서려 있는 작품이다. 실제 작품에서도 부두를 중심 이미지로 하는 출항과 회항의 의식이 시대의 특징을 형성하고 있다. 그러나 이 작품에서와 같이 떠남과 돌아옴의 이미지는 등가적인 대비로서 드러나지 않는다.

또한 이국의 실제적 체험이 식민지 후기의 정치적 상황과 유랑의식이 관련되어 있고, 이 유랑의식은 바로 시적 화자로 하여금 현실에 안주할 수 없게 하는 불안과 혼동 그리고 그리움의 원인이 되고 있다. "물의 향기를 잘 느낄 수 있는 것은 밤뿐이다."라고 한 바슐라르의 지적처럼369) 1연에서 시적 화자는 밤바다에 나와 물의 향기를 맡으면서 향수를 달랜다. 시 전체적으로 보면 '머얼리', '떠오르는데', '퍼득인다'와 같이 구체적인 것은 존재하지 않고, 느낌과 기억의 유영뿐이다. 바다가 어둠으로 존재할 때 시인의 시계(視界)는 확보되지 않고 5연과 같이 "나를 긍정肯定 못하는 석대石膏의 사상"으로 표현된다. 또한 "홍주紅酒가 넘쳐흐르는 유리창"은 대단히 시각적인 이미지로 교직되어 있는데 홍주는 붉은 술이며 불붙은 물의 화주(火酒)의 이미지에 해당한다. 이 불붙은 물의 상상력370)은 밤과 바다의 이미지 속에 외로운 심리를 드러내주고 있다.

어둠 속에 들여다보는 바다의 모습은 상징적인 의미를 지니고 있다. "검은 그림자와 눈알로만 된 얼굴"에서 '검은 그림자'는 밤바다의 객관적 모습이고, '검은 눈알로만 된 얼굴'은 시적 화자의 상상력의 소산이다. 이것은 물에 비친 검은 그림자 가운데 얼굴 부위에 해당하는 부분을 눈으로 보았다는 것으로 자아 상실의 형태로 자기부

---

369) 가스똥 바슐라르, 이가림 역, 『물과 꿈』, 문예출판사, 1987, p.149.
370) 가스똥 바슐라르, 위의 책, p.139 참조.

정의 한 모습이 된다. 이는 시 제목이 상장하는 바 '오후午後'라는 때늦음과 어둠, 불안과 관련되어 있다.

그럼에도 불구하고 출항과 회항의 순환의식과 돌아옴의 환희가 의미를 지닐 수 있는 것은 떠남의 장소가 이미 돌아옴의 장소로서 성격을 지니고 있다. 떠나는 행위의 종식, 즉 도착지에서 그 행위의 종식이 돌아옴의 의미를 지니고 있다. 여기서의 떠남은 언젠가는 돌아간다는, 또는 회귀와 회복의 행위라는 의미를 동반한 부두이다.

> 개울이라기엔 물결소리 높고
> 강이라기엔 몸둥이가 적구나
> 두만강!
> 이름만 불러도 가슴이 뜨거워
>
> 하직밤이라 목이메어
> 눈물로 골짜기가 패워졌다는
> 오랑캐령은 강건너 어디바루?
> 구름우에 중중 전설로 솟아
> 류랑의 설음 말해주누나
>
> 시베리야 계절풍이 불을 한입 물고오다
> 北進하는 日本海의 氣流와 맞우쳐
> 피를 토하듯 내뿜으며 주저앉은 것이
> 강기슭에 생긴 모래산이냐
>
> 바람, 비, 번개, 통곡소리
> 강반은 하루도 개여본날 없다

반도엔 꽃 한포기 피도 못했고
대륙은 언제나 소란한 狩獵地帶
강이여 너는 밀림을 적신
총알 맞은 사슴의 피줄기냐?

운명의 나루
물결 뒤척이는 소리
아버지 괴나리 보짐엔
빈궁의 쪽박이 울고
젖 말은 엄마 가슴에선
아기가 악을 쓰다 목이 갈렸다

아. 이렇게 울며 건너가고
건너만 가고
오는 배는 어째 하나도 없느냐?

젊은이 뜻만을 안고
빈몸에 밤여울 숨어건는
나의 벗도 건너가곤 돌아오지 못했으니
이 강물에 꽃잎처럼 흐터진
그 많은 젊은 이름들속에
너도 함께 묻쳐 흘러갔느냐

아, 고향도 이젠 등뒤에 멀어진다
어릴 때 범나비 쫓아 오르던 언덕엔
락엽이 찬바람에 울리라

나도 나의 벗들처럼 돌아오지 못하는
류랑의 孤魂으로 광야에 묻힌다해도
노을은 무덤우에 붉게 비쳐주리니
두만강, 수난의 기슭이여 잘 있으라
이제 내가 디딜 새 地面에
어쩌다 활짝핀 들장미라도 있어
나를 맞아줄지 누가 알랴

아, 돌아올 기약도 막막한
추방당한 길손의 나그네길에
비록 거품처럼 사라질 꿈이라해도
희망을 버리지 말라 말해주는
물소리 높은 강언덕에
내 마지막 인사를 보낸다
                              ―「두만강」에서

　위 시 「두만강」에서 시인의 의도는 좀 더 분명하게 드러난다. 이
시의 화자는 젊은이와 추방당한 길손의 양가적 성격을 정체성으로
간직하고 있으며, 그의 행동은 두만강을 지나며 고향을 떠나고 있다.
1연의 "두만강! / 이름만 불러도 가슴이 뜨거워"는 「두만강」이라는
시 전체를 특징짓는 의미를 지니고 있다. 이것은 이용악의 시 「두만
강 너 우리의 강아」와 유사한 의미구조의 측면을 볼 수 있다. "잠들
지 마라 우리의 강아 / 오늘밤도 / 너의 가슴을 밟는 뭇 슬픔이 목
마르고 / 어둠은 가즐다 길은 멀다"(「두만강 너 우리의 강아」 5연)에
서 두만강이라는 같은 소재를 가지고 우리라는 정체성을 확인함으로

써 유랑의 슬픈 상처를 치유하려는 몸짓으로, 김조규의 시 「두만강」 1연의 "이름만 불러도 가슴 뜨거워"에 나타나는 국토와의 일체감 회복과 같은 맥락에 서 있다. 2연은 갈 곳을 모르는 이방의 땅에 대한 불안과 유랑 의식을 드러내 주고 있다. 3연은 두만강을 불과 피라고 하는 원형적 이미지를 통하여 강렬하게 국토 생성의 신성성을 보여 주고 있다. "피를 토하듯 내 뿜는다"의 붉은색의 이미지는 상황의 처절성을 더욱 선명하게 드러내고 있다. 4연은 두만강 변으로 대표되는 한반도의 수난사를, 나아가 이 강을 넘나들던 우리 민족을 총에 맞은 사슴에 비유하면서 그 피를 받아낸 두만강의 역사를 암유적으로 표현하고 있다. 고난의 상징으로서 '피'라고 하는 이미지의 사용은 죽음이라는 이미지로 3연에 이어 다시 한 번 상기시키면서 전체적인 역사를 반성적인 태도로 바라보고 있다. 그 수난은 바로 '바람, 번개, 비, 통곡소리'로 하루도 개어 본 날 없는 민족의 수난사에 대한 현실적인 반성인 것이다. 5연에 오면 위의 민족보편의 수난사를 유랑에 나선 아버지, 어머니, 아이라고 하는 인물의 설정을 통해 개인의 수난사로 구체화시키면서 유랑의 실체를 보여주고 있다. 그 현실의 상황이 배고픔이라는 원초적인 문제에 직면하게 되었을 때 유랑은 민족 전체의 현실과 필연의 관계에 놓이게 된다. 7연은 유랑의 땅에서 살다 죽어간 젊은이들을 흩어진 꽃잎으로 묘사함으로써 영원한 고향과의 결별을 시적으로 형상화하고 있다. 또한 시적 화자 자신도 고향을 등 뒤로 하고 유랑의 고혼(孤魂)으로 광야에 묻혀, 붉은 노을이 비춘다는 설정은 바로 위의 꽃잎과 같은 의미를 내포하고 있다. 마지막 연에서는 '추방당하는 나그네', '희망을 버리지 말자'고 말해주는 두만강, 그 두만강에 마지막 인사를 보내는 시적 자아의 묘사는 쓰라린 유민시의 비극미와 더불어 국토에 대한 뜨거운 애정감으로 충만해 있다.

이 시에서는 1939년 10월 회령에서 썼다는 시인의 부기가 들어 있다. 시인이 만주로 이주하는 시기이다. 그런 연유에서 두만강은 그 폭이 좁지만 물결이 거센 강, 가슴을 뜨거워지게 하는 강, 유랑의 설움을 말해주는 강, 총알 맞은 사슴의 핏줄기 같은 강, 수난의 강, 추방당한 나그네의 강 등으로 묘사하고 있음은 의미심장한 자기고백으로 여겨진다. 두만강은 부두와 같이 새로운 지역 또는 세계로의 접촉을 허용하는 경계 면으로 의의를 지닌다. 따라서 두만강은 타의에 의한 출항과 환상적 회항이라는 '부두'의 공간적 의미로 받아들여진다.

김조규의 시세계 속에서 드러나는 출항과 회항의 상징은 떠난 것들에 대한 회기를 기원하는 화자의 의지를 반영하고 있다. 사라져버린 것들의 귀환을 촉구하는 것이며, 이는 역사의식과의 관계를 통하여 전언의 확대와 시적 의의를 구하기에 이른다. 즉 이는 민족의 미래에 대한 희망을 말하고 있는 것이다. 하지만 어디에서도 그 희망의 구체적인 제시가 드러나지 않는다는 점에서 당대적 한계에 대한 시인의 수용을 엿볼 수 있다.

3) 기차와 열차가 갖는 순환과 회귀

(1) 김광균의 기차의 순환과 회귀

김광균에게 기계문명의 상징처럼 여겨지던 기차는 어디까지나 심리적인 차원이다. 그의 정서는 언제나 과거의 고향에서 비롯되므로 도심의 한복판에서 늘 낯설고 또 서럽다. 따라서 텍스트 안에 화자는 소외된 자아를 주체할 수 없어 자꾸만 얼굴을 드러낸다. 기차를 탄 화자는 고향을 향하고, 갈등의 여로를 마치고 돌아오는 길은 내적 질서를 의도하고 있다. 소외된 자아의 서러운 기차는 언제나 밤기차가 된다. 역동적인 기차 안에서도 김광균의 화자는 부동의 시선을 고집한다. 그가 그려내는 공간은 왜소한 자아의 눈으로 바라보는 기차 안의 정황이고, 차창은 이러한 정황을 고정시키는 역할을 한다.

따라서 김광균이 그려 놓은 그림은 한 장의 화폭에 그려진 기억의 장면일 뿐이다. 흔들리는 시대, 불안한 도시는 그의 공간이 아니었다. 중심을 잡지도 못하는 그가 애써 그림을 그리는 이유는 그의 기억 저편에 묻어 둔 고향과 지금 현실의 도시 공간이 지닌 괴리감 때문이었다. 문명이라는 이름의 기차 안에서 화자는 과거의 고향을 꿈꾸고 있다. 그의 고향에는 어머니가 있고, 누이가 있고, 무엇보다 꿈꾸는 나의 희망이 있다. 꿈꾸고 있다는 점에서 화자는 낭만적 응시를 즐기는 자아이다. 그는 애써 담담한척 감상을 자제하려 하지만, 그것은 그의 기법일 뿐 어떠한 방식으로든 그의 시를 이루는 주된 정조는 서정이다. 낭만적 서정의 자아는 주체로 독립되지 못한 채 자꾸만 화면 속으로 미끄러져 들어간다. 그의 화자는 언제나 화면 안에 위치하게 된다. 화면 속 특정 위치에서 화자는 주인공이고, 동시에 그 주인공을 바라보는 절대자의 시선이다. 보고 말할 뿐만 아니라 응시하고 통제하며, 이 바라보는 일을 통해 세계와의 일정 거리를 인지할 수 있게 도와준다. 다시 말해 목소리를 지닌 자아인 것이다.

문제는, 그럼에도 불구하고 이러한 화자의 모습이 늘 안쪽에 위치하고 있다는 것이다. 그는 바라보고 통제하는 주체이지만 그의 시선은 관음적이고, 어떠한 응전력도 지니고 있지는 않다. 밖에서 바라보는 기차는 소리가 있는 속도다. 이는 하나의 도전이며 공격이다. 그러나 기차 안 부동의 자세로 바라보는 세상은 하나의 화면이고, 그림이다. 그림은 위험하지 않으므로 나는 일정거리 밖 관객의 포즈로 채널을 돌리는 통제자다. 빠르게 지나가는 기억의 조각들 중 그는 한 장면을 선택하기 때문에, 이를 응시하는 시선은 느려도 된다. 이는 화자가 창조한 이미지로 부활하게 된 것이며, 그 이미지의 기능은 재생된 에너지를 보여주는 일이다.

김광균의 화자는 조명에 영향받고 있다. 조명은 대상을 얼마나 정확하게 그리고 선명하게 보여주는가의 문제와 연관되어 있다. 도시와 고향의 이질감에 관한 자아의 소외는 당대를 사는 화자에게 낯선 주제는 아니다. 그만큼 도시란 낯설고 이질적인 문화를 이식해야 할 의무와 부담에 조급했을 것이다. 오늘날의 경우는 과거 양립했던 두 공간, 도시와 고향은 그 영역이 무너지고 있다. 변별의 의미가 없을 만큼, 고향은 어느새 도시화되어 가고 도시는 현대인들의 또 다른 고향으로 그 역할을 담당하고 있다. 그러나 당대 화자는 이 낯선 도시에서 떠도는 시선을 주체할 수 없었을 것이다. 이러한 혼란이 가져다 준 고립을 눈으로 해소하기 위해 과거의 불특정 시점으로 그 시선을 이동시키고 있는 것이다.

> 汽車는 당나귀같이 슬픈 고동을 울리고
> 落葉에 덮인 停車場 지붕 위엔
> 까마귀 한 마리가 서글픈 얼굴을 하고
> 코발트빛 하늘을 쪼고 있었다.
>
> 파리한 모습과 낡은 바스켓을 가진 女人 한 분이
> 차창에 기대어 聖經을 읽고
> 기적이 깨어진 風琴같이 처량한 복음을 내고
> 낯설은 風景을 달릴 적마다
> 나는 서글픈 하품을 씹어 가면서
> 고요히 두 눈을 감고 있었다.
>   ―「北靑 가까운 風景」 전문

위 시는 기차 안에서 바라본 '낯선 풍경'이다. 주인공은 '파리한 모습'으로 '낡은 바스켓'을 들고 있는 '여인'이다. 그 옆에 '하품'을 '씹고' 있는 피곤한 나의 자아가 있다. 시의 화자가 바라보고 있는 '기차'나 '기차역'에 대한 인식은 당나귀처럼 느릿느릿 움직이기를 바라는 지체의 욕망을 가지고 있다. 당나귀에서 시작한 나의 정서는 복음을 내는 기차에서 눈을 감는다. 김광균의 시에는 기차가 다수 등장한다. 이는 그가 느끼는 도시공간의 낯선 속도와 급속한 변화를 통해 서글픔을 말하려 하고 있다.

이 시의 경우 1연의 공간과 2연의 공간이 구분되고 있음을 알 수

있는데, 이러한 두 공간의 매개가 되고 있는 것은 바로 기차의 차창이다. 김광균의 차창은 안과 밖의 공간을 가르고 구분 짓는다는 점에서 일종의 경계이며, 단절의 구실이다. 그래서 1연은 차창 밖의 풍경이고, 2연의 경우 차창 안의 정황이다. 그리고 이 두 공간은 하나의 화면 안에 그려져 있다. 앞에서 말한 바 있듯이, 김광균의 화자는 낭만적 자아의 포즈를 취하고, 화면 안에 언제나 자신의 목소리를 내고 있다. 물론 모더니즘의 화자는 기법상의 훈련으로 인해 다른 얼굴을 하고 등장하는 것이 일반적이다.

이 시의 경우, 안과 밖이라고 하는 두 공간을 통해 이러한 구분이 명확해진다. 이 두 공간의 시간성은 동일하다. 차창 밖의 한 마리 까마귀와 차창 안의 나는 서로 각기 다른 행동을 하고 있음에도 동시화면 안에 그려질 수 있는데 이를 알 수 있는 것은 시제이다. 두 주체의 행동은 모두 과거형인 '있었다'로 표현되고 있다. 이러한 과거 완료형의 시제는 이미 정지한 시간, 흐르지 않는 시간으로, 시간성을 회상의 이미지에 접착하고 있어 시를 더욱 회화적이게 하는 데 일조한다. 다시 말해 진행형이 아닌 회상의 공간은 화자의 기억 속에서 이미 어느 정도의 그림으로 그려질 수 있으며, 이 공간은 미화되어 더욱 회화적일 수 있는 것이다. 시간이 배제되어 있는 이 화면은 이중 공간을 내포하고 있는 차창을 통해 효과를 보고 있다. 안에서 밖으로 나가려는 욕구가 아니라 밖에 있는 화자가 안의 세계를 동경하고 있다는 점이다.

이러한 불안과 고독의 도시 공간에서 시의 화자는 두 눈을 감는다. 이는 일종의 회피이다. 화자는 객관적으로 응시할 뿐 정지 화면 안에서 행위자로 참여할 것을 거부하고 있다. 이것이 김광균 시의 화자가 갖는 독특한 시선이다.

> 모두들 눈물 지우며
> 요란히 울고 가고 다시 돌아오는
> 기적 소리에 귀를 기울이더라.
>
> 내 廢家와 같은 밤차에 고단한 肉身을 싣고
> 몽롱한 램프 우에
> 感想은 자욱-한 안개가 되어 내리나니
> 어데를 가도
> 뇌수를 파고드는 한줄기 孤獨
>
> 絶壁 가까이 기적은 또다시 목 메여 울고
> 다만 귓가에 들리는 것은
> 밤의 계단을 굴러내리는
> 처참한 차바퀴 소리.
>
> 아- 새벽은 아직 멀었나 보다.
> ―「夜車」전문

위 시는 『기항지』에 실린 시다.371) 이 시의 경우 역시 하나의 화
면 안에 기차 안과 밖이라고 하는 이중의 공간이 드러나고 있다. 눈
물은 슬픔과 울음소리와 기적소리로 연결되며, 시의 화자는 현재의
'고단한 육신'을 하고, '폐가와 같은 밤차'의 안쪽에 몸을 싣고 있다.

---

371) 기항지라는 뜻은 항해 중인 배가 목적지가 아닌 다른 항구에 잠시 들
르는 곳으로 설명된다.

그는 고향에서 '모두들 눈물 지우는' 배웅을 받으며 도시로 가고 있는 중이다. 그에게는 '요란한 기적 소리', '처참한 차바퀴 소리'가 들려온다. 이는 결국 나와 동일시되는 대상의 울음이 된다. 기적소리는 객관적으로 존재하는 현상이다. 그러나 그 이미지는 시적 자아에 의해서 절대적 의미를 실현한다. 이 소리 이미지는 대상과 객관적 거리를 유지해 오던 시적 자아의 시선을 차단해 버린다. 외부의 시선을 거두며 내면의 감정에 몰입하게 된다. 그러므로 소리의 대상에서 주체로, 밖에서 안으로의 이동을 함축하고 있다.

그리고 이러한 공간을 비추는 조명은 '몽롱한 램프'이다. 이는 '몽롱한 램프'의 빛이 기차 안에 한정되어 있어, '자욱-한 안개'가 내리는 기차 밖의 공간을 분리시키고 있다.

그럼에도 이 시에서 '몽롱한 램프 위'에 '자욱한 안개'가 내린다고 하여 이 둘을 동일선상에서 결합하고 있다. 다시 말해 이는 도시로 가고 있는 화자의 불안한 심리를 드러내는 데 효과적이다.

이러한 화자의 인식은 1연에서 '요란한 기적소리'가 2연에 와서는 '목 메여 울고' 있으며, 더불어 처참하다고 표현한 '차바퀴 소리'가 '밤의 계단을 굴러 내린다'고 하는 하강의 곡선에서도 드러나고 있다. 여기서 밤의 층계를 굴러 내리는 차바퀴 소리는 결국 3연의 새벽으로 가는 소리가 된다. 이 시에서 '내리는 / 굴러 내리는' 등의 어휘들 또한 화자의 불안과 좌절의 깊이를 드러내고 있다. 램프의 빛과 안개의 이미지는 도시공간으로 향하고 있는 화자의 인식을, 기차 안과 밖의 균형 잡힌 상황을 중심으로 몽롱한 내지는 자욱한 등의 에피세트들을 통해 드러내고 있다. 이 부동의 이미지들은 기적 소리와 차바퀴 소리 등을 통해 밤에서 새벽으로 가는 역동적 이미지들로 구성하고 있다.

또한 주목해야 할 것이 바로 기차 안의 공간 설정이다. 위의 시역시 화자는 기차 안에 위치해 있고, 이 기차는 '기적소리 / 차바퀴소리'를 내며 달리고 있다. 달리는 모든 것은 속도가 있다. 다시 말해 시간성이 내재해 있음을 짐작할 수 있다.

> 기적소리 따라 가고싶고나
> 거기 쓸쓸한 사람이 모여 사는 곳
> 허망한 세월에 부다껴
> 네 속절없이 돌아가는 날
> 햇볕 다사롭고
> 오곡은 무르렀으리.
>
> － 「悲風歌」에서

'기적소리 따라' 고향과 옛사람들에게 돌아가고 싶어 한다. 시인은 이러한 '기차'의 존재를 통해 고독과 상실을 치유하는 과정을 만들고 있다. 이는 향수의 또 다른 이름이다. 아울러 김광균 시에서 기차는 고향과 도시의 공간을 연결하는 역할을 하고 있다. 특별히 도시로 가는 기차는 화자의 불안한 심리를 소리들을 통해 표현하고 있으며, 도시의 맥박과 같은 소리들로 인해 도시공간으로 향하는 화자의 불안한 심리가 드러나고 있다. 기차는 아니지만 다음의 시 역시 같은 맥락에서 이해가 가능하다.

> 안개 속을 말이 간다.
> 기울어진 지붕에 가스 등을 달고

허리에 녹슬은 방울 소리
馬券 없는 競馬場인 서울 거리
네거리마다 서서
말은 기침을 한다.
종로에 밤이 들면
짓무른 두눈에
거리의 등불이 곱긴 하다만
말아
늙은 會社員처럼 등이 굽은 말아
가을바람에
낡은 갈기 흩날리며
술취한 손을 싣고 어델 가느냐
　　　　　　　－「乘用馬車」에서

　이 시의 화자가 지칭하고 있는 말은 제목에서 드러난 승용마차이
다. 전개되고 있는 내용으로 보아 이 시의 화자는 도시 공간의 말인
승용마차 안에 위치하고 있다. 말은 '안개 속', '서울 거리'를 '네거
리마다 서서', '녹슬은 방울 소리'를 내고 '말은 기침'을 하며 지나고
있다. 이 시는 그 구성으로 보아 화자의 시선이 앞서 언급한 시의
그것과 유사한데 먼저 이 시의 조명이 가스등이라는 점이 그러하다.
구성상 화자가 위치하고 있는 승용마차 내부와 외부라고 하는 이중
의 공간이 드러나고 있다. 내부의 경우 가스등이, 외부의 경우 거리
의 등불이 그 조명이 되고 있는 것이다. 이는 도시의 조명이다.
　이러한 조명과 함께 도시 공간 속의 안개는 화자의 심리를 표현
하는 중요한 매개가 되고 있다. 도시 공간에서 사는 일이 먼 곳을

내다볼 수 없는 안개로 자욱하고 그 속에서 도시의 길을 가는 말의 눈은 짓물러 있다. 안개로 자욱한 길을 짓무른 눈의 말이 끄는 승용마차에 몸을 싣고 있으니 도시의 삶은 불확실하고 또 불안한 것이다.

이 시의 화자는 승용마차 안이라고 하는 공간에 위치해 있다. 승용마차는 '녹슬은 방울 소리'와 '말은 기침' 소리를 내며 달리고 있으니 화자의 공간은 고정되어 있지 않다. 즉 앞서 언급한 시와 마찬가지로 시간의식이 내재되어 있는 것이다.

그러나 이러한 시간의식은 하나의 화면 안에 고정되어 있고, 화자는 이 부동의 화면 안에서 불안한 안개 속을 달리고 있다. 또한 서울의 거리를 달리고 있는 승용마차 '네거리마다 서'고 있음은 이 시의 이해에 있어 결정적인 단서를 제공한다. 네거리는 곧 선택의 상황이다. 화자는 불안한 안개 속을 달리며 이러한 선택의 상황이 있을 때마다 주저하며 '말은 기침', 즉 시원하지 않은 헛기침을 하고 있다. 다시 말해 이 시가 드러내고 있는 도시의 공간은 화자에게 있어 갈 길이 선명하지 않은 불확실한 공간, 화자가 표현하는 대로 헛기침을 하는 공간이 되고 있다.

모더니즘을 표방한 당대의 시인들은 전시대의 감상을 극복하기 위해 냉정하고 절제된 기법의 문제를 언급하고 있지만, 이는 어디까지나 그들의 이상이다. 그들에게는 이성으로 거르지 못한 의욕, 혹은 이전의 그것과 다른 차원에서의 감상이 잔존하고 있었던 것이다. 텍스트 표면에 떠도는 화자의 목소리는 그들의 이상과 사뭇 거리가 있다. 이전 시대보다 더 주관적인 에고로 드러날 수 있지만, 그 목소리가 현실의 그것에 밀착해 있었다는 사실에 이들의 명분이 있을 수 있겠다. 현실에 발을 디디고 있으므로 그들이 바라보는 세계는 현실적 직관에서 비롯되는 것이다. 그리하여 화자는 몽환적인 목소리가 아닌 현실의 눈으로 시를 쓰려 한다.

시 텍스트가 정서의 문제를 어떻게 드러내느냐는 화자, 곧 개인의 몫이다. 화자가 주체로서 독립되지 못하고 텍스트 안에 드러나 자신의 목소리로 노래하고 있다는 것은 이전 시대, 낭만적 자아의 포즈와 크게 다르지 않다. 그리고 이러한 점이 1930년대 모더니즘의 한계이며, 동시에 특징이기도 하다. 초기 모더니티의 실험기인 1930년대는 문학과 사회, 역사와 정치 등 모든 일상에 대한 구체적인 점검이 필요했던 것 같다. 이는 앞으로의 의지와 방향의 문제였을 것이다. 그만큼 변화와 재정립이 요구되는 시기였다. 무엇보다 이러한 길찾기의 과제는 언어를 독점하고 있던 당대 문사들의 몫이었는지 모를 일이다. 하루가 다르게 변화해 가는 세상에서 이는 생각보다 훨씬 시급한 문제였을 것이며, 바로 이러한 점이 당대 모더니스트들의 부담이고 고민이었을 것이다. 따라서 의욕만큼 자신들의 정서를 객관화하지 못한 화자는 이전 시대 낭만적 자아의 감상을 버리지 못한 채, 새로운 기법의 시도를 역설하고 있다. 물론 이러한 기법과 기술은 어디까지나 시각의 차원에 한정된 것이다. 낭만적 정서를 버리지 못한 그들이 눈으로 시를 쓰려 애쓰지만 그 뒤에 숨겨지지 못한 자아의 문제는 여전히 텍스트의 절대적 자아로 군림하며 텍스트를 하나의 화폭, 혹은 속도를 통한 화면으로 통제하고 구성하며 이를 통해 선지자적 목소리를 높이고 있는 것이다. 낭만적이지만 계몽적인 이들의 의지는 본격 모더니즘의 그것과는 실상 꽤나 거리가 있다.

낭만적 자아는 늘 이곳이 아닌 저곳, 즉 다른 곳(elsewhere)의 이질감을 꿈꾸는 자이다. 규제 대신 자유를 강조하는 것이 낭만주의 정신372)이라고 한다면, 모더니즘은 일면 낭만적 정신에 기대고 있는 것이 사실이다. 그러나 이들의 노력은 꿈꾸는 데서 그치지 않고 자신이 앞서 꿈꾼 세계를 다시 보여주려 시도한다는 점에서 의미를 달리한다. 보여주려 하는 것이 알리고자 하는, 혹은 가르치고자 하는 의욕과 다름 아니라면, 모더니즘은 일면 계몽적 중심주의의 연장이 아닐 수 없다. 이러한 의욕은 오히려 과잉되어 더 많이 보여주고 더 많이 알리려 애쓰고 있다. 그런 이유로 언어보다 더 기호적인 이미지를 그들은 선택할 수밖에 없다. 따라서 이러한 이미지를 통해 드러나는 공간은 선지자적 화자가 꿈꾸며 제시하는 공간, 메타적인 의미를 내포하게 된다.

새로움의 미학이란 언제나 현실을 극복하려 하는 의지에서 비롯하게 된다. 익명의 신공간에서 이들이 접한 것은 문명이라는 이름이다. 그 시작을 도시의 철도에서부터라 보고 있다. 기차가 제공하는 시각은 차창의 틀과 기차의 속도에 의해 조건 지어진다. 김광균은 기차에서 사각의 틀에 끼워진 과거의 공간, 즉 고향을 보고 있었던 것이다. 그러나 '창틀'의 역할은 시야를 한정하는 데 있는 것만은 아니다. 이 한정된 시야에 기차는 속도를 제공한다. 이러한 속도는 공간의 한계 내지는 상상력의 한계를 극복할 수 있다. 기차 안에서 바라본 문명의 세상은 한 편의 현대 영화와 같이 기억 어느 한 구석에 잔상으로 내재하며 화자의 시선을 이곳이 아닌 새로운 곳을 제시하고 있었던 것이다. 김광균의 기차는 공간이 과거 추억의 고향이든, 현실의 터전이든, 다가올 문명의 아침이든 이를 바라보는 화자의 시

---

372) L. R. Furst, 이상옥 역, 『Romanticism』, 서울대학교출판부, 1978, p.78.

선은 모두 텍스트 문면에 드러나는 자아로 드러난다.

(2) 김조규의 열차의 순환과 회귀

김조규의 북방과 만주에 대한 동경은 일찍부터 가슴속에 서려 있었다. 그는 1936년과 1937년에 '파파에게'라는 부제가 달린 시 두 편을 썼다. 그중 1936년 ≪신인문학≫ 3월호에 「다시 북으로」라는 표제로 발표한 시에서 시대와 계절의 추위를 엄동설한에 비유하였다.

검은 네눈섶에 하얀 서리가 돋는다지
네살 ㅅ결이 外套 밑에서 옴츠려들겠고나

零下 三十九度
北쪽 겨울은 몹시 맵다더라
송화강반의 푸른 소요가 눈 속에 묻혔으려니
한여름 보풀었든 네 노스탈쟈가
지금은 들판 백양목가지에서 어이없이 떨겠고나

그렇게 구슬프던 호궁소리도 한울에 얼었다지
아무리 치워도 南쪽 바라지만은 封하지말어라
어름ㅅ길 千里 아득한 南녁 지평선을 바라보기에
追憶에 젖은 네눈동자마저 얼어서야 되겠니?
南方이 그리우면 책상에 기대앉어
해빛 훤 한 들窓살을 헤어보렴

오호 찬기운이 심장까지 스며든다

엄지발까락이 알사탕처럼 얼기전
빨리 驛馬車를 불러타고 집으로 돌아가라
엊저녁도 이곳에선 火爐불을 끼어안고
외로운 네이야기에 밤이 깊었단다
　　　　－「다시 북으로 －파파에게」 전문

　위 작품은 김조규에게 있어서 '영하 39도 겨울이 몹시 매운' 북쪽
이다. 여기에 '푸른 소요가 눈 속에 묻히고', '구슬프던 호궁소리도
하늘에 얼어붙는다'. 춥고 삭막한 '북쪽'은 '남쪽'과 대비되는 공간이
다. 즉 '남쪽'의 고향을 바라보는 머나먼 땅 만주의 차가운 현실을
절감하고 있다. 두고 온 남녘 고향이 그리울 때면 '책상에 기대앉아
해빛 환한 들창살을 헤어보라'고 하면서 '아무리 추워도 남쪽 들창
만은 봉하지 말라'고 당부한다. 고향 땅에서 쫓긴 조선 사람들은 만
주에서 추위에 몸과 마음이 모두 얼어붙고 있었다. 그들에게는 남녘
이 늘 그리웠으며, 등지고 떠나온 고향이지만 고향을 마음속에서 지
울 수 없었다. 그것은 소위 '왕도락토'라는 만주 땅이 결코 무릉도원
이 아니었고, 오히려 일제와 만주의 지주들에 의하여 이중·삼중의
압박과 착취를 당하는 험악한 동토였던 것이다.
　뿌리를 잃어 헤매는 사람들의 고통과 고난의 모습을 역이라는 공
간에서 형상화시키고 있다. 이는 어제까지 지니고 있었던 그리움의
실체를 창을 통해 목도한 후 구체적인 공간인 역을 통해 몸서리치게
인식하고 있다.
　다음은 역을 떠난 열차에서의 모습을 형상화한 것이다.

차바퀴 소리 요란한 걸 보니
두만강 다리를 건너는가 부다
벌써 대지는 얼어
북만에 눈발이 섰다는데
홋적삼 호스레로 이제
대륙의 칼바람을 이어 견데낼 것인다
오라는 글발도 엇고
기다리는 사람도 엇는
밤과 밤을 거듭한
추방의 막막한 나그네길

(할머니 그 늙으신 몸에
북행열차를 더 타시렵니까?)
눈물의 북쪽 만리 아하하
기우는 족속이여
                 −「北行列車」에서

　위 작품은 1941년 조양천에서 지은 시다. 김조규가 자신의 작품들
에서 의도한 열차의 이미지를 극명하게 대표하고 있다. 북쪽은 반만
년의 역사를 간직한 우리 조국에 있어서 상대적으로 어둡고 힘겨운
방향이다. 북쪽을 향해 사람들은 천천히 걷고 있는 것도 아니고, 빠
른 열차를 타고 달려가고 있다.
　「북행열차」에서 보이듯이 시인은 아니, 우리 민족은 고향과 조국
을 잃고, '추방의 막막한 나그네 길'에 오른 상태이다. 북행열차로
상징되는 이방의 세계는 눈물의 세계로서 인물의 설정이 할머니라는

데 이르면 역사적 조건과 관련지어 핍박받는 민족이 지닌 유이민의 슬픔을 볼 수 있다.

또한 나그네 길은 가도 가도 아침이 없이 오직 '밤과 밤만을 거듭하는' 길이며, 기다려 반겨줄 사람도 없는 길이다. 오직 '홋적삼 호스레로 대륙의 칼바람' 같은 위협만이 도처에 도사리고 있기 때문에 사람들은 옷매무새를 더욱 여미며 웅크리어 찬바람 속에 남겨져야만 하는 것이다.[373]

수난을 받고 있을망정 언젠가는 민족의 밝은 내일이 반드시 오고야 말 것이라는 시인의 믿음은 변함이 없다. 오직 숨어서 홀로 떠나야만 한다. 바로 열차 안에서 몸을 가둔 채 시인의 그리움의 실체인 잃어버린 고향, 조국의 사람들에 대한 참상의 목도와 체험은 계속된다.

> 마을도 없는
> 산비탈에 서있는 외진 산간역
> 하늘에 눈발이 부현데
> 대합실은 지친 얼굴들로
> 가득차 있다
>
> 우묵 태인 볼
> 두드러진 뼈
> 눈동자는 저마다 닥쳐올 운명에
> 촛불처럼 떨고 있으니
> 빈궁의 한배속에서 나온 형제들이냐
> 해옥이란 손에 한번 쥐어못본 얼굴들이다.

---

373) ≪만선일보≫, 1940. 1. 24.

─「대두천역에서」에서

위 작품은 1941년 4월에 ≪만선일보≫에 발표된 작품이다. 대두천역의 대합실은 지친 얼굴들로 가득 차 있으며, 사람들은 따뜻한 밥한 끼도 못 먹은 것처럼 '우묵 패인 볼'과 '두드러진 뼈'를 드러내고 닥쳐올 운명에 대한 두려움에 가득 찬 눈동자로 촛불처럼 떨고 있다. 그들은 행복이라는 것을 한 번도 쥐어 보지 못한 얼굴들을 하고서 대합실 안을 가득 메우고만 있는 것이다.

> 벌판우에는
> 갈잎도 없다. 고량도 없다. 아무도 없다
>
> 머얼리 정차장에선 汽笛이 울었는데
> 나는 어데로 가야하뇨?
>
> 호오 車는 떠났어도 좋으니
> 驛馬車야 나를 정차장으로 실어다 다고
>
> 바람이 유달리 찬 이저녁
> 머언 포풀라길을 馬車우에 홀로
> 나는 외롭지 않으련다 조곰도 외롭지 않으련다
> ─「延吉驛 가는 길」에서

위 작품은 1941년 1월에 ≪조광≫ 63호에 발표한 작품이다. 비교적 짧은 형태를 갖고 있는 작품이지만 담고 있는 의미는 풍부하다.

의도적으로 희석된 공간을 펼치고 죽음처럼 싸늘한 황혼 속에서 오갈 데 없이 방황하는 화자를 등장시킨 뒤로 어디고 떠나야 한다는 일종의 강박관념을 드러낸다.

마지막 시구는 시인에게 있어 '연심'에서 비롯된 그 처절하고 비참했던 고독과 외로움을 더 이상 인내할 수 없다는 소리 없는 외침인 것이다. 이렇듯 열차에서 '머얼리' 떨어져 있으면서도 열차를 통해 '그리움'의 실체를 극복하고자 하는 의지를 보이고 있다. 이는 잃어버린 고향 산천을 마냥 '연심'으로 바라보고만 있지 않음을 짐작할 수 있다.

그러나 어쩔 수 없는 상황에서 떠나야 하는 이별은 기약할 수 없는 만남이기에 슬픈 것이다. 이 일방적인 이별을 열차가 수행하고 있다. 열차는 만남의 기쁨도 실어 오지만 고향에서 쫓겨 떠나는 유랑민들에게는 만남의 기쁨이 있을 수 없었던 것이다. 이 연길역으로 가는 길에는 아무도 없다. 그 우수에 넘실대는 갈잎도 만주 땅 지천에 널린 고량마저도 없다. 유랑과 방황은 이처럼 끝 간 데 없이 이어지고 있다.

열악한 상황에서도 김조규는 꾸준히 시를 쓰면서 모든 여건을 이용하여 작품활동을 진행하였다. 조양천농업학교 교사로 있던 시기에 그는 일본어문을 가르치는 강의시간에 자신이 쓴 「연길역 가는 길」 등 작품들을 학생들에게 읊어 주었으며, 학생들에게서 앵글로색슨이라는 별명을 얻게 되었다. 아울러 이 시기 미발표 작품들은 발표된 작품들에서 나타나는 이국정서, 향수, 비애, 외로움, 슬픔 등의 정서와 달리 만주 유이민들의 고통받는 현실을 고발하고 그 속에서 희망을 잃지 않는 강인한 민족정신을 형상화하면서 리얼리즘적인 요소를 다분히 보여주고 있다.

김조규에게 있어 만주체험은 민족주의에 대한 심화의 길을 걷게 하는 의의를 지니고 있다. 그것은 김조규가 식민지 조국 현실에 대해 부단히 저항하며 조국 밖으로 밀려난 민족에 대한 열렬한 애정의 결과이다. 그 시적 방법론은 민족 전설이나 신화에 대한 관심으로 드러나면서 다소 회고주의적인 면을 보이는 것도 사실이나 궁극적으로는 식민지 현실과 대결하는 민족주의적인 면모를 드러내고 있다. 그리고 민족주의적인 면모는 만주체험으로 더욱 강화되는데 초기 시와는 달리 어두운 조국의 현실 속에서도 새로운 미래의 자화상을 보여준다.

김조규의 열차는 여러 지방의 방언들이 거침없이 쏟아지는 열차 안의 풍경을 통하여 해방이 일반 민중들에게 어떤 의미를 갖는가 하는 점을 감동적으로 보여주기고 있다. 해방 직후 당대의 북한 현실을 반영한 문학 중에서 가장 중요한 영역을 차지하고 있는 것은 제도의 개혁으로 인한 삶의 변화이다. 이는 사회의 모든 분야에서 일어났는데 특히 농촌에서의 토지개혁은 가장 지대한 영향을 미쳤던 터라 시인들은 이를 자신의 시적 대상으로 삼았다.

김광섭의 「감자 현물세」는 자신들에게 땅을 주어 이렇게 살게 해준 국가에 대하여 감사하는 마음을 읊은 것으로 당시 농민들의 생활 감정을 잘 표현해 주고 있다. 김우철의 「농촌위원회의 밤」 역시 토지개혁을 다룬 것으로 그 과정에서 농민들이 어떻게 자신이 삶의 주인으로 되는가 하는 것을 잘 보여주는 작품이다. 김조규의 「쇠콜령 고개」는 매우 개성적인 시로서 빼놓을 수 없다. 이기영의 『개벽』, 최명익의 『맥령』 그리고 이태준의 『농토』 등의 소설은 토지개혁을 다룬 이 시기의 대표적인 작품이다.

이러한 삶의 제반 변화는 비단 농촌에서만 이루어지는 것이 아니다. 8시간 노동제가 발표되면서 이전과는 다른 양상으로 변화한 노동현실에 대해서도 시인들은 시선을 놓지 않았다. 과거에는 어쩔 수 없이 먹고살기 위해 노동을 해야 했지만 이제 자신과 사회를 위해서 노동을 한다는 보람과 열정으로 가득 차 있다. 이러한 변화된 삶을 잘 보여준 작품으로 김상오의 「기사」를 비롯하여 이정구의 「노동법령송」, 김북원의 「용광로 앞에서」 그리고 정문향의 「대의원이 나서는 구내」 등을 들 수 있다. 「기사」에서는 일제하에서의 기사가 아니라 스스로 공장의 주인이 된 기사의 모습이 어떠한가를 잘 보여주고 있으며, 「대의원이 나서는 구내」는 노동자들이 어엿한 사회의 한 영역을 지키는 주인으로서의 자신의 성장과 책임을 느끼는 모습을 잘 노래하였다. 노동자가 대의원 후보로 당당하게 나서는 과정에서 취한 이 시의 발상은 바로 변화한 노동의 현실을 잘 보여준다.

이상에서 당시 기계문명의 상징처럼 여겨지던 항구와 기차에 대해 살펴보았다. 김광균은 항구와 기차를 통해 현실에서 과거로 도피하였고, 기차에서 사각의 틀에 끼인 과거를 보고 있다. 항구와 기차에서 바라본 문명의 세상은 고향의 유토피아다. 그러나 김조규는 항구와 기차를 통해 과거에 대한 그리움을 뿜고 있지만, 만주에서 더 큰 민족의 아픈 현실을 대하고 이국(만주)으로부터 희망의 조국으로 돌아가려는 사물이미지로 나타난다. 허나 김광균처럼 그의 시적 방법론은 민족 전설이나 신화에 대한 관심으로 드러나면서 다소 회고주의적인 면을 보이는 것도 사실이다.

Ⅳ. 서정의 회화적 전개양상 비교

● 목 차 ●

1. 도시적 정서의 변용과 형상화
2. 이국적 정서의 변용과 형상화

1. 도시적 정서의 변용과 형상화

시의 형식을 구성하는 2대 요소는 음악성과 회화성이라고 할 수 있다.[374] 이 두 가지 요소 중에서도 현대에 들어서는 음악성보다도 회화성, 즉 이미지의 중요성이 강조되고 있다. 현대인은 시각적인 자극에 보다 민감하기 때문이다. 김광균 자신도 "30년대의 시는 음악보다 회화이고자 하였다."[375]라고 하면서 자신의 문집 『와우산』에 다음과 같이 쓰고 있다.

지금의 소공동에 김연실이란 배우가 하던 「樂浪」다방에서 만나자

---

374) 마광수, 『시학』, 철학과현실사, 1997, p.123.
375) 김광균, 앞의 책, 1985, p.170.

하여 가서 기 다렸다가 헬멧 모자에 반바지 스타킹 스타일로 「아프리카 간 리빙스턴 博士」 같은 그 가 어둑어둑할 무렵에야 나타났다. 다방 문이 닫힐 때까지 서너 시간 이야기를 하고 헤어졌는데 자세한 것은 다 잊어버렸고, 기억에 남는 것은 파리를 중심으로 화가와 시인들이 모여 같은 시대정신을 지향한 한 공동 목표를 세우고 한 떼가 되어 뒹굴며 운동을 한다 하며 구체적인 예를 많이 들었다.376)

고호의 「水車가 있는 駕轎」를 처음보고 두 눈알이 빠지는 것 같은 감동을 느낀 것도 그 무렵이다. 그때 느낀 유럽 회화에 대한 놀라움은 지금도 생생하다. 世界美術全集을 구하여 거기 침몰하는 듯하여 나는 급속히 회화의 바다에 표류하기 시작했다. 시집보다 화집이 책상 위에 쌓이기 시작하였고, 내 정신세계의 새로운 營養 은 이렇게 해서 이루어진 것 같다.377)

매일같이 모여 詩와 그림 이야기를 한 것은 아니지만 여러 해 지나는 동안에 화가 의 작품에 詩가 담기고 시인의 시에 繪畫의 모티브가 반사된 것으로 생각된다. 한時代를 함께 살아가던 공동 운명체라 할까?378)

詩는 새로운 語法을 다듬고 상징주의의 황혼을 벗어난 文明의 리듬을 타려고 애를썼으며 기차 소리와 공장의 소음, 도시의 애수와 울부짖음 속에서 繪畫를 찾으려하였다.379)

---

376) 김광균, 「삼십년대의 화가와 시인들」, 『김광균문집 와우산』, pp.171-172.
377) 자오선 동인 오장환을 통해 고호의 『수차가 있는 가교』가 수록된 서구의 근대화집을 접한다. 오장환은 그때 가끔 동경으로 가서 초판의 호화판 시집을 수집해 오는 것을 취미로 하는 한편, 자랑으로 삼았으며, 또 시집을 사는 길에 서울에서는 살 수도 볼 수도 없는 인상파 이후의 화집까지 가끔 가지고 와서는 술 한턱을 받아먹은 후에야 보물처럼 내어 주었다고 한다. 김광균, 위의 책, p.172.
378) 김광균, 앞의 책, p.177.

위와 같은 말들을 볼 때, 김광균이 시에서 회화성을 구축하기 위하여 많은 노력을 기울였음을 알 수 있고, 시를 연구함에 있어 이미지를 분석하는 것에 대하여 당위성을 부여한다고 볼 수 있다.

이미지는 우리말로 심상이라고 번역되곤 하는데, 글자 그대로 마음속에 그려진 그림이 이미지다. 마음속에 떠오른 그림을 다시 글자로 옮겨 놓으면 문학적 이미지가 된다. 시적 이미지는 모든 사물들을 문자적 표현으로 옮겨 창조적 상상을 가미시킨 것이라고 할 수 있다.380) 김광균의 시를 연구함에 있어 도시를 빼놓고는 할 말이 없다고 해도 과언이 아니다. 그러므로 그의 시 속에 나타난 도시의 이미지를 살펴보는 것은 당연히 거쳐야 할 과정이다.

현재에도 많은 사람들이 시골보다는 도시에 살고 있으며, 시골에서 사는 사람들도 도시생활을 꿈꾸고 있을지 모른다. 현대성의 본성을 꼽아 도시성이라고 둘러말해도 옳을 만큼 도시는 현대의 상징이다.381) 김광균은 개성에서 태어나 그곳에서 고등학교까지 마쳤지만 본격적인 시작활동을 한 곳은 서울이므로,382) 서울이 어떻게 형성되고 발전되어 왔는가를 살펴볼 필요가 있다.

우리나라에서의 본격적인 도시의 형성은 1930~1940년대에 이루어졌다. 서울의 인구가 20~30만에 머물던 이전에 비해 1935년을 기

---

379) 김광균, 앞의 책, p.177.
380) 마광수, 위의 책, p.126.
381) 김진송, 「서울에 딴스홀을 허하라」, 현실문화연구, 1999, p.244.
382) 김광균은 그의 문집 「와우산」, p.171에서 다음과 같이 밝히고 있다. "…… 신진시인 김광균이 의기양양하게 서울에 올라간 것이 1936년이었다. 그 당시 서울은 인구 육십만의 조용한 도시였고 차도 사람도 별로 없는 소공동 보도에는 플라타너스 가로수가 이국정조를 자아내고 있었다……"

점으로 40만에 이르고, 그 후 불과 6·7년 만에 100만에 육박했던 격변은 이른바 현대로의 진입이 도시화의 물결 속에서 이루어졌다는 것을 알려주고 있다.[383]

그러나 도시화라는 것이 타인에 의해 강제적으로 수행되었을 뿐만 아니라 일본 제국주의라는 거대한 힘에 의해 조국의 인적·물적 자원에 대한 수탈과 함께 병행되었다. 식민지 시대를 살고 있던 젊은 시인은 패배감으로 말미암아 고독과 비애감에 젖어들 수밖에 없었을 것이다. 다만 김광균은 그 시대적인 상황에 정면으로 대응하지 않고 구체적 삶의 현장으로부터 한 발짝 물러난 채 감상적 주관의 풍경화를 그려낸 것이다.

김광균이 태어난 해가 1914년으로, 그는 이미 태어날 때부터 마음의 고향인 조국이 없던 사람이다. 그 아버지 세대만 하더라도 마음속으로나마 그리워하고 불러 볼 조국에 대한 기억이 있지만, 그에게는 돌아갈 마음의 고향도 없다. 그러니 살고 있는 도시가 낯설고 까닭 없이 눈물겨운 것은 당연한 것인지도 모른다. 그래서 그의 내면 정서는 어디로든지 벗어나고 싶었던 것이다.

우리 고전작품 중의 하나인 「청산별곡」의 화자와 연관 지어 생각해 본다. 청산별곡의 화자도 속세를 벗어나 피안의 세계로 가고 싶은 마음을 노래하고 있다. 그런데 그 피안의 세계라는 것이 젖과 꿀이 흐르는 땅, 즉 유토피아가 아니라 단순히 괴로운 현실을 벗어날 수 있는 공간이면 족한 것이다. 이는 김광균도 마찬가지다. 괴로운 현실에서 벗어나 어디로 탈출해야만 하는데 어디로 가야하는지 방향을

---

383) 김진송, 앞의 책, p.245.

못 찾고 있다. 그런데 그는 편안하고 행복했던 기억의 고향이 애초에 없기 때문에 삭막한 도시 속에서 방황만 하고 있는 것이다. 이는 박진환이 지적한 '김광균 시의 추억과 고향으로서의 퇴행'이다.[384)]

그의 시 「광장」을 통해 도시인은 어떤 자세를 취하고 있는가를 살펴본다.

비인 방에 호올로
대낮에 體鏡을 대하여 앉다.

슬픈 都市엔 日沒이 오고
時計店 지붕 위에 靑銅비둘기
바람이 부는 날은 구구 울었다.

늘어선 高層 위에 서걱이는 갈대밭
열없는 標木되어 조으는 街燈
소리도 없이 暮色에 젖어
엷은 베옷에 바람이 차다.
마음 한구석에 벌레가 운다.

황혼을 좇아 네거리에 달음질치다.
모자도 없이 廣場에 서다.
                              ─「廣場」 전문

산책자가 위치한 공간은 인공적 자연의 방 안이다. 방은 창과 문

---

384) 박진환, 「김광균론」, 『한국현대시연구』, 자유지성사, 1999.

을 경계로 하여 방 안의 공간과 밖의 공간으로 나뉘며, 방밖의 세계
로부터 자아를 분리시켜 준다. 이때, 방은 자아 동일성을 유지하고,
그것을 확인할 수 있는 세계 안쪽의 중심 장소가 된다. 이러하나 방
안에서 그는 지금 체경을 앞에 놓고 앉아 있다. 일반적으로 거울은
자신을 반추해 볼 수 있는 인공적인 대상물로서 소외의 의미를 갖는
다. 산책자가 대낮에 인공적인 대상물을 앞에 놓고 앉아 있다는 것
은 무엇인가 심각한 심경의 변화가 생겼으며, 자신을 돌아볼 반성의
시간이 필요하다는 것을 의미한다. 심경의 변화를 일으킨 원인은
'슬픈 도시' 때문이다. 그는 모자도 없이 광장에 서서 '시계점 지붕
위에 청동비둘기'를 바라본다. 비둘기도 이미 생명력을 상실한 청동
비둘기이다. 그는 청동비둘기를 통해 현대문명으로 생명력을 상실한
채 질식당하고 있는 자신의 모습을 보고 있다.[385] 그의 눈에 들어온
인공적 자연은 정체된 상태로 '청동비둘기', '줄지어선 고층', '가등'
뿐이다. 도시 어디에도 손을 잡아 줄 한 사람의 벗도 없는 혼자다.
혼자라는 고립감에 "황혼을 좇아 네거리에 달음질치다. / 모자도 없
이 광장에 섰지만, 엷은 베옷에 바람이 차다. / 마음 한구석에 벌레
가 우"는 삭막한 현실에 그만 당황하고 만다. 이는 도시마저 공허한
광장과 석고의 거리로 변하여 생명력을 상실하였기 때문이다. 즉 인
공적 자연 속에서 갈 곳 몰라 방황하던 그는 네거리로 달음질 쳐

---

385) 김태진은 광장의 비둘기는 일정하게 날아갈 방향이 없는, 설사 있다고
해도 해가 지기에 그 목적지는 정확하지 않다. 목적지가 없는 것이나,
목적지가 정확하지 않은 것이나, 그 목적지를 향하지 못하는 것은 마
찬가지이다. 그래서 갈등하고 거기서 한없는 슬픔을 느낀다는 것이다.
따라서 이 시의 청동비둘기는 날아갈 수 없는 자신에 대한 슬픔으로
점철된 이미지를 표현한 것으로 보고 있다. 김태진, 앞의 책, p.56.

광장에 나와 섰지만, 오직 보이는 것은 생명력을 상실한 석고의 거리뿐인 현실을 직시하고 있다.

그래서인지 김광균은 자신의 시에서 도시를 어떻게 해 보려는 노력은 보이지 않는다. 그저 방황하며 비애에 젖은 마음을 홀로 중얼거리고 있을 뿐이다. 그렇다고 아무런 동작을 취하지 않은 시인을 탓하는 것은 아니다. 그는 단지 자기 기분에 따라 도시의 어두운 이미지를 그려냈을 뿐이다. 그 당시에도 분명 도시의 밝은 면이 존재했을 것이고 나름대로는 사람 살 만한 세상이었을지도 모른다. 이처럼 앞뒤 간의 사정을 도외시한 채 김광균을, 시대를 고려하지 않고 개인적인 감상에만 빠진 시인이라고 매도하는 것은 옳은 평가가 아니라고 본다.

이전의 전통적 시에서 찾을 수 없던 새로운 시적 공간의 확장과 그 공간 감각에서 얻어지는 새로운 정서의 표출이, 한국 시의 모더니즘 운동이 이룩한 공로라면 김광균의 경우 무엇보다 특징적으로 눈에 띄는 것은 도시적 공간의 도입이다.[386] 고향을 상실한 현대인의 도시는 화려한 낭만의 도시가 아니라 낯섦의 대상이고 심지어는 무덤과 같다. 더욱이 식민지 시대를 살아가는 젊은 시인의 눈에 비친 도시는 결코 화려하고 낭만적인 모습의 도시가 아니었을 것이다. 김광균 스스로도 그의 문집에서, 일본의 광기가 극에 달해 세계 2차대전이 일어날 무렵의 상황을 아래와 같이 적고 있다.

---

386) 이명자, 「김광균의 공간분석」, 「30년대 시의 모더니즘」, 구상, 정한모 편, 범양사, 1987.

이러한 유럽 문학의 변모가 서울의 하늘에 遠雷처럼 들려왔을 때, 채 결실 도 못 본 우리 모더니즘 詩는 어떠하였던가. 일제의 우리 언어 말살로 시작된 역사의 종말은 1939년 온 세계가 2차 대전 벼랑에 굴러 떨어지기 전에 이미 시작되었다. 1930년대의 마지막엔 시나 회화 활동이 종식됐음은 물론, 아예 화가와 시인들이 서울과 明洞에서 사라져 버렸다. 징용을 피하여 시골로 내려가거나 숨어버려 그들 이 만지던 그림과 시는 꺼져 버리고, 화려한 꽃동산을 가꾸어 보려던 애절한 精神 의 소망은 역사의 암흑 속에 한없이 침몰해 버렸다.387)

그가 꿈꿨던 애절한 희망은 어둠 속에 묻혀 버렸다. 이전부터 느끼고 있던 바이지만 이때에 이르러 절망이라는 이름이 극에 달한다. 여기서 우리는 시대의 슬픔과 그것에 적응하지 못하는 시인의 내면 고통이 어떻게 시로 표현되었는가에 주목할 필요가 있다. 그동안 우리 시사에서 1930년대의 모더니즘은 참신한 시적 이미지에 의한 내면풍경의 제시 및 투명한 시적 조형성으로 1920년대의 낭만주의와 경향시의 사상편향성을 방법적, 미학적으로 극복했다고 평가받아 왔다. 그 대표적 시인으로 정지용, 김기림, 김광균 등이 거론되어 왔음은 주지의 사실이다. 그런데 모더니즘의 하위 범주로서 '이미지즘'을 가장 시적으로 완성도 높게 구현한 시인을 꼽을 때 많은 평자들이 김광균을 말한다. 그러나 "이미지즘이 견고하고, 명석하고, 애매하지 않은 이미지의 사용을 통한 감상성의 배제를 제일의 목표로 삼았다."388)는 것을 염두에 두면 김광균을 이 땅의 선구적 이미지스트로

---

387) 김광균, 위의 책, p.178.
388) J. Isaacs, 이경식 역, 「이미지의 도래」, 『현대 영문학의 이해』, 종로서적, 1991, p.49.

평가하는 것에 선뜻 동의하기는 어려울 것이다. 오히려 그는 우리의 전통 심상이라 할 수 있는 비애의 정조를 근거로 한 시인이다.

당대의 비평가 최재서는 그의 논문 「센티멘탈론」에서 당대 문학의 센티멘털리즘 유행현상을 서구의 문학사와 견주어 설명하고 있다. 특히 그는 센티멘털리즘이 오히려 지적 우월성을 갖고 있는 지식인들에게 찾아올 수밖에 없는 필연성을 논증하고 있는데 막연히 모더니즘을 반(反)센티멘털리즘으로 단순화하는 것보다 적절해 보인다.

> 要컨대 센티멘털리즘은 情操의 偏重한 作用이다. 情操의 對象이 實在할 때情操는 適當히 處理되고 말지만 그 對象이 없을 때엔 生理的 必然性에 依하여 情措는 더욱 濃密하여진다. 이것이 센티멘털리즘이다. 現代인테리겐챠가 文化와 教養, 理想과 幸福에 대한 情操를 가지고 있는 限, 그리고 그 정조가現實世界에 있어 그는 그 空虛를 센티멘털리즘으로서 느끼지 않을 수 없다.[389]

김광균에게 있어 정조의 대상이 존재하지 않았음은 이미 널리 알려진 사실이다. 위의 평론은 김광균이 왜 애상적인 시를 많이 썼는가에 대한 궁금증을 어느 정도 해결해 줄 수 있는 분석이다. 그의 시 속에 형성된 도시적 공간은 다음 두 가지로 나누어 볼 수 있는데, 첫째는 애상적 감상주의의 공간이고, 둘째는 낙관적 감상주의의 공간이다.

김광균은 과학발달로 야기된 새로운 문명에 대한 비평적 태도가

---

389) 최재서, 「센티멘탈론」, 『문학과 지성』, 인문사, 1938, p.218.
유성호, 「김광균의 초기 시 연구」, 『문학과 의식』, 1996 재인용.

형태 외에도 도시적 감수성에 의해 가능하다고 인식했다. 그 감수성은 시가 채택하는 소재와 용어 등에서 일차적으로 감지된다.

새로운 시가 자연의 풍경에서 노래할 것을 발견하지 못하고 정신의 풍경 속에서 대상을 구했고, 거기 사용된 언어도 목가적인 고전에 속하는 것보다는 도시생활 에 관련된 언어인 것도 사실이다. 오늘에 화서 現代詩의 형태가 造型으로 나타나이고 발달된다는 사실은 石油나 紙燈을 켜든 사람에게 電燈의 發明이 「등불」에 대한 槪念에 중요한 변화를 주듯이 「形態의 思想性」을 통하여 造型 그 자체가 하 나의 思想을 代辯하고 나아가 그 文學에도 어느 정도의 변화를 일으키는 데까지갈 것도 생각할 수 있다. 390)

도시적 소재를 채택하고 도시적 정서를 반영하기 위해서는 과거의 시와 차이를 보여주어야 한다. 그의 시에 등장하는 수많은 도시어가 도시적 정조와 소외를 노래하는 데 적절하게 사용된 것을 보면 알 수 있다. 그는 도시적 배경과 도시어로써 현대적 감수성을 부풀리고 도시적 삶에서 경험하는 현대인의 소외를 은근슬쩍 풀어 놓기도 했다. 그는 늘 "시의 본질이 사회 현실의 파악과 자기의 생활체험에서 얻은 주제를 정서화하여 독자에게 전달한다는 전제를 벗어날 수 없다."391)고 말했다.

따라서 그는 시의 소재를 어디서나 구해야 한다고 강조했다. "촌村 길이나 공장이나 혹은 우정, 살림살이의 신산辛酸, 시재詩材는 실로 풍부하다. 해진 구두나 연애도 좋고 별과 달과 시냇물 소리라

---

390) 김광균, 「전진과 반성」, pp.62 - 63.
391) 김광균, 위의 책, p.84.

도 그것이 오늘의 별과 달과 시냇물 소리면 족할 것이다."392)라며 생활과 체험이 녹아 있는 시의 창작을 권장했다. 생활 속에서 육화 된 언어만이 좋은 시를 낳은 조건으로 인식한 것이다.

> 시의 재료가 언어라면 시 쓰는 사람의 고심은 자기 시에 맞는 언어 를 찾고 고르는 데 있을 것이고, 이것을 무시하고 시는 존재하지 못 한다. 자기 감정 자기 시상에맞는 언어의 선택과 구사에 유의하지 않 고 시작을 할 때 언어는 색채와 색명을 잃고 死語가 되고 만다. 구상 이 크고 음조가 벅찬 시엔 언어에 신경 쓸 필요가 없다는 생각은 벌 써 낙제생이 되기에 충분하다. 393)

시인은 체험을 가장 적합하게 드러낼 수 있는 언어를 사용해야 하는 것이다. 지금의 시는 지성이 기반이 되어야 하므로 문명을 자 각하고 이를 적절한 언어로 표현하여 새로운 가치를 발견할 임무가 있다. "시는 음악보다 회화이고자 하였다. 무질서한 자유운문을 버리 고 산문 표현을 시작한 시가 회화운동과 보조를 맞춘 것은 이 까닭 이다."394)라고 주장한다. 김광균이 도시적 어휘를 사용하여 인상적인 풍경을 연출한 것은 이 때문이다. 특히 그의 공감각적 이미지는 도 시적 배경을 통해 도시의 외로움, 자기연민 등의 내면 풍경을 그리 는 데 탁월했다. 그러나 많은 연구자와 비평가들이 한계를 지적했듯 이, 그의 시는 도시적 감수성은 자신이 늘 주장하던 도시적 문명과

---

392) 김광균, 앞의 책, p.85.
393) 김광균, 앞의 책, p.89.
394) 김광균, 앞의 책, p.107.

이에 대한 현실비평과는 거리가 있었다. 김기림의 장시 「기상도」가 보여준 문명비판 등이 결여되었다. 물론 김기림이나 정지용식의 파격적인 형식실험을 통해 문명양식의 변화를 자각한 것도 아니었다. 따라서 그의 시가 도시적 체험을 인상적으로 그리는 데 성공했을지 모르나 현실성은 분명 결여되었다고 하겠다.[395]

이상과 같이 도시 이미지에 대한 강렬한 집착은 박진환의 지적대로 "정신적 사양의식과 도피와 피안의 공간으로 구원의 의미를 부여하기 위한"[396] 세계의 극단적 변용과 왜곡을 통해 현실로부터 도피하려는 의식의 소산이다. 실제와 상관없는 색깔을 부여함으로써 그는 그 존재의 본래의 가치와 의의를 지니고 있다. 도시의 감각적 이미지는 대부분 곱고, 눈부시고, 화려하고, 찬란한 속성을 가진다. 그러나 그는 사물의 미화를 통해 존재의 실상을 은폐하려고 한다. 이는 도시 이미지를 통해 세계를 극단적으로 변용시킴으로써 현실에서 느끼는 소외감과 낯섦을 표현하고 있다.

김광균은 1930년대 경성의 내적 이중성에서 벗어나 변화된 시대 안에서 변모된 시선을 요구하였다. 도시에서 생활하는 현대인에게 도시는 제2의 고향이다. 그러나 제2의 고향인 도시 역시 상실감과 소외의식을 충족시켜 주지 못하는 존재라는 것을 인식한 현대인은 산책자가 될 수밖에 없었다. 산책자는 목적의식을 상실한 채 창백한 군중으로 인공적 자연과 자연의 중간 지대에서 방황하면서, 인공적 자연과 자연의 어디에도 속할 수 없다는 또 다른 고독감과 소외감 속에서 군중의식에 사로잡혔다.

---

395) 김학동 외, 「새로운 감수성과 조형적 언어」, pp.255-266.
396) 박진환, 앞의 책, 1990.

김광균은 시 속에 도시 공간을 도입함으로써 한국 시의 시적 공간을 확장했다는 평가를 받았다. 하지만 그는 흔히 볼 수 있는 도시의 풍경을 그려내는 것이 아니라, 시의 조형성을 획득하기 위한 과정에서 나타난 인공적 자연의 모습이다. 따라서 그가 그리는 인공적 자연의 풍경 속에서 현대인의 생활은 찾아볼 수 없다. 오직 의도적인 인공 도시의 모습과 도시를 산책하는 산책자의 모습만 존재한다.

　김광균의 시에서 현대인은 어떤 모습을 하고 있으며, 방향감각과 생명력을 상실한 창백한 군중이 지향하는 것은 무엇인지 『와사등』을 통해 살펴보도록 한다.

　　차단-한 등불이 하나 비인 하늘에 걸려 있다.

　　내 호올로 어딜 가라는 슬픈 信號냐.

　　긴-여름해 황망히 나래를 접고
　　늘어선 高層 창백한 墓石같이 황혼에 젖어
　　찬란한 夜景 무성한 雜草인양 헝클어진채
　　思念의 벙어리되어 입을 다물다.

　　皮膚의 바깥에 스미는 어둠
　　낯설은 거리의 아우성 소리
　　까닭도 없이 눈물겹고나

　　空虛한 群衆의 행렬에 섞이어
　　내 어디서 그리 무거운 悲哀를 지니고 왔기에

길-게 늘인 그림자 이다지 어두워

내 어디로 어떻게 가라는 슬픈 信號기
차단-한 등불이 하나 비인 하늘에 걸리어 있다.
                          -「瓦斯燈」전문

산책자가 위치한 공간은 인공적 자연의 안이다. 생명력을 상실한 하늘에는 아무것도 없다. 빈 하늘이다. 그는 빈 하늘에 걸려 있는 등불을 초점으로 하여 원근법에 의해 도시의 풍경과 서울 거리의 감각적인 충격 체험을 그리고 있다. 여기서 그려지는 도시 공간은 "늘어선 고층 창백한 묘석같이 황혼에 젖어 / 찬란한 야경 무성한 잡초인양 헝클어진" 황폐하고 비인간화된 문명의 모습을 하고 있다. 그는 묘석과 잡초만 무성한 분위기에 할 말을 잃고, 벙어리가 되며, 방향감각을 상실한다. 따라서 그는 "피부의 바깥에 스미는 어둠 / 낯설은 거리의 아우성 소리"를 들으며, 잃어버린 도시에서 "공허한 군중의 행렬에 섞이어 / 내 어디서 그리 무거운 비애를 지니고 왔기에 / 길-게 늘인 그림자"처럼 어둡고 소외된 거리의 이방인이 되어 도시를 방황한다. 이때 황폐한 거리의 등불은 산책자의 내면에 새로운 공간을 마련해 주는 매개체이고, '어둠', '눈물', '비인 하늘', '호올로', '비애', '슬픔' 등은 인공 도시의 분위기를 나타낸다. 그의 시선이 '차단-한 등불', '비인 하늘', '슬픈 신호'에 머무르는 것으로 보아, 인공 도시는 황량하고 쓸쓸한 모습임을 알 수 있다. 공허한 도시의 하늘에 걸린 등불397)은 그에게 확실한 삶의 방향을 제시해 주지 못

397) 등불 아래의 무한한 상상력은 다양할 수도 단순할 수도 있다는, 그리고

하고, 도시의 야경을 이루는 구성물의 역할을 한다. 그리고 도시생활에 지친 창백한 군중들을 따뜻하게 보듬기보다는 차갑고, 냉정한 부정적 이미지의 신호로서 존재할 뿐이다.[398]

　고향을 상실한 현대인이 머물 곳은 도시뿐이다. 그러나 현대인의 거주공간인 도시가 무덤과 낯섦으로 다가올 때, 현대인은 도시의 낯선 군중 속에서 고독과 비애를 느끼며 눈물을 흘릴 수밖에 없다. 훗설은 "인식은 자아와 변동하는 의미를 지닌 대상과의 관계"[399]라고 말한다. 산책자는 상실 이전의 고향의 모습도, 이상향으로 그리던 인공적 자연의 모습도 아닌, 낯선 주위 환경에 적응할 수 없는 충격 체험 속에서 군중 속의 고독을 경험하고는, "어딜 가라는 슬픈 신호냐"라고 절규하고 있다.

　김광균이 살았던 당대의 현실 인식에 대한 충격 체험과 시대정신을 반영하고 있는 『와사등』에 대해, 시대 기류에 민감히 반응, 불행한 시대의식을 떠올린 시인의 높은 재능,[400] 한국적 시대 인식인 식

　현실 체험에 의하여 등불은 밝아지기도 하고, 어두워지기도 한다. Gaston Bachelard, La Flamme D'une Chhandelle, 이가림 옮김, 『촛불의 미학』, 문예출판사, 1979, p.157.

398) 박진환은 와사등에 설정된 의미역은 첫째, 향방을 상실한 배회와 방황의식, 둘째, 도시문명 속에서의 인간 소외에 따른 단절과 고독의식, 셋째, 사양의식이라고 하였다. 박진환, 앞의 책, pp.222‑223. 와사등은 고향에 대한 그리움이 주제이지만, 향수라는 논리적 의미 또는 그 감정을 전면에 내세우지는 않으며, 작자의 의도는 현장 풍경과 회상 속의 고향 풍경의 두 공간을 회화적 이미지로써 동일 차원으로 병치해 보려고 한 것이다. 문덕수, 앞의 책, p.263.

399) Edmund Husserl, Ideas: General Introduction to Pure Phenomenologym trans, by W. R. Boyce Gibson Collier, 1962, p.345. 김태진, 앞의 책, p.104 재인용.

민지 시대의 비극상,[401] 일제에 의해 민족의 주권과 자유를 박탈당한 피압박 민족의 자기 상실의 비극적 현실,[402] 우리 민족이 놓여 있던 암담한 현실의 증언,[403] 비극적 시대에서 상실한 자아 및 인간 존엄성 상실의 비극으로 시각을 전이시켜 방향감을 상실한 군중 속의 고독과 단독의 비애가 환기시킨 불안의식[404] 등 긍정적인 시대정신으로 보고 있다. 그러나 이와 같은 긍정적 시대정신과는 달리 시가 문화, 종교, 사회의식에 연계되지 못할 때, 시작은 개인의 노리개로 타락한다고 전제하며, 김광균은 이런 차원에서 시를 버렸다[405]고 지적함으로써, 시대 및 구원의식의 결여를 지적받기도 하였다. '와사등'이라는 단어 자체가 의미하는 바와 같이 현대인은 스스로 생명력을 소생시킬 능력을 이미 상실한 상태이다. 생명력을 상실한 현대인은 인공적 자연의 일부분으로서 일상인이 된다. 그리고 창백한 군중의 대열에 끼인 채 인공 도시의 부속품으로 살아갈 수밖에 없다는 군중의식으로 표출된다. 현대문명과 도시 속에서 유토피아를 찾기 위해 의도적으로 제작한 인공적 자연이 결국은 뒤집힌 유토피아로 변할 수밖에 없는 현실 상황을 '와사등'이라는 대상물을 통해서 확인시켜 준 것이다.

아울러 김광균은 『와사등』 안에 있는 황혼을 통해 단순한 하루의 마감이 아닌, 기울어져 가는 시대, 현실적 어둠으로서의 경도, 더 나

---

400) 김규동, 「근대정신과 와사등의 위치」, 구상·정한모 편, 앞의 책, p.32.
401) 문덕수, 앞의 책, p.268.
402) 조동민, 앞의 책, p.117.
403) 김은전, 앞의 책. p.171.
404) 김재홍, 앞의 책, p.92.
405) 김춘수, 앞의 책, p.16.

아가 물질적 가치에서 한 걸음 물러서 정신적 위기로서의 사양을 이야기하고 있다.

2. 이국적 정서의 변용과 형상화

일제 치하의 시기가 그 어느 시기보다 개인과 시대 간의 밀착도가 강조된 시기였음을 상기할 때, 상실감을 드러낸 많은 작품들이 수탈의 현장인 농촌을 강조하고, 고향으로부터 내몰림의 참담한 심정을 강조함으로써 유랑 걸식하고 정착하지 못한 우리 민족의 삶을 시적 형상화한 것은 당연한 현상이다. 고향의 파탄은 물론 우리 민족이 겪는 심리적 균형의 와해는 복구될 수 없는 극도의 상실감의 나락으로 떨어진다.

이러한 참담한 상태를 당시의 시인들은 작품으로 시화해 내는데, 이는 민족주의 진영이거나 계급주의 진영이거나 순수시를 지향하는 계파이거나 민족의 문제를 해결해야 한다는 시대적 당위감에 기인한 것이다. 특히 정치적·경제적 조건 속에서 발생하는 고향 상실은 식민 치하의 고향이 단순히 유년체험을 상기시키거나 인간의 본질을 확인하는 원형적 패턴으로 작용하기보다는 궁핍과 기아로 점철되어 기본적인 삶의 터전마저 위협당하는 공간으로 이해되고 있음을 말해준다. 일제 식민지 치하에서의 농촌은 한국의 참담한 현실을 가장 잘 보여주는 상징적인 축도로 나타났던 것이다. 그리하여 조선을 떠난 이주민들에게 만주의 현실은 당시 조선의 현실과 별반 차이가 없는 것이다.406) 많은 조선의 작가·시인들이 조선을 떠나 유랑의 길에 접어든 민중들을 시의 소재로 삼았지만, 정작 수많은 유민407)들이 피폐한 생활을 영위해 나가는 공간으로서 만주는 형상화하지 못하고 있다.408) 만주국 내부의 시적 조감은 김조규에 이르러 겨우 가능해진다.

김조규는 해방 전까지 꾸준히 시를 썼다.409) 미발표된 시들은 주

---

406) 조선인소작은 중국인의 지팡살이로 빈농들이다. 이 농민계급이 조선의 빈농보다도 한 가지 더한 것은 중국인 지주의 횡폭에 시달리는 것이다. 심한 예로는 빚값에 딸을 빼앗는 등의 일이다. 요컨대 신개척지요, 그리고 광대한 지역이니만큼 아직 계급별적 차이는 격심치 않으나 역시 조선에서와 같은 과정을 밟는다고 하지 않을 수 없다. 농촌거사, 「간도란 이러한 곳」, ≪동광≫, 1932. 5.

407) 유민은 식민지 시대에 단순한 경제적 이유에 따른 국내 유랑의 범위를 훨씬 벗어나, 일제의 조선침탈이 본격화되면서 한층 확대, 심화된 '경제적 궁핍'과 합방을 계기로 현저해진 정치적 탄압의 이유로 대규모로 발생하게 된 유랑민을 지칭한다. 윤영천, 『한국의 유민시』, 실천문학사, 1987, pp.10-11 참조.

408) 일제의 선전과는 달리 만주의 대륙은 문자 그대로 황무지였으며 조선의 농민들은 만주의 소작농에서 만주의 유랑민으로 전락해 갔다. 재만조선인의 유랑의 역사는 조선에서보다 더욱 비참한 것이었다. 황무지를 개간해 수전을 일궈 낸 만주의 조선인 농민들은 1939년 12월에 이른바 '만주개척정책기본요강'에 따라 내몽골까지 끌려갔으며, 무장한 일본인 개척단과 이민단에게 수전지역을 강점당하고 다시 산골이나 북방의 황야로 쫓겨났다. 그리고 일제는 항일군이 출몰하는 지역이라 하여 조선인들의 집단거주지를 강제적으로 약탈하는 등 만주의 농민들의 운명은 실로 폭압의 채찍 아래 놓인 처지였다. 중국조선민족발자취총서 편집위원회 편, 『중국조선민족발자취 총서』4, 북경 민족출판사, 1991 참조.

409) 재만시절 김조규는 적극적으로 문단활동을 했다. 『재만조선시인집』의 실질적인 편집을 맡고 서문을 쓰기도 했으며, ≪시학≫, ≪동아일보≫, ≪비판≫, ≪단층≫, ≪맥≫, ≪조광≫, ≪춘추≫ 등에도 시를 발표했다. 연변대학 조선언어문학연구소 편, 『김조규시전집』, 앞의 책 참조.

로 고통받는 유·이민의 현실과, 그럼에도 불구하고 희망을 잃지 않는 민족의 강인함, 그리고 자신의 역사의식을 형상화하고 있다. 반면에 만주문단에 발표된 시들은 이국정서, 향수, 비애, 외로움 등의 정서를 표출하고 있어 미발표작과는 확연히 다른 양상을 보인다.

디아스포라적 상황에 처한 유민은 당시 만주국의 시각에선 존재하지 않았다. 재만조선인의 대부분은 자유개척민 혹은 집단개척민으로만 호명되었을 따름이다. 거기에서 조금 나아가 만주에 있는 농민 전체를 주체적인 대상으로 삼아 적극적인 농민문학을 성립하자는 주장까지 난무했는데, 이러한 주장은 만주국이 근대국가의 면모를 갖추었으며, 재만조선인의 생활이 이민기에서 개척기로 그리고 정착기로 접어들었다는 판단에 근거하고 있다. 농민의 생활을 문학적으로 반영하자는 주장의 목표는 농민의 현실을 기반으로 그들의 삶을 형상화하는 데 있는 것이 아니라, 물질적·정신적으로 토대가 굳어져가는 만주국의 모습에 걸맞게 만주국민으로서 농민의 정신적 마음을 기름지게 하는 것[410])이었다.

김조규의 미발표된 시는 만주 이주 전의 시들에서 보이는 퇴폐와 자기 부정으로의 경도를 디아스포라적 민족현실의 발견과 운명공동체로 극복하려 한다. 이주 전 역사와 민중 그리고 자신까지 한꺼번에 절망해 버린 자아의 절규가 식민지 지식인의 보편적 고뇌이었다면, 만주 이주 이후의 고뇌는 시적 자아가 디아스포라적 의식으로 각성됨으로써 주체의 생명의지로 승화되고 있다. 1941년 7월에 쓰인 것으로 되어 있는 「화로을 안고」의 시적 자아는 죽음에 맞서 한결

---

410) 박영노, 「현단계의 진실한 비평과 발표기관의 기대」, ≪만선일보≫, 1940. 1. 24.

응축된 생명의 힘을 보여준다.

> 죽음이 생명을 이기지 못하고 / 생명은 생명을 낳아 영원하거니 /
> 밤, 성에 돋은 지붕 밑에서 / 화로의 남은 재를 뒤져보노라 / 죽어서
> 도 불씨 안고 다시 사는 / 불의어머니 / 숯덩이 숯덩이를 찾아서
> ―「火爐를 안고」 마지막 연(1941. 7. 미발표지 미상, 육필원고)411)

화로에서 불씨를 찾아 되살리려는 화자의 모습은 죽음의 위협과
온갖 회의에 굴종하지 않는 강화된 주체의 모습을 상징한다. 허무주

---

411) 문예진흥원 온라인 뉴스 레터 2004년 29호에 북한의 대표적인 문학평
론가인 류만 박사는 《문학신문》 9월 18일자 기고문을 통해 북한 사
회과학원 주체문학연구소가 2003년 10월 김조규의 산문시 「전선주」
(1942년 작)를 찾아낸 데 이어 이번에 서정시 「찢어진 포스타가 바람
에 날리는 풍경」(1941년 작)과 「새들은 날아가는데」(1941년 작) 두 편
을 새로 찾아냈다고 밝혔다. 하지만 "이들 시 마지막에는 '1941. 8. 로
두구에서', '1941. 9. 조양천에서'라고 창작 시기와 장소가 각각 표기
돼 있다."고 말하고 있지만 「찢어진 포스타가 바람에 날리는 풍경」은
'로두구'가 아니라 로토구(老土溝)이다. 그리고 "산 넘어 구름은 가고 /
눈부신 나래에 실은건 / 설음이냐 눈물이냐? / 아니면 푸른 꿈이냐? /
내가 사는 거리는 / 밟히고 짓이겨 풀도 못자라는데 / 겨울에도 눈속에
꽃이 핀다는 / 송풍라월은 어느 산 그늘이냐? // 구름우에 솟은 산은 /
백두산이요 / 계곡에 흐르는 물은 송화강이라 / 뜨거운 마음과 찬 바람
이 / 함께 여울져흘러 / 승냥이도 가까이 못한다는 / 무릉도원 별천지
솟아났다는 곳 // 봄과 대지가 한몸으로 엉켜있어 / 산이 불러 들이
화답하고 / 새들은 봄을 입에 물고 날아가는데 / 산넘어 아득한 그리
움 / 미지의 새 세계로 향수는 부르건만 / 나는 어쩌지 못하누나 / 이
추악한 거리와 숨막히는 방을 / 벗어나지 못하고 탄식하고 있고나."
'1941. 9. 조양천에서', 「새들은 날아가는데」 전문이다. 아울러 북한은
해방 전 항일무장투쟁을 주제로 한 카프 계열 작가들의 대표적인 시
로 리찬의 「눈 내리는 보성의 밤」과 「국경의 밤」, 「김람인의 뻬치카」
과 「청색마」을 꼽고 있다.

의의 유혹에 맞서 자신의 생명을 소중히 지키려 노력하는 것 자체가 역사가 주는 공포와 절망을 딛고 일어서는 출발이 된다. 자신의 생명을 긍정하는 것은 육체적·정신적 죽음을 조장하는 현실에 대한 반항이 된다.

> 풀 한포기 돋지 못한 墳墓의 언덕엔 / 뼈만 남은 枯木 한 그루 / 깊은 가난 속에 파묻힌 초가지붕들 / 창문은 우묵우묵 안으로만 파고들었다 // 여기는 流浪의 정착촌 / 쫓겨온 移民部落 // 누구를 막으려 / 무엇을 경계하여 / 토성을 두세 길 쌓고도 모자라 / 숨은 참호까지 깊이 팠느냐 //
> (중략)
> 오늘도 또 한 사람의 '통비분자' / 묶이어 성문 밖을 나오는데 / 「王道樂土」 찢어진
> 포스타가 / 바람에 喪章처럼 펄럭이고 있었다
> — 김조규, 「찢어진 포스타가 바람에 날리는 風景」
> 1, 2, 3, 6연(1941. 8. 발표지 미상, 육필원고)

왕의 덕으로 나라를 통치한다는 왕도낙토의 이념은 피지배 식민지인에게는 매력적으로 다가온다. 만주국의 포스터는 상징권력의 의미화를 노린 선전물이다. 상징적 속성들 중 하나는 대중적 과시이며, 위임계약의 공식화이다.[412] 하지만 형상화하고 있는 풍경은 그러한 상징화가 거짓일 뿐만 아니라 그것이 생산하려 하는 상징권력이 현실에 대립하는 가상이고 현실에 가하는 폭력임을 보여준다.

그러면 그 현실의 구체적인 모습은, 만주국의 대대적인 토벌작전

---

412) 피에르 부르디 외, 앞의 책, p.53.

으로 인해 항일 무장투쟁세력들은 뿔뿔이 흩어지거나 유격전을 펼치는 게릴라부대로 재편되었다. 일제의 막강한 화력에 대해 절대적 열세에 놓인 그들은 조선인 마을을 기반으로 식량과 물자를 조달해 가며 유격전을 전개해 나갔다. 만주국은 언론을 통해 항일무장투쟁세력을 비적으로 선전하고 마을들을 집단부락으로 재편하며 자위단(自衛團)을 조직하여 항일무장투쟁세력의 기반을 약화시켜 나갔다. 만주국은 항일유격대 토벌정책의 하나인 보갑연좌제(保甲蓮座制)를 통해 마을마다 비적과 사소한 접촉이라도 가진 사람들까지도 색출하여 처벌했다. 민중과 고립된 유격대들은 일제의 추적을 피해 밀림으로 들어가거나 항일투쟁을 포기하고 투항하였다. 유랑민과 유격대의 관계, 정착민과 비적의 적대적 모순관계로 변질되기 시작한다. 일제를 타도할 전망이 없어진 상태에서 항일운동을 지원하던 사람들조차 사기가 꺾여 버려, 대부분의 사람들은 항일 유격대를 피하려 했다.

김조규는 왕도낙토가 적힌 포스터를, 국가에 의해 일방적인 살육전이 펼쳐지는 나라인 만주국의 상장(喪章)에 비유하고 있다. 「찢어진 포스타가 바람에 날리는 풍경」이 드러내고 있는 현실은 형제도 이웃도 없이 생존을 위한 만인의, 만인에 대한 투쟁과 난무하는 배신만이 있을 뿐인 '만주국의 현실'이다.

즉 고통의 공간에서 더욱 뼈저린 민족현실에 대한 통찰을 바탕으로 한 자아의 확립이라는 점으로 미루어 볼 때 김조규는 민중의 참상을 외면할 수 없었던 휴머니스트였다는 조규익의 지적은[413] 온당한 것이라 보인다. 위의 시도 역시 만주 체험을 바탕으로 비참한 민

---

413) 조규익, 앞의 책, p.229.

족현실에 주목하고 있다. '무덤'과 '고목' 그리고 '초가지붕'과 '창'은 뚜렷한 이미지의 대조 속에서 죽음과 가난이라는 동일한 의미를 산출하고 있다. 그 실체가 바로 유랑민들의 정착촌이 되는데 여기에 그치지 않고 '토성'과 '참호'로 표상되는 제국주의적 만행을 비판하고 있다.

재만조선인의 비참한 현실을 시로 형상화했던 김조규에게 만주국의 이데올로기는 충분히 돌파할 수 있는 담론이었다. 하지만 동양적 가치를 앞세운 근대의 초극이나 대동아공영권이 지닌 반(反)서구의 외피를 지닌 이데올로기는 위력적인 것이었다. 김조규가 그 허상을 고발했던 왕도낙토란 서양을 패도의 세계로 규탄하고 왕도(王道)를 이상적 통치방식으로 내세우는 만주국의 건국이념이다. 패도란 서양 제국주의를 가리키며 왕도란 동양의 덕으로 통치되는 새 국가, 만주국을 의미한다.414)

만주국의 왕도낙토나 오족협화와 같은 이데올로기들은 대동아공영권의 하위 범주에 속하는 것이기도 했다. 일제가 내세운 대동아공영의 논리는 서구 제국주의에 맞서 일본을 중심으로 한 동양적 가치로 무장하자는 것이었으며 만주에 있어서도 동일하게 적용되었다.415) 대동아공영권의 반서구주의는 왕도낙토의 이념과 맞물려 만주국에서 영향력이 극대화되었다.

근대의 초극은 서구적 근대의 한계를 근대 자체의 문제로 일반화

414) 「만주국 건국선언」, 『한국사자료』11, 1965, pp.524-525 참조.
415) 동양민족은 운명적으로 공존관계에 있다는 소위 대아세아주의적 이념 하에 문물제도를 자유협조하는 데서만 진실한 협화적 문화가 건설될 것은 명백한 사실이다. 신서야, 《만선일보》, 1940. 1. 30.

해 일본을 중심으로 동양적 가치를 새롭게 수립·옹호하자는 논리로
서 대동아공영의 담론에도 사용되었다. 1942년 "근대의 초극" 좌담
회에서 논의된 근대초극론은 일본 지식사회에 불어 닥친 근대의 종
언이란 주제에 영향을 받았다.416) 일본의 지식인을 중심으로 서구추
수주의에 대한 반성과 자신들의 근대란 무엇인가에 대한 물음으로
제기된 근대초극론은 일본제국주의의 전쟁확대를 옹호하는 이데올로
기를 제공하였다.417) 근대초극론을 주도한 교토학파의 다카야마는
앵글로색슨적 질서와 대동아 질서를 대립시키고, 새로운 세계질서는
일본에 의해 구축되는 대동아질서라고 보았다.418) 이와 같은 아시아
주의는 아시아에서 일본은 지도민족의 위치에 있고, 동아시아민족을
통합해서 지도할 도덕적 책임을 가지고 있다는 주장으로 이어진다.
아서구(亞西歐)인 일본이 아시아 국가들에 일본식 오리엔탈리즘을
강요할 때 근대의 초극은 강력한 무기로 활용된다.419) 일본은 물론
식민지 조선의 지식인 사회에서 근대초극의 담론을 비껴가거나 그
흡입력에서 자유로울 수 있던 인물이나 사상은 거의 없었다.420)

---

416) 이광호, 「한국근대시론의 '미적 근대성' 연구: 1930년대 시론을 중심으
로」, 고려대 박사학위논문, 1999, p.92. 당시 지식인 사회는 1940년 6
월 독일군의 파리 점령을 근대의 몰락이라는 현실이 확인된 것으로
보고, 그 원인을 합리주의 정신의 부적합성, 실증주의적 학문의 한계,
민주주의의 무력화, 자본주의 경제체제의 파탄 등으로 보았다. 최재서,
「문학정신의 전환」, ≪인문평론≫, 1941. 4 참조.
417) 소영현, 「1940년 전후 동양 담론 분석」, 이은정 외, 『1930년대 후반 문
학의 근대성과 자기성찰』, 깊은샘, 1998, pp.166-167 참조.
418) 구견서, 『일본지식인의 사상』, 현대미학사, 2001, p.220.
419) 김외곤, 「근대의 초극·포스트모더니즘·오리엔탈리즘」, 『세계의 문학』,
2001. 8, p.304.
420) 김철, 「'근대의 초극', 「낭비」 그리고 베네치아: 김남천과 근대초극론」,

만주국에서 조선 지식인들의 선택은, 극단적으로 말해 항일투사의 길과 만주국의 관리의 길, 두 개로 나뉘었다.[421] 만주국을 건설한 일제는 신흥국가의 관리자들을 키워내기 위해 교육에 심혈을 기울였으며, 일부의 지식인들에게 만주국의 관리임용정책은 분명 매력적이었다. 정비석은 그러한 사정을 다음과 같이 적고 있다.

　　만주국에서는 이전에 좌익운동에 종사했던 분자라도 내선인을 불문하고 하등 거리낄 바 없이 관리로 등용시켜 신흥국의 면목을 과시한 자가 있었다. 나는 그 중몇 사람과 직접 만나 포부 같은 것도 들었는데 그 사람들은 지금은 아주 열렬한 애국자로서 대동아 공영권 내의 중요한 일익으로서 만주국 건설사업에 밤낮을 가리지 않고 일하고 있다는 사실을 절실히 느끼었다.[422]

1941년 12월 일제는 진주만 기습에 성공함으로써 대동아공영권 건설에 다가서는 듯 보였다. 진주만 기습의 성공과 오랜 기간의 실전경험을 쌓은 군대로서 자신감에 차 있던 일본군은 1942년 2월 15일 영국의 식민지였던 말레이반도 남단 싱가포르를 공략하여 또 한 번의 승리를 거두었다.[423] 대다수 일본인이 열광하는 분위기 속에서 제1차 승전축하대회가 대규모로 개최되었다. 노천명의 「씽가폴 몰락」은 이런 상황 속에서 발표된 시이다.

　『민족문학사연구』, 2001. 6, p.376 참조.
421) 한석정, 『만주국 건국의 재해석』, 동아대학교출판부, 1999, p.104 참조.
422) 정비석, 「국경」, 『국민문학』, 1943. 4.
423) 정토웅, 「20세기의 세계 주요 결전; 일본의 진주만 기습」, 『국방』, 1993. 1, p.200 참조.

점잖은 신士風을 하고 / 가장 교활한 족속이여 네 이름은 英美다 / 너는 신사도 아 무엇도 아니었다 / 조상을 海賊으로 모신 너는 같은 해적이었다 // 쌓이고 쌓인 양키들의 굴욕과 압박 아래 / 그 큰 눈에는 의혹이 가득히 깃들여졌고 / 눈물이 핑 돌 면 차라리 病的으로 / 설웃음을 쳐버리는 南양의 슬픈 형제들이여 // 大東亞의 공영 권이 건설되는 이날 / 남양의 구석구석에서 앵글로색손을 내모는 이 아침 - // 우리들이 내놓는 정다운 손길을 잡아라 / 젖과 꿀이 흐르는 이 땅에 / 日章旗가 나부끼이고 있는 한 / 너희는 평화스러우리 영원히 자유스러우리

　　　　　　　　　　　　　　　- 노천명 「씽가폴 陷落」 부분

　노천명의 「씽가폴 몰락」은 친일전쟁시[424]로 평가되고 있는데, 김조규의 「남풍」 역시 같은 소재를 다루고 있다.

앵글로 색손의 太陽이 바다의 階段을 나린다. / 露臺우에는 비인 木椅子가 기울이고 / 午前의設計앞에 끌어올으는 바다의情熱 / 풀은 湖水우에 靑이 날고 날고 / 오늘도 南海에서는 컴패스를 돌리며 / 피의 孤線바다의 幾何學은 壯烈하거니 / 이제 뻘덩 같은 無表情을 버려야 한다. / 풀은 한울아래 한 마리 白鷗여도 좋다 / 三月 / 南風속에 가슴을 벗고 / 深呼吸을 하자.

　　　　　　　　　　　　　　　-「南風」 **전문**

---

424) 친일의 전쟁시는 황민으로서의 자각과 긍지를 바탕으로 하되, 일제의 전쟁 완수라는 시국적 요청에 부응해서 쓰인 시를 말한다. 따라서 친일 전쟁시는 일제가 내건 대동아 공영권의 이상을 실천하는 것을 궁극적인 목표로 삼는다. 박경수, 「일제말기 친일시의 양상과 의미」, 『부산대어문교육논집』, 1992. 11, p.381.

김조규의 「남풍」에도 노천명의 「씽가폴 몰락」에 사용된 태양, 앵글로색슨, 남양 등의 시어가 등장하고 있다. 전쟁과 죽음의 장엄함을 찬미하는 태도 역시 비슷하다. 일본의 교전국인 영국과 미국을 앵글로색슨이라고 호칭하고 있다. 두 시 모두 일제가 일으킨 소위 대동아전쟁을 근대의 초극이라는 관점에서 바라보고 있는 것이다.

김조규는 「남풍」에서 산업혁명 이후의 근대를 주도했던 영국의 몰락을 바다의 계단을 내려가는 태양에 비유하고 있다. 이때 바다는 군사적인 전략 전술에 따라 구획되어 전쟁의 전략지도처럼 평면화된 일차원적인 공간이 된다. 점령해야 할 부분과 퇴각해야 할 지점을 정하는 군수뇌부 결정에 따라 '바다'에 살육과 죽음의 경계가 그어진다. 전쟁의 기하학인 피의 호선이 장렬한 죽음을 만든다. 「남풍」에서 살육·전쟁은 실제 삶과 죽음의 문제를 떠나 사변의 차원에서 논의되는 가상전쟁으로 형상화된다. 이 지점에서 김조규의 「남풍」 역시 친일전쟁시로 평가할 수 있어 보인다. 그러나 좀 더 읽어 보면 노천명의 「씽가폴 몰락」과의 차이가 드러난다. 삼월의 남풍은 화약과 죽음의 냄새를 실어온다. 화자는 그런 남풍을 상쾌한 변화의 바람으로 느끼고 있다. 심호흡은 범람이 암시하는 급변하는 정세와 그 충격에 대비하는 과정을 나타낸다.[425]

---

425) 김조규는 용정 조양천농업학교에서 조선어문, 영어, 일어 등을 강의했다. 김조규의 제자였던 설인에 따르면 조선어과가 폐지되자 일제의 눈을 피해 과외로 조선문학서클을 조직, 『춘향전』, 『청산별곡』 등을 강의했다고 한다. 설인, 「나의 화환」, 『영광의 60성상―룡정시 조양천제1중학교의 어제와 오늘』, 연변인민출판사, 1995, p.46 참조. 또한 수업 시간에 자신의 시를 학생들에게 자주 읽어 주었는데, 「남풍」을 들은 학생들은 영어교사인 김조규의 별명을 '앵글로색슨'이라 지었다고 한다. 현룡순, 「김조규 선생을 회상하며」, 『김조규시전집』 참조.

김조규가 식민지 조선에서 경험했던 근대성은 일본이 자신의 제국주의적 욕망을 채우기 위해 서구에서 빌려 온 것이었다. 일제 강점기의 근대화는 조선 민중에게 자본주의적 수탈과 파시즘적 탄압이라는 이중의 질곡으로 작용했다. 그는 서구적 근대를 대표하는 영·미와 왜곡된 근대를 강요했던 일제와의 전쟁을 보며 근대 자체에 대한 조상(弔喪)을 준비했을 것이다. 이처럼 「남풍」이 근대초극론과의 공명 속에서 근대의 몰락, 일본 패망의 기대감을 투영한 시라면, 「씽가폴 몰락」은 근대초극론은 물론 대동아공영권의 이데올로기를 철저히 반영한 시이다.

김조규는 모든 시에 날짜와 장소를 기입하는 등 성실하게 시를 써 나갔던 시인으로서, 그가 지녔던 화두는 야심과 역사와 민족에 대한 소명의식이었다. 김조규의 미발표시와 발표시 간의 내용적 편차는 재만조선인 시문학이 처한 한계상황을 이용해 협력과 저항의 경계를 걸어갔던 한 지식인, 시인의 갈등을 보여주고 있다. 이는 문학 연구자에게는 식민지 지식인, 문인이 지닌 역사주의의 한계를 이해하고, 그를 바탕으로 보다 깊은 작품 읽기에 도움을 준다. 작품을 읽는 일은 그 작품이 지니고 있는 역사와 시대의 흔적을 찾아내 해석하는 행위이기 때문이다.

광복 전, ≪만선일보≫ 시기에는 당연히 『만주시인집滿洲詩人集』과 『재만조선시인집在滿朝鮮詩人集』에 수록된 시작품들이 포함된다. 어떤 의미에서는 이 두 시선집이 중심이 된다고 보아도 무방하다. 현재 발굴된 ≪만선일보≫의 자료가 실제 발행되었던 전체 양의 절반도 채 되지 않기 때문에 선집의 대표성이 특별히 중요하다 하겠다.

≪만선일보≫는 1937년 10월 21일 기존의 우리글 신문이었던 ≪간

도일보間島日報≫426)와 ≪만몽일보滿蒙日報≫427)를 통합하여 창간한 신문으로 당시에는 유일하게 존재했던 우리글 신문이었다. 그러나 일본의 국책적 견지에서 만주국에 있는 조선인의 지도기관지로 만들어졌다고는 하지만 그 내용 전부가 일본의 국책에 따른 것은 물론 아니었다.

현존하는 자료는 1939년 12월 1일부터 1942년 10월분까지인데 그 중에서도 1939년 12월 1일부터 1940년 9월 30일까지만 영인본으로 간행되어 있고 나머지는 결호가 많은데다가 마이크로필름형태로 소수의 도서관에 소장되어 있다. 따라서 이 신문만을 가지고 이 시기 조선족의 시가문학을 검토한다면 전반적인 고찰이라 보기 어렵다. 다행히도 ≪만선일보≫를 중심으로 이루어졌던 우리 시문학작품을 모아놓은 시선집 2권이 있어 그러한 결함을 다소나마 극복할 수 있으리라 본다.

『만주시인집』은 1943년 9월에 당시 신경, 지금의 장춘의 제일협화구락부문화부에서 간행했고 편집자는 박팔양(朴八陽)이다. 『재만조선시인집』은 그 한 달 후인 1943년 10월에 당시 간도 연길에 있던 예문당(藝文堂)에서 간행했고 편집자는 김조규였다. 두 편집자의 권위성으로 보나 간행된 시기로 보나 이 두 시선집은 현존하는 ≪만선일보≫의 자료보다 훨씬 대표성을 지닌다 하겠다.

김조규의 「소년일대기」는 해석이 쉽지 않다. 이 작품은 '묘비명의 일절'과 '소년의 유고일기의 일절' 두 소제목으로 나뉘는데 긴 시여서 두 번째 장이라 할 수 있는 소년의 유고일기의 일 절 부분만 제

---

426) 1920년대에 창간되었다.
427) 1933년에 창간되었다.

시하면 다음과 같다.

少年의 遺稿日記의 一節
悔恨의 倫理는 必要업다. 나는 나의 房과 나의 壁과 나의 空氣가 무섭다
내가 엇지 못하는것은 花辨의 빗갈과 林檎의 味覺뿐이다
少年의 喪輿는 늦가을 찬바람에 餞送되어 黃昏속에 잠기엇고 少年
의 무덤압헤는 女人의 恥 毛로 包裝한 林檎 한알을 고여노앗다. 女
人은 꼿 한포기 고이지 안헛고 뭇俗物들의 무덤과무덤새에 홀로 하이
얀 墓碑만이 지터가는 黃昏 黃昏을 지키고잇섯다.
高邁한 精神少年의 殉死之地

– 「소년일대기」에서

위 작품에서 주목되는 시어는 무섭다, 상여, 늦가을 찬바람, 황혼,
무덤, 여인의 치모, 임금, 묘비, 순사, 모두가 죽음과 어둠, 성(性)과
관련되는 이미지들이다. 시대적으로 조선 본토에서 민족문학이 거의
말살되면서 황민화가 본격적으로 추진되던, 일제가 태평양전쟁을 발
동하고 대동아 공영을 부르짖던 암흑기에 속한다. 따라서 조선족 이
주민들의 문화환경도 최악의 상황에 처하게 된다. 그나마 남아 있는
≪만선일보≫라는 발표 지면에서마저도 일제의 동조를 강요받았고,
민족의 정체성에 대한 확인이나 표현마저도 자유롭지 못하게 되었
다. 이런 상황에서 모더니즘의 표방은 어쩌면 암묵적인 저항의지의
표현으로 볼 수도 있지 않을까 여겨진다.

다음으로 민족 시사적인 맥락에서 1930년대 이상(李箱)에서 중단
되었던 모더니즘의 실험이 1940년대 초반에 다시 맥을 이었다는 의
미에서 그 중요성이 확인되기 때문이다.

파아란 煙環속엔 天使가 산다
天使는 憂愁를 宿命 진엿다
오늘밤도 말업시
나의 室內로 天使를 조용이 불너들이다
天井으로 올으는 煙氣는 외로운 憂愁의 舞라한다
회오리 落葉도 안인 휘파람도 안인
天井과 벗하는 쓸쓸한 思想이라 한다
가슴을 콕 쑤신다 오란다 卓上時計
손을 드니 오오 열손가락이 透明코나
고양이도 안산다 花盆도 업다
울지도 안흘련다 외롭지도 안흘련다
室－內
우리 슬픈 天使는 숨소리 하나 업는 房속만이 좃탄다
                                        －「室內」

　김조규의 이 작품은 현실도피의 협의가 두드러져 보인다. 이는 외
로움 혹은 상실감이나 슬픔은 숙명으로 받아들여지며 그것마저 폐쇄
된 공간 속에 간혀 버린다. 이 정도가 되면 일종의 도피라 볼 수도
있겠는데, "고양이도 안산다 화분도 업다 / 울지도 안흘련다 외롭지
도 안흘련다"라는 표현에서 반전된다.
　즉 숙명이나 체념은 일종의 아이러니적인 표현이 되는 것이다. 왜
냐하면 도피하려는 주체는 화자가 아닌 천사이기 때문이다. 결국 화
자와 천사의 두 얼굴의 주체가 시 속에서 충돌하고 있는 셈이다. 암
울하고 무정한 현실에서 폐쇄된 공간으로 도피하려는 의식과 그러한
타락에 반항하려는 의식의 충돌이 이 시의 기본적인 정서가 된다는

말이다. 시인의 모순된 사상 혹은 의식을 드러낸 것이라 하겠다.

이러한 모순이나 의식의 충돌은 김조규 한 시인에게만 국한되는 것은 아니었던 것 같다. 이른바 현실순응의 작품들의 출현은 그러한 의식충돌의 결과로 비롯된 한 양상이라 하겠다. 일제의 식민통치를 인정할 수 없던 시인들에게 있어 현실에 순응하고 만주국이라는 일제의 식민지 통치방식을 인정하며 심지어 그들 통치의 동조를 강요받던 시대적 환경에서 시인들이 선택할 길은 그리 많지 않았기 때문이다. 그러나 친일시라는 개념은 이민시의 경우에 적절한 표현은 아닌 듯싶다. 비록 만주국이 일제에 의해 조작된 정부이고, 그 정책이나 정치적인 담론 모두가 일제에 의해 조작된 것임은 분명하지만, 그것이 하나의 국체이고 또 받아들이는 이주민들의 입장에서 보면 일제의 직접적인 통치를 받고 있던 조선의 경우와 똑같지만은 않았던 것이다. 남의 나라 땅에 정착해 사는 이민의 입장이기 때문에 원주민인 현지 중국인들과 어울려야 하고 그들에게 받아들여져야 하였던 것이다.[428]

따라서 만주국이라는 정치체제는 그들에게 있어서 일제의 꼭두각시로서 저항의 대상이면서 동시에 그들에게 받아들여져 그러한 국체의 강역 내에서 생존해야 하는 이중적인 입장이었다고 하겠다. 따라서 친일시라는 개념보다는 현실순응의 시라는 개념이 좀 더 적절하다고 본다.

조선족의 문학은 이민문학으로 출발하였다. 조선족의 역사가 이민의 역사이기 때문이다. 따라서 그러한 이민의 정서가 이민시인들의

---

428) 장춘식, 「일제강점기 조선족 시문학의 갈래와 특징(6)」, 『만주시인집』, 제일협화구락부문화부, 1943.

시상에서 얼마나 중요한 위치를 차지하는지는 쉽게 짐작할 수 있다. 실제로 이 시기 시작품에는 이민의 정서를 표현한 것들이 많이 있다. 가령, 김조규의 「호궁」의 경우 이국적인 정서와 이민의 이미지를 동시에 담아내고 있다.

胡弓
어두운 늬의 들窓과 함께 영 슬프다 山 하나 없다
둘러보아야 기인 地平線 슬픈 葬列처럼 黃昏이 흐느낀다.
저녁이 되여도 눈을 못뜨는 이마을의 들窓과
胡弓의 줄만 골으는 瞑目한 이 마을의 思想과
胡弓
아픈 傳說의 마디 마디 불상한 曲調
기집애야 웨 燈盞을 고일줄 몰으느뇨?
늬 노래 듯고 어둠이 점점 걸어오는 데 오호
胡弓 어두운 들窓을 그리는 記憶보다도
저녁이면 燈불을 받드는 風俗을 배워야 한다.
어머니의 자장노래란다
일어버린 南方에의 鄕愁란다
밤새 늣길려느뇨? 胡弓
(자기 山으로 가거라 바다로 黃河로 나리라)
어두운 늬의 들窓과 함께 영 슬프다.
　　　　　　　　　　　－「胡弓」 전문

이 시의 키워드는 '호궁'이다. 화자의 정감을 호궁에 기탁하여 토로하고 있으며, 거의 전부가 상징과 은유로 되어있다. 둘째 행에서 화자는 호궁을 보며 '어두운 늬의 들창과 함께 영 슬프다 산 하나 없다'고 했다. 이민지의 삶에서 느끼는 정서가 그대로 드러난다. 그리고 마지막 행에서 '어두운 늬의 들창과 함께 영 슬프다'까지를 반복한다. 이 시의 기본적인 정서이고 느낌이다. 이 두 행의 기본적인 정서는 어둠과 슬픔이며 이질감이다. 제3행의 이미지 또한 이질감과 슬픔의 반복이다. 그리고 '호궁 / 아픈 전설의 마디 마디 불상한 곡조'라는 두 행을 통하여 슬픔의 강도를 높여 놓고 이번에는 호궁을 '기집애'로 바꿔 부른다. 호궁이라는 사물을 의인화시킴으로써 등잔을 고르는 일과 호궁이라는 사물의 연관성을 돌출해 내는 것이다. 그러니까 여기서 호궁이 어둠을 끌어오는 행위는 고향의 추억이 되겠고, 등잔을 골라 어둠을 밀어내는 행위는 반대로 '들창' 속에서의 삶이 될 것이다. 이어지는 '호궁 어두운 들창을 그리는 기억보다도 / 저녁이면 등불을 받드는 풍속을 배워야 한다'는 표현은 고향의 추억과 현재의 삶에 대한 적응이라는 의미를 대조시킴으로써 사실상 앞의 두 행에 대한 반복이 된다.

'자기 산으로 가거라 바다로 황하로 나리라'는 표현에서 볼 수 있듯이 결국 호궁의 고향에는 산이 있고, 바다가 있고, 황하가 있는 곳이다. 그러니까 이 시에서 시인은 일차적으로 호궁이라는 중국인을 상징하는 악기를 등장시킴으로써 동북지역 중국인 이주민의 삶을 염두에 두는 것 같다. 그러나 그들과 마찬가지로 이주민인 조선족 이주민의 삶을 호궁이라는 이미지로써 표현한 것이다. '어머니의 자장노래란다', '잃어버린 남방에의 향수란다'라는 두 행의 의미는 오히려 조선인 이미지에 가깝다. 그래서 '밤새 늦길려느뇨? 호궁'과 '두운 늬의 들창과 함께 영 슬프다'라는 마지막 행의 표현은 이주민들이 공유하는 암울한 삶과 슬픈 운명의 이미지가 되는 것이다.

김조규는 1934년 숭실전문 재학 당시로서 일본 유학이 불령선인이라는 이유로 좌절된 얼마 후, 이국적 동경이나 체험이 작품으로 나타난다. 또한 해외 동경이나 도시 체험이 시화될 경우 대단히 감각적인 언어를 구사하고 있다는 것은 특이한 일로서, 그가 구사하는 감각이 주로 시각적 이미지인 것을 그의 시편 여러 곳에서 찾을 수 있다. 대체적으로 김조규가 이국적 분위기를 환기할 때 사용되는 시어를 보면 다음과 같다. '전신주電信柱', '바닷가', '호수', '역등驛燈', '역마차驛馬車', '해면海面', '항로航路', '부두埠頭', '출항出航', '황혼黃昏', '상선商船', '해도海圖', '항구港口' '등대燈臺', '해안로海岸路', '해안촌海岸村', '대리석大理石', '해양海洋', '등불'429) 등으로 대개 이국적 풍경과 향수를 드러낼 때 '바다'와 관련된 시어의 사용이 절반 이상이 된다는 것은 시인의 의식세계를 알 수 있는 한 단면이 되고 있다.

'바다'는 1930년대 모더니스트의 시에 등장하는 주요 오브제가 된다. 김기림의 「기상도騎象圖」, 신석정의 「먼 항해航海」, 정지용의 「바다」1·2, 「해협」, 「선취船醉」 등은 당대 모더니스트들의 모던, 즉 현대성 체험의 방식 가운데 하나가 바로 바다라는 출구를 통한 동경 내지 가상적 현대성의 체험이었다는 것을 알게 해 주는 것이다.

김기림은 바다(氣象圖)를 통해 인류가 가꾸어 온 하나의 문명사의 종말을 투시하고, 신석정은 바다를 통해 인간 존재의 한계성을 인식하면서 신화로 가기 위한 원초적 세계를 그려내고 있다. 정지용의 경우는 바다를 통해 시각적 이미지와 더불어 형식적 측면에서의 현

---

429) 위에 써 본 시어들은 김조규 시에서 3번 이상 사용된 것만을 골라 본 것이다.

대성을 구현하고 있다.[430) 바다를 통한 초기 이국적 체험내지 동경
은 김조규에게는 유일한 현대성의 체험 내지 동경이었을 것이다. 이
는 김조규의 경우 정지용이나 김기림의 경우와 달리 우리 문학의 근
대성의 수원지였던 일본 근대 체험을 해 보지 못한 까닭이고, 서울
과 상당한 거리가 있었던 평양이 주로 생활의 기반이었다는 점도 그
가 근대성의 직접적인 체험을 하지 못한 이유로 지적될 것이다. 물
론 1939년 근대 풍속의 집합지였던 대륙행은 김조규에게 실제적인
이국의 체험을 부여한다. 그러나 식민지 후기 이국 체험은 '황혼',
'등불', '호궁', '역마' 등의 시어를 주조로 하면서 유랑과 상실의식
으로 얼룩져 있다.

　한편 향수 혹은 고국에 대한 그리움은 이민지의 서정에 빠뜨릴
수 없는 내용이 된다. 또한 고국에 대한 향수는 정체성 확인의 연장
선상에 놓이는 사상이고, 정서이기도 하다. 이주민은 언제나 민족적
정체성과 국민적정체성이라고 하는 이의 정체성을 소유할 수밖에 없
다. 즉 우리 조선족이주민은 단군의 후예라는 민족적 정체성을 타고
났으면서, 동시에 만주국이라고 하는 하나의 새로운 강역(疆域) 내에
몸담고 살면서 만주 땅의 지리적 환경과 만주국이 추구하는 정치와
문화적인 담론이라고 하는 인문적환경의 영향을 받지 않을 수 없었
다. 따라서 향수 혹은 고국에 대한 그리움은 마음의 자연적인 노출
이면서 동시에 정체성 확인의 한 형태가 되는 것이다.

　향수는 인간에게 있어, 특히 우리 민족에게 있어서는 보편적이라
할 수 있는 정서이다. 누구나 고향을 떠나 오래 있게 되면 고향이

---

430) 오세영, 「한국문학과 바다」, 『현대시와 실천비평』, 지식산업사, 1889, pp.79-86.

그리워지고, 시간이 흐를수록 그런 그리움은 강해지며, 또 고향의 이미지는 오랜 시간이 흐를수록 보다 아름다운 모습으로 마음속에 부각되는 것이 자연스럽다. 이때의 고향은 아름다움의 상징이고, 현실 생활의 활력소로 작용할 수도 있다. 그러나 고향을 떠나온 원인이 고향을 잃었기 때문이라면 상황은 달라진다. 과거의 고향에 대비되는 현재의 시간과 공간은 부정적일 수밖에 없다. 조선족 이주민들이 공통적으로 가지고 있던 것은 실향의식이었다. 타의나 혹은 자의라고 해도 근본적으로는 타의에 의해 떠나온 고향에 대한 그리움이 절절한 안타까움으로 시화되고 있는 것이다. 그리고 그러한 애절함은 당연히 일종의 저항이나 적어도 현실에 대한 부정으로 볼 수밖에 없게 된다. 다시 말해 이런 시작품 속에서 드러난 저항의식은 발견되지 않더라도, 진한 향수 그 자체가 고향을 등지고 고국을 떠나지 않으면 안 되게 만든 일제와 그 친일 특권계층에 대한 무언의 항거이고 분노의 표현이라는 말이다.

이민지의 서정과 고국에 대한 향수, 암울한 현실에의 대응, 그러한 대응의 또 다른 방식이라 할 수 있는 초현실주의의 실험, 현실도피와 현실순응의 문제 등의 측면에서 ≪만선일보≫ 시기, 즉 해방 전 시의 전성기 시문학 특징들을 살펴보았다.

시인들은 이주민의 정체성의 문제에 대해 상당히 주목했던 것으로 보인다. 이민지의 현실과 이주 및 정착과정의 고난, 정착하고 난 후의 고향상실감과 짙은 향수 등이 시작품에 자주 등장하는 것은 바로 이주민으로서, 이민시인으로서 정체성 확인의 한 징표로 이해된다.

한편 해방 전 우리 시는 일제말의 암흑기라고 하는 암담한 사회적 현실 속에서 이루어졌다. 그럼에도 불구하고 만주국의 정치적인 지향성 때문에 그러한 암담한 현실을 그대로 표현할 수 있는 것도 아니었다. 그래서 우리 시인들은 현실의 모순에 직설적으로 저항할 수 없는 상황에서 어두움, 차가움, 서러움, 괴로움 등의 이미지와 여러 가지 상징적인 기법들을 동원하여 현실에 대한 부정을 나타냈고, 소극적으로나마 현실에 저항하고자 했다. 하지만 그것도 어렵게 되자 초현실주의라는 서방의 문예사조를 받아들여 이미지들을 난해한 결합을 통해 표현함으로써 현실에 대한 불만과 분노를 표현하고자 했다. 조선문단에서는 1920대 말에 등장하여 1930년대 초반에 흐지부지해진 초현실주의의 실험이 1940년대 초반의 중국의 조선족문단에서 부활하고 한때 강한 세를 이룰 수 있었던 것은 바로 이러한 사회현실적 상황과 그에 대한 지성인들의 시적인 대응의 결과였다고 할 수 있다.

물론 현실에 대한 저항적 대응을 삼가고 사회정치적인 문제와는 무관한 전원으로의 지향성을 보여준 작품들도 일부 존재한다. 이들 작품은 상당히 현실도피의 성격을 띠며 정신적인 타락의 정서마저 노출시키고 있다. 더 진일보하여 심지어 현실을 미화하고 만주국의 이념에 동조하는 작품마저 가끔 눈에 띈다. 그렇다고 이런 작품들을 친일작품이라고 보는 것은 적절하지 않다. 만주국이 일제에 의해 조작된 정부인 것은 사실이지만 일부 이주민시인들이 만주국의 이념에 순응 혹은 동조한 것은 일제에 대한 용납과는 차이가 나기 때문이다. 이런 현실 미화나 만주국이념에의 동조가 야기된 것은 장기간에 걸친 일제의 식민주의 담론의 영향과 밀접한 관련을 가지는 것 또한 사실이다. 이주민 시인들이 일부 현실 미화나 만주국이념에 동조하는 작품들을 제작한 데는 정체성의 변화와도 깊은 연관성을 가진다.

따라서 이민지에서 끝까지 생존해 가기 위해서는 현실에 순응하지 않으면 안 되었던 고초가 있었던 것이다. 그러한 역사적인 불가피성이 있었다고 하더라도 항일유격군들이 눈보라 치는 밀림 속에서 피를 흘리며 일제 및 만주군들과 저항하고 있던 현실에서 이러한 순응이나 동조는 비난받아 마땅하다 하겠다.

장르적 측면에서 이 시기 시문학유산들을 살펴보면 신시운동 이래 점차 형성된 자유시 전통이 큰 비중을 차지하지만, 그러나 전통지향적 성향이나 실험적 성향을 무시할 수는 절대 없다. 이국타향에서 자신의 삶을 개척해야 한다는 이주민들의 생존환경을 감안하면 전통지향적 성향이 끈질기게 이어져 온 원인을 짐작할 수가 있고, 본토에서 여러 민족매체가 강제폐간되던 시기에 건너간 문인들의 경우 탈이념화의 순수서정을 표방한 채 형태마저 비교적 짙은 실험성을 드러내었던 것은 어쩌면 당연한 일인지도 모른다.

주제의식의 측면에서나 장르적 측면 혹은 형식적 측면에서나 시인들이 지향했던 것은 민족성의 보존이었다고 할 수 있다. 여기에는 남의 나라 땅에 정착해 산다는 이민자로서의 정체성 자각이 한몫을 한 것이지만 열악한 문화환경에서지만 오히려 조선 본토의 시인들보다도 민족성 보존을 위해 더 많은 고민을 했던 시인들의 노력은 반드시 인정해야 할 것이다.

V. 「외인촌」과 「풍경화」 영향관계 분석

오늘날 문학과 음악을 비롯한 다양한 예술, 매체 그리고 상품, 심지어 학문 연구에 이르기까지 모방(imitation)과 표절(Plagiarism)에 관한 논의는 빈번하게 발견된다. 이는 우선 점차 새로운 창작을 생산할 여지가 좁아져 가고 있음을 의미하며, 이런 속에서 베끼기의 행위가 그만큼 증가함을 보여준다. 동시에 모방과 표절에 관한 논쟁들은 어떤 한 측면으로는 결국 모방과 표절이 무엇인가에 대한 개념 규정이 아직도 불투명하다는 것을 반증하고 있는 것이다. 법적으로 인문학적으로 개념 규정을 위한 많은 시도가 진행되지만, 표절 개념은 여전히 확정되지 않은 채 그 인식 주체에 따라 달라질 수 있는 유동성을 지니고 있다.

모방은 흉내 내는 것, 모습(模襲), 모본(模本)의 사전적 의미를 가진다. 표절은 다른 사람의 시문을 절취해서 자신의 것으로 하는 행위여서, 이 모방과 표절은 비교 문학의 연구대상임에도 그 어의가 보여주는 심각성 때문인지 비교문학계에서는 이를 비중 있게 다루지 않았던 것으로 보인다.

한국근현대사의 여러 매듭 지점들은 후배 시인이 선배 시인, 특히 서구 근대문학의 선배 시인들을 모방하거나 혹은 모방하지 않더라도 끊임없이 의식해야 하는 창작 풍토를 특징적으로 보여준다. 근대는 우리에게 자생적, 자율적 이행의 단계를 제대로 거치지 못한 상황 속에서 외부에 의해 급작스럽게 유입된 인식체계였기 때문이다. 새로운 형태의 문학양식을 자기화해야 하는 근대 초 시인들에게 서구 문학사의 중요한 매듭 지점을 선도적으로 가로질러 간 선배 작가들, 즉 정전시되는 작품의 작가들은 누구보다 좋은 참조 대상이 되었다. 보들레르, 랭보, 베를렌 등의 상징주의 시인들에서부터 파운드, 엘리엇, 스펜더 등의 모더니즘 시인들, 아폴리네르, 브르통, 엘뤼아르 등의 초현실주의 시인들에 이르기까지 다양한 선도적 작가들이 한국문학사의 참조점이 되어 왔다. 이때 모방은 시인들이 기존의 자생적 흐름과는 확연히 다른 서구의 근대문학에서 성공적으로 접속하기 위한 방법 중에 하나인 것이다.[431]

특히, 시에서는 전후문맥의 작은 변형에도 텍스트의 의미가 확연히 달라지는 경향이 여타 서사 장르에 비해 두드러진다는 점을 감안한다면 더욱 그러하다. 표절에 대한 실질적 판단 기준을 패턴의 유사성과 저자의 의도성[432]에 놓는 경우가 많은 현금의 관행은 이러한 차이의 지점들을 제대로 설명해 내지 못하는 경우가 많다.

창작과 관련해서 볼 때 통상적으로 모방은 근대 이후 우리의 문학사가 문학체계 전반을 근대적인 방식으로 재편하는 과정을 겪어야

---

431) 이혜순·정하영, 「문학사의 공백기와 창조적 모방의 역할」, 『표절』, 집문당, 2007, p.301.
432) 모방과 표절은 일반적으로 다음과 같이 구분된다. "모방이 자신의 행위를 공공연하게 밝히는 행위라면 표절은 되도록 감추는 행위로서 주제, 문체, 구성, 제목 등을 그대로 끌고 와서 자기 것처럼 보이게 하는 것"이라고 할 수 있다. 성현자 「영향 연구의 새로운 인식」, 이혜순·성현자·최숙인·김현실·김미정, 『비교문학의 새로운 조명』, 태학사, 2002, p.45.

했음은 주지의 사실이다. 특히 우리의 근대 경험이 식민지 경험과 동시적으로 이루어졌던 만큼 문학적 모더니티의 구축은 일본을 통해 전래된 서구의 근대적 양식을 수용하는 과정을 통해 시작되었다고 볼 수 있다. 이로 인해 근대 초 문학사에서는 모방의 문제가 주로 외국문학과의 관계 속에서 생겨났던 것이다.

한국문학사에서 최초의 근대시라고 자리매김되는 최남선의 「해에게서 소년에게」는 형식적으로는 일본의 근체시를, 시상 및 내용을 전개해 나가는 방식은 G. G. 바이런의 「대양」, 오랑역의 「대양」을 모방해 쓴 시라고 알려져 있다. 그리고 1930년대 김기림은 T. S. 엘리엇의 「황무지」를 의식적으로 모방·변형한 장시 「기상도」를 썼다. 또한 그는 일제 말에 현실비판적 경향의 모더니스트 스티븐 스펜더에게 자극되어, 스펜더의 시 「바다 풍경」을 모방한 시 「바다와 나비」를 발표함으로써, 근대의 부정적 측면에 대한 비판을 전면화하기도 하였다.[433)]

근대문명에 대한 동경과 타락한 문명에 대한 비판이 미묘하게 공존하는 김기림식 모더니즘은 그 시대 강력한 영향력을 행사하며, 우리 근대문학은 서구 근대문학의 번역, 번안, 모방 등을 통해 강한 시인들을 키워 왔다. 이들에게 있어 모방은 자기발전 혹은 진화를 위한 발판으로 기능했다. 그것은 서구 모더니티를 우리 자신에게 걸맞은 방식으로 받아들이고자 했던 계보학적 탐색의 결과물이었던 것이다.

김조규는 시 「귀향자」, 「제사장이여 제사장이여」를 끝으로 과거의 센티멘털리즘으로부터 탈피하여 회화적 이미지를 구사하는 새로운

---

433) 스티븐 스펜더와 김기림의 영향관계는 이미 다수의 논의들 속에서 지적되어 온 바이다.

경향의 시를 쓰기 시작한다. 그 첫 작품으로 등장한 것이 1934년 4월 9일자 ≪조선중앙일보≫에 발표된 「무명조」였다. 이 시기에 우리 시단은 김기림의 시론과 김광균의 회화적인 이미지 중시의 시가 새롭게 등장하여 유행하던 때였다.[434) 이에 영향을 받았는지는 알 길이 없으나 어쨌든 한 나라의 시인으로서 시단의 흐름에 무관할 수는 없었다고 본다.

한편 김조규가 당시의 시단 흐름에 의해 영향을 받았다는 사실을 입증해 주는 자료가 그의 작품 중에서 일부 발견되고 있는 것도 사실이다.

> 無名鳥 / 마음의 창밖에서 슬피 울던 무명조 // 주둥이를 싸늘한 유리창에 쫏타 / 나래를 피식은 허공에 퍼득거리다 / 적은 두개의 가을 호수 / 맑-안 두 알의 구슬, // 싸늘한 가을비가 나리고 / 새파란 가을바람이 불었다 / (내가 왜 창문을 열어 주 지 않았나 / 내가 왜 노란 안식을 주지 않았나) / 비 젖어 슬피 울며 날아간 뒤 / 자취는 유리창에 그린 서러운 음표뿐- // 아아 무명조 / 지금 그는 깊은 밤 별들이 자 장노래 헤이고 / 나는 유리창의 곡조를 외인다.
> — 김조규 「無名鳥」 전문

> 유리에 차고 슬픈 것이 어른거린다. / 열없이 붙어 서서 입김을 흐리우니 / 길들은양 언 날개를 파닥거린다. / 지우고 보고 지우고 보아도 / 새까만 밤이 밀려 나가고 밀려와 부딪히고, / 물먹은 별이, 반짝, 보석처럼 박힌다. / 밤에 홀로 유리를 닦는 것은 / 외로운 황홀한 심사 이어니, / 고운 폐혈관이 찢어진 채로 / 아아, 늬는 산새 처럼 날아 갔구나! — 정지용 「유리창」 전문

---

434) 이응백 외, 『국어국문학자료사전』, 한국사전연구사, 1995, p.961.

위 시 「무명조」에는 정지용의 시 「유리창」과 흡사한 이미지가 보인다. 이전에 쓰던 시와는 여러 면에서 다르다. 종전의 시에서 주류를 이루었던 주관적이고 감상적인 서술적 표현이 사라지고, 대신 개성적이며 객관적인 이미지가 작품 전체를 지배하고 있다. 자료집에 김광균의 「외인촌」의 1~3연이 김조규의 「풍경화」과 거의 똑같아, 누구의 작품이 진품인지 가려야 할 과제를 남겨 놓고 있다.

그러기에 표절문제 특히 부분적 표절문제는 매우 신중히 다루어야 하는 것이다. 그래서 작품의 표절문제를 다루는 글은, 그 작가의 불순한 외도로서의 베낌에 초점이 맞추어지기보다는 그 표절적 경향, 즉 베낌의 사실, 다시 말해 표절성에 우선 그 논의의 초점이 맞추어져야 한다. 잘 알려진 시인의 작품이 표절이냐 아니냐의 문제만큼 세인의 관심을 끄는 일도 없을 것이다. 이는 우리가 잘 안다는 한 작가의 도덕성에 가늠대를 대어 보는 행위이기 때문이다. 그러나 그 표절 여부가 사실로 드러난다면, 그로 인해 세인들의 충격도 고려해 보지 않을 수 없다. 그것은 세상에서 가릴 것은 가려야 되는 것이 우리네 사고방식, 즉 상식이기 때문이다. 그러기에 사실은 밝혀야 한다는 진지한 태도 속에서 한 작품의 표절 가능성 여부를 추적하다 보면, 베일에 가려졌던 사실은 드러나게 마련이다. 그래서 그것이 사실이냐 아니냐의 결론이 결국은 나오게 되는 것이다. 만일 그것이 사실이라면, 이같이 추적은 우리에게 그동안 전혀 알려지지 않았던 새로운 사실의 진실을 더 알게 하는 계기를 주기 때문이다.[435]

≪조선중앙일보≫의 1935년 8월 6일자에 김조규의 시 「풍경화」가,

---

435) 1995년 10월 월간 ≪조선문학≫에 발표된 김태진의 글 「김광균의 시 「외인촌」에 대하여」 참조.

'국학자료원'에서 펴낸 『김광균 연구』 부록에 의하면 김광균의 「외
인촌의 기억」이 ≪조선중앙일보≫에 발표된 것도 1935년이고 보면
현재 누구의 시가 진품이라고 쉽게 판단할 수 없는 실정이다.

1.하이-헌 黃昏속에 피여잇는
山峽村의 고독헌 風景속으로
파-란驛燈을다른 馬車가한대
고-요히 잠기여가고

바다를向헌 山길마루에
우두커니서잇는 電信柱우엔
지나가든구름이하나 새빨-간노을에 저저잇섯다

바람에불니우는 적은집들이 窓을나리고
갈대에무친 돌다리아래선
적은시내가 물방울을 굴니고
안개자욱-헌 花園地의 풀밧길우엔
한낮에 少女들이 남기고간
가벼운우슴소리와 시들은꼿다발이 흐터저잇다
                                    -「風景畵」 전문436)

2.外人墓地의 어두운 수풀뒤엔
밤새도록 한-얀별빗이나리고
空白한 하늘에걸녀잇는 村落의時計가
하이-한 손을들어 열시를가르치면

---

436) 김조규, 「풍경화」 전문, ≪조선중앙일보≫, 1935. 8. 6.

날카로운 古塔가티 언덕에소사잇는
褪色한 敎會堂의 집웅우에선
밤마다푸른 鐘소리가 噴水처럼흐터지고

沈鬱한 帽影을짓밟고가든 긴-旅行의길가에
적은등불가티 깜박이든 山村의記憶이여
蒼白히여윈 달빗을밟고
그날밤 내가탄 적은馬車는
異國風의 村落을 흘너갓섯다

                -「外人村의 記憶」전문437)

3. 하이한 暮色속에 피여잇는
山峽村의 고독헌그림속으로
파-란驛燈을다른 馬車가한대잠기여가고
바다를향한 산마루길에
우두커니 서잇는 電信柱우엔
지나가든구름이하나 새빨간노을에 저저있었다.

바람에 불니우는 적은집들이 창을나리고
갈대밭에 무치인 돌다리아래선
적은시내가 물방울을 굴니고

안개자욱-한 花園地의 벤취우엔
한낮에 少女들이 남기고간
가벼운우슴과 시들은꽃다발이 흩어져있다.

---

437) 김광균, 「외인촌의 기억」 전문, ≪조선중앙일보≫, 1935. 8. 6.

外人墓地의 어두은 수풀뒤엔
밤새도록 가느단 별빛이나리고

空白한 하늘에 걸녀있는 村落의時計가
여윈손길을 저어 열시를가르치면
날카로운 古塔같이 언덕우에소사있는
褪色한 聖敎堂의 집웅우에선

噴水처럼흩어지는 푸른종소래.
                        ─「外人村」 전문438)

  이상 세 편은 김광균의 시 「외인촌」을 살피기 위해 자료에서 뽑
아 놓은 것이다. ≪조선중앙일보≫에 「외인촌의 기억」이 발표된 때
는 1935년 8월 6일이다. 이때 김조규의 시 「풍경화」도 같은 날짜의
지면에 발표된다. 그런데 1939년 김광균의 제1시집 『와사등』에 실린
「외인촌」은 1935년 8월 6일자 ≪조선일보≫에 발표된 김조규의 시
「풍경화」와 「외인촌의 기억」이 혼합된 형태로 수록된다. 다만 약간
의 다른 부분은 3에 해당하는 부분들이다.
  초점은 위 작품이 누구의 것이냐 하는 것이다. 김태진은 "「외인촌」
의 표절성, 즉 표절적 경향에 대해 하나의 사실로서 밝혀두는 데에
만족하기로 하고, 다시 이 문제에 대해 심도 있게 논할 훗날의 작업
을 기약해 보기로 한다."439)고 했지만 지금까지 논의를 접고 있다.
그 뒤로 이 문제에 대한 논의를 담은 것으로 구마키 쓰토무의 논문

---

438) 김광균, 「외인촌」, 『와사등』, 1939.
439) 김태진, 『김광균시와 김조규시의 비교 연구』, p.232.

만을 구할 수 있었다. 그러나 그도 이 문제에 대해 분명한 답을 내놓기보다는 "이 작품(「풍경화」-인용자)은 김광균의 작품이고 신문사의 착각으로 김조규의 작품이 빠진 것이 아닌가 생각된다."는 조심스러운 추측만 하고 있다. 그의 근거는 첫째, 연작으로 이루어진 것으로 보이는 「풍경화 -산을 찾아서-」와 이 작품을 비교하면 형식적 구성 자체에 약간의 차이가 보이며 둘째, 하이-얀, 파-란, 고-요히라는 경우의 음장표시 '-'는 김조규 시에서는 결코 일반적이지 않으며 셋째, 여성을 그릴 경우 이 무렵 김조규의 작품에서는 소녀보다도 여인이라는 이미지가 주로 사용된 점 등이다.

첫째 근거인 연작시와의 구성적 차이는 그도 약간의 차이라고 했으므로 결정적인 근거가 될 수 없다. 오히려 연작시가 있다는 것이 김조규의 시일 가능성을 높이는 근거가 될 수 있다. 둘째, 음장표시 기호가 일반적이지는 않지만 사용되고 있으므로 이 역시 결정적인 근거는 아니다. 셋째, 소녀를 사용하지 않는다고 하였는데, 김조규 시에서 여성을 나타내는 말 중 새각시(「어느 한 결혼식장에서」), 여인(「로대의 오후」), 처녀(「야수일절」) 등도 시집에서 한 번씩만 나오는 것으로 조사되었다. 곧 김조규는 여인을 일반적으로 사용했지만, 시적 상황에 따라 적절한 시어들을 구사했다는 논리로도 전환이 가능하다.

이번에는 반대로 이 시가 김광균의 시가 아니라는 근거도 내세울 수 있다. 이유식은 김광균 시의 플롯의 원리를 살펴본 후 그의 특징을 다음과 같이 정리한다. 첫째, 시 나름의 배경이 되고 있는 공간 설정이나 시간 설정이 그의 시작법이다. 둘째, 시의 마무리 부분에서는 시인의 마스크의 등장 또는 퍼소나(persona)의 목소리가 공식처럼 들리고 있다. 셋째, 오버랩 수법을 통해 이미지의 중층구조 내지 공간의 이중구조를 시도하고 있다.[440] 이유식의 결론에 기초할 때, 「풍경화」는 김광균의 시로 보기가 어렵다. 시어적인 측면을 살펴보면, 『김광균 전집』을 편찬한 김학동과 이민호는 "「기와등」의 하이한은 하이얀과 같은 뜻인데, 이 작품과 「신촌서」, 「빙화」 등에서만 하이한으로 하고 있다. 왜 이렇게 구분해서 사용한 것인지 알 수가 없다."[441]고 지적하고 있다.

박기태는 이 문제를 정면으로 거론하지는 않고 표절보다는 기록상의 착오로 보면서 김조규와 김광균을 비교하고 다음과 같은 결론을 내린다. 주제적 측면에서 김광균이 개인적 차원에 밀폐된 감상성을 보이는 데 반해, 김조규는 상당한 정도 현실과의 교섭을 보인다. 시어 구사에서 김광균은 표현을 위한 표현을 위해 시어를 구사하는 데 반해, 김조규는 현실적 토대를 드러내는 데 도움이 되도록 시어를 구사한다.[442]

김광균의 경우 풍경의 묘사는 곧 내면의 반영이다. 김종철은 "김광균이 그려 보여주는 풍경에서 압도적인 것은 시인 자신의 정서이다. 이 정서가 어떤 것이라고 말하기는 어려울지 모르지만, 여하 간에 김광균의 그림이 시인 자신의 주관적인 욕구가 꾸며내는 하나의 작위적인 세계라는 것은 분명하다."[443]고 말한다.

그렇다면 이 시에서 주의 깊게 보아야 할 것은 먼저 바람의 이미지

---

440) 구상·정한모 편, 『삼십년대의 모더니즘』, 범양출판사, 1987, pp.253-254.
441) 김학동·이민호 편, 『김광균전집』, 국학자료원, 2002, p.34.
442) 박기태, 「김조규 시와 김광균 시의 비교 고찰」, 『한국어문학연구회』12, 2000, p.205.
443) 김종철, 「30년대의 시인들」, 문덕수, 앞의 글 재인용, p.253.

이다. 김조규의 경우 「해안촌의 기억」에서 살펴보았듯이, 바람의 이미지에는 현실적 불안이나 위협의 의미를 담고 있다. 그러나 김광균의 바람은 현실이 아니라 사물, 더 정확히는 사물에 부여하고자 하는 시인의 내면과 관련된다. 이것은 앞의 김종철, 박기태와도 거의 동일한 견해로서 실제 작품을 통해 분석된다.

여윈 그림자를 바람에 불리우며
나혼자
凋落한 풍경에 기대어 서면
쥐고 있는 지팡이는 슬픈 피리가 되고
金孔雀을 繡놓은 옛 생각은 섧기도 하다.
　　　　　　　　　－「蒼白한 散步」에서

동리는 발 밑에 누워
먼지 낀 揷花 같이 고독한 얼굴을 하고
露臺가 바라다보이는 洋館의 지붕 위엔
가벼운 바람이 旗幅처럼 나부낀다.
　　　　　　　　　－「山上町」에서

이는 시적 구성의 패턴을 보여주는 사례이다. 이 시에서 화자의 내면은 2연에서 드러난다. '바다를 향헌', '전신주'가 그것이다. 김조규에게 있어 '바다'는 자유의 공간이다.[444] 그러나 그는 '바다'를 향

---

444) 조규익은 창, 바다, 기차, 호수와 같은 사물 이미지를 중심으로 김조규의 의식세계를 그리는데, 그에 의하면 바다는 자유의 의미를 지닌다. 김조규의 시에 바다나 혹은 그에 관련된 소재(예컨대 백사장, 파도 등)만큼 자주 등장하는 것도 드물다. (중략) 바다는 자유와 추억을 동시에 표상하고 있다. 조규익, 앞의 글, pp.171-176.

해 '우두커니서잇'을 수밖에 없다. 그의 우울과 절망을 그리고 있는 것이 '새빨-간 노을'인 것이다. 물론 그의 우울과 절망이 현실 세계와 자신의 무력감에서 오는 것은 앞에서 다른 시들을 분석한 것이다. 이와 같은 분석이 타당하리라 본다.

또 하나, 1936년에 출간된 『을해명시선집乙亥名詩選集』(오병희, 시원사)에 실린 김광균의 「외인촌의 기억」을 보면 해결의 실마리가 보인다.

外人墓地의 어두운 숲풀뒤엔
밤새도록 하-얀별빛이나리고
空白한 하늘에걸려있는 村落의時計가
하이-얀 손을들어 열시를가르치면
날카로운 古塔같이 언덕에솟아있는
褪色한 敎會堂의 집웅우에선
밤마다울든 鍾소리가 噴水처럼흩어지고

沈鬱한 帽影을짓밟고가든 긴-旅行의길가에
적은등불같이 깜박이든 山村의記憶이여
蒼白히여윈 달빛을밟고
그날밤 내가탄 적은馬車는
異國風의 村落을 흘러갔었다
                    - 「外人村의 記憶」 전문

이 작품은 처음 ≪조선중앙일보≫(1935년 8월 6일)에 발표된 「외인촌의 기억」과 비교해 볼 때, 그 표기법과 띄어쓰기만 약간 다를 뿐, 똑같이 두 연으로 구성된 것이다. 이것은 ≪조선중앙일보≫(1935년 8월 6일)에 발표된 「외인촌의 기억」이 원본임을 밝혀 주는 것이다. 즉 ≪조선중앙일보≫(1935년 8월 6일)에 발표된 「외인촌의 기억」은 적어도 1936년까지는 두 연으로 구성되어 있었다. 그런데 그 이후인 1939년에 출간된 『와사등』에 수록될 땐, 어떠한 이유에서인지, 여섯 연으로 구성되어 나타난다. 그 여섯 연의 구성을 살펴보면, 제4, 5, 6연은 최초에 발표된 「외인촌의 기억」에서의 두 연 중에 제1연이 세 개의 연으로 나누어져 구성된 것이다. 그리고 나머지 제1, 2, 3연은 원본과 비교해 볼 때, 새롭게 첨가된 것인데, 이 부분이 1935년 8월 6일자 ≪조선일보≫에 실렸던 김조규의 시 「풍경화」의 전문에 해당한다. 그러므로 김광균의 시 「외인촌」은 김조규의 시 「풍경화」와 자신의 시 「외인촌의 기억」이 혼합된 것이라는 사실이다.

위 시가 김조규의 작품이라고 한다고 해도, 그것이 곧 김광균이 이 시를 의도적으로 표절했다고 단정하지 않는다. 이 시기에 서구의 모더니티를 우리 자신에게 걸맞은 방식으로 받아들이는 과정에서 이들이 교분이 있었는지 그리고 그것을 통해 어떠한 새로운 맥락이 형성되고 있는지에 대한 정확한 조사가 필요하리라 본다. 명백한 표절에 대한 응당한 비난은 이러한 사유가 선행될 때 비로소 가능해질 수 있을 것이다. 하지만 위에서 분석한 바와 같이 김광균과 김조규의 모더니즘을 수용한 양상이 서로 달랐다는 점을 전제로 하고, 「외인촌」과 「풍경화」의 시적 형상화의 방법을 본다면 김광균보다는 김조규에게 가깝다고 누구나 무게를 둘 것이라고 단언할 수 있다.

Ⅵ. 결 론

김광균과 김조규는 1914년에 출생하여, 1930년대에 왕성한 시작활동을 보인 시인들이다. 본고는 지금까지 김광균과 김조규의 해방 전의 작품을 중심으로 비교하고 분석하였다.

이제까지의 논의를 요약 정리하면 다음과 같다.

제Ⅱ장에서 모더니즘과 김광균과 김조규의 문학적, 시적 전개양상에 대해 살펴보았다.

시를 언어의 회화라고도 하고, 현대 시 운동과 현대 회화 운동을 같은 노선으로 파악한 것은 불합리하다고 할 수 없다. 더구나, 1910년대부터 영국과 미국에서 일어난 이미지즘(imagism)에서 정확하고 객관적인 사물 이미지의 조형을 중시한 점을 생각할 때, 김광균과 김조규의 회화적 형태의 사실성은 영미 이미지즘의 영향을 받은 것도 부인할 수 없다.

1930년대 당시의 한국문단은 대부분의 시인들이 일본 유학을 결행한 시기이다. 이들은 일본에서 자연스럽게 서구 모더니즘과 접하게 되었다. 이러한 시기에 김광균은 김기림과의 교류를 통해 모더니즘 이론을 접하게 되었다. 이는 어디까지나 김광균에게 있어서 모더니즘 시 형식의 탐구방법으로서 사용되고 있다. 구체적으로 말하자면, 주로 김기림에 의해 이론화된 모더니즘을 김광균이 작품상에 구현함으로써 모더니즘 시 운동의 한국 정착화에 공헌하였다. 또 하나 이미 언급한 바와 같이, 그 모더니즘 기법을 시에 도입하여 새로운 회화시를 시도하였다. 이는 회화적 수법에 의한 시창작이다. 그의 회화적 수법은 한국 모더니즘 시 운동 속에서 한 폭의 인상화와 같은 시세계를 부여하였다. 이 시론을 시작(詩作) 과정에서 철저하게 지켰다. 이는 그만의 개성적이고, 독창적인 이미지스트로서의 면모를 유감없이 발휘할 수 있게 하였다.

김광균의 시론에 나타난 가치는 시대정신의 반영과 의도적 작위성으로 나타났다. 김광균 시의 한계는 그 현대적 감상성이 끝내 개인적 차원의 인식에서 머물고 말았다는 점에서 찾을 수 있다. 그렇기 때문에 그의 시가 자신의 정서를 강하게 노출하고 있다는 점에서 그의 시는 서구의 이미지스트들의 시와 다른 독특함을 보여주지만, 그의 서정은 현실을 피해 가는 혹은 현실에 순응해 가는 서정이었던 것이다. 그는 새롭게 전개되면서 여러 가지 균열과 모순을 쏟아내고 있는 현대문명에 대해 적극적으로 대응하기에는 열정이 부족했거나 혹은 식민지시대 근대인으로서 그 한계를 너무 빨리 받아들인 것으로 볼 수 있다.

반면, 해방 전 김조규의 시세계를 세 시기, 즉 감상주의 시에서 모더니즘 시로, 모더니즘 시에서 리얼리즘 시로 나누는 것에는 기존의 논자들이 모두 동의하고 있다.

김조규의 초기 시는 절망적 시대상 속에서, 식민지 현실에 대한 감상주의 시를 일제하의 식민지 사회의 불합리성을 순수한 마음으로 읊다가 이미지즘에로의 몰입으로 감상주의를 극복한다. 이는 그가 좌절의 내면을 모더니즘의 방법으로 형상화한 것이다. 막연하고 추

상적인 감정 또는 관념을 하나의 이미지로 감각화, 구체화하는 기법
은 당시 김기림에 의해 주도되었던 모더니즘의 시작원리 가운데 하
나이다. 1930년대 모더니스트 김기림, 정지용, 김광균 등과의 직접적
인 영향관계를 보여주는 자료를 아직 발견하지 못했으나, 이 시기
그의 시에서는 김기림이나 김광균의 시에서 자주 보이는 시각이미지
와 유사한 시적 요소를 찾아보았다. 하지만 그는 모더니즘의 시를
고정하지 않고 문명비판의 시와 초현실주의 시를 노정하였다. 더 나
아가 김조규는 만주 유랑의 시인은 ≪단층≫과 ≪맥≫의 동인활동을
통하여 모더니즘 추구에서 벗어나 식민지 현실에 중심을 둔 리얼리
즘적인 성격을 띤다. 그는 지면에 발표하는 외면적인 시와 미발표
자필원고의 내면적인 시로 또 하나의 시적 세계를 이루어 가면서 일
제 강점기의 질곡과 압력을 시를 통하여 헤쳐 나갔다. 이러한 다양
한 시적 노정은 식민지 조국 현실과의 관련 속에서 놓여 있는데, 문
명비판의 시와 초현실주의 시는 바로 불우한 조국 현실과 밀접한 관
련을 지닌다. 문명비판은 현실에 대한 의식의 측면으로, 초현실주의
는 현실을 대하는 모더니즘의 새로운 형식적 실험으로서 행해지게
된다. 이렇듯 치열한 대결의식은 현실의 문제에 좀 더 집착하면서
리얼리즘의 탐구로 이어진다. 리얼리즘 시로의 변모과정은 계급적
관심에서 민족적 관심으로, 농촌에서 유이민으로 그 관심이 전이되
었다. 그리고 고향상실과 유랑의식은 핍박받는 식민지 조국 현실 위
에서 상실의식을 넘어선 현실대결의지로 表出된다는 점에서 다른 시
인들과의 차이를 보이는 것도 김조규 시의 한 특성이라 하겠다. 만
주 체험과 민족주의에서는 만주체험을 통해 민족 현실에 대한 새로
운 관점을 확보하고 있다는 논지를 중심으로 모더니즘이 리얼리즘으

로 변모하는 과정을 현실인식의 변화를 통해 설명하였다.

김광균과 김조규의 모더니즘의 시에서 간과하고 넘어갈 수 없는 사실은, 당대 총망받는 김광균과 김조규의 시적 전개양상을 비교 분석하면서, 김광균은 이미지즘의 달인으로, 김조규는 당시 한국 모더니즘을 지닌 감상적 이미지즘을 넘어 부정한 현실에 대해 끊임없이 대결하는 시적 응전력을 보여준다는 점에서 한국 모더니즘의 성과라는 데서 의의를 찾았다.

제III장에서 김광균과 김조규 시에 나타난 시각이미지와 시어에 대해 요약하면 다음과 같다. 김광균과 김조규는 1930년대의 어느 시인보다도 시각언어를 많이 사용했다. 마치 한 폭의 그림을 보는 느낌을 준다. 이들이 시각언어의 사용을 강조한 이유는 현대문명이 청각보다는 시각, 추상적인 것보다는 사실적인 것, 관념적인 것보다는 실재적이라는 현대문명관에 의거하였기 때문이다. 이 같은 김광균과 김조규 시의 회화적 수법은 현대의 모든 예술운동, 즉 미래파, 초현실주의, 입체파 등이 현대의 시 운동과 그 방향을 같이한다.

김광균과 김조규의 시각이미지 배경에는 현실에 대한 불안감이 도사리고 있다. 그리하여 백색, 청색, 적색, 황색의 이미지는 고독, 향수, 소멸, 슬픔, 희망 등으로 나타난다. 이러한 시각이미지는 자신들의 주관적 사물 인식을 표현하는 데 활용되었으며 이들의 시각언어들은 희망적인 이미지도 있지만 대체적으로 어두운 이미지를 표출하고 있다. 이런 것을 볼 때, 이들의 시는 분명히 시대의 비극성을 담고자 하는 노력의 흔적이다.

이와 함께 김광균과 김조규의 시각이미지와 시어의 특이점이 있다. 시와 회화는 근본적으로 다른 예술 장르이다. 회화성이라는 점에서 시와 회화가 추구하는 목표가 동일하다고 하더라도 거기에는 뛰어넘을 수 없는 한계가 있다. 시는 언어를 전달매체로 하고, 회화는 색채를 전달매체로 한다는 점에서 그 한계성은 극복될 수 없는 것이다. 가령 '우유빛 안개'라든지, '푸른 잔디'와 같은 시각적 언어는 현실적인 색채이지만, '하-얀 향수'라든지, '붉은 향수'와 같은 색채는 현실과 일치하지 않는다. 이것은 의미전달에 있어서 시각언어가 가진 난해성이자 그 의미의 함축성이 된다. 이 난해성과 함축성은 그 의미전달의 부정확성을 의미하기도 하지만, 시각이미지가 시어로서 존재할 만한 가능성을 부여하고 있다. 따라서 이들만의 자의적 시각 이미지와 시어 사용의 특질이라고 할 수 있다. 즉 김광균과 김조규의 시에 나타난 회화성이 현대시의 새로운 변혁에 크게 이바지하고, 모더니즘 시 운동의 역사적 의미를 정착시키는 데 그 가치를 둘 수 있다.

다음으로 김광균과 김조규의 언어에 대해 요약한다. 김광균과 김조규가 사용한 언어들의 유사점과 차이점을 알기 위해 소재와 주제 그리고 시어 구사라는 측면에서 고찰을 진행했다. 그 결과 소재적 측면에서 두 시인이 감상벽을 농후하게 드러내는 소재들을 쓰고 있음을 알게 되었다. 또한 주제적 측면에 있어서도 식민지 청년의 감상 또는 좌절 슬픔 등을 드러내는 것임을 알았다. 그러나 김광균이 개인적 차원에 밀폐된 감상성을 보이는 데 반해, 김조규는 상당한 정도 현실과의 교섭을 보임을 알았다. 그 결과 김조규의 시에는 시대현실의 고통과 울분 등이 드러난다. 하지만 그러한 것이 시적 절제와 미적 형상화에 대한 노력 없이 이루어짐으로써 역시 감상성을 벗어나지는 못하고 있음을 보았다. 언어 구사적 측면에서도 두 시인은 차이를 보인다. 김광균이 현실과의 교섭이 없이 흔한 주변 풍경, 즉 관찰자가 보고 있는 일상적인 풍경을, 형태의 사상성에 기반을 둔 언어관에 투사하여 확장, 변형, 왜곡시킴으로써 새로운 세계를 만들고 있는 반면 김조규의 언어는 현실적 토대로 드러내는 데 도움이 되도록 구사하고 있다.

또한 김광균에게 있어서의 '항구'는, 시인의 과거와 현재, 고향과 타향의 소외의 지대 속에 서 있다. 그것은 시인으로 하여금 끊임없는 갈등과 고독, 우울과 비애의 감정만을 토로케 한다. 이에 반해 김조규의 '항구'는 만남과 헤어짐의 공간이며 아울러 회항과 출항의 공간인데, 김조규의 시세계 속에서 드러나는 출항과 회항의 상징은 떠난 것들에 대한 회귀를 기원하는 화자의 의지를 반영한다.

그리고 김광균에게 있어서 '기차'는 고향상실에 비애감이 외부 대상을 통해 표출되고 있는 것으로 그려져 있다. 이는 '기차'라고 하는 사물이미지에서 슬픈 내면의 자아를 일깨우게 하는 계기로서만 작용하고 있다. 반면 김조규는 뿌리를 잃어 헤매는 사람들의 고통과 고난의 모습을 역이라는 공간에서 형상화시킨다. 이 공간에서 수난을 받고 있을망정 언젠가는 민족의 밝은 내일이 반드시 오고야 말 것이라는 시인의 믿음은 변함이 없다. 하지만 '열차' 안에서 몸을 가둔 채 시인의 그리움의 실체인 잃어버린 고향, 사라져 버린 것들의 귀환을 촉구하고 있다. 이는 '열차'를 통해 민족의 미래에 대한 희망을 말하는 것이다. 하지만 어디에서도 그 희망의 구체적인 제시가 드러나지 않는다는 점에서 당대적 한계에 대한 시인의 수용을 엿볼 수 있다. 아울러 김광균은 김조규보다 현실의식과 역사의식이 약하다.

제IV장에서는 김광균과 김조규의 서정의 회화적 전개양상을 살펴보았다. 먼저 김광균의 도시정서의 변용을 크게 문명예찬과 문명비판의 두 가지 측면으로 나타났다. 김광균의 초기에 고향이나 자연에서 소재를 구하고 향토적 언어로 노래하는 것이었다면, 현대의 시는 도시에서 소재를 구하고, 도시적인 언어로 노래해야 한다고 말했다. 실제로 그의 많은 시에서 도시정서를 엿볼 수 있었다. 김광균 시에 나타나는 문명예찬은 흔히 생각하는 기계적이고 물질적인 도시 정서가 아니라 도시문명 속에 인공적 자연을 설정하고 그 속에서 유토피아를 찾고자 하는 바람이 형상화된 것이다. 반면에 도시 비판 정서는 앞에서 언급한 인공적 자연을 생명력을 상실한 공간으로 인식하면서 나타나게 된다. 인공적 자연은 그가 진정으로 추구하는 세계가 아니었던 것이다. 정리하자면 그는 도시문명 속에 정서는 인공적 자연을 발견하고 문명예찬의 자세를 보였으며, 다시 그 인공적 자연의 한계를 인식하는 순간 문명비판적 자세로 돌아선다고 말할 수 있다.

반면, 김조규는 이민지의 서정과 고국에 대한 향수, 암울한 현실에의 대응, 그러한 대응의 또 다른 방식이라 할 수 있는 초현실주의의 실험, 현실도피와 현실순응의 문제 등의 이국적 정서를 사실적으로 말하고 있다. 더 나아가 미발표된 시들은 주로 고통받는 유이민의 현실과 그럼에도 불구하고 희망을 잃지 않는 민족의 강인함 그리고 자신의 역사의식을 형상화하고 있다. 반면에 만주문단에 발표된 시들은 이국정서, 향수, 비애, 외로움 등의 정서를 표출하고 있어 미발표작과는 확연히 다른 양상을 보인다.

제Ⅴ장에서는 「외인촌」과 「풍경화」의 영향관계 분석을 통해 모방과 표절에 대해 살펴보았다. 모방은 흉내 내는 것이고, 표절은 타인의 시문을 절취해서 자신의 것으로 하는 행위여서, 이 모방과 표절은 비교 문학의 연구대상임에도 그 어의가 보여주는 심각성 때문인지 비교문학계에서는 이를 비중 있게 다루지 않았다. 하지만 이제는 표절의 성질을 구별하고, 근대 초에는 어떻게든 표절하지 않으면 안될 까닭들을 보다 다양한 수준에서 접근해 보았으며, 현재의 표절 행위와 자성적인 고백이 필요함을 말하였다.

1935년 8월 6일에 김광균의 「외인촌의 기억」과 김조규의 시 「풍경화」가 ≪조선중앙일보≫에 발표되어, 현재 누구의 시가 진품이라고 쉽게 판단할 수 없는 실정이다. 왜냐하면 김광균이나 김조규 모두 사망하였기 때문이다. 그러나 1936년에 출간된 『을해명시선집乙亥名詩選集』(오병희, 시원사)에 실린 김광균의 「외인촌의 기억」을 보면 위 시가 누구의 것인지 짐작할 수 있다. 또한 김광균의 이미지는 시인 자신의 주관적인 욕구가 꾸며내는 하나의 작위적인 세계인 반면, 비교적 삶의 현장에 밀착된 내용을 담아내는 시어로 솔직하게 반영하고 있음을 보더라도 위 논란은 확연해질 것이다.

김광균은 주지하다시피 1930년대를 대표하는 모더니스트로, 그에 대한 연구는 이미 상당한 성과를 보이고 있다. 반면에 김조규에 대한 연구는 그리 많지 않다. 그래서인지 김광균과 김조규에 대한 연구는 별반 진행되고 있지 않고, 기존의 연구 성과도 미미한 편이다. 이 연구는 그러한 측면에서 사실상 미흡한 측면이 많이 발견될 수 있고, 논의 내용 또한 심층적인 데로 접근하지 못한 것도 사실이다. 좀 더 많은 노력과 그에 따른 연구 결과가 보안된다면 두 시인의 상관관계뿐만 아니라 1930년대 한국 시단의 한 특성을 보다 자세히 알 수 있을 것이다.

참고문헌

1. 자 료

김조규 편, 『재만조선시인집』, 연길시 예문당, 연길, 1943.
김조규 편, 『김조규 시선집』, 조선작가동맹출판사, 평양, 1960.
숭실어문학회 편, 『김조규시집』, 숭실대학교출판부, 1996.
연변대학 조선언어문학연구소 편, 『김조규시전집』, 흑룡강조선민족출판사, 목단강, 2002.
김광균, 『와사등』, 남만서방, 1939.
김광균, 『기항지』, 정음사, 1947.
김광균, 『황혼가』, 산호장, 1957.
김광균, 『와사등』, 근역서래, 1977.
김광균, 『김광균문집 와우산』, 범양사출판부, 1985.
김광균, 『추풍귀우』, 범양사출판부, 1986.
김광균, 『와사등』, 자유문학사, 1987.
김광균, 『임진화』, 범양출판사, 1989.

2. 논문 및 저서

고명수, 『한국 모더니즘 시인론』, 문학아카데미, 1995.

구견서,『일본지식인의 사상』, 현대미학사, 2001.

구마키 쓰토무(熊木勉),「김조규연구 上」, 숭실어문, 14집, 1998.

구마키 쓰토무(熊木勉),「김조규의 초기시에 대한 일고찰」, 숭실어문 14
　　　집, 1998.

구마키 쓰토무(熊木勉),「김조규연구 中·下」, 숭실대학교 대학원논문
　　　집, 1999.

구상, 정한모 편,『삼십년대의 모더니즘현대문학』, 범양사, 1987.

권영진,「김조규의 시세계」, 숭실어문, 9집, 1992.

권 철,『중국조선족 문학통사』, 도서출판 이회, 1997.

김경훈,『김조규 시작품의 주제의식 연구 학술논문집』, 2003.

김기림,『김기림 전집 2』, 심설당, 1988.

김기림,『시론』, 백양당, 1947.

김병호,『주제로 읽는 우리 근대시』, 행복한 책읽기, 2003.

김상선,『문예사조론』, 일신사, 1987.

김시태·박철희,『한국현대문학사』, 시문학사, 2002.

김영대,「김광균 연구」, 성균관대교육대학원 석사학위논문, 1996.

김영수,『상황과 색채의 영상』, 형설출판사, 1981.

김용직,『비극적 상황과 시의 길』, 문학세계사, 1995.

김용직,『한국현대시사』제1부, 한국문연, 1996.

김용직,『한국 현대 경향시의 형성 / 전개』, 국학자료원, 2002.

김종철,『시와 역사적 상상력』, 문학과 지성사, 1978.

김재홍,『한국현대시인연구』, 일지사, 1986.

김태규,「재북시인 김조규」, ≪월간동화≫, 1991.

김태규,『나의 형님 김조규』, 숭실어문학회 편, 1996.

김태규,『김조규 전집』, 숭실대학교출판부, 1996.

김태규,「김광균 시「외인촌」에 대하여」, ≪조선문학≫, 1995.

김태진, 『김광균 시와 김조규 시의 비교연구』, 도서출판 보고사, 1990.

김태진, 「김광균 시의 기호론적 연구」, 홍익대학교 박사학위논문, 1993.

김윤식, 『한국현대시론 비판』, 일지사, 1992.

김윤식·김현, 『한국문학사』, 민음사, 1973.

김학동 외 편, 『김기림 전집』 제2권, 심설당.

김학동·이민호 편, 『김광균 전집』, 국학자료원, 2002.

김훈겸, 「김조규 시문학 연구」, 연변대학교 석사학위논문, 2001.

리상경, 「간도체험의 정신사」, ≪작가연구≫, 제2호, 연변, 1996.

마광수, 『시학』, 철학과현실사, 1997.

막스 호르크하이머, 『계몽의 변증법』, 문예출판사, 1995.

문덕수, 『현대한국시론』, 선명문화사, 1974.

문덕수, 『한국모더니즘 시연구』, 시문학, 1981.

바슐라르, 민희식 옮김, 『불의 정신분석』, 삼성 출판사, 1997.

박기태, 「김조규시와 김광균시의 비교고찰」, 한국외대한국어문학연구, 2000.

박도양, 『실용색채학』, 이우출판사, 1983.

박정규, 「김광균 시연구」, 창원대교육대학원 석사학위논문, 1997.

박경수, 『부산대어문교육논집』, 1992.

박진환, 「김광균론」, 『한국현대시연구』, 자유지성사, 1999.

박철희, 『한국현대시사연구』, 일조각, 1980.

박태상, 『북한문학의 현상』, 깊은 샘, 1999.

문학사와 비평 연구회 편, 『한국 현대 문학의 근대성 탐구』, 새미, 2000.

북경대학 조선문화 연구소, 「코리아학 연구」, 민족출판사, 1993.

백 철, 『신문학사조사』, 신구문화사, 1980.

소련 과학아카데미 편, 신승엽 외 역, 『마르크스레닌주의 미학의 기초이론』 II, 일월서각, 1988.

소재영, 「숭실문학의 전통」, 숭실대학 출판부, 1993.

송순애,『김기림 연구』, 시문학사, 1991.

숭실어문학회 편,『김조규시집』, 숭실대학교출판부, 1996.

서준섭,『한국 모더니즘연구』, 일지사, 1988.

설인,『영광의 60성상－룡정시 조양천제1중학교의 어제와 오늘』, 연변인
민출판사, 1995.

신규호,『한국현대시연구』, 이회문화사, 1999.

신수정,「단층파 소설연구」, 서울대 석사학위논문, 1992.

안옥희 외,『생활색채의 디자인』, 형설출판사, 1997.

오세영,『20C 한국시 연구』, 시문학사, 1991.

오세영,『한국문학연구입문』, 지식산업사, 1982.

오양호,『한국문학과 간도』, 문예출판사, 1988.

오오무라 마스오(大村益夫),「해방 후 김조규의 발자취와 그 작품」, 하
와이 제4차 한국학 학술대회 발표논문, 2000.

우대식,「김조규시 연구」, 숭실대학교 석사학위논문, 1997.

윤영천,『한국의 유이민사』, 실천 문학사, 1987.

윤지영,「무엇을 보고 어떻게 말하는가 － 시어 및 문체」,『김광균연구』,
국학자료원, 2002.

어진숙,「김광균 시의 전통성 연구」, 한국교원대 석사학위논문, 1993.

이광호,「한국근대시론의 '미적 근대성' 연구: 1930년대 시론을 중심으
로」, 고려대학교 박사학위논문, 1999.

이기서,「1930년대 한국시의 의식구조 연구」, 고려대학교 박사학위논문, 1983.

이명재,『식민지시대의 한국문학』, 중앙대학교출판부, 1991.

이사라,「김광균 시의 현상학적 연구」, 이화여자대학교 석사학위논문, 1980.

이선영,『1930년대 민족문학의 인식』, 한길사, 1990.

이승훈,『모더니즘 시론』, 문예출판사, 1995.

이응백 외,『국어국문학자료사전』, 한국사전연구사, 1995.

이기서, 「1930년대 한국시의 의식구조 연구」, 고려대학교 박사학위논문, 1983.

이재오, 「김광균 시의 주제 체계에 대한 연구」, 서울대학교 석사학위논문, 1982.

이은정 외, 『1930년대 후반 문학의 근대성과 자기성찰』, 깊은샘, 1998.

이종석, 『북한－중국관계(1945－2000)』, 도서출판 중심, 2000.

장윤익, 『문학이론의 현장』, 문학예술사, 1980.

이혜순·정하영, 『표절』, 집문당, 2007.

장기주, 「은유의 의미론과 해석－ 김광균 시를 중심으로」, 서강대 석사
학위논문, 1982.

장춘식, 「일제강점기 조선족 시문학의 갈래와 특징(6)」, 『만주시인집』,
제일협화구락부문화부, 1943.

정문선, 「김광균시 연구」, 서강대 석사학위논문, 1996.

정토웅, 「20세기의 세계 주요 결전; 일본의 진주만 기습」, 『국방』, 1993.

조규익, 「재만시인·시작품 연구5: 김조규의 해방전 시를 중심으로」, 『온
지논총』 2집, 1996.

조규익, 『해방 전 만주지역의 우리 시인들과 시문학』, 국학자료원, 1996.

조규익, 「김조규의 시세계」, 「김조규탄생 88주년 및 「김조규시전집」출간
기념 학술보고회 논문집」, 연길, 2002.

조규익, 『해방 전 만주지역의 우리 시인들과 시문학』, 국학자료원, 1996.

조규익, 『우리의 옛 노래 문학』, 1996.

조용훈, 「새로운 감수성과 조형적 언어」, 『김광균 연구』, 국학자료원, 2002.

조연현, 『한국현대문학사』, 인문사, 1961.

제해만, 『한국현대시의 고향의식연구』, 시세계, 1994.

중국조선민족발자취총서 편집위원회 편, 『중국조선민족발자취 총서』4,
북경 민족출판사, 1991.

채수빙, 『한국현대시의 색채의식 연공』, 집문당, 1987.

최은지, 「김광균 시의 의미구조 연구」, 중앙대학교 석사학위논문, 1998.

한석정, 『만주국 건국의 재해석』, 동아대학교출판부, 1999.

한국역사연구회, 『한국사 강의』, 한울아카데미, 1989.

A. 욘, 『미학의 문제』, 다민, 1991.

A. 하우저, 『문학과 예술의 사회사』, 백낙청 역, 창작과 비평사, 1974.

B. 벤야민, 반성완 역, 『발터 벤야민의 문예이론』, 민음사, 1983.

C. Pichois, A. M. Rousseau, 『La litterature comparee』, A. Colin, 1967.

Gaston Bachelard, La Flamme D'une Chhandelle, 이가림 역, 『촛불의 미
        학』, 문예출판사, 1979.

G. 프리들렌제르, 이항재 역, 『리얼리즘의 시학』, 열린책들, 1987.

H. R. Jau, 장영태 역, 『도전으로써의 문학사』, 문학과 지성사, 1983.

L. 박산달, S. 모라브스키, 『마르크스 · 엥겔스 문학예술론』, 한울, 1988.

L. R. Furst, 이상옥 역, 『Romanticism』, 서울대학교출판부, 1978.

M. Bradbury & J. McFarlane, 『The Name and Nature of Modernism』 1976.

M. 호르크하이머, 『계몽의 변증법』, 문예출판사, 1995.

J. Isaacs, 이경식 역, 「이미지의 도래」, 『현대 영문학의 이해』, 종로서적, 1991.

R. Barthes, 김인식 역, 『이미지와 글쓰기: 바르트의 이미지론』, 세계사, 1993.

W.Kandin Sky, 권녕필 역, 『예술에 있어서 정신적인 것에 대하여』, 열
        화당, 1993.

W. Schivelbusch, 『The Railway Journey』, 「The Inderstrialization of Time
        and Space in the 19th Century」, Berkerley: The University of
        California Press. 1986.

3. 정기간행물

김광균, 「조가」, ≪조선중앙일보≫, 1935. 5. 7~1935. 5. 24.

김광균, 「김광균 「외인촌」은 김조규 「풍경화」 표절」, ≪조선일보≫,

1995. 11. 14.

김광균, 「외인촌의 기억」 전문, ≪조선중앙일보≫, 1935. 8. 6.

김광균, 「작가연구의 전기 – 신예작가의 소묘」, ≪조선중앙일보≫, 1934. 5. 02~09.

김광균, 「현대시의 황혼 – 김기림론」, ≪풍림≫, 1937. 04.

김광균, 「나의 시론 – 서정시의 문제」, ≪인문평론≫, 1940. 02.

김광균, 「시단의 두 산맥」, ≪경향신문≫, 1946. 12. 03.

김광균, 「문학의 위기」, ≪신천지≫, 1946. 12.

김광균, 「시의 정신 – 회고와 전망을 대신하여」, ≪경향신문≫, 1947. 01. 15.

김광균, 「문학청년론」, ≪협동≫, 1947. 03.

김광균, 「전진과 반성 – 시와 시형에 대하여」, ≪경향신문≫, 1947. 07. 20, 08. 03.

김조규, 「풍경화」 전문, ≪조선중앙일보≫, 1935. 8. 6.

김두용, 「구인회에 대한 비판」, ≪동아일보≫, 1935. 7. 28~8. 1.

김태규, 「재북시인 김조규」, ≪월간동화≫, 1991.

「근 현대 명작발표때 판본전시」, ≪한국일보≫, 1992. 7. 9.

농촌거사, 「간도란 이러한 곳」, ≪동광≫, 1932. 5.

≪만선일보≫, 1940. 01. 24.

박귀송, ≪신인문학≫, 1935. 송년호.

박승극, 「조선문학의 재건설」, ≪신동아≫, 1935. 6.

박영노, 「현단계의 진실한 비평과 발표기관의 기대」, ≪만선일보≫, 1940. 1. 24.

「월북시인 김조규」, ≪중앙일보≫, 1992. 6. 26.

신서야, ≪만선일보≫, 1940. 1. 30.

신수정, 「'단층'파 소설 연구」, ≪외국문학≫ 33호, 1992, 겨울호.

이활, ≪월간동화≫ 제3권, 3호, 1990. 3.

이해문, 『시단춘추』, ≪조선중앙일보≫, 1935. 8. 31.

정연태, 「1930년대 일제의 식민농정에 대한 검토」, ≪역사비평≫, 봄호, 1995.

정태용, 「김광균론」, ≪현대문학≫, 1970. 10.

조용만, 「구인회의 기억」, ≪현대문학≫, 25호.

최재서, 「문학정신의 전환」, ≪인문평론≫, 1941. 4.

홍효민, 「조선문단 및 조선문학의 진전」, ≪신동아≫, 1935.

홍효민, 신인에게 고함, ≪조선문학≫ 3권 2호, 1937. 3.

T. W. 아도르노, 김주연 역, 「시와 사회에 대한 강연」, ≪문학과 지성≫, 1978, 가을호.

휴우·월포올 저, 최재서 역, 「영국현대소설의 도향」, ≪동아일보≫, 1935. 12. 14.

· 저 자·

조 상 준   ·약 력·
서울에서 태어나 성균관대대학원 국문학 박사학위를 받았으며,
현재 건국대, 경기대 출강.

·논 문·
「김현승론」, 「김광균론」, 「김조규시세계」

·저 서·
『강우식의 문학세계』(공저)

·시 집·
『뒤꿈치에 새긴 시간』, 『그대에게 내가 줄 수 있는 것은』

문학의 잔상

· 초판 인쇄   2008년 11월 28일
· 초판 발행   2008년 11월 28일

· 지 은 이   조상준
· 펴 낸 이   채종준
· 펴 낸 곳   한국학술정보㈜
　　　　　　경기도 파주시 교하읍 문발리 513-5
　　　　　　파주출판문화정보산업단지
　　　　　　전화 031) 908-3181(대표)·팩스 031) 908-3189
　　　　　　홈페이지 http: // www.kstudy.com
　　　　　　e-mail(출판사업부) publish@kstudy.com
· 등 　 록   제일산-115호(2000. 6. 19)
· 가 　 격   29,000원

ISBN   978-89-534-7161-0 93810 (Paper Book)
　　　　978-89-534-7162-7 98810 (e-Book)